Jack London

Tal des Mondes

Bibliografische Information der Deutschen Nationalbibliothek:
Die Deutsche Nationalbibliothek verzeichnet diese Publikation in der Deutschen Nationalbibliografie; detaillierte bibliografische Daten sind im Internet über http://dnb.dnb.de abrufbar.

Herstellung und Verlag: BoD – Books on Demand, Norderstedt

ISBN: 978-3-7460-9133-4

Saxon und Mary bezahlten ihre Eintrittskarten am Eingang zum Weasel-Park. Es war noch früh am Tage, so daß die Leute erst spärlich kamen, aber die Maurer rückten schon mit ihren Familien an, mit mächtigen Frühstückskörben und einer ganzen Schar kleiner Kinder beladen – eine gesunde, aufrechte Rasse von Arbeitern, gut gelohnt und kräftig ernährt. Auch Großväter und Großmütter sah man unter ihnen, leicht kenntlich in der Menge trotz ihrer guten amerikanischen Kleidung. Sie waren auch lange nicht so gut genährt, und es war leicht zu sehen, daß das nicht vom Alter allein kam, sondern von schweren Zeiten und vieljähriger, mühseliger Arbeit im alten Irland, wo sie das Licht der Welt erblickt hatten. Zufriedenheit und Stolz standen in ihren Gesichtern zu lesen, wie sie neben ihrer Nachkommenschaft dahinhumpelten, die mit kräftigerer Kost ernährt war.

Es waren nicht diese Menschen, zu denen Mary und Saxon gehörten. Sie kannten sie nicht und hatten keine Freunde unter ihnen. Ihnen war gleichgültig, wer Feste feierte, Irländer, Deutsche, Slawonen; Maurer, Brauer, Schlächter – für sie kam alles auf eins hinaus. Sie, die Mädchen, gehörten zu dem tanzenden Publikum, das der Kasse einen gewissen Kreis zuführte, mit dem man bei allen Festen rechnete.

Sie schlenderten zwischen den Buden umher, wo es aus Anlaß des Tages geröstete Affennüsse und gemahlene Maiskörner gab, und gingen dann, um den Tanzboden in Augenschein zu nehmen. Saxon klammerte sich an einen eingebildeten Kavalier und versuchte ein paar Walzerschritte. Mary klatschte in die Hände.

»Gott!« rief sie. »Du bist direkt großartig. Und die Strümpfe sind fein!«

Saxon lächelte zufrieden und streckte den Fuß vor – sie trug kleine Samtschuhe mit hohen Kubaner Absätzen – hob ein wenig das enge schwarze Kleid und zeigte eine reizende Fessel und eine feingerundete Wade, deren weiße Haut durch die allerdünnsten und durchsichtigsten schwarzen Seidenstrümpfe zu fünfzig Cent das Paar leuchtete. Sie war schlank, nicht groß, hatte aber ausgeprägt weiblich runde Formen. Auf ihrer weißen Bluse trug sie ein plissiertes Jabot aus billiger

Spitze, über der Bluse ein fesches kleines Jackett und dazu imitierte Wildlederhandschuhe. Echt waren die Locken, die, ganz unbekannt mit der Brennschere, unter dem koketten kleinen schwarzen Samthut hervorguckten, der ihre Augen beschattete. Die dunklen Augen Marys funkelten vor Freude. Mit einem raschen kleinen Anlauf schlang sie die Arme um die Freundin, preßte sie an sich und küßte sie. Dann ließ sie sie wieder los, über ihre eigene Torheit errötend.

»Du siehst glänzend aus«, rief sie, wie um sich zu entschuldigen. »Wenn ich ein Mann wäre, könnte ich die Hände nicht von dir lassen. Ich würde dich fressen, ganz bestimmt.«

Hand in Hand verließen sie den Tanzboden und schlenderten durch den Sonnenschein. Vor lauter Vergnügen schwangen sie die Hände und revanchierten sich reichlich für die vernichtende Qual der Woche. Sie lehnten sich über das Geländer des Bärenzwingers, schauderten beim Anblick des gewaltigen einsamen Gastes und lachten zehn Minuten lang vor dem Affenkäfig. Dann gingen sie über die Rasenfläche und guckten unterwegs in die kleine Arena hinab, die auf dem Grunde eines natürlichen Amphitheaters lag, wo die Kampfspiele des Nachmittags stattfinden sollten. Dann machten sie Entdeckungsreisen zwischen den Labyrinthen und Pfaden des Parkes, wo sie beständig auf neue Überraschungen in Form von schattigen Winkeln mit ländlichen grüngestrichenen Tischen und Bänken stießen, von denen viele schon von Familien besetzt waren. Als sie an einen von Bäumen umgebenen Rasenhang kamen, breiteten sie eine Zeitung unter sich aus und setzten sich in das niedrige Gras, das die kalifornische Sonne schon gedörrt und gebräunt hatte. Nach sechstägiger unaufhörlicher Arbeit tat es gut, hier zu sitzen und nichts zu tun, und außerdem mußten sie sich doch über die Freuden des Tanzes unterhalten, die ihrer warteten.

Mary schwatzte. »Bert Wanhope kommt ganz sicher. Er sagte, er wollte Billy Roberts mitbringen. Den Großen Bill nennen sie ihn. Er ist ein großer Junge, aber mächtig zäh. Er ist Berufsboxer, und alle Mädel laufen ihm nach. Ich habe Angst vor ihm. Ein gutes Mundwerk hat er nicht, er ist ungefähr wie der große Bär, den wir vorhin sahen, Brr–rf! Brr–rf!

– ebenso. Übrigens ist er eigentlich kein richtiger Berufsboxer, sondern Kutscher und Gewerkschaftsmitglied. Fährt für Corberly und Morrison. Manchmal aber tritt er in Vereinen auf. Er ist hitzig, und ob er einen Mann zu Boden schlägt oder ißt, kommt auf eines heraus. Ich glaube nicht, daß er dir gefallen wird, aber er tanzt großartig. Schwer, weißt du. Er gleitet und schreitet nur über den Boden. Du mußt sehen, daß du mit ihm tanzt. Und er ist kein Knicker. Aber hitzig, – oha!«

Und die Unterhaltung ging ihren Gang. Es war jedoch meistens Mary, die sprach, und sie kam immer wieder auf Bert Wanhope zurück.

»Ihr beide scheint ja sehr befreundet zu sein«, meinte Saxon.

»Ja, ich würde ihn morgen heiraten, wenn es sein sollte«, fuhr es aus ihr heraus. Dann sah sie plötzlich ganz verloren aus und wurde blaß, fast hart im Gesicht vor hilfloser Verzweiflung. »Er hat mich nur noch nicht gefragt. Er ist – –« Sie zögerte ein Weilchen, dann brach die Leidenschaft aus ihr heraus: »Nimm dich vor ihm in acht, Saxon, wenn er sich je an dich heranmacht. Er ist ein dreckiger Kerl. Aber einerlei, ich würde ihn lieber heut als morgen heiraten. Anders kriegt er mich nie.« Sie öffnete den Mund, um etwas zu sagen, seufzte aber stattdessen tief. »Es ist eine komische Welt, in der wir leben, nicht wahr? Zum Totlachen. Und alle Sterne sind auch Welten. Ich möchte wissen, wo Gott sich verbirgt. Bert Wanhope sagt, es gebe gar keinen Gott. Aber er ist schrecklich – sagt die schrecklichsten Dinge. Ich glaube an Gott. Du auch? Wo, glaubst du, ist Gott, Saxon?«

Saxon zuckte die Achseln und lachte.

Die Töne einer Tanzmelodie erklangen jetzt vom Tanzboden, und die beiden jungen Mädchen sprangen auf.

»Wir können gut ein paar Runden tanzen, ehe wir essen«, schlug Mary vor. »Dann ist Nachmittag, und dann kommen die Männer. Die meisten von ihnen sind Knicker, deshalb kommen sie so spät, denn dann brauchen sie den Mädels kein Essen zu spendieren. Aber Bert ist nobel, und Billy auch. Komm, mach schnell, Saxon.«

Nur wenige Paare waren auf dem Tanzboden, als sie kamen, und die zwei Mädchen tanzten den ersten Walzer miteinander.

»Da ist Bert«, flüsterte Saxon, als sie zum zweitenmal herumkamen.

»Tu, als sähest du sie nicht«, flüsterte Mary zurück. »Laß uns nur weiter tanzen. Sie dürfen nicht glauben, daß wir ihnen nachlaufen.«

Aber Saxon merkte gut, daß Marys Wangen sich gerötet hatten, und daß sie hastiger atmete.

»Hast du den andern gesehen?« fragte Mary, während sie in einem langen Gleiten Saxon nach dem entgegengesetzten Ende der Estrade führte. »Das ist Billy Roberts. Bert sagte, daß er kommen würde. Er soll für dich das Essen ausgeben und Bert für mich. Es wird ein großartiger Tag, du wirst sehen. Gott, wenn doch die Musik anhalten möchte, bis wir ans andere Ende kommen.«

Und sie walzten weiter, auf der Jagd nach Kavalieren und Mittagessen – zwei frische junge Geschöpfe, die unzweifelhaft gut tanzten, und die froh überrascht waren, als die Musik sie in bedenklicher Nähe vom Ziel ihrer Wünsche ans Land spülte.

Bert und Mary nannten sich beim Vornamen, aber Saxon sagte »Herr Wanhope« zu Bert, obwohl er sie stets Saxon nannte. Sie kannten sich alle bis auf Saxon und Billy Roberts. Mary stellte sie mit nervöser und nachlässiger Eile vor.

»Herr Roberts – Fräulein Brown. Sie ist meine beste Freundin. Ihr Vorname ist Saxon. Ist das nicht ein wahnsinnig komischer Name?«

»Ich finde, daß er gut klingt«, antwortete Billy, nahm den Hut ab und streckte die Hand aus. »Guten Tag, Fräulein Brown.«

Als ihre Hände sich trafen und Saxon fühlte, daß er harte Haut an den Händen hatte wie alle Kutscher, erfaßte sie mit einem einzigen schnellen Blick eine Menge anderer Dinge. Alles, was er bemerkte, waren ihre Augen, und er hatte eine schwache Vorstellung davon, daß sie blau waren. Erst später am Tage erkannte er, daß sie grau waren. Sie hingegen sah gleich seine Augen, wie sie waren, tiefblau, groß und schön mit einem eigenen verdrossenen knabenhaften Blick. Sie fand, daß sie ehrlich aussahen, und sie gefielen ihr gut, wie ihr auch seine Hand sowie die Berührung dieser Hand gefiel. Ebenfalls hatte sie, wenn auch nur ganz flüchtig, Zeit gehabt, die kurze gerade Nase, die helle Gesichtsfarbe und die feste, kurze Oberlippe zu bemerken, ehe ihr schneller Blick mit Wohlgefallen auf dem gutgeformten Mund mit den reinen Linien und den roten lächelnden Lippen ruhte, die die beneidenswert weißen Zähne entblößten. Ein Junge, ein großer starker Junge von Mann, dachte sie, und während sie sich zulächelten und ihre Hände sich lösten, fand sie noch Zeit, sein Haar zu bemerken: kurzes, lockiges, sehr helles Haar, fast wie mattes Gold, so schien ihr, aber doch zu hell, um wirklich Gold zu gleichen.

Die Augen hatten dunkle Wimpern und waren verschleiert und voller Temperament – es war kein verwundert starrender Kinderblick –, und der aus glattem braunen Stoff bestehende Anzug war nach Maß angefertigt. Saxon schätzte sofort den ganzen Anzug ein und bewertete ihn im geheimen auf mindestens fünfzig Dollar. Auch von der Ungeschicklichkeit des skandinavischen Einwanderers war nichts an ihm zu bemerken. Im Gegenteil, er war einer der wenigen Glücklichen, deren Muskeln durch die schönheitsverlassene Kleidung der Zivilisation hindurch Schönheit ausstrahlen. Jede seiner Bewegungen war geschmeidig, besonnen und wohlberechnet. Aber das sah sie nicht und machte sie sich nicht klar. Was sie sah, war nur ein gut gekleideter Mann mit Schönheit in Haltung und Bewegung. Die beherrschte Ruhe, die über seinem ganzen Auftreten lag, dieses Spiel von Muskeln war etwas, das sie eher fühlte als sah, und ebenso fühlte sie, daß hier war, wonach sie sich gesehnt hatte: eine Befreiung und Ruhe, doppelt angenehm und willkommen für jemand, der sechs Tage lang von morgens bis abends Feinwäsche geplättet hatte. Wie die Berührung seiner Hand ihr angenehm gewesen war, so fühlte sie ein, wenn auch unklares Behagen bei allem an ihm.

Als er ihre Ballkarte nahm und mit ihr zu spaßen begann, wie junge Leute zu tun pflegen, stellte sie fest, wie plötzlich dieses Gefallen an ihm gekommen war. Noch nie hatte ein Mann einen solchen Eindruck auf sie gemacht. Sie konnte es nicht lassen, sich zu fragen: Ist dies der Mann?

Er tanzte ausgezeichnet. Sie freute sich, wie eine gute Tänzerin sich freut, wenn sie einen guten Tänzer gefunden hat. Wie er mit seinen besonnenen Muskelbewegungen in die Rhythmen des Tanzes hineinglitt und eins damit wurde, das war geradezu bezaubernd. Kein Zweifel, kein Schwanken. Sie sah nach Bert, der mit Mary »schwofte« und immer wieder mit den anderen Tanzenden, deren Zahl allmählich gewachsen war, zusammenstieß. Schlank und hochgewachsen, war Bert auf seine Art nicht ohne Vorzüge und galt als guter Tänzer. Wenn Saxon aber an das Tanzen mit ihm dachte, schien ihr das Vergnügen nicht ganz ungemischt. In seinem ganzen Wesen lag etwas Krampfhaftes. Er war zu schnell oder doch immer im Begriff, es zu werden. Es war, als wollte er stets aus dem Takt geraten. Das störte so, es war keine Ruhe bei ihm zu finden.

»Sie tanzen wie ein Traum«, sagte Billy Roberts. »Ich habe oft gehört, wie gut Sie tanzen.«

»Ich tanze so gern«, antwortete sie.

Plötzlich ging die Musik in einen ganz anderen Takt über, die Schritte wurden länger, der Druck seines Armes wurde fester, er hob und trug sie, obwohl ihre kleinen Füße in den Samtschuhen nicht einen Augenblick den Fußboden verließen. Dann fielen sie, ebenso plötzlich, wieder in den kurzen Takt zurück. Sie merkte, wie er sie ein winziges Stück von sich abhielt, so daß er ihr ins Gesicht sehen konnte, und das war so lustig, daß sie sich anlachen mußten.

Schließlich wurde die Musik langsamer, und mit ihr verlangsamten sie ihren Tanz, ließen ihn in ein langes Gleiten verebben und hörten mit dem letzten ersterbenden Ton auf.

»Wir sind als Tänzer wie für einander geschaffen«, sagte er.

»Es war ein Traum«, antwortete sie.

Ihre Stimme war so leise, daß er sich zu ihr herabbeugen mußte, um zu hören, was sie sagte, und dabei bemerkte er die Röte in ihren Wangen – eine Röte, die sich gleichsam ihren Augen mitgeteilt hatte, welche warm und verschleiert waren. Er nahm ihre Ballkarte und schrieb mit tiefem Ernst und riesigen Buchstaben seinen Namen quer darüber.

»Und jetzt ist sie somit zwecklos«, sagte er dreist. »Sie brauchen sie nicht mehr.«

Er zerriß sie und warf sie weg.

»Das nächstemal kommen wir beide dran, Saxon«, sagte Bert, als er mit Mary zu ihnen trat. »Dann kannst du für den nächsten Tanz Mary nehmen, Bill.«

»Nichts zu machen, Bert«, lautete die Antwort. »Saxon und ich haben uns für den Rest des Tages zusammengetan.«

Mary betrachtete sie mit verstellt besorgter Miene, und Bert sagte gutmütig:

»Ich muß sagen, ihr seid schnell einig geworden. Aber einerlei – wenn ihr noch ein paar Runden getanzt habt, dann erlauben Mary und ich uns hiermit, euch zum Essen einzuladen.«

»Mir aus der Seele gesprochen«, stimmte Mary ein. »Na, laßt es gut sein«, lachte Billy und wandte den Kopf, daß er Saxon in die Augen sehen konnte. »Hören Sie nicht auf sie – sie ärgern sich nur, weil sie miteinander tanzen müssen. Bert tanzt schrecklich, und Mary ist auch nicht viel wert. So, jetzt geht es wieder los. Nach zwei Tänzen sehen wir uns wieder.«

Sie aßen im Freien, unter Bäumen, und Saxon bemerkte, daß es Billy war, der für sie alle bezahlte. Sie kannten viele der jungen Leute an den anderen Tischen, und Grüße und Scherze flogen hin und her. Bert nahm sich viele und zuweilen etwas plumpe Freiheiten gegen Mary heraus, legte seine Hand auf die ihre, ergriff sie und hielt sie fest, und einmal riß er ihr mit Gewalt ihre zwei Ringe ab und weigerte sich lange, sie zurückzugeben. Zuweilen, wenn er den Arm um sie legte, machte Mary sich sofort wieder frei, zuweilen aber ließ sie es sich auch gefallen, indem sie sorgsam, doch so, daß sie niemand damit täuschte, tat, als bemerkte sie es nicht.

Und Saxon, die nicht viel sagte, sondern Billy Roberts zum Gegenstand eines eingehenden Studiums machte, dachte, daß er derlei sicher ganz anders machen würde, wenn er sich überhaupt darauf einließe. Jedenfalls würde er nie ein Mädchen antasten, wie Bert und viele andere es taten. Sie maß die breiten Schultern Billys.

»Warum nennt man Sie eigentlich den Großen Bill?« fragte sie. »Sie sind doch gar nicht so schrecklich groß.«

»Nein«, gab er zu. »Ich messe nicht mehr als fünf Fuß und dreiviertel Zoll. Es ist wohl mein Gewicht, denke ich.«

»Sein Kampfgewicht ist hundertundachtzig«, warf Bert ein.

»Ach, laß doch«, sagte Billy schnell, und ein Schatten von Unwillen verdunkelte seine Augen. »Ich bin nicht Boxer. Ich bin im letzten halben Jahr nicht mehr aufgetreten. Ich habe damit aufgehört. Es lohnt sich nicht.«

»Du hast doch an dem Abend, als du den Frisco-Boxer schlugst, zweihundert verdient«, rief Bert mit Stolz.

»Laß doch, laß doch, sage ich. Aber hören Sie, Saxon, Sie sind selbst auch nicht groß, aber Sie sind prachtvoll gewachsen, genau so, wie man sein muß, das können Sie jedem sagen, der Sie fragt. Sie sind voll und schlank zugleich. Ich möchte darauf wetten, daß ich Ihr Gewicht erraten kann.«

»Die meisten raten zu hoch«, warnte sie ihn, aber im stillen dachte sie darüber nach, warum sie sich gleichzeitig freute und ärgerte, weil er nicht mehr boxte.

»Ich nicht«, sagte er. »Ich rate jedes Gewicht.« Er betrachtete sie kritisch, und es war klar, daß seine Unparteilichkeit einen kleinen Kampf mit der warmen Bewunderung zu bestehen hatte, die sein Blick verriet. »Warten Sie einen Augenblick.«

Er beugte sich zu ihr und befühlte ihre Arme und Muskeln. Seine Finger preßten sich um ihren Arm mit einem Druck, der fest und ehrlich war, und Saxon fühlte einen kleinen Schauder dabei. Es lag eine Art Zauber über diesem großen Jungen von Mann. Wenn Bert oder ein anderer Mann ihren Arm so angefühlt hätte, würde sie das nur gereizt haben.

Aber dieser Mann! Ist dies der Mann? fragte sie sich wieder, während er sein Urteil abgab.

»Ihre Kleider können nicht mehr als sechs Pfund wiegen, und sechs von – nun – sagen wir 111 – 105 wiegen Sie nackt.«

Aber die letzten Worte veranlaßten laute Einsprüche Marys.

»Nun hören Sie aber, Billy Roberts, von so etwas spricht man doch nicht.«

Er sah sie verständnislos und mit steigendem Erstaunen an.

»Von was?« sagte er schließlich.

»Da hast du es wieder. Du solltest dich schämen. Sieh nur, du hast Saxon ganz verlegen gemacht.«

»Das ist nicht wahr«, protestierte Saxon.

»Und wenn es so weitergeht, Mary, machst du mich schließlich noch ganz verlegen«, brummte Billy. »Ich weiß wohl noch, was richtig ist und was nicht. Es kommt nicht darauf an, was man sagt, sondern was man denkt, und ich denke ganz richtig, und das weiß Saxon gut. Und sie und ich denken nicht an das, woran du jetzt denkst.«

»Oh! Oh!« rief Mary. »Du wirst immer schlimmer. An so etwas denke ich nie.«

»Pscht, Mary! Sachte!« bremste Bert sie. »Du verläufst dich. Solche Schnitzer macht Billy nie.«

»Man braucht nicht so roh zu sein«, fuhr sie fort.

»Na, na, Mary, sei so gut und hör jetzt auf mit dem Unsinn«, fertigte Billy sie ab, indem er sich wieder zu Saxon wandte. »Wie habe ich geraten?«

»Hundertzehn«, antwortete sie und warf einen vorsichtigen Blick auf Mary. »Hundertzehn mit Kleidern.«

Billy brach in ein herzhaftes Lachen aus, in das Bert einstimmte.

»Und mir ist es gleichgültig«, protestierte Mary. »Ihr seid beide ekelhaft und du auch, Saxon. Das hätte ich nie von dir gedacht.«

»Nun hör mal zu, Kindchen«, begann Bert beruhigend und legte leicht den Arm um sie.

Aber in der künstlichen Erregung, in die Mary sich hineingeredet hatte, stieß sie seinen Arm zornig zurück. Dann wurde sie ängstlich, die Gefühle ihres Anbeters verletzt zu haben, und begann ihn daher auf alle mögliche Weise zu necken, wodurch sie auch selbst wieder in gute Laune kam. Er durfte wieder seinen Arm um sie legen, und, die Köpfe aneinandergelehnt, sprachen sie flüsternd miteinander.

Billy begann eine Unterhaltung mit Saxon.

»Wissen Sie, Sie haben aber einen komischen Namen. Ich habe ihn noch nie gehört. Aber er klingt gut. Er gefällt mir.«

»Meine Mutter gab ihn mir. Sie hatte eine gute Erziehung genossen und kannte alle möglichen Fremdwörter. Sie las immer Bücher, fast bis zu ihrem Tode. Und sie schrieb eine Menge. Ich habe einige von ihren Gedichten, die vor langer Zeit in einer San-Joséer Zeitung gestanden haben. Die Sachsen waren ein Volksstamm – sie erzählte mir eine Menge von ihnen, als ich klein war. Sie waren wild wie die Indianer, aber weiß. Und sie hatten blaue Augen und gelbes Haar und waren gewaltige Krieger.«

Während sie sprach, hörte Billy ganz feierlich zu, und seine Augen hafteten unabgewandt auf ihr.

»Nie von ihnen gehört«, gestand er. »Lebten sie vielleicht irgendwo hier in der Nähe?«

Sie lachte.

»Nein. Sie lebten in England. Sie waren die ersten Engländer, und Sie wissen wohl, daß die Amerikaner von den Engländern abstammen. Wir sind Sachsen, Sie und ich, und Mary und Bert und alle Amerikaner, die richtige Amerikaner sind, wissen Sie, nicht Italiener, Japaner und dergleichen.«

»Meine Familie lebt schon lange in Amerika«, sagte Billy sinnend, »die Familie meiner Mutter. Sie ließen sich vor hundert Jahren in Maine nieder.«

»Mein Vater war auch aus Maine«, fiel sie ihm mit einem kleinen Freudenschrei ins Wort. »Und meine Mutter ist in Ohio oder da herum geboren. Was war Ihr Vater?«

»Weiß nicht,« Billy zuckte die Achseln. »Er wußte es selber nicht. Und kein anderer wußte es. Aber deshalb war er doch

Amerikaner; Amerikaner durch und durch, darauf können Sie sich verlassen.«

»Roberts ist ein alter amerikanischer Name«, versicherte Saxon. »Es gibt gerade jetzt einen großen englischen General, der Roberts heißt. Das habe ich in der Zeitung gelesen.«

»Ja, aber mein Vater hieß nicht Roberts. Er hat seinen Namen nie gekannt. Roberts hieß ein Goldgräber, der ihn adoptierte. Sehen Sie, es verhielt sich so. Damals, als sie sich mit den Modoc-Indianern herumschlugen, waren eine Menge Goldgräber und Kolonisten dabei. Roberts war der Anführer eines solchen Korps, und einmal machten sie nach einem Kampf viele Gefangene, Indianerfrauen, Kinder und Säuglinge. Und eines dieser Kinder war mein Vater. Sie schätzten ihn auf fünf Jahre. Er sprach nur indianisch.«

Saxon schlug die Hände zusammen, und ihre Augen strahlten: »Er war bei einem Indianerüberfall gefangen worden!«

»So erklärten sie es«, nickte Billy. »Sie hatten von einem Wagenzug von Oregonkolonisten gehört, die vier Jahre zuvor von Modoc-Indianern erschlagen worden waren. Roberts adoptierte ihn, und deshalb weiß ich seinen richtigen Namen nicht. Aber Sie können sich darauf verlassen, daß er doch mit dabei war, als es über die Prärie ging.«

»Mein Vater auch«, sagte Saxon stolz.

»Und meine Mutter auch«, fügte Billy mit einem Anstrich von Stolz in der Stimme hinzu. »Sie ging sogar recht jung über die Prärie, denn sie wurde unterwegs in einem Wagen am Platte geboren.«

»Ja, und meine Mutter!« sagte Saxon. »Die war acht Jahre alt und ging den größten Teil des Weges zu Fuß, denn die Ochsen begannen zu fallen.«

Billy streckte die Hand aus.

»Her damit, Kindchen!« sagte er. »Es ist ganz, als wären wir alte Freunde, denn unsere Familien sind vom gleichen Schlage.«

Um acht Uhr spielte die Al-Vista-Musik »Heimat, süße Heimat«, und durch den dämmernden Abend gingen die vier mit dem Strom nach dem Bahnhof und hatten das Glück, gegenüberliegende Doppelbänke zu erwischen. Als Gänge und Plattformen brechend voll von lustigen Ballgästen waren, setzte sich der Zug in Bewegung, um die kurze Strecke von der Vorstadt nach Oakland zu fahren. Der ganze Wagen sang ein Dutzend verschiedener Lieder auf einmal, und Bert stimmte, den Kopf an Marys Brust gelehnt, »An den Ufern des Wabash« an. Er sang das Lied von Anfang bis zu Ende, ohne sich von dem wilden Lärm zwei verschiedener Prügeleien stören zu lassen, die eine auf der Plattform dicht neben ihnen, die andere am entgegengesetzten Ende des Wagens, bis es den beiden dazu gemieteten Schutzleuten unter Begleitung von Weibergeheul und zerbrochenen Scheiben, endlich gelang, Ruhe zu schaffen. Billy sang ein trauriges Lied von einem Cowboy; es hatte viele Strophen und einen Refrain, der lautete: »Begrabt mich auf der wilden Prä-rärie.«

»Das haben Sie noch nie gehört; es ist eines von den Liedern meines Vaters«, vertraute er Saxon an, die sich freute, als es fertig war.

Sie hatte den ersten Fehler an ihm entdeckt. Er hatte kein Gehör. Er hatte von Anfang bis zu Ende entsetzlich falsch gesungen.

»Ich singe nicht oft«, fügte er hinzu.

»Nein, das soll er auch schön bleiben lassen«, erklärte Bert. »Seine Kameraden würden ihn einfach totschlagen, wenn er es täte.«

»Sie machen sich alle über mich lustig, wenn ich singe«, sagte Billy klagend zu Saxon. »Offen gestanden, finden Sie es auch so schrecklich?«

»Sie singen vielleicht ein bißchen falsch«, wich Saxon aus.

»Ich kann nicht hören, daß es falsch ist«, protestierte er. »Es ist eine förmliche Verschwörung gegen mich. Ich möchte wetten, daß Bert Ihnen das eingeredet hat. Aber singen Sie mal was, Saxon. Ich wette, daß Sie gut singen. Ich kann es Ihnen direkt ansehen.«

Sie begann »Wenn die Tage des Herbstes vorbei«. Bert und Mary fielen ein; als aber Billy auch mitsingen wollte, versetzte Bert ihm einen warnenden Tritt gegen das Schienbein. Saxons Stimme war ein reiner, klarer Sopran, etwas zart, aber süß, und sie war sich bewußt, daß sie für Billy sang.

»Das muß ich sagen, das nenne ich singen!« sagte er, als sie fertig war. »Singen Sie das noch einmal. Nun, los! Sie machen es wirklich gut. Es ist großartig.«

Seine Hand näherte sich der ihren und bemächtigte sich ihrer, und während sie wieder zu singen begann, fühlte sie sich von dem starken Strom seines Pulsschlages durchwärmt.

»Wie sie Hand in Hand dasitzen«, neckte Bert. »Man sollte glauben, daß sie Angst voreinander hätten. Seht Mary und mich. Feste, ihr Feiglinge. Näher zusammen. Sonst sieht es verdächtig aus. Ich habe schon meinen Verdacht.«

Seine Andeutungen waren nicht mißzuverstehen. Saxon merkte, daß ihre Wangen glühend heiß wurden. »Benimm dich, Bert«, sagte Bill zurechtweisend.

»Halt den Mund«, sagte Mary, die auch empört war. »Du bist ekelhaft roh, Bert Wanhope, und ich will nichts mehr mit dir zu tun haben – bitte!«

Sie zog ihren Arm an sich und schob ihn weg, aber nur, um ihn nach zehn Sekunden verzeihend wieder in Gnaden aufzunehmen.

»Hört mal zu, alle drei«, fuhr der unverbesserliche Bert fort. »Die Nacht ist lang. Laßt uns die Zeit benutzen. Zuerst Pabsts Café – nachher etwas anderes. Was meinst du, Billy? Was meinen Sie, Saxon? Mary macht mit.«

Saxon schwieg, wartete aber, halb krank vor Furcht, was der Mann, den sie erst so kurze Zeit kannte, antworten würde.

»Nein«, sagte er besonnen. »Ich muß morgen früh aufstehen und den ganzen Tag arbeiten, und ich denke, daß es den Mädels ebenso geht.«

Saxon verzieh ihm, daß er unmusikalisch war. Sie hatte stets gewußt, daß es solche Männer gab. Auf einen solchen Mann hatte sie gewartet. Sie war jetzt vierundzwanzig, und ihren ersten Heiratsantrag hatte sie mit sechzehn bekommen. Den letzten vor nicht mehr als einem Monat – von dem Inspektor der Wäscherei, einem guten, netten Mann, aber nicht mehr jung. Aber der hier neben ihr war stark und gut und jung. Sie selbst war zu jung, um sich nicht Jugend zu wünschen. Der Inspektor – das hätte bedeutet, daß sie nicht mehr zu plätten brauchte, aber er hätte keine Wärme geschenkt. Aber dieser Mann hier neben ihr – – sie ertappte sich dabei, wie sie ihm die Hand drücken wollte.

»Nein, Bert, quäl uns nicht«, sagte Mary. »Wir müssen etwas schlafen. Morgen müssen wir den ganzen Tag am Plättbrett stehen.«

Saxon wurde plötzlich kalt vor Angst bei dem Gedanken, daß sie sicher älter als Billy sei. Verstohlen blickte sie ihn und die weichen runden Linien seines Gesichts an, und das Jungenhafte an ihm ließ sie erschrecken. Natürlich würde er ein Mädchen heiraten, das jünger war als er selber, jünger als sie. Wie alt war er? War es denkbar, daß er zu jung für sie war? Aber je unerreichbarer er wurde, desto heftiger fühlte sie sich von ihm angezogen. Er war so stark und gut. Sie rief sich alle Ereignisse des Tages wieder ins Gedächtnis zurück. Sie fand keinen Fehl, keinen Tadel. Die ganze Zeit war er rücksichtsvoll gegen sie und Mary gewesen. Und er hatte ihre Ballkarte zerrissen und mit keiner andern getanzt. Es war klar, daß sie ihm gefiel, sonst hätte er das nicht getan.

Sie machte eine kleine Bewegung mit der Hand, die er in der seinen hielt, und fühlte die rauhe Berührung mit seiner harten Kutscherfaust. Das war ein wundervolles Gefühl. Jetzt bewegte seine Hand sich auch etwas, um sich nach der ihren zu richten, und sie wartete ängstlich. Sie wollte nicht, daß er es wie andere Männer machte, und sie wäre zornig auf ihn geworden, wenn er es gewagt hätte, ihre schwache Bewegung mit den Fingern zu benutzen, um den Arm um sie zu legen. Aber er tat es nicht, und eine Woge von Wärme drang ihr ins Gemüt. Er besaß Feingefühl. Er war weder ein Schwätzer wie Bert noch plump wie andere Männer, denen sie begegnet war. Denn sie hatte Erfahrungen gemacht, die nicht angenehm waren, und sie hatte das entbehrt, was man Ritterlichkeit nannte, wenn sie auch dies Wort nicht benutzt hätte, um auszudrücken, was sie entbehrte, und wonach sie sich sehnte.

Und er war Berufsboxer. Der Gedanke benahm ihr fast den Atem. Er entsprach gar nicht ihren Begriffen von einem Berufsboxer. Im übrigen war er gar kein Professional. Er hatte selbst gesagt, daß er es nicht war. Sie beschloß, ihn einmal danach zu fragen, falls – falls er sie zum Ausgehen einlud. Aber daran zweifelte sie eigentlich nicht, denn wenn ein Mann einen ganzen Tag lang mit einem jungen Mädchen tanzte, so ließ er sie nicht gleich wieder laufen. Sie hoffte beinahe, daß er ein Professional war. Der Gedanke kitzelte sie. Boxer, das war etwas Schreckliches und Mystisches. Boxer standen außerhalb der Regel, sie waren keine gewöhnlichen Arbeiter wie Zimmerleute und Wäschereiarbeiter, sie repräsentierten die Romantik. Sie repräsentierten auch die Kraft. Sie arbeiteten nicht für Arbeitgeber, sondern traten mit Pomp und Gepränge auf, kämpften für eigene Rechnung mit der großen Welt und preßten viel, viel Geld aus den widerstrebenden Händen heraus. Es gab unter ihnen welche, die sich ein Auto hielten und mit einem ganzen Stabe von Trainern und Dienern reisten. Vielleicht hatte Billy nur aus Bescheidenheit gesagt, daß er nicht mehr auftrat. Und doch – die harte Haut in seinen Händen – sie sagte ihr, daß er aufgehört hatte.

An der Pforte nahmen sie voneinander Abschied. Billy war sichtbar verlegen, und das tat Saxon wohl. Er war keiner der jungen Männer, die das als etwas Selbstverständliches hinnahmen. Eine Pause trat ein, in der sie tat, als wollte sie hineingehen, während sie in Wirklichkeit mit geheimer Ungeduld auf die Worte wartete, die sie von ihm wünschte.

»Wir sehen uns doch wieder, nicht wahr?« fragte er, ihre Hand in der seinen.

Sie lachte einwilligend.

»Ich wohne in der Gegend von Ost-Oakland«, erklärte er. »Dort liegt der Stall, wissen Sie, und wir fahren hauptsächlich in dem Viertel, so daß mein Weg ja nicht oft hier vorbeiführt. Aber hören Sie mal –«. Seine Hand griff fester um die ihre. »Wir müssen noch einmal ebensogut zusammen tanzen. Mittwoch ist Ball im Orindore-Klub. Wenn Sie nichts anderes vorhaben – oder haben Sie?«

»Nein«, sagte sie.

»Dann sagen wir also Mittwoch. Wann soll ich Sie abholen?«

Und als sie alles verabredet hatten und er eingewilligt hatte, daß sie ein paar Tänze mit andern tanzen dürfte, und sie sich noch einmal Gutenacht sagten, faßte er ihre Hand und zog sie an sich. Sie wehrte sich, schwach, aber mit ehrlichem Willen. Es war üblich so, aber sie hatte das Gefühl, daß sie es lieber lassen sollte, aus Furcht, mißverstanden zu werden. Und doch wünschte sie, ihn zu küssen, wie sie noch nie gewünscht hatte, einen Mann zu küssen. Als es kam und sie das Gesicht zu ihm hob, stellte sie fest, daß es seinerseits ein Kuß in Ehren war. Nichts lag dahinter. Unbeholfen und freundlich, wie er selber war, wirkte er fast jungfräulich und verriet keine große Erfahrung in der Kunst des Gutenachtsagens.

»Gute Nacht«, murmelte er. Die Pforte kreischte unter seiner Hand. Er eilte den engen Weg hinab, der zur Ecke des Hauses führte.

»Mittwoch«, rief sie ihm leise nach.

»Mittwoch«, antwortete er. Aber in dem dunkeln Gang zwischen den zwei Häusern blieb sie stehen und lauschte froh auf das Geräusch seiner Schritte auf dem zementierten Bürgersteig. Erst als sie verhallten, ging sie hinauf. Sie schlich sich die Hintertreppe hinauf und durch die Küche in ihr Zimmer, von Herzen dankbar, daß Sarah schlafen gegangen war.

Sie zündete das Gas an, und während sie ihren kleinen Samthut abnahm, spürte sie noch, wie ihre Lippen nach dem Kuß zitterten. Selbstverständlich hatte der nichts zu bedeuten. Es war unter jungen Leuten so üblich. Alle taten es. Aber ihr Gutenachtkuß hatte ihr nie dieses zitternde Gefühl im Gehirn und auf ihren Lippen gegeben. Was war das? Was bedeutete das? Eine plötzliche Eingebung ließ sie sich im Spiegel betrachten. Die Augen strahlten glücklich. Die Röte, die so leicht in ihren Wangen kam und ging, verlieh ihnen im Augenblick Farbe und Glut. Es war ein schönes Spiegelbild, das sie froh und selbstbewußt lächeln ließ, und das Lächeln vertiefte sich noch beim Anblick der zwei starken, weißen und ganz ebenmäßigen Zahnreihen. Warum soll Billy das Gesicht nicht gefallen? fragte sie sich. Andern Männern hatte es gefallen. Selbst die andern Mädchen gaben zu, daß sie gut aussah. Charley Long mußte es doch gefallen, sonst würde er ihr das Leben nicht so zur Qual machen.

Sie warf einen Blick nach dem Spiegel, wo seine Photographie steckte, schauderte und schnitt eine kleine Grimasse vor Abscheu und Ekel. Grausamkeit lag in den Augen und Brutalität. Er war eine Bestie. Ein ganzes Jahr lang tyrannisierte er sie jetzt. Er verscheuchte die andern. Es war gleichsam eine Art Sklaverei, wie er ihr aufpaßte. Sie mußte an den jungen Buchhalter in der Wäscherei denken – der war kein Arbeiter, nein, sondern ein feiner Herr mit weichen Händen und weicher Stimme – ihn hatte Charley an der Straßenecke überfallen, nur, weil er gewagt hatte, sie zum Theater einzuladen. Und sie hatte nichts tun können. Um seinetwillen hatte sie nie ja zu sagen gewagt, wenn er sie eingeladen hatte.

Und nun sollte sie Mittwoch abend mit Billy ausgehen. Das Herz hüpfte ihr. Es gab wohl Krach, aber Billy würde sie von ihm befreien. Er sollte nur versuchen, Billy zu überfallen.

Mit einer schnellen Bewegung warf sie die Photographie herunter und ließ sie mit der Bildseite auf die Kommode fallen. Dort lag sie jetzt neben einem kleinen viereckigen Etui aus dunklem Leder, das vom Zahn der Zeit ziemlich mitgenommen war. Mit dem Gefühl, daß es eine Entweihung war, ergriff sie wieder die unselige Photographie und warf sie in eine Ecke des Zimmers. Hierauf nahm sie das Lederetui, drückte auf eine Feder, daß es aufsprang, und betrachtete die Daguerreotypie einer kleinen abgearbeiteten Frau mit festen grauen Augen und mit einem Mund mit zuversichtlichem, rührendem Ausdruck. Auf dem Samt des Etuis stand mit Goldbuchstaben: Carlton von Daisy. Sie las es andächtig, denn es war der Name ihres Vaters, den sie nie gekannt hatte, und das Bild stellte die Mutter dar, die sie nur so wenig gekannt, wenn sie auch nie vergessen hatte, daß diese klugen traurigen Augen grau gewesen waren.

Die Musik spielte gerade die letzten Töne eines Walzers, als Billy und Saxon vor der großen Eingangstür des Tanzlokals standen. Ihre Hand ruhte leicht auf seinem Arm, und sie wollten sich gerade ein paar Stühle suchen, als Charley Long, der offenbar auch gerade gekommen war, sich zu ihnen hindurchdrängte.

»Ach so, du bist es? Und du willst hier Krach machen, wie?« sagte er, und sein Gesicht war böse und rot.

»Wer? Ich?« fragte Billy ruhig. »Du irrst dich, ich mache nie Krach.«

»Ich zerschlage dir den Kopf, wenn du dich nicht verziehst, und zwar ein bißchen schnell.«

»Das möchte ich sehr ungern«, sagte Billy zaudernd. »Komm, Saxon, die Nachbarschaft ist nicht gesund für uns.

Er machte Miene, sich mit ihr zu entfernen, aber Long stellte sich ihnen in den Weg.

»Du bist doch ein bißchen zu naß hinter den Ohren, Freundchen«, knurrte er. »Du mußt ein bißchen gesalzen werden, verstanden?«

Billy kratzte sich mit einem Ausdruck übertriebenen Erstaunens den Kopf.

»Nein, ich glaube, ich verstehe dich nicht«, sagte er. »Was hast du übrigens gesagt?«

Aber der große Schmied wandte sich verächtlich von ihm ab zu Saxon.

»Komm, Mädel. Zeig mir deine Tanzkarte.«

»Willst du mit ihm tanzen?« fragte Billy.

Sie schüttelte den Kopf.

»Tut mir leid, Genosse. Aber dann ist nichts zu machen«, sagte Billy und schickte sich wieder zum Gehen an.

Zum drittenmal stellte sich der Schmied ihnen in den Weg.

»Weg mit dir«, sagte Billy. »Weg mit dir, sage ich.«

Long stand sprungbereit da. Er hatte die Fäuste geballt, der eine Arm war zum Stoß zurückgezogen und Schultern und Brustkasten vorgeschoben. Aber Billys unerschütterliche Ruhe und sein kalter Blick, in dem Wolken kamen und gingen, ließen ihn sich bedenken. Billy hatte sich nicht von der Stelle gerührt und sah vollkommen ruhig aus. Es war, als beachtete er den drohenden Angriff gar nicht. Das war etwas Neues und Unbekanntes in Longs Praxis.

»Du weißt vielleicht nicht, wer ich bin?« knurrte er.

»Doch«, warf Billy leicht hin. »Du bist ein Rekordkrachmacher.« Long machte ein ganz vergnügtes Gesicht. »Du solltest den Diamantengürtel der ›Police Gazette‹ fürs Umwerfen von Kinderwagen haben. Ich bin sicher, daß du mit jedem anbändelst.«

»Laß ihn in Ruhe, Charley«, sagte einer der jungen Leute, die sich um sie geschart hatten. »Das ist Bill Roberts, der Boxer. Du kennst ihn. Der Große Bill.«

»Mir ist es einerlei, und wenn es Jim Jeffries selbst wäre. Er soll hier keinen Krach mit mir machen.«

Nichtsdestoweniger konnten alle, auch Saxon, merken, daß seine Wut sich bedeutend abgekühlt hatte. Billys Name schien eine beruhigende Wirkung auf brüllende Männchen auszuüben.

»Kennst du ihn?« fragte Billy sie.

Sie nickte nur, obwohl sie gern tausend Anklagen gegen diesen Mann hinausgeschrien hätte, der sie so hartnäckig verfolgte. Billy wandte sich jetzt zu dem Schmied.

»Hör, Genosse, du willst dich doch nicht mit mir schlagen. Warum auch? Das Mädel hat wohl selbst auch noch ein Wörtchen dabei mitzureden.«

»Nein. Das geht nur uns beide an!«

Billy schüttelte besonnen den Kopf. »Nein, das stimmt nicht. Ich denke, daß sie auch ein Wörtchen dabei mitzureden hat.«

»Schön, dann sag' es«, knurrte Long, zu Saxon gewandt. »Mit wem willst du dich zusammentun? Mit mir oder ihm? Entscheide es.«

Statt zu antworten, legte Saxon ihre freie Hand auf die, die auf Billys Arm ruhte.

»Ja, dann ist die Sache wohl erledigt«, meinte Billy.

Long starrte zuerst Saxon, dann ihren Beschützer an. »Ich hätte schon Lust, die Sache gelegentlich mit dir auszutragen«, knurrte er zwischen den Zähnen.

Sie wandten sich zum Gehen, und Saxon war stolz. Sie hatte nicht das Schicksal Lily Sandersons erlitten. Dieser herrliche Mann, der dabei ein Junge war, hatte, ohne auch nur mit Schlägen zu drohen, den großen Schmied mit seiner Besonnenheit und Unerschütterlichkeit besiegt.

»Er hat sich mir überall aufgedrängt«, flüsterte sie Billy zu. »Er hat sich vorgenommen, mich mürbe zu machen, und hat allen, die mir nur in die Nähe kamen, die Köpfe zerschlagen. Ich möchte ihn nie wiedersehen.«

Billy blieb sofort stehen. Long, der sich noch nicht recht entschließen konnte zu gehen, stand auch still.

»Sie sagt, daß sie nichts mehr mit dir zu tun haben will. Und was sie sagt, das gilt. Wenn ich je höre, daß du sie auch nur mit einem Mucks genierst, dann kannst du was erleben. Verstanden?«

Long warf ihm einen wütenden Blick zu, sagte aber nichts.

»Verstanden?« wiederholte Billy gebieterisch.

Der Schmied ließ ein bestätigendes Knurren hören.

»Schön. Dann vergiß es auch nicht. Und jetzt mach, daß du wegkommst, sonst trete ich dich auf die Füße.«

Long trottete unter würgenden Drohungen ab, und Saxon ging wie in einem Traum weiter. Charley Long hatte klein beigegeben. Er hatte Angst vor diesem blauäugigen, glatthäutigen Jungen. Der hatte sie von ihm befreit – hatte getan, was kein anderer Mann für sie versucht hatte.

Zweimal machte Saxon einen Versuch, Billy die Einzelheiten ihrer Bekanntschaft mit Long zu erzählen, aber beide Male unterbrach er sie.

»Ich pfeife darauf«, sagte Billy das zweitemal. »Du bist ja hier, nicht wahr?« Aber sie beharrte bei ihrer Absicht, und als sie endlich erregt und erbittert über ihre eigene Geschichte schloß, streichelte er ihr tröstend die Hand.

»Laß es gut sein, Saxon«, sagte er. »Er ist ein richtiger Strolch. Ich habe ihn gleich, als ich ihn sah, richtig eingeschätzt. Aber er wird dich nicht mehr belästigen. Ich kenne die Sorte. Die bellt nur. Aber sich schlagen! Er könnte sich nicht einmal mit einem Milchwagen schlagen.«

»Aber wie machst du es nur?« fragte sie, und ihr Atem ging schneller. »Warum fürchten dich alle Männer? Das ist direkt wunderbar.«

Er lächelte mit leichter Verlegenheit und kam auf etwas anderes zu sprechen.

»Weißt du«, sagte er, »deine Zähne gefallen mir so gut. Sie sind so weiß und gleichmäßig und nicht groß. Aber du hast auch nicht solche winzigen Kinderzähne. Sie sind – sie sind ganz wie sie sein sollen, und sie passen großartig zu dir. Sie sind zum Fressen.«

Gegen Mitternacht brachen Billy und Saxon auf und verabschiedeten sich von Bert und Mary, den beiden Unermüdlichen, die nie genug tanzen konnten. Billy hatte vorgeschlagen, so früh zu gehen, und es drängte ihn, ihr den Grund zu erklären.

»Das habe ich von den Boxern gelernt«, sagte er. »Auf mich zu achten. Man kann nicht den ganzen Tag arbeiten und die ganze Nacht arbeiten und dabei in Form bleiben. Das ist dasselbe, wie wenn man trinkt Nicht, daß ich ein Engel bin. Ich bin so betrunken gewesen wie nur einer, und ich liebe Bier – massenhaft. Aber ich trinke nicht so viel, wie ich gern möchte. Ich habe es versucht, aber es lohnt sich nicht. Nimm zum Beispiel den großen Strolch, der heute mit uns anbändelte. Er ist ein Hund durch und durch, aber er hat Bierblut. Darüber war ich mir klar, sobald er uns anrempelte.«

»Aber er ist so groß«, protestierte Saxon. »Ach, seine Hände sind sicher doppelt so groß wie deine.«

»Das hat nichts zu sagen. Es kommt lediglich darauf an, was hinter den Fäusten steckt. Er würde wie ein wütender Stier drauflosgehen. Vielleicht könnte ich ihn nicht gleich zu Boden schlagen. Aber ich brauchte ihn mir nur vom Leibe zu halten, ihn zu ermüden und abzuwarten. Auf einmal würde er explodieren – in Stücke gehen, verstehst du. Und dann hätte ich ihn, wo ich wollte, und das weiß er selber gut. Das ist das Geheimnis.«

»Du bist der einzige Boxer, den ich je gekannt habe«, sagte Saxon nach einer Pause.

»Ich bin es nicht mehr«, wandte er schnell ein. »Es lohnt sich nicht. Man trainiert, bis man so fein wie Seide ist – bis man die reine Seide ist, in Haut und allem, und man glaubt, hundert Jahre leben zu können. Und dann geht man eines schönen Tages mit irgendeinem zähen Kerl in den Ring, der ebenso gut ist wie man selber – zwanzig Runden – und in diesen zwanzig Runden setzt man all seine Seide zu und wirft ein Jahr seines Lebens weg. Ja, manchmal setzt man fünf Jahre seines Lebens oder die Hälfte zu, oder verbraucht alles auf einmal. Ich habe meine Augen gebraucht, ich habe Burschen, so stark wie Stiere, sterben sehen, ehe ein Jahr um war, an Schwindsucht oder Nierenkrankheit oder dergleichen. Welche Freude hat man davon? Geld kann nicht ersetzen, was man verliert. Sieh, das ist der Grund, daß ich das Boxen aufgab, und mich entschloß, Kutscher zu bleiben. Ich habe meine Seide und gedenke, sie zu behalten, das ist alles.«

»Es muß ein stolzes Gefühl sein, zu wissen, daß man den andern Männern überlegen ist«, sagte sie sanft und war selbst stolz auf seine Kraft und Tüchtigkeit.

»Das ist es«, gab er freimütig zu. »Ich freue mich, daß ich damit anfing, ebenso wie ich mich jetzt freue, daß ich's wieder aufgab. Ja, ja, ich habe allerlei dabei gelernt – die Augen offen und den Kopf klar zu halten. Das Boxen lehrte mich, Dampf zu sparen und nichts zu tun, was ich hinterher bereute.«

»Ach, du bist der netteste und friedlichste Mann, den ich je gekannt habe«, warf sie ein.

»Glaub das nicht. Paß nur auf, und du wirst sehen, gelegentlich überwältigt mich das Böse, daß ich nicht weiß, was ich tue. Ach, wenn ich erst losgelassen bin, bin ich schlimmer als der schlimmste Teufel.«

Dieses stillschweigende Versprechen, ihre Bekanntschaft fortzusetzen, ließ Saxons ganze Gestalt von Freude erschauern.

»Sag«, meinte er, als sie in die Nähe ihrer Wohnung kamen. »Was machst du Sonntag?«

»Nichts. Ich habe mir noch nichts vorgenommen.«

»Schön, was meinst du dazu, mit mir eine Wagenfahrt in die Berge zu machen?«

Sie antwortete nicht gleich, denn einen Augenblick lang hatte sie eine Vision, wie einen Alpdruck, sie sah ihre letzte Ausfahrt, ihren Schrecken, ihren Sprung aus dem Wagen und den meilenweiten Heimweg, in der Dunkelheit stolpernd in ihren dünnsohligen Schuhen, die die Steine fast bei jedem Schritt durchschnitten. Aber dann ging es wie eine Freudenwoge durch ihre Seele bei dem Gedanken, daß dieser Mann bei ihr war.

»Ich liebe Pferde«, sagte sie. »Ich liebe sie fast mehr als Tanzen, aber ich verstehe nichts von ihnen. Mein Vater hatte einen großen Rotschimmel als Streitroß. Er war Rittmeister, weißt du. Ich habe ihn nie gesehen, aber mir scheint immer, ich müßte ihn auf dem großen Pferde sehen, eine Schärpe um den Leib und einen Säbel an der Seite. Mein Bruder George hat den Säbel, aber Tom – das ist der Bruder, bei dem ich wohne – Tom sagt, daß er mir gehört, weil es nicht sein Vater war. Siehst du, sie sind nur meine Halbbrüder. Ich bin das einzige Kind aus der zweiten Ehe meiner Mutter. Es war ihre richtige Ehe – ihre Liebesehe, meine ich.«

Saxon hielt plötzlich inne, verlegen über ihre eigene Redseligkeit; und doch war es so verlockend, diesem jungen Mann von sich zu erzählen, denn all diese fernen Erinnerungen waren ja ein so großer Teil von ihr selber.

»Erzähl mir mehr davon«, ermunterte Billy sie. »Ich höre so gern von alten Tagen. Meine Familie hat auch alles mitgemacht, und ich habe beinahe das Gefühl, daß es eine bessere Welt war als die, in der wir jetzt leben. Alles war einfacher und natürlicher, ich weiß nicht recht, wie ich es ausdrücken soll. Aber ich meine ungefähr so: Ich verstehe das Leben heute nicht, alle diese Gewerkschaften und Arbeitgeberverbände und Streiks und die schweren Zeiten und die Jagd nach Arbeit. Alles das. So war es früher nicht. Da waren sie alle Bauern, schossen selbst ihr Wild, hatten genug zu essen und sorgten gut für die Alten. Aber jetzt ist es ein Durcheinander, das ich nicht verstehe. Vielleicht bin ich nur dumm, ja, was weiß ich? Aber das ist auch einerlei – laß mich mehr von deiner Mutter hören.«

»Ja, siehst du, als sie noch ganz jung war, gewannen sie und Kapitän Brown sich lieb. Er war damals Soldat. Es war vor dem Krieg. Und er wurde gleich nach Osten in den Krieg kommandiert, während sie für ihre Schwester Laura sorgen mußte. Und dann kam die Nachricht, daß er bei Shiloh gefallen war. Und sie heiratete einen Mann, der sie seit vielen, vielen Jahren liebte. Er war als Knabe in demselben Wagenzug wie sie über die Prärie gezogen. Sie hatte ihn gern, liebte ihn aber nicht. Und später erfuhr sie dann, daß mein Vater gar nicht gefallen war. Das machte sie sehr schwermütig, vernichtete aber nicht ihr Leben. Sie war eine gute Mutter und eine gute Gattin, aber sie war immer schwermütig, sanft und freundlich, und ich glaube, ihre Stimme war die schönste von der Welt.«

»Ja, sie muß prachtvoll gewesen sein«, gab Billy zu.

»Und mein Vater heiratete nie. Er liebte sie immer noch. Ich habe zu Hause ein herrliches Liebesgedicht, das er ihr gemacht hat. Es ist geradezu wundervoll, und es klingt wie Musik. Nun und dann, nach langer Zeit, starb ihr Mann, und da gingen sie und mein Vater ihre Liebesehe ein. Sie heiratete erst 1882, und da war sie nicht mehr jung.«

Sie erzählte ihm noch mehr, während sie an der Pforte standen, und nachher versuchte sie sich einzureden, daß der Gutenachtkuß ein ganz klein wenig länger gedauert hätte als sonst.

»Sagen wir also um neun?« fragte er über die Pforte hinweg. »Kümmere dich nicht um Frühstück und dergleichen. Dafür sorge ich schon. Sei nur um neun Uhr bereit.«

Die Pferde, die häufig rasten durften und von der Anstrengung schäumten, hatten den steilen Weg nach dem Moragatal erklommen, und dort, wo es auf der einen Seite zu den Contra-Costa-Höhen hinaufging, senkte sich der Weg plötzlich in die grüne, sonnenbeschienene Stille des Riesentannen-Canyons.

»Sag, ist das nicht herrlich?« fragte Billy, indem er eine Handbewegung machte, die die Bäume, das rieselnde Geräusch des Wassers, das man nicht sah, und das sommerliche Summen der Bienen umfaßte.

»Herrlich«, gab Saxon zu. »Da möchte ich schon auf dem Lande wohnen, was ich noch nie getan habe.«

»Ich auch nicht, Saxon. Ich habe nie in meinem Leben auf dem Lande gewohnt, obwohl meine Familie von dort stammt.«

»Damals gab es noch keine Städte, alle wohnten auf dem Lande.«

»Da hast du sicher recht«, nickte er. »Sie mußten auf dem Lande wohnen.«

Das leichte Fuhrwerk hatte keine Bremse, und Billys Aufmerksamkeit wurde jetzt ganz davon in Anspruch genommen, die Pferde den steilen, gewundenen Weg hinabzulenken. Saxon lehnte sich zurück und schloß mit einem Gefühl unsagbaren Wohlbehagens die Augen.

»Was gibt es?« fragte Billy schließlich nach einem Weilchen unruhig. »Dir ist doch nicht schlecht?«

»Es ist so herrlich, daß ich mich fürchte, es anzusehen. Es ist so stolz, daß es schmerzt.«

»Stolz? Das klingt doch merkwürdig.«

»Vielleicht. Aber so fühle ich es. Es ist stolz. Weder die Häuser noch die Straßen oder sonst etwas von der Stadt ist stolz. Aber dies hier ist es. Ich weiß nicht, warum. Aber es ist so.«

»Ich glaube fast, du hast recht«, rief er. »Jetzt, da du es sagst, fällt es mir auf. Dies hier ist weder Sport noch Streik, weder Schiebung noch Lüge. Die Bäume hier stehen aufrecht, natürlich und redlich wie junge Kerle da, die zum erstenmal im Ring sind, ehe sie lernen, zu schieben und dem Sportteufel und anderm faulen Zauber zu opfern. Ja, es ist stolz. Weißt du, Saxon, du kannst wirklich sehen.« Er schwieg beinahe demütig, betrachtete sie aber mit einem so zärtlichen Blick, daß ein verräterisches Zittern ihren ganzen Körper durchflog. »Weißt du, ich möchte, daß du mich einmal boxen sähest. In einem richtigen Kampf, wo immerzu etwas geschähe. Ich wäre mächtig stolz darauf, wenn du zusähest. Ich würde gewinnen, glaube ich, wenn du zusähest und alles verständest. Das sollte ein Kampf werden, glaube mir. Und merkwürdig, ich habe noch nie in meinem Leben gewünscht, daß eine Frau mich kämpfen sehen sollte. Sie schreien und kreischen und verstehen nichts davon. Aber du würdest es verstehen. Sicher, du würdest es verstehen.«

Als sie kurz darauf in die Talsohle einbogen und durch die Rodung fuhren, wo die Bauernhöfe lagen und das reife Getreide golden im Sonnenschein stand, wandte Billy sich wieder zu Saxon.

»Sag mal, du bist natürlich oft verliebt gewesen. Wie ist es damit?«

Sie schüttelte den Kopf.

»Ich bildete mir nur ein, verliebt zu sein, und nicht oft!«

»Doch, oft!« rief er.

»Nie im Ernst«, versicherte sie, während sie sich im stillen über die Eifersucht freute, die er, ohne es zu wissen, verriet. »Ich bin nie im Ernst verliebt gewesen. Wäre ich es, dann würde ich jetzt verheiratet sein. Denn wenn ich in einen Mann verliebt wäre, was sollte ich anders tun, als ihn heiraten?«

»Aber gesetzt, er wäre nicht in dich verliebt?«

»Ach, ich weiß nicht.« Sie lächelte, aber nicht ohne ein gewisses Selbstgefühl. »Ich glaube fast, ich müßte ihn dazu bringen können, sich in mich zu verlieben.«

»Ja, das glaube ich auch«, erklärte Billy begeistert.

»Aber leider«, fuhr sie fort, »machte ich mir nie etwas aus den Männern, die in mich verliebt waren. – Ach, sieh!«

Ein Kaninchen war über den Weg gelaufen und hinterließ eine dünne Staubwolke, die wie ein Rauchstreifen den Weg seiner Flucht bezeichnete. Bei der nächsten Biegung stieg ein Volk Rebhühner gerade vor der Nase der Pferde auf. Billy und Saxon brachen in lauten Jubel aus.

»Großer Gott«, sagte er, »ich wünschte förmlich, daß ich Bauer geworden wäre. Wir Menschen sind nicht dazu geschaffen, in Städten zu leben.«

»Jedenfalls nicht Menschen wie wir«, räumte sie ein. Und nach einer kurzen Pause fügte sie mit einem tiefen Seufzer hinzu: »Alles ist hier so schön. Es müßte wie ein Traum sein, sein ganzes Leben hier zu leben. Ich wünschte manchmal, ich wäre eine Indianerin.«

Billy wollte ein paarmal etwas sagen, bezwang sich aber immer wieder im letzten Augenblick. Endlich kam es.

»Aber diese Burschen, die in dich verliebt waren. Von denen hast du mir nichts erzählt.«

»Möchtest du das so gern wissen«, fragte sie. »Es hat gar keine Bedeutung.«

»Selbstverständlich möchte ich es gern wissen. Los! Erzähle.«

»Schön. Zuerst war da Al Stanley —«

»Was war der?« fragte Billy halb gebieterisch.

»Er war Spieler.«

Billys Gesicht verzog sich, und sie konnte sehen, wie sich der Zweifel in dem schnellen Blick, den er ihr sandte, sammelte.

»Ja, es ist wahr«, lachte sie. »Ich war erst acht Jahre alt. Du siehst, daß ich mit dem Anfang beginne. Nach dem Tode meiner Mutter nahm Cady mich zu sich. Er hatte ein Hotel und eine Wirtschaft. Es war in Los Angeles, ein ganz kleines Hotel, wo die Eisenbahnarbeiter und dergleichen Leute verkehrten. Und ich glaube, daß Al Stanley von ihrem Lohn lebte. Er war so hübsch und so ruhig und hatte eine so weiche Stimme. Und sehr schöne Augen hatte er und die weichsten, weißesten Hände. Ich sehe sie noch vor mir. Er spielte manchmal nachmittags mit mir, gab mir Bonbons und kleine Geschenke. In der Regel verschlief er den größten Teil des Tages. Damals wußte ich nicht, weshalb. Ich glaubte, er wäre etwas wie ein verkleideter Prinz. Und dann wurde er in der Schankstube getötet. Aber vorher tötete er den Mann, der ihn tötete. So endete diese Liebesgeschichte.

Der nächste kam, als ich das Asyl verlassen hatte – ich war damals dreizehn Jahre alt und wohnte bei meinem Bruder – wir haben seitdem immer zusammen gewohnt. Es war ein Junge, der einen Bäckerwagen fuhr. Ich traf ihn fast jeden Morgen auf dem Schulweg. Er kam zu der Zeit durch die Wood Street und bog in die Zwölfte ein. Vielleicht war es der Umstand, daß er mit einem Pferd fuhr, was mich anzog. Was es auch war, jedenfalls war ich ein paar Monate lang in ihn verliebt. Dann verlor er seine Stellung oder was sonst geschah

–, jedenfalls fuhr von jetzt an ein anderer Junge den Bäckerwagen. Und wir gelangten nicht einmal so weit, daß wir miteinander sprachen.

Der dritte kam, als ich sechzehn Jahre alt war, er war Buchhalter. Es scheint fast, daß ich zu Buchhaltern passe. Der, den Charley Long überfiel, war auch Buchhalter. Diesen traf ich, als ich in Hickmeyers Fabrik arbeitete. Er hatte auch weiche Hände. Aber ich hatte bald genug von ihm. Er war – nun ja, er war so wie dein Chef. Und offen gestanden, Billy, ich war nie ernsthaft in ihn verliebt. Ich fühlte von Anfang an, daß er nicht war, wie er sein sollte. Und als ich in der Kartonagenfabrik arbeitete, glaubte ich eine Weile, in einen Kommis aus Kahns Warenhaus, du weißt, in der Elften Avenue, verliebt zu sein. Er war ungeheuer korrekt. Das eben war das Langweilige an ihm. Er war zu korrekt – gar kein richtiger Mann. Aber er wollte mich zur Frau haben. Das war mir noch nicht einmal aufgegangen. Das beweist, daß ich nicht in ihn verliebt war. Er war schmalbrüstig und mager, und seine Hände waren immer kalt und feucht. Aber du großer Gott, wie er gekleidet ging! Wie aus einem Modejournal ausgeschnitten. Er sagte, er wolle ins Wasser gehen und dergleichen, aber ich machte doch Schluß.

Und danach ... ja, danach gibt es nichts mehr. Ich war vielleicht etwas anspruchsvoll geworden, aber ich traf keinen, in den ich mich hätte verlieben können. Mit den Männern, denen ich begegnete, war es eher eine Art Spiel oder Kampf. Und keiner von uns kämpfte ganz ehrlich. Charley Long, der war allerdings ehrlich, und der Bankkassierer übrigens auch. Aber die ließen mich nur desto stärker fühlen, wie schwer der Kampf war.«

Sie hielt inne und betrachtete aufmerksam sein reines Profil, während er auf die Pferde achtete. Plötzlich sah er sie forschend an, und sie lächelte ihn schläfrig an, während sie die Arme reckte.

»Ja, das ist alles«, schloß sie. »Ich habe dir alles erzählt, was ich noch nie einem Menschen erzählt habe. Und jetzt bist du an der Reihe.«

»Da ist nicht viel zu erzählen, Saxon. Ich habe mir nie etwas aus Mädchen gemacht – ich meine, nicht so, daß ich sie hätte heiraten mögen. Ich habe mir immer mehr aus Männern gemacht – aus solchen wie Billy Murphy. Außerdem hatte ich zuviel mit Trainieren und Boxen zu tun, als daß ich Zeit gehabt hätte, mich um Mädchen zu kümmern. So sicher ich nicht ganz gewesen bin, wie ich hätte sein sollen – du verstehst, was ich meine – so sicher habe ich noch zu keinem Mädchen von Liebe gesprochen.«

»Aber die Mädchen sind doch in dich verliebt gewesen«, neckte sie ihn, während ihr Herz vor verwunderter Freude über sein keusches Geständnis schwoll. »Nun ja, dafür konnte ich nichts«, sagte er nachdenklich. »Du weißt nicht, Saxon, wie sie einem Boxer nachlaufen. Aber der Mann, der sich so von ihnen in die Tasche stecken läßt, ist ein guter Dummkopf.«

»Vielleicht bist du ein Mensch, der sich gar nicht verlieben kann«, meinte sie herausfordernd.

»Kann sein«, lautete seine wenig ermutigende Antwort. »Jedenfalls kann ich es mir nicht gut denken, mich in ein Mädchen, das es darauf anlegt, zu verlieben.«

»Meine Mutter sagte stets, Liebe sei die größte Macht in der Welt«, sagte Saxon. »Sie schrieb auch Gedichte darüber. Einige davon wurden im ›San José Mercury‹ veröffentlicht.«

»Und was meinst du dazu?«

»Oh, ich weiß nicht«, warf sie leicht hin, begegnete aber seinem Blick mit einem neuen trägen Lächeln. »Ich weiß nur, daß es gut ist, einen Tag wie diesen zu erleben.«

»Mit einer Ausfahrt wie heute – ja, da hast du recht« fügte er schnell hinzu.

Um ein Uhr bog Billy von der Landstraße ab und fuhr in eine Lichtung unter den Bäumen. »Hier essen wir«, verkündete er. »Ich dachte, es wäre besser, selbst das Frühstück zu machen, als in einem Wirtshaus an der Landstraße zu essen. Und jetzt will ich die Pferde abschirren. Wir haben massenhaft Zeit. Wir können den Frühstückskorb auspacken.«

Als Saxon den Korb ausgepackt hatte, war sie über seine Verschwendung entsetzt. Sie holte ein verblüffendes Arsenal von Butterbroten mit Schinken, Krabbensalat, hartgekochten Eiern, Schweinsfüßen in Gelee, reifen Oliven, Essiggurken in Dill, Schweizerkäse, Salzmandeln, Apfelsinen, Ananas und mehrere Flaschen Bier hervor. Nicht allein die Menge verblüffte sie, sondern auch die Vielfältigkeit. Es machte auf sie den Eindruck, als hätte er kühn versucht, ein ganzes Delikatessengeschäft aufzukaufen.

»Es war doch nicht nötig, soviel zu kaufen«, sagte sie, als sie sich neben ihn gesetzt hatte. »Das ist ja genug für ein Dutzend Maurer.«

»Aber es ist gut, nicht wahr?« fragte er.

»Ja«, gab sie zu. »Nur zuviel.«

»Dann ist es also richtig«, entschied er. »Ich habe immer gern alles reichlich. Laß uns mit einem Schluck Bier den Staub aus dem Hals spülen, ehe wir uns ans Essen machen. Sei vorsichtig mit den Gläsern. Ich muß sie zurückgeben.«

Als sie mit dem Essen fertig waren, legte er sich auf den Rücken, rauchte eine Zigarette und fragte sie nach ihrer Vergangenheit aus. Sie hatte ihm gerade von ihrem Leben im Hause ihres Bruders erzählt, wo sie viereinhalb Dollar wöchentlich bezahlte. Mit fünfzehn Jahren hatte sie die Gemeindeschule verlassen und dann Arbeit in der Jutefabrik für vier Dollar wöchentlich gefunden, von denen sie Sarah drei bezahlte.

»Aber dieser Gastwirt?« fragte Billy. »Wie ging es zu, daß er dich zu sich nahm?«

Sie zuckte die Achseln. »Ich weiß es eigentlich nicht – vielleicht, weil es der Familie schlecht ging. Sie schienen nicht weiterkommen zu können. Sie konnten sich gerade durchschlagen, aber mehr auch nicht. Cady – der Gastwirt – hatte in der Kompagnie meines Vaters gestanden, und er schwor auf Kapitän Kit, das war der Spitzname meines Vaters. Mein Vater hatte die Ärzte verhindert, ihm das Bein zu amputieren, und das vergaß er ihm nie. Er verdiente viel Geld mit seinem Hotel und seiner Wirtschaft, und später erfuhr ich, daß er geholfen hatte, die Ärzterechnungen für meine Mutter und ihre Beisetzung neben meinem Vater zu bezahlen. Ich hätte eigentlich bei Onkel Will leben sollen – das war der Wunsch meiner Mutter; aber es hatte Unruhen in den Venturabergen gegeben, wo er eine Viehranch hatte, und einige Männer waren getötet worden. Es war etwas mit der Markscheide, Viehhürden oder dergleichen, und wie es nun zuging, jedenfalls kam er ins Gefängnis und saß lange, und als er herauskam, hatten die Rechtsanwälte ihm seine Farm genommen. Er war damals schon alt und gebrochen, seine Frau wurde krank, und er bekam eine Stellung als Nachtwächter für vierzig Dollar den Monat. Er konnte also nichts für mich tun, und so nahm Cady mich zu sich.

Cady war ein guter Mann, wenn er auch nur Gastwirt war. Seine Frau war groß und hübsch, und ich glaube, sie war nicht, wie sie sein sollte – das habe ich später gehört. Aber zu mir war sie gut. Als er starb, ging sie ganz vor die Hunde, und dann kam ich ins Waisenhaus. Da war es nicht gerade angenehm, und ich war drei Jahre lang dort. Dann aber hatte Tom sich verheiratet und feste Arbeit bekommen, und er nahm mich heraus, und seitdem habe ich stets für mein tägliches Brot arbeiten müssen.«

Sie sah traurig über die Felder hinaus, bis ihr Blick auf einem Gatter haften blieb, an dem flammender Mohn wuchs. Billy, der auf dem Rücken gelegen, zu ihr aufgesehen und seinen Blick mit Wohlbehagen auf dem feinen Oval des schmalen Mädchenantlitzes hatte ruhen lassen, streckte jetzt langsam die Hand aus und murmelte: »Armes Tierchen.«

Seine Hand schloß sich im innigen Mitgefühl um ihren rechten Unterarm, und als ihr Blick den seinen suchte, las sie sowohl Überraschung wie Freude darin.

»Nein«, sagte er, »wie kühl deine Haut ist. Fühl mich an, ich bin immer warm. Fühl meine Hand an.«

Die Hand war warm und feucht, und jetzt bemerkte sie auch winzige Schweißperlen auf seiner Stirn und seiner glattrasierten Oberlippe.

»Aber, Lieber, du bist ja ganz verschwitzt.«

Sie beugte sich über ihn und wischte ihm mit ihrem Taschentuch Stirn und Lippen und dann die Handflächen ab.

»Ich atme durch die Haut, glaube ich«, erklärte er. »Die klugen Leute auf dem Trainingsplatz und in den Turnsälen sagen, daß das gute Gesundheit bedeutet. Aber augenblicklich schwitze ich doch mehr als gewöhnlich. Komisch, nicht wahr?«

Um ihm den Schweiß von der Stirn zu wischen, hatte sie ihren Arm freimachen müssen; als sie aber fertig war, nahm er ihn wieder.

»Aber wie kühl doch deine Haut ist«, wiederholte er mit derselben Bewunderung als früher. »Und so weich wie Samt und so glatt wie Seide anzufühlen.«

Sanft und untersuchend ließ er seine Hand von ihrem Handgelenk bis zum Ellbogen und wieder zurück gleiten. Der lange Vormittag im Sonnenschein hatte sie müde und schläfrig gemacht; sie gab sich dem Wohlbehagen hin, das sie bei dieser Berührung fühlte, und ertappte sich dabei, wie sie sich halb träumend sagte, daß hier der Mann war, den sie lieben konnte, ihn, seine Hände und seinen ganzen Körper.

Sanft ließ er seine Hand ihren Arm hinaufgleiten, und während sie auf seine Lippen sah, dachte sie an das bange Beben, das sie bei ihrer ersten Begegnung gefühlt hatte.

»Sprich weiter«, fuhr er nach etwa fünf Minuten seligen Schweigens fort. »Ich sehe so gern deine Lippen, wenn du sprichst. Es ist merkwürdig, aber jede Bewegung, die du machst, ist wie ein kleiner Kuß.«

»Wenn ich etwas sage, so weiß ich nicht, ob es dir gefallen wird.«

»Nur los«, drang er in sie. »Du kannst nichts sagen, was mir nicht gefiele.«

»Nun ja, drüben an der Hecke steht Mohn, den ich gern pflücken möchte.«

»Ich lasse dich gleich los«, lachte er. »Aber ich will dir etwas sagen – du mußt ›Wenn die Tage des Herbstes vorbei‹ singen und mich dabei den andern deiner kühlen Arme halten lassen, und dann fahren wir.«

Als sie das Lied gesungen hatte, befreite sie ihren Arm und erhob sich.

Die Sonne ging schon unter, als sie in einem großen Bogen nach Osten und Süden die Wasserscheide der Contra-Costa-Berge erreichten und den langen Hügel, der an Redwood Peak vorbei nach Fruitvale führte, hinabzufahren begannen. Unter ihnen glitt die flache Küste in die Bucht hinaus, wie ein Schachbrett in Felder und Städte eingeteilt – Elmhurst, San Leandro und Haywards. Der Rauch von Oakland verschleierte den westlichen Horizont wie ein dunkler Nebel, und auf der andern Seite der Bucht sahen sie San Franzisko.

Die Dunkelheit senkte sich auf sie herab, und Billy war so merkwürdig schweigsam. In der letzten halben Stunde hatte er anscheinend ihr Dasein ganz vergessen, nur daß er einmal sie und sich zum Schutz gegen den kalten Abendwind fester in die Decke wickelte. Saxon saß eng neben ihm. Die Wärme ihrer Körper vermischte sich, und ein inniges Gefühl von Ruhe und Freude überkam sie.

»Hör mal, Saxon«, begann er plötzlich. »Es hat keinen Zweck, daß ich länger schweige. Ich hab es den ganzen Tag auf den Lippen gehabt – seit dem Frühstück. Was meinst du dazu, mich zu heiraten?«

Sie wußte – und es war Sicherheit und Freude in dem Gefühl –, daß es sein Ernst war. Instinktiv aber fühlte sie den Drang, ihn zurückzuhalten, ihn ein wenig zu quälen, sich kostbar und dadurch noch begehrenswerter zu machen, ehe sie nachgab. Außerdem waren ihr Feingefühl und ihr weiblicher Stolz ein wenig verletzt. Billys Draufgängertum war beinahe abstoßend. Aber doch sehnte sie sich wieder schrecklich nach ihm – wie sehr, wußte sie erst jetzt.

»Nun, so sag doch etwas, Saxon. Laß es mich wissen, gut oder böse. Aber laß es mich wissen. Und noch eins. Denk daran, daß ich dich liebe. Bei Gott, ich liebe dich ganz wahnsinnig, Saxon. Natürlich, das muß ich ja, wenn ich dich frage, ob du mich heiraten willst; denn das habe ich noch nie ein Mädchen gefragt.«

Wieder trat Schweigen ein, und Saxon fühlte, wie ihre Gedanken um den warmen, zitternden Körper unter der Decke zu kreisen begannen. Als sie merkte, wo diese Gedanken sie hinführen wollten, wurde sie in der Dunkelheit glühend rot.

»Wie alt bist du, Billy?« fragte sie so unerwartet, daß er jetzt ebenso verblüfft war, wie sie bei seinen ersten Worten gewesen.

»Zweiundzwanzig«, antwortete er.

»Ich bin vierundzwanzig.«

»Als ob ich das nicht wüßte! Wenn ich weiß, wie alt du warst, als du das Waisenhaus verließest, und wie lange du in der Jutefabrik, in der Konservenfabrik, in der Kartonagenfabrik und in der Plätterei arbeitetest, glaubst du, ich könnte das nicht zusammenrechnen? Ich wußte dein Alter bis auf deinen Geburtstag genau.«

»Das ändert nichts an der Tatsache, daß ich zwei Jahre älter bin.«

»Und wenn schon? Wenn das etwas zu bedeuten hätte, so würde ich dich nicht lieben, nicht wahr? Deine Mutter hatte recht. Liebe ist alles. Nur darauf kommt es an. Kannst du das nicht einsehen? Ich liebe dich, und ich muß dich haben. Das ist doch so natürlich, sollte ich meinen. Es gibt keine andere Möglichkeit, Saxon, ich muß dich haben, und Gott weiß, mein innigster Wunsch ist, daß auch du mich haben möchtest. Mag sein, daß meine Hände nicht so weich sind wie die des Buchhalters und die des Kommis, aber sie können für dich arbeiten und sich für dich schlagen wie der Teufel, und, Saxon, sie können dich lieben.«

Der instinktive Trieb, sich zu wehren, den sie bisher stets Männern gegenüber gefühlt hatte, schien diesmal verschwunden zu sein. Dies war kein Kampf. Es war, worauf sie gewartet, wovon sie geträumt hatte. Billy gegenüber war sie wehrlos. Sie konnte ihm nichts abschlagen. Und aus diesem großen Gefühl erwuchs ein anderes, das noch größer war – er war nicht so.

Sie sagte nichts. Aber während ihr eine Flamme durch Leib und Seele schoß, legte sie ihre Hand auf seine Linke und versuchte, sie von den Zügeln fortzuziehen. Er verstand das nicht; als sie aber nicht losließ, legte er die Zügel in die rechte

Hand und ließ ihr mit der andern ihren Willen. Sie beugte sich darüber und küßte die harte Haut in seiner Kutscherfaust.

Einen Augenblick saß er wie vom Himmel gefallen da.

»Ist das wahr?« stammelte er.

Statt zu antworten, küßte sie zum zweitenmal seine Hand und murmelte:

»Ich liebe deine Hände, Billy. In meinen Augen sind es die schönsten Hände der Welt, und ich brauchte viele Stunden, um dir alles zu sagen, was sie mir bedeuten.«

»Prrr!« sagte er zu den Pferden.

Er brachte sie zum Stehen, sprach ihnen beruhigend zu und befestigte die Zügel am Peitschenstiel. Dann wandte er sich zu ihr, umschlang sie mit den Armen und drückte seine Lippen auf die ihren.

»Ach, Billy, ich will dir eine gute Frau sein«, schluchzte sie, als er sie losließ.

Er küßte ihre nassen Augen und fand ihre Lippen wieder.

»Jetzt weißt du, woran ich dachte, und warum ich so schwitzte beim Lunch. Ich konnte es nicht länger aushalten, ich mußte es dir sagen. Du weißt ja, daß du mir vom ersten Augenblick an gefielst.«

»Und ich glaube, ich habe dich auch vom ersten Tage an geliebt, Billy. Ich war den ganzen Tag so stolz auf dich, denn du warst so gut, rücksichtsvoll und so stark, und alle Männer hatten solchen Respekt vor dir, und die Mädchen waren in dich verliebt. Einen Mann, auf den ich nicht stolz wäre, könnte ich weder lieben noch heiraten. Und ich bin so stolz auf dich, ach, so stolz.«

»Nicht halb so stolz, wie ich es selber jetzt auf mich bin«, antwortete er, »und zwar, weil ich dich gewonnen habe. Das ist alles zu schön, um wahr zu sein, und in zwei Minuten wird vielleicht der Wecker rasseln und mich wecken. Nun, selbst wenn es so ist, so will ich doch jedenfalls so viel wie möglich von diesen beiden Minuten haben.«

Er schloß sie in seine Arme und preßte sie so an sich, daß es fast schmerzte. Nach einer kleinen Weile, die für sie wie eine ewige Seligkeit war, ließ er sie los, und es war, als müßte er sich gewaltsam hierzu aufraffen.

»Und noch hat die Uhr nicht geweckt«, flüsterte er an ihrer Wange. »Und es ist dunkle Nacht, und dort vor uns liegt Fruitvale und stehen King und Prince mitten auf dem Wege. Ich kann dich nicht loslassen, und wir haben noch ein Stück zu fahren. Gift und Galle, aber wir müssen weiter.«

Er ließ sie ganz los, stopfte die Decke um sie fest und gab den ungeduldigen Pferden einen kleinen Schmitz mit der Peitsche.

Eine halbe Stunde später sagte er: »Prrr!«

»Jetzt weiß ich, daß ich wach bin, aber ich bin mir nicht ganz sicher, ob ich all das andere nicht geträumt habe, und ich muß meiner Sache sicher sein.«

Und wieder machte er die Zügel fest und schloß sie in seine Arme.

Die Tage vergingen Saxon im Fluge. Sie arbeitete wie gewöhnlich in der Plätterei und leistete sogar noch mehr Überarbeit als sonst, aber jede Stunde, die sie frei hatte, war den Vorbereitungen zu der großen Veränderung und – Billy gewidmet. Als allsiegender Liebender von Gottes Gnaden hatte er bestimmt verlangt, daß sie schon am Tage nach dem Antrag ihre Hochzeit feiern sollten, und mehr als eine Woche Aufschub weigerte er, zu bewilligen.

»Warum sollten wir warten?« fragte er. »Wir werden nicht jünger, und denk an alles, was wir uns mit jedem Tage, den wir warten, entgehen lassen.«

Zuletzt gab er sich mit einem Monat zufrieden, und das war ein Glück, denn vierzehn Tage darauf wurde er mit einem Dutzend anderer Kutscher nach den großen Ställen von Corberly & Morrison in West-Oakland versetzt. Damit erübrigte sich alles Wohnungssuchen am anderen Ende der Stadt, und sie wählten die Pine Street in unmittelbarer Nähe von den Werkstätten der Süd-Pazifik-Bahn, wo Billy und Saxon ein hübsches Häuschen mit vier kleinen Zimmern für zehn Dollar monatlich mieteten.

»Das nenne ich geschenkt, wenn ich daran denke, wie ich für die Löcher, in denen ich bisher wohnte, bluten mußte«, erklärte Billy. »Für das zum Beispiel, das ich zur Zeit bewohne

– es ist nicht einmal so groß wie das kleinste von diesen – bezahle ich sechs Dollar monatlich.«

»Aber es ist möbliert«, wandte Saxon ein. »Das ist der Unterschied. Verstehst du?«

Aber das verstand Billy nicht.

»Mit meiner Gelehrsamkeit ist es nicht weit her, Saxon. Aber ein einfaches Rechenexempel kann ich doch lösen. Es ist schon vorgekommen, daß ich meine Uhr versetzen mußte, wenn ich in der Klemme war, und ich weiß, was Zinsen sind. Wieviel, meinst du, wird es kosten, das Haus hier zu möblieren, mit Teppichen auf dem Fußboden, Linoleum in der Küche und allem andern?«

»Für dreihundert Dollar können wir es wirklich hübsch machen«, antwortete sie. »Ich habe darüber nachgedacht und glaube bestimmt, daß es dafür zu machen ist.«

»Dreihundert«, murmelte er und runzelte die Stirn vor lauter Eifer. »Dreihundert, sagen wir, zu sechs Prozent. Das macht sechs Cent auf einen Dollar, sechzig Cent auf zehn Dollar, sechs Dollar auf hundert Dollar. Kannst du sehen, daß ich fabelhaft mit zehn multiplizieren kann? Jetzt achtzehn durch zwölf, das macht einen Dollar fünfzig monatlich.« Er hielt inne, zufrieden, daß er seine Behauptung bewiesen hatte. Dann fiel ihm etwas anderes ein. »Ho! Wir sind noch nicht fertig. Was machen die Zinsen, wenn man vier Zimmer möbliert. Also – was macht ein Dollar fünfzig durch vier?«

»Fünfzehn durch vier – drei und drei im Kopf«, begann Saxon mit großer Zungenfertigkeit. »Dreißig durch vier sind sieben, achtundzwanzig, zwei im Kopf, und zwei Viertel ist ein halb. Da hast du's.«

»Na ja, du scheinst es auch zu können.« Er besann sich einen Augenblick. »Ich bin nicht mitgekommen. Wieviel, sagst du, macht es?«

»Siebenunddreißigeinhalb Cent.«

»Schön. Laß uns jetzt sehen, wieviel man mir für mein eines Zimmer abgenommen hat. Zehn Dollar monatlich für vier Zimmer macht zweieinhalb für eines. Dazu siebenunddreißigeinhalb Cent für die Möbel, macht zwei Dollar und

siebenundachtzigeinhalb Cent, abgezogen von sechs Dollar –
–«

»Drei Dollar und zwölfeinhalb Cent«, warf sie hastig ein.

»Richtig! Um drei Dollar und zwölfeinhalb Cent werde ich also für das Zimmer, in dem ich wohne, betrogen. Da siehst du es! Es ist direkt eine Ersparnis, wenn man heiratet. Nicht wahr?«

»Aber die Möbel werden abgenutzt, Billy.«

»Ja, Teufel auch, daran dachte ich nicht. Das muß man selbstverständlich mitrechnen. Na, was denn! Es ist nun doch rein geschenkt, und Sonnabend mußt du sehen, daß du früh in der Plätterei fertig wirst, damit wir die Ausstattung kaufen können. Ich war gestern abend bei Salingers. Ich soll fünfzig anzahlen und den Rest mit zehn Dollar monatlich abtragen. Fünfundzwanzig Monate, dann gehört alles uns. Und vergiß nicht, Saxon, nimm und kauf alles, wozu du Lust hast – einerlei, was es kostet. Keine Knauserei, wenn es für dich und mich ist. Verstehst du?«

Sie nickte, und nichts in ihrem Gesicht verriet die Unzahl von Ersparnissen, die sie zu machen gedachte. Ein feuchter Glanz trat in ihre Augen.

»Du bist so gut zu mir, Billy«, murmelte sie und trat zu ihm, und seine Arme waren gleich bereit, sie zu empfangen.

»Also hast du es doch getan«, meinte Mary eines Morgens in der Wäscherei. Sie hatten noch keine zehn Minuten gearbeitet, als ihre Augen auch schon den Topasring am Ringfinger von Saxons linker Hand gesehen hatten. »Wer ist der Glückliche? Charley Long oder Billy Roberts?«

»Billy«, lautete die Antwort.

»Huh! Du willst also einen jungen Menschen haben, den du dir erziehen kannst?«

Saxons Gesicht zeigte deutlich, daß die boshafte Bemerkung getroffen hatte, und Mary bereute sie sofort.

»Kannst du keinen Spaß verstehen. Ich freue mich schrecklich. Billy ist ein fabelhafter Mann, und ich freue mich, daß er dich haben soll. Ihr seid wie für einander geschaffen, und du wirst eine bessere Frau für ihn sein als jede, die ich kenne. Wann steigt es?«

Ein paar Tage darauf traf Saxon Charley Long auf dem Heimweg von der Plätterei. Er versperrte ihr den Weg und begann, mit ihr zu reden.

»So, du gehst also mit einem Boxer?« knurrte er. »Wo das hinführt, kann man ja mit einem halben Auge sehen.«

Zum erstenmal in ihrem Leben hatte Saxon keine Furcht vor diesem schwergliedrigen dunklen Mann mit den schwarzen Brauen und den behaarten Händen und Fingern. Sie hob ihre linke Hand.

»Sieh her! Den konntest du mir nicht an den Finger stecken, so groß und stark du auch bist. Aber Billy Roberts konnte es – und das in weniger als einer Woche. Er hat dich besiegt, Charley Long, und mich obendrein. Er ist nicht so einer wie du. Er ist durch und durch ein Mann – ein feiner Mann mit einem reinen Leben.«

Long lachte heiser.

»Ich könnte dir vielleicht etwas anderes von ihm erzählen. Offen gesagt, Saxon, er ist nicht der, für den er sich ausgibt. Wenn ich erzählen wollte, was ich weiß –«

»Geh lieber«, unterbrach sie ihn, »sonst sage ich es ihm wieder, und du weißt, was es dann setzt, du großer Lümmel.«

Long verzog sich unwillig mit widerstrebenden, schleppenden Schritten.

»Ja, du bist gefährlich«, sagte er halb bewundernd.

»Das ist Billy Roberts auch«, lachte sie und ging weiter. Als sie ein Dutzend Schritte gegangen war, blieb sie stehen. »He!« rief sie.

Der große Mann machte sofort kehrt.

»An der Ecke«, sagte sie, »sah ich einen Mann mit einem Hüftschaden. Den solltest du niederschlagen.«

Eine einzige Ausschweifung erlaubte sich Saxon in ihrer kurzen Verlobungszeit. Sie opferte einen ganzen Tageslohn auf ein halbes Dutzend Kabinettphotographien von sich. Billy hatte erklärt, daß er nicht leben könnte ohne ein Bild von ihr, das er ansehen könnte, ehe er zu Bett ginge und sobald er des Morgens aufstände. Dafür war ihr Spiegel mit zwei Photographien von ihm geschmückt, einer im Werktagszeug und einer im Boxertrikot. Während sie die letztere ansah, fiel ihr die

Geschichte ein, die ihre herrliche Mutter von den alten Sachsen und ihren Raubzügen an den Küsten Englands erzählt hatte. Aus der Kommode, die die Reise über die Prärie mitgemacht hatte, nahm sie eine ihrer teuren Reliquien – ein Poesiealbum, das ihrer Mutter gehört hatte, und in das viele gedruckte Verse aus der kalifornischen Pionierzeit eingeklebt waren. Es enthielt auch verschiedene Abbildungen von Gemälden und alten Holzschnitten aus Magazinen, die eine Generation oder länger zurücklagen.

Saxon blätterte mit geübten Fingern darin, bis sie das Bild fand, das sie suchte. Zwischen stolzen Felsen und unter einem grauen, wolkigen Sturmhimmel sah man ein Dutzend Boote, lange, schmale und dunkle Boote mit Steven wie gewaltige Vogelschnäbel, die an einem sandigen, schaumweißen Strand landen wollten. Die Männer in den Booten waren halbnackt, muskulös, abgehärtet und trugen Flügelhelme. Schwerter und Speere hielten sie in den Händen, und sie sprangen bis zu den Hüften in die Brandung und wateten an Land. Fellbekleidete Wilde, die jedoch nicht Indianern glichen, hatten sich in Scharen am Strande versammelt und gingen bis zu den Knien ins Wasser, um sie an der Landung zu verhindern. Die ersten Hiebe waren gewechselt, und hie und da sah man schon Tote und Verwundete in der Brandung. Ein blondlockiger Strandräuber lag über der Reling eines der Boote; der Pfeil in seiner Brust erzählte, daß er tot war. Aber über ihn hinweg sprang in das Wasser, das Schwert in der Hand, ihr Billy. Ein Irrtum war nicht möglich. Die verblüffende Blondheit, das Gesicht, die Augen, der Mund, es war Billy. Der Gesichtsausdruck war der Billys an jenem Festtage, als er den wilden Long in Schach hielt.

Von diesen kriegerischen Recken müssen Billys Vorfahren abstammen und meine auch, dachte sie, als sie das Buch schloß und wieder in die Kommode legte. Und irgendeiner dieser Vorfahren hatte eine alte mitgenommene Kommode verfertigt, die über das Salzmeer und die Prärie gereist und im Kampfe mit den Indianern bei Little Meadow von einer Kugel durchbohrt war. Sie meinte fast, die Frauen sehen zu können, die ihren Staat und ihre hausgewebten Beiderwandstoffe in diesen Laden aufbewahrt hatten – die Frauen dieser wandernden Geschlechter, die die Großmütter und Urgroßmütter und Urahnen ihrer eigenen Mutter gewesen waren. Nun ja, seufzte sie, es ist jedenfalls eine gute Rasse, von der man abstammt, eine Rasse, gleich geeignet für Arbeit und Kampf. Sie dachte, wie ihr Leben sich wohl gestaltet hätte, wenn sie eine Chinesin oder eine der kleinen, schwerfälligen, dunkelhäutigen Italienerinnen gewesen wäre, die sie so oft barhaupt oder mit bunten Kopftüchern gesehen hatte, wenn sie mit großen Treibholzlasten auf dem Kopfe vom Strande kamen. Dann mußte sie über ihre eigene Torheit lachen, sie dachte an Billy und das Vierzimmerhaus in der Pine Street und ging zu Bett, zum hundertsten Male den Kopf voll von Gedanken an die künftige Wohnung.

»Mein Gott, Bert! Du bist ja betrunken!« rief Mary vorwurfsvoll.

Zu viert saßen sie am Tisch in einem Zimmer bei Barnum. Das Hochzeitsmahl, das an sich recht einfach war, Saxon aber verschwenderisch erschien, war soeben beendet. Bert stand mit einem Glas kalifornischen Rotweins – von der Art, wie das Gasthaus ihn für fünfzig Cent die Flasche liefert – in der erhobenen Hand da und versuchte, eine Rede zu halten. Sein Gesicht war rot, und seine schwarzen Augen glühten wie im Fieber.

»Du hast getrunken, ehe du herkamst«, fuhr Mary fort. »Das kann ich mit einem halben Auge sehen.«

»Geh zum Augenarzt, mein Schatz«, antwortete er. »Bertram weiß, was er tut. Und hier ist er nun aufgestanden, um einem alten Kameraden die Pfote zu drücken. – Bill, alter Junge, ich grüße dich. Du bist jetzt ein verheirateter Mann, Bill, und das wirst du wohl bleiben. Fertig mit den Kameraden, kein Urlaubsschein mehr. Du bist in den Hafen eingelaufen, du mußt jetzt für dich selber aufpassen, ja, und dir eine Lebensversicherung kaufen und dich gegen Unfall versichern und Aktionär eines Bauvereins und einer gegenseitigen Darlehens- und Beerdigungskasse werden –«

»Jetzt hör aber auf, Bert«, unterbrach Mary ihn.

»Von Beerdigung redet man nicht bei einer Hochzeit. Du solltest dich schämen.«

»Hallo, Mary, immer sachte! Ich sagte, was ich sagte, weil ich es meinte. Ich meine nicht dasselbe wie Mary. Was ich meine – jetzt will ich euch sagen, was ich meine. Ich sagte Beerdigungskasse, nicht wahr? Nun, das tat ich nicht, um die Freude an dieser festlichen Zusammenkunft zu verderben. Das sei weit von mir –. Soll ich euch sagen, warum? Weil du, Bill, so eine verteufelt hübsche Frau gekriegt hast, ja, Bill, so eine verteufelt hübsche Frau gekriegt hast, ja eben darum! Alle Kameraden sind wild nach ihr, und wenn sie anfangen, ihr nachzulaufen, was tust du dann? Du kriegst was zu tun. Und brauchst du keine Beerdigungskasse, wenn sie in die Erde kommen? Doch. Kurz, es war ein Kompliment, das ich deinem guten Geschmack machen wollte, als Mary mich überfiel.«

Seine schimmernden Augen ruhten einen Augenblick mit gutmütigem Triumph auf Mary.

»Wer sagt, daß ich betrunken bin? Ich? Keine Spur! Ich sehe alles in einem klaren weißen Licht. Und da sehe ich Bill, meinen alten Freund Bill, und ich sehe nicht zwei Bills, ich sehe nur den einen. Billy gehörte nie zu denen, die zwei Gesichter haben. Billy, alter Junge, wenn ich dich als frischgebackenen Ehemann da sitzen sehe, dann tut es mir leid–« Er schwieg plötzlich und wandte sich zu Mary. »Geh nur nicht gleich in die Luft, altes Mädel. Ich weiß, was ich sage. Bill, wenn ich dich hier sitzen sehe, dann kann ich nicht anders, ich muß trauern.« Er sah Mary herausfordernd an. »Über mich selber, wenn ich dich da sitzen sehe und weiß, welchem Glück du entgegengehst. Hör, was ich sage. Du bist ein kluger Satan, Gott segne die Frauenzimmer! Du hast gut angefangen. Mach weiter so! Heirate, wer heiraten will, Gott mit ihm! Bill, ich grüße dich. Du bist der Mohikaner mit dem Skalp am Gürtel. Und du hast eine Frau gekriegt, die eine richtige Squaw ist. Minnehaha, ich grüße dich. Ich grüße euch beide, und die Kinderchen mit. Der Teufel hole sie!«

Er trank das Glas aus und sank auf seinem Stuhl zusammen, wo er sitzen blieb und dem jungen Paar zublinzelte, während die Tränen unbeachtet über seine Wangen rollten. Mary legte tröstend ihre Hand auf die seine, was ihm den Rest gab.

»Bei Gott«, schluchzte er. »Ich habe Grund genug zum Weinen. Ich verliere meinen besten Freund. Es wird nie wieder, wie es war – nie. Wenn ich an all den Spaß und all die frohen Stunden denke, die Billy und ich zusammen gehabt haben, dann könnte ich dich fast hassen, Saxon, wie du dasitzt und seine Hand hältst.«

»Schon gut, Bert«, lachte sie. »Sieh die an, deren Hand du hältst.«

»Ach, er hat nur einen Anfall«, sagte Mary mit einer Härte, der doch ihre freie Hand widersprach, die tröstend sein Haar streichelte. »Ermanne dich jetzt, Bert. Es ist alles in schönster Ordnung. Und jetzt ist Billy an der Reihe, dir auf deine feine Rede zu antworten.«

Bert trank ein Glas Wein und kam schnell wieder zu sich.

»Los, Bill«, rief er. »Jetzt bist du an der Reihe.«

»Ich bin kein großer Redner«, brummte Billy. »Was soll ich sagen, Saxon? Es hat keinen Sinn, zu erzählen, wie glücklich wir sind, denn das wissen sie.«

»Sag ihnen, daß wir gedenken, immer glücklich zu bleiben«, sagte sie. »Dank ihnen für alle guten Wünsche, und wir wollen immer zusammenhalten, wir vier, wie in alten Tagen. Und sag ihnen, daß sie Sonntag zum Mittagessen in die Pine Street 507 eingeladen sind – und Mary, wenn du Lust hast, schon Sonnabend zu kommen, so kannst du im Fremdenzimmer schlafen.«

Billy klatschte in die Hände. »Das hast du viel besser gesagt, als ich es je gekonnt hätte. Du hast es prachtvoll gesagt, und ich glaube nicht, daß noch viel hinzuzufügen wäre. Aber einerlei – ich will auch etwas sagen.«

Das Glas in der Hand, stand er auf. Seine klaren braunen Augen schienen tiefer als sonst unter den dunklen Brauen und im Schatten der dunklen Wimpern, die sein Haar und seine Haut noch heller aussehen ließen. Die runden Backen waren gerötet, nicht vom Wein, denn es war erst sein zweites Glas, sondern von Gesundheit und Freude. Saxon sah ihn an, und ihr Herz jubelte vor Stolz. Er war so gut gekleidet, so stark, so schön, so rein, der große Junge, der ihr Mann war. Und nicht weniger stolz war sie auf sich selber, auf ihren weiblichen Wert, der ihr einen so herrlichen Mann verschafft hatte.

»Schön, Bert und Mary, hier sitzt ihr also bei Saxons und meinem Hochzeitsschmaus. Wir werden uns all eure guten Wünsche ans Herz legen und euch dasselbe wünschen, und wenn wir das sagen, so meinen wir damit mehr, als ihr vielleicht glaubt. Saxon und ich glauben daran: wie du mir, so ich dir. Deshalb wünschen wir, daß der Tag bald kommen möge, da der Tisch wieder für vier gedeckt ist, und da wir Gäste bei euerm Hochzeitsschmaus sind. Und wenn ihr dann Sonntags zum Essen kommt, dann könnt ihr beide die Nacht über in dem Zimmer bleiben, das wir übrig haben. Ich glaube, es war klug von mir, es zu möblieren. Nicht wahr?«

»Das hätte ich nie von dir gedacht, Billy!« rief Mary. »Du bist genau so roh wie Bert. Aber einerlei.«

Ihre Augen waren plötzlich feucht geworden, und die Stimme versagte ihr. Sie lächelte ihm durch Tränen zu, dann wandte sie sich um und sah Bert an, der den Arm um sie legte und sie auf seinen Schoß zog.

Als sie das Restaurant verließen, gingen sie alle vier nach dem Broadway, wo sie an der Straßenbahn haltmachten. Bert und Billy waren verlegen und schweigsam, etwas merkwürdig Kaltes und Fremdes war zwischen sie getreten. Aber Mary umarmte Saxon zärtlich.

Der Schaffner klingelte, und die beiden Paare trennten sich in plötzlicher Verwirrung.

»O du Mohikaner!« rief Bert ihm nach, als der Wagen abfuhr. »O du Minnehaha!«

»Denk daran, was ich gesagt habe«, war das letzte, was Saxon von Mary hörte.

Der Wagen hielt an der Ecke der Pine Street, wo die Endstation war. Es war nur ein kurzes Stück bis zum Hause. Vor der Tür zog Billy den Schlüssel aus der Tasche.

»Komisch, nicht wahr?« sagte er, als er den Schlüssel im Schloß umdrehte. »Du und ich. Nur du und ich.«

Während er die Lampe im Wohnzimmer anzündete, nahm Saxon ihren Hut ab. Dann ging er ins Schlafzimmer und zündete die Lampe drinnen an, kam aber wieder zurück und blieb in der Tür stehen. Saxon, die sich unbegreiflich lange mit ihrer Hutnadel zu schaffen machte, sah ihn verstohlen an. Er breitete seine Arme aus.

»Komm«, sagte er.

Sie kam zu ihm, und er fühlte sie in seinen Armen beben.

Am ersten Abend nach der Hochzeitsnacht traf Saxon Billy in der Tür, als er gerade hereinwollte. Als sie sich umarmt hatten, wanderten sie Hand in Hand durch die Stube und in die Küche, und hier sog Billy mit hörbarem Wohlbehagen die Luft durch die Nase ein.

»Herrgott, wie gut dieses Haus riecht. Saxon! Es ist nicht der Kaffee – den rieche ich auch! Es ist das ganze Haus. Es riecht wie, nun ja, es riecht gut, soviel weiß ich.«

Er wusch sich am Ausguß, und unterdessen setzte sie die Bratpfanne auf das vorderste Herdloch. Während er sich die Hände trocknete, wichen seine Augen nicht von ihr, und er gab laut seinen Beifall zu erkennen, als sie das Fleisch auf die Bratpfanne legte.

»Wo hast du gelernt, Beefsteak auf einer trockenen, heißen Pfanne zu braten? Das ist die einzig richtige Art, aber es gibt verflucht wenig Frauen, die sie kennen.«

Als sie den Deckel von einem Topf nahm und begann, den duftenden Inhalt mit einem Küchenmesser umzurühren, stellte er sich hinter sie, legte ihr die Arme in die Achselhöhlen, so daß seine Hände auf ihrer Brust ruhten, und beugte den Kopf über ihre Schulter, bis seine Wange die ihre berührte.

»Oh – um-um-m-m! Bratkartoffeln mit Zwiebeln, wie Mutter sie zu machen pflegte. Das ist etwas für mich. Das riecht gut. Um-um-m-m-m!«

Seine Hände ließen sie los, und seine Wange glitt liebkosend an der ihren herab; dann umschlossen seine Hände sie wieder. Sie fühlte seine Lippen auf ihrem Haar und hörte ihn tief und zufrieden atmen.

»Um-um-m-m-m! Und du riechst auch gut. Ich habe nie verstanden, was man meinte, wenn man sagte, ein Mädchen sei süß. Aber jetzt weiß ich es. Und du bist die süßeste, die ich je gekannt habe.«

Seine Freude war grenzenlos. Als er sich im Schlafzimmer gekämmt hatte und sich ihr gegenüber an den Tisch setzte, hielt er inne, Messer und Gabel in der Hand.

»Weißt du, verheiratet sein ist wahrhaftig nicht wenig mehr, als man glauben sollte, wenn man verheiratete Leute reden hört. Weiß Gott, Saxon, wir können ihnen etwas zeigen, wir beide! Nur eines ärgert mich.«

Die Furcht, die sich sofort in ihren Augen zeigte, ließ ihn vor Lachen glucksen.

»Und das ist, daß wir uns mit dem Heiraten nicht mehr beeilt haben. Eine ganze Woche habe ich verloren.«

Ihre Augen strahlten vor Dankbarkeit und Glück, und in der Tiefe ihres Herzens gelobte sie sich feierlich, daß es, solange sie lebten, nie anders werden sollte.

Als sie gegessen hatten, räumte sie ab und begann, die Teller aufzuwaschen. Als er Miene machte, sie zu trocknen, faßte sie ihn am Rockaufschlag und stieß ihn rückwärts in einen Stuhl.

»Jetzt rate ich dir, hübsch sitzenzubleiben – und vergiß nicht, was ich sage. Jetzt nimmst du dir eine Zigarette – nein, du sollst mich nicht ansehen. Neben dir liegt die Morgenzeitung. Und wenn du dich nicht ein bißchen beeilst und sie liest, dann bin ich mit den Tellern fertig, ehe du angefangen hast.«

Ein paar Minuten vergingen, dann legte Billy die Zeitung mit einem Seufzer hin.

»Es hat keinen Zweck«, klagte er. »Ich kann nicht lesen.«

»Was ist los?« neckte sie ihn. »Sind deine Augen schlecht?«

»Ja«, antwortete er. »Sie tun weh. Und nur eines kann helfen, nämlich, daß ich dich ansehe.«

»Ja – ja, armer kleiner Billy; ich bin gleich fertig.«

Die salzige Kühle in der Luft, die nach Sonnenuntergang der Segen aller Hafenstädte ist, drang zu ihnen herein. Vom Bahnhof her konnten sie das Schnaufen der Rangiermaschinen und das Poltern der Lokalbahn hören, wenn sie langsam von der Mole nach dem West-Oaklander Bahnhof fuhr. Von der Straße hörte man den Lärm von Kindern, die im Sommerabend spielten, und von den Treppen der Nachbarhäuser die leise Unterhaltung der Hausfrauen.

»Weißt du«, sagte Billy, »jedesmal, wenn ich an mein möbliertes Zimmer zu sechs Dollar denke, werde ich krank vor Ärger, weil ich mir so vieles habe entgehen lassen. Aber eines tröstet mich. Wenn ich die Veränderung früher vorgenommen hätte, würde ich dich jetzt nicht haben. Vor ein paar Wochen wußte ich ja noch nichts von dir.«

Seine Hand glitt über ihren Unterarm und in den Ärmel am Ellbogen.

»Deine Haut ist so kühl. Nicht kalt, aber kühl. Sie fühlt sich so gut an.«

»Es dauert wohl nicht lange, dann nennst du mich deinen kleinen Kühlapparat«, lachte sie.

»Und deine Stimme ist kühl«, beharrte er. »Sie gibt mir genau dasselbe Gefühl wie deine Hand, wenn du sie auf meine Stirn legst. Es ist etwas Merkwürdiges, und ich kann es nicht erklären, aber deine Stimme geht gleichsam durch mich hindurch, kühl und fein. Sie ist wie eine schwache Brise. Wie die erste Brise vom Meer, wenn sie abends nach einem brennendheißen Tage durch die Stadt streicht. Und zuweilen, wenn du leise sprichst, klingt es so rund und schön wie das Cello im Macdonough-Theater. Ich denke mir, daß die Engel im Himmel, wenn es welche gibt, solche Stimmen haben müssen.«

Ein paar Minuten vergingen, in denen sie sich so unsagbar glücklich fühlte, daß sie immer nur ihre Hand durch sein Haar gleiten ließ und sich an ihn schmiegte, und dann begann er wieder:

»Jetzt will ich dir sagen, woran du mich erinnerst. Hast du nie Vollblutstuten gesehen, wenn sie im Stall stehen und glänzen? Haar wie Seide, und eine Haut so dünn und weich, daß der geringste Schmitz mit der Peitschenschnur sich abzeichnet. Nerven durch und durch, fein und empfindsam. Und dabei können sie an Ausdauer den stärksten Ochsen bezwingen und können sich wie ein Blitz eine Sehne verzerren und erfrieren, wenn sie nur eine Nacht ohne Decke stehen. Ich will dir nur sagen, daß man nicht viel in der Welt sehen kann, was so schön ist. Sie sind so feinfühlend und empfindsam und zart. Du bist von andern Frauen ebenso verschieden wie eine solche Stute von einem gewöhnlichen derben Arbeitspferd. Du bist ein Vollblut. Du hast Linie, Geist und Figur. Du bist reizend. Ich weiß nicht, wie ich es ausdrücken soll. Andere Frauen sind nicht wie du gewachsen. Du gehörst in ein anderes Land. Du bist französisch, das ist es. Du bist wie eine Französin gewachsen, aber viel schöner – die Art, wie du dich bewegst, wie du gehst, wie du sitzt, und wenn du nichts tust.«

Und er, der nie außerhalb Kaliforniens, ja nicht einmal eine Nacht außerhalb seiner Geburtsstadt Oakland gewesen war, hatte recht in seinem Urteil. Sie war eine Blüte der angelsächsischen Rasse, eine Seltenheit mit ihren ungewöhnlich kleinen Händen und Füßen, mit der Frische ihrer Haut, mit ihrer Anmut – sie war ein Rückschlag in jene fernen Zeiten, da die französischen Normannen ihr Blut mit der kräftigen sächsischen Rasse vermischten.

»Und wie du deine Kleider trägst! Sie sind mit dir verwachsen. Sie sind gleichsam ein Teil von dir, wie deine Haut und die Kühle deiner Stimme. Sie sind immer, wie sie sein sollen und könnten nicht anders sein. Und weißt du, ein Mann zeigt sich nun einmal gern mit einem Mädchen wie du, deren Kleider wie ein Traum an ihr sitzen, und hört gern die andern Männer sagen: ›Das ist Billys neues Mädel? Donnerwetter, ist die gut! Die möcht ich gern mal zu fassen kriegen!‹ Und dergleichen mehr.«

Und Saxon drückte ihre Wange gegen die seine und fühlte sich reich belohnt für die vielen nächtlichen Stunden, die sie mit Nähen verbracht, die vielen qualvollen Stunden, da sie schläfrig über dem Nähzeug genickt hatte, todmüde nach der Arbeit des Tages, während sie für ihren eigenen Bedarf die Ideen neu schuf, welche sie von den eleganten Kleidungsstücken, die unter ihrem fleißigen Eisen dampften, gestohlen hatte.

»Wirst du meiner nie überdrüssig werden?« fragte sie.

»Deiner überdrüssig? Weiß Gott, wir sind doch für einander geschaffen.«

»Ist es nicht wie ein Wunder, Billy, daß wir uns treffen sollten! Denk, wenn wir uns nie getroffen hätten. Es war doch der reine Zufall.«

»Wir sind Glückskinder«, erklärte er. »Das ist sicher.«

»Vielleicht ist es mehr als Zufall«, meinte sie.

»Gewiß. Es ist Schicksal. Nichts in der Welt hätte uns voneinander fernhalten können.«

Sie saßen schweigend da, aber das Schweigen zitterte von einer Liebe, die keine Worte fand. Langsam zog er sie an sich, seine Lippen zitterten an ihrem Ohr, und sie hörte ihn flüstern: »Was meinst du, wollen wir zu Bett gehen?«

Viele Abende verbrachten sie auf diese Art. Zuweilen aber gingen sie aus und tanzten oder gingen ins Orpheum oder ins Bell-Theater oder ins Kino und zu den Freitagskonzerten im City-Hall-Park. Sonntags packten sie oft einen Frühstückskorb und fuhren in die Berge.

Jeden Morgen wurde Saxon vom Wecker geweckt. Am ersten Morgen hatte Billy darauf bestanden, daß er mit ihr zusammen aufstehen und Feuer im Herd machen sollte. Sie erlaubte es ihm am ersten Morgen; aber später legte sie alles abends zurecht, so daß sie am Morgen nichts zu tun hatte, als ein Streichholz anzuzünden. Und dann zwang sie ihn, im Bett zu bleiben und weiterzuschlafen, bis sie ihn rief, wenn das Frühstück fertig war. In den ersten Wochen gab sie ihm sein Essen mit. Dann kam eine Woche, in der er mittags nach Hause kam. Dann mußte er wieder Essen mitnehmen. Es hing davon ab, wie weit er zu fahren hatte.

»Du machst es nicht richtig mit deinem Mann«, versicherte Mary ihr. »Du bedienst ihn zu sehr. Du verziehst ihn ja. Und er sollte dich verziehen.«

»Er ist der Versorger«, antwortete Saxon. »Er arbeitet schwerer als ich. Ich habe so viel Zeit übrig, daß ich nicht weiß, was ich damit machen soll. Außerdem verziehe ich ihn, weil ich ihn liebe und weil ... nun, weil ich es will.«

Trotz der sorgfältigen Besorgung des Haushalts merkte Saxon doch, sobald sie es in ein System gebracht hatte, daß sie freie Zeit genug hatte. Namentlich, wenn ihr Mann sein Essen mitnahm, so daß sie mittags nicht zu kochen brauchte, stand ihr ein großer Teil des Tages zur Verfügung. An die vieljährige Erfahrung bei der Arbeit in der Fabrik und der Plätterei gewöhnt, konnte sie sich schwer mit diesem Müßiggang versöhnen, und es war ihr kaum erträglich, dazusitzen und nichts zu tun, zumal ihre Freundinnen aus der Mädchenzeit sie nicht besuchen konnten, da sie immer noch in der Fabrik oder in der Plätterei arbeiteten. Die Nachbarfrauen kannte sie nicht, mit Ausnahme einer wunderlichen alten Frau, die nebenan wohnte. Saxon und sie unterhielten sich hin und wieder über das Gitter hinweg, das die beiden Höfe trennte.

Eine Beschäftigung, mit der sie doch immerhin einige Zeit totschlug, erlaubte der viele Müßiggang ihr: sie konnte baden, sooft sie wollte. Als Kind und bei Sarah hatte sie sich mit einem Bad wöchentlich begnügen müssen. Als sie heranwuchs, hatte sie versucht, häufigere Bäder einzuführen. Aber der Versuch scheiterte. Sarah war erstarrt in dem Glauben an das wöchentliche Bad am Sonnabend, und was darüber hinausging, betrachtete sie als damenhafte Eitelkeit und Verdächtigung ihrer eigenen persönlichen Reinlichkeit.

Außerdem war es ein sinnloser Mißbrauch von Brennmaterial und vermehrte die Wäsche des Hauses unnötig mit Handtüchern. Hier aber, in Billys Haus, wo Herd, Wanne, Handtuch und Seife ihr gehörten, und niemand Einspruch erheben konnte, badete Saxon täglich. Die Wanne war allerdings nur ein einfacher Waschzuber, den sie in die Küche stellte und selbst mit Wasser füllte; aber es waren vierundzwanzig Jahre vergangen, ehe sie sich diesen Luxus erlauben konnte. Es war die wunderliche Frau von nebenan, die eines Tages in einer zufälligen Unterhaltung etwas erwähnte, das dieses Bad zum Höhepunkt des Wohlbefindens machte. Eine ganz einfache Sache – nur ein paar Tropfen Ammoniak ins Wasser, aber Saxon hatte nie etwas davon gehört.

Sie sollte mit der Zeit vieles von der wunderlichen Frau lernen. Die Bekanntschaft wurde eines Tages im Hof geschlossen, als Saxon einiges von ihrer feinsten Wäsche zum Trocknen aufhängte. Die Frau, die sich an das Verandageländer lehnte, fing ihren Blick auf und nickte, soweit Saxon sehen konnte, halb ihr, halb der Wäsche an der Leine zu.

»Sie sind jungverheiratet, nicht wahr?« fragte die Frau.

»Ich bin Frau Higgins. Aber nennen Sie mich lieber beim Vornamen, Mercedes.«

»Und ich bin Frau Roberts«, antwortete Saxon. Es war ihr noch so ungewohnt zu sagen, daß sie errötete. »Mein Vorname ist Saxon.«

»Ein komischer Name für eine Yankeefrau«, bemerkte die andere.

»Ach, ich bin keine Yankeefrau«, erklärte Saxon. »Ich bin Kalifornierin.«

»Lala«, lachte Mercedes Higgins. »Ich vergaß, daß ich in Amerika bin. In andern Ländern nennt man alle Amerikaner Yankees. Aber nicht wahr, Sie sind jungverheiratet?«

Saxon nickte mit einem glücklichen Seufzer.

»Ach, Sie glückliches, süßes, schönes Geschöpfchen. Ich könnte Sie beinahe hassen – so beneide ich sie. Alle Männer werden sich mit Freuden um Ihren kleinen Finger wickeln lassen. Und dabei machen Sie nicht einmal Ihr Kapital zinstragend. Das tut niemand, ehe es zu spät ist.«

Saxon war verwirrt und verlegen, antwortete aber schnell:

»O doch, ich weiß wohl, wie glücklich ich bin. Ich habe den besten Mann von der Welt.«

Mercedes Higgins seufzte wieder und wechselte den Gegenstand. Nickend wies sie auf die Wäsche.

»Sie legen Wert auf schöne Dinge, sehe ich. Das ist sehr vernünftig für eine junge Frau. So etwas ist Köder für die Männer – eine große Waffe in Kampf zwischen den zwei Geschlechtern. Die Männer werden dadurch gewonnen und festgehalten –« Sie brach plötzlich ab und sagte fast herausfordernd: »Und Sie, Sie wollen Ihren Mann festhalten? Immer, immer – wenn Sie können?«

»Das will ich. Ich will alles tun, damit er mich liebt. Immer, immer.«

Saxon hielt inne, verwirrt und erstaunt, daß sie plötzlich mit einer Fremden so vertraulich geworden war.

»Die Liebe der Männer ist etwas Komisches«, sagte Mercedes. »Und es ist der Fehler aller Frauen, daß sie glauben, die Männer zu kennen wie ein Buch. Und die meisten von ihnen sterben daher am gebrochenen Herzen, sterben, weil sie nichts von den Männern wissen und doch töricht genug sind zu glauben, sie kennten sie so gut. Oh, lala, die kleinen Dummköpfe. So sagen nun auch Sie kleine jungverheiratete Frau, Sie wollen alles tun, daß Ihr Mann Sie immer liebt – nicht wahr? Und so sagen sie alle und bilden sich ein, die Menschen und die Irrgänge der Liebe zu kennen. Es ist viel leichter, das große Los in der Lotterie zu gewinnen. Aber das weiß das kleine jungverheiratete Frauchen erst, wenn es zu spät ist. Aber Sie haben am richtigen Ende angefangen. Halten Sie sich nur weiter fein und schön. Wie Sie Ihren Mann gewonnen haben, so bleiben Sie, um ihn zu halten. Aber das ist nicht alles. Wir beide müssen einmal richtig miteinander reden, und dann werde ich Sie lehren, was wenige Frauen wissen wollen, was wenige Frauen zu wissen bekommen. – Saxon! – ein starker und schöner Name für eine Frau. Aber er paßt nicht zu Ihnen. O ja, ich habe Sie beobachtet. Französisch sind Sie, französisch. Darüber ist nicht zu streiten. Grüßen Sie Ihren Gatten und sagen Sie ihm meine Hochachtung für seinen guten Geschmack.«

Sie schwieg und blieb mit der Hand auf dem Türgriff stehen.

»Und besuchen Sie mich hin und wieder. Sie werden es nicht bereuen. Ich kann Sie vieles lehren. Kommen Sie nachmittags. Mein Mann ist Nachtwächter und schläft den ganzen Vormittag. Augenblicklich schläft er.

Verwirrt und grübelnd ging Saxon hinein. Sie war so anders als andere Frauen, diese magere, dunkelhäutige Frau mit dem welken Gesicht, das aussah, als wäre es im Feuer gewesen, und den großen schwarzen Augen, die wie von einem nie erlöschenden inneren Brand funkelten und flammten. Alt mußte sie sein – Saxon schätzte sie auf zwischen fünfzig und siebzig. In ihrem Haar, das einmal ganz schwarz gewesen sein mußte, waren breite graue Streifen. Namentlich fiel Saxon ihre Sprache auf. Sie sprach englisch und ein besseres Englisch, als Saxon sonst zu hören gewohnt war, und doch war sie keine Amerikanerin. Aber sie sprach auch nicht mit Akzent; es war nur etwas Fremdes in ihrer Art zu sprechen, aber so unbestimmbar, daß Saxon nicht wußte, wo sie es hinbringen sollte.

»Oho«, sagte Billy, als Saxon ihm am Abend die Ereignisse des Tages berichtete. »So, das ist die Frau von Higgins. Er ist Nachtwächter. Und er hat nur einen Arm. Der alte Higgins und sie, das ist ein komisches Paar. Die Leute haben Angst vor ihr, oder doch jedenfalls manche. Die Italiener und manche von den alten Irländerinnen halten sie für eine Hexe. Sie wollen nichts mit ihr zu tun haben. Das hat mir Bert erzählt. Einer von meinen Kameraden im Stall – Henderson, weißt du – sag', sie sei reif fürs Tollhaus.«

»Ach, ich weiß nicht«, antwortete Saxon, die sich getrieben fühlte, ihre neue Bekanntschaft zu verteidigen. »Sie ist vielleicht etwas komisch, aber sie sagt eigentlich dasselbe wie du. Sie sagt, meine Figur sei nicht amerikanisch, sondern französisch.«

»Dann ziehe ich den Hut vor ihr«, antwortete Billy. »Sie kann nicht so verrückt sein, wenn sie das sagt. Sie ist ein kluges altes Huhn, das kannst du ihr von mir bestellen.«

»Sie bat mich, dich zu grüßen und dir zu deinem guten Geschmack zu gratulieren«, lachte Saxon.

»Wirklich? Dann grüß sie herzlich von mir wieder. Ich weiß sie zu schätzen. Sie weiß, was gut ist. Aber sie sollte auch dir zu deinem guten Geschmack gratulieren, den du bewiesen hast, als du mich heiratetest.« Ein paar Tage später nickte Mercedes wieder halb Saxon und halb der feinen Wäsche zu, die Saxon gerade zum Trocknen aufhängte.

»Ich ärgere mich über Ihre Wäsche, Sie kleines Frauchen«, sagte sie als Einleitung zu ihrem Gespräch.

»Ich bin doch viele Jahre lang in einer Wäscherei gewesen«, antwortete Saxon schnell.

Mercedes lachte höhnisch.

»Dampfwäsche, ja, danke schön. Das ist ein Geschäft, und ein dummes. Nur gewöhnliche Sachen soll man in eine Dampfwäscherei schicken – das ist die Strafe dafür, daß sie gewöhnlich sind. Aber die guten Sachen, Zeug, so fein wie Spinngewebe – la la, mein Kind, das zu waschen ist eine Kunst. Das erfordert Verstand, Talent und eine Behutsamkeit, so fein wie die Dinge selbst. Ich werde Ihnen ein Rezept für selbstgemachte Seife geben. Sie macht das Zeug nicht hart, sondern weiß, weich und lebendig. Sie können es lange tragen, und feine weiße Wäsche ist etwas, das einen froh machen kann. Ja, feine Wäsche ist beinahe Kunst. Es ist, wie wenn ein Künstler mit Begeisterung und Liebe ein Bild malt oder ein Gedicht schreibt. Es ist ein Sakrament der Schönheit.«

Ich will Sie die Kunst lehren, mein liebes Kind, eine Kunst, die ihr Yankees nicht kennt.« Sie nickte in der Richtung der Leine mit Saxons feiner Wäsche.

»Sie machen kleine Spitzen, sehe ich. Ich kenne alle Arten Spitzen – Malteser, Mechelner – ach, viele, viele Arten herrlicher Spitzen. Ich will Sie einige von den leichten Mustern lehren, so daß Sie sie selbst für sich und ihren hübschen Mann machen können, den Sie immer, immer lieben wollen.«

Bei ihrem ersten Besuch bei Mercedes Higgins bekam Saxon das Rezept für die selbstgemachte Seife, und sie verließ sie, den Kopf voll von genauen Regeln für die Kunst, feines Leinen zu waschen. Die wunderliche alte Frau erzählte ihr alles Neue und Sonderbare, was sie wußte, und es war, als brächte sie ihr Botschaft von einem weiteren Horizont und neuen, unbekannten Himmelsstrichen.

»Sie sind Spanierin?« fragte Saxon vorsichtig.

»Nein und ja. Mein Vater war Irländer, meine Mutter spanische Peruanerin, ihr gleiche ich in Farbe und Aussehen. In vielem andern gleiche ich meinem Vater, dem blauäugigen Kelten mit dem Gesang auf den Lippen und dem heißen Blut, das ihn ruhelos von Ort zu Ort trieb. Dasselbe heiße Blut hat mich ebenso weit und noch weiter getrieben, als er je kam.«

»Ach«, rief Saxon, »da sind Sie Südamerikanerin.« Mercedes zuckte die Achseln.

»Irgendwo muß man ja geboren werden. Es war eine große Viehranch, die meiner Mutter gehörte. Ganz Oakland könnte auf einer von ihren Weiden Platz finden.«

Mercedes Higgins seufzte zufrieden und verlor sich in Erinnerungen. Saxon wollte gern mehr von dieser merkwürdigen Frau hören, deren Leben in vielem an das der spanischen Kalifornier in alten Tagen erinnern mußte.

»Sie haben eine gute Erziehung genossen«, wagte sie sich vor. »Sie sprechen ein so schönes Englisch.«

»Ach, Englisch, das kam später und nicht in der Schule. Aber, nun ja, ich genoß eine gute Erziehung in allem außer dem wichtigsten: Männer. Auch das kam später. Und wenig ließ meine Mutter – sie war eine große Dame, das, was man eine Viehkönigin nennt – wenig ließ meine Mutter sich träumen, daß ich bei der guten Erziehung, die sie mir gab, als Nachtwächtersfrau enden sollte.« Der komische Gedanke ließ sie in herzliches Lachen ausbrechen. »Nachtwächter, Arbeiter, Hunderte, ja Tausende arbeiteten für uns. Die Peonen, die im Grunde nichts waren als Sklaven. Und unsere Cowboys, die zweihundert Meilen von einem Ende bis zum andern reiten konnten, ohne unser Gebiet zu verlassen. Und zahlloses Gesinde in dem großen Hause. La la, im Hause meiner Mutter gab es viele Dienstboten.«

Mercedes Higgins vergaß allmählich alles andere über ihren Erinnerungen.

»Aber unsere Dienstboten waren faul und schmutzig. Chinesen sind glänzende Dienstboten; Japaner auch, wenn man das Glück hat, die richtigen zu finden, aber sie sind nicht so gut wie Chinesen. Japanische Dienstmädchen sind hübsch und heiter, aber man weiß nie, ob sie nicht am nächsten Tage weglaufen. Die Hindus sind nicht stark, aber gehorsam. Sie betrachten Sahibs und Memsahibs als Götter. Ich war eine Memsahib – was Frau bedeutet. Einmal hatte ich einen russischen Koch, der immer in die Suppe spuckte, denn das bedeutet Glück. Es war sehr komisch. Wir ließen es uns gefallen, denn es war Landesbrauch.«

»Sie müssen viel gereist sein, wenn sie so viele sonderbare Dienstboten hatten«, sagte Saxon, die gern mehr gehört hätte.

Die alte Frau lachte.

»Die sonderbarsten von allen waren aber doch die schwarzen Sklaven in der Südsee, kleine, wollköpfige Kannibalen, die sich Knochen durch die Nase steckten. Wenn sie etwas vergaßen oder wenn sie stahlen, wurden sie an eine Kokospalme gebunden und mit einer Peitsche aus Nilpferdhaut gepeitscht. Sie schrien nie. Das war ihr Stolz. Da war der kleine Vibi, er war erst zwölf Jahre alt – er war mein Diener – und als sein Rücken ganz zerfleischt war und ich über ihn weinte, lachte er nur und sagte: ›Warten klein bißchen, dann mich nehmen Kopf, gehören groß fella weiß Master.‹ – Es war Bruce Anstey, ein Engländer, der ihn peitschte. Aber der kleine Vibi bekam seinen Kopf doch nicht. Er lief fort, und da schnitten die Buschleute ihm den Kopf ab und fraßen ihn mit Haut und Haaren.«

Saxon schauderte, und ihr Gesicht war ernst. Mercedes Higgins aber fuhr heiter fort:

»Ach, es war eine lustige, wahnsinnige, wilde, tolle Zeit! Glauben Sie mir, mein Mädelchen, im Laufe von drei Jahren tranken diese englischen Pflanzer Ozeane von Champagner und schottischem Whisky und setzten dreißigtausend Pfund bei dem Abenteuer zu. Nicht Dollar, nein Pfund, das heißt hundertfünfzigtausend Dollar. Sie waren Fürsten, solange es dauerte. Es war prachtvoll, großartig. Und wahnsinnig war es. Ich mußte die Hälfte meines Schmuckes in Neuseeland verkaufen, ehe ich wieder von vorn anfangen konnte. Bruce Anstey schoß sich eine Kugel durch den Kopf. Roger heuerte für acht Pfund monatlich als Steuermann auf einem Handelsschiff mit schwarzer Besatzung an. Und Jack Gilbraith – das war der merkwürdigste von allen. Er war aus reicher, vornehmer Familie, und er ging heim nach England und stellte auf ihren großen Gütern alles auf den Kopf, bis sie ihm Geld für eine Gummiplantage in Ostindien oder auf Sumatra – oder war es Neu-Guinea – gaben.«

Als Saxon wieder in ihrer Küche stand und das Abendessen für Billy bereitete, fragte sie sich, welches Verlangen und welche Begierde wohl die alte dunkelhäutige Frau von der großen peruanischen Farm durch die ganze Welt bis nach West-Oakland und zu Barry Higgins geführt haben mochte. Und merkwürdig war auch, daß Mercedes immer nur von andern Männern sprach, aber nie von ihm.

Vieles andere hatte sie erzählt, aber bruchstückweise, ohne nähere Erklärungen. Es schien kein Land, keine Stadt in der Alten und Neuen Welt zu geben, wo sie nicht gewesen war. Selbst in Klondike war sie vor zehn Jahren gewesen. Mercedes Higgins schien immer mit Männern zusammen gewesen zu sein, für die Geld wie Wasser war.

Saxon war immer klarsichtig gewesen, wenn ihr Horizont auch begrenzt gewesen war. Klarsichtig war sie gewesen seit den Kinderjahren, die sie bei dem Gastwirt Cady und seiner gutmütigen, aber unmoralischen Frau verbracht hatte, sie hatte vieles beobachtet und später eine gewisse allgemeine Lehre von dem Verhältnis zwischen Mann und Frau daraus gezogen. Sie kannte das Problem, das nach der Ehe entsteht – nämlich: sich die Liebe des Mannes zu bewahren – das nur wenige Frauen, gleichgültig welcher Klasse, kennen, und sie kannte auch das Problem, das der Ehe vorausgeht, das Problem, sich einen Mann zu wählen, wie es nur wenige junge Mädchen der arbeitenden Klasse kannten.

Sie hatte sich auf eigene Faust eine außerordentlich vernünftige Theorie über die Liebe gebildet. Instinktiv und doch halb bewußt hatte sie die Gefahren gemieden, die entstehen, sobald etwas gewohnheitsmäßig und alltäglich wird. Nie hatte Billy sie in den Wochen, die ihre Ehe jetzt dauerte, nachlässig gekleidet oder verdrießlich gesehen. Und sie hatte bewußt dafür gesorgt, daß die Atmosphäre von Kühle, Frische und Gleichgewicht, die über ihr selber lag, sich auch auf das ganze Heim verbreitete. Es hatte ihr auch nicht an Verständnis für den Wert von Begriffen wie Überraschung und Anmut gefehlt. Ihre Phantasie hatte nicht geschlafen, und sie war von der Natur mit Klugheit begnadet. Sie hatte das große Los in der Lotterie gezogen, als sie Billys Liebe gewann, und sie wußte es. Sie wußte, daß er ein starker Liebhaber war, und darauf war sie stolz. Seine Freigebigkeit, sein Wunsch, ihr das Beste von allem zu verschaffen, seine persönliche Sauberkeit und Zuverlässigkeit erhoben ihn weit über das übliche Maß. Er war nie plump. Er begegnete Feingefühl mit Feingefühl, wenn ihr auch einleuchtete, daß die Initiative in allen diesen Punkten immer von ihr ausgehen mußte.

Aber obgleich sie immer eine klare Vorstellung davon gehabt hatte, wie sie sich Billy am besten als Liebhaber bewahren konnte, war es doch ein weit größeres Panorama, das Mercedes Higgins vor ihren Augen aufgerollt hatte. Die alte Frau hatte ihre eigenen Schlüsse bestätigt, hatte ihr neue Ideen geschenkt, hatte alte Vorstellungen bestätigt und sogar mit großer Leidenschaft die traurige Bedeutung des ganzen Problems nachgewiesen. Saxon erinnerte sich vieler Einzelheiten aus dieser wahnsinnigen Predigt. Wenn auch vieles aus Mangel an Erfahrung und Verständnis über sie hinweggegangen war, so erriet und fühlte sie doch vieles, und das half ihr, sich eine noch größere und stärkere Theorie von der Liebe zu bilden.

Mit erneutem Eifer stürzte Saxon sich auf ihre Hausarbeit, ihre hübschen Dinge und alles andere, womit sie Billy gewinnen konnte. Sie machte ihre Einkäufe in dem lebendigen Gefühl, daß es galt, das Beste zu finden, wenn sie auch andererseits die Sparsamkeit nicht aus den Augen ließ. Aus den Sonntagsbeilagen und den Frauenzeitschriften in der Volksbibliothek hatte sie allerhand gelernt, wie sie sich ihre Schönheit bewahren konnte. Sie trieb Gymnastik, und gewisse Stunden des Tages verwandte sie stets zu Gesichtsmassage und ähnlichem, um sich ihre festen runden Linien und frischen Farben zu bewahren. Davon wußte Billy nichts. Diese Geheimnisse gingen ihn nichts an. Nur die Ergebnisse waren für ihn berechnet.

Sie studierte oft die Schaufenster der Konfektionsgeschäfte in den feineren Stadtteilen und war nicht darüber erhaben, wenn sie irgendeine Kleinigkeit kaufte, die Ladentische mit der handgestickten Wäsche zu untersuchen. Sie hatte sogar eine Zeitlang Pläne, sich handgemaltes Porzellan zu kaufen, gab es aber wieder auf, als sie hörte, wie teuer es war.

Allmählich ersetzte sie die bescheidene Wäsche aus ihrer Jungmädchenzeit durch bessere Stücke, die, wenn auch immer noch bescheiden, doch mit schöner französischer Stickerei, mit Spitzen und Einsätzen versehen waren. Sie häkelte feine Spitze an das billige wollene Unterzeug, das sie im Winter trug. Sie verfertigte kleine Untertaillen und Hemden aus feinem, aber nicht besonders teurem Leinen, und ihre mit kleinen Blumenmustern versehenen und ungewöhnlich schön gewaschenen und geplätteten Nachthemden waren immer hübsch und zierlich. In irgendeiner Zeitschrift hatte sie eine Notiz gelesen, daß französische Damen sich mit entzückenden kleinen Häubchen am Frühstückstisch zeigten. Es machte keinen Unterschied für sie, daß sie in diesem Falle selbst zuerst für das Frühstück sorgen mußte. In größter Eile verschaffte sie sich ein Meter Punktmull und war bald eifrig damit beschäftigt, verschiedene Formen auszuprobieren und ihren kleinen Spitzenvorrat zu untersuchen, um das Brauchbarste zu finden. Das zierliche kleine Ding, das das Ergebnis all dieser Mühe war, erregte den begeisterten Beifall von Mercedes Higgins.

Saxon nähte sich auch einige einfache Hausblusen aus nettem Gingang mit hübschen Umlegekragen, die ihren reizenden runden Hals gut zur Geltung kommen ließen. Eine Arbeit, die Billys Bewunderung erregte, war eine gehäkelte Bettdecke.

Die Monate vergingen in eitel Glück, und sie war nie müßig. Auch Billy wurde nicht vergessen. Als es kalt zu werden begann, strickte sie Pulswärmer für ihn, Pulswärmer, die er gewissenhaft trug, wenn er das Haus verließ, und in die Tasche steckte, sobald er draußen war. Die beiden Sweater, die sie für ihn verfertigte, waren ihm hingegen sehr willkommen und ebenso die Pantoffeln. Sie bestand darauf, daß er sie trug, wenn sie die Abende daheim verbrachten.

Der gesunde, praktische Verstand der Mercedes Higgins kam Saxon im hohen Maße zugute. Sie stand dem wirtschaftlichen Problem gegenüber, in einer Gesellschaft hauszuhalten, wo die Kosten schneller stiegen als der Lohn für ehrliche Arbeit. Und hier erteilte die alte Frau ihr einen so gründlichen

Unterricht im Einkaufen, daß sie mit einem halben Dollar ebensoweit, ja weiter kam als die andern Frauen der Nachbarschaft mit einem Dollar.

Jeden Sonnabend abend schüttete Billy ihr seinen ganzen Wochenlohn in den Schoß. Er verlangte nie eine Abrechnung von ihr, wiederholte aber immer wieder, daß er noch nie so gut gelebt hätte. Und solange der Wochenlohn noch unangetastet in ihrem Schoß lag, ließ sie ihn gern nehmen, was er in der kommenden Woche brauchte. Und sie forderte ihn nicht nur auf, reichlich zu nehmen, sondern hielt streng darauf, daß er so viel nähme, wie er im Laufe der Woche brauchen konnte. Und ebenso streng hielt sie darauf, daß er ihr nicht erzählen durfte, wozu er das Geld brauchte.

»Du hast immer Geld in der Tasche gehabt«, sagte sie, »und daß du dich verheiratet hast, ist kein Grund, daß es anders sein soll. Oh, ich weiß schon, wie Männer sind, wenn sie zusammenkommen. Zuerst spendiert der eine, dann der andere, und das kostet Geld. Wenn du jetzt nicht ebenso flott wie die andern spendieren kannst, ja, dann wirst du gar nicht mehr mitmachen, so gut kenne ich dich doch. Und das würde nicht richtig sein. Ich will, daß du mit andern Männern zusammen bist. Das tut Männern gut.«

Und Billy preßte sie an sich und sagte, sie sei das prachtvollste Frauenzimmerchen, das je in einem Paar Schuhe gegangen wäre.

»Ja«, sagte er triumphierend, »nicht nur, daß ich besser esse, besser lebe, ebenso gut wie alle Kameraden auskomme; ich spare auch direkt Geld oder vielmehr, du tust es für mich. Hier sitzen wir in Möbeln, die ich regelmäßig jeden Monat abbezahle, und mit einer kleinen Frau, nach der ich ganz verrückt bin, und obendrein habe ich noch Geld auf der Sparkasse. Wieviel ist es jetzt?«

»Zweiundsechzig Dollar«, sagte sie. »Das ist ein sehr hübscher kleiner Notgroschen. Du könntest ja krank werden oder zu Schaden kommen oder sonst etwas.«

Eines Tages im Winter kam Billy heim und begann, mit sichtlicher Anstrengung mit Saxon von Geld zu sprechen. Sein alter Freund Billy Murphy hatte Influenza, und eins seiner Kinder war beim Spielen auf der Straße von einem Wagen überfahren worden. Das Kind war schlimm zugerichtet, und Murphy, der immer noch schwach von zweimonatigem Krankenlager war, hatte Billy gebeten, ihm fünfzig Dollar zu leihen.

»Das Geld ist ganz sicher«, schloß er. »Ich kenne ihn, seit wir zur Schule gingen. Er ist der ehrlichste Mensch von der Welt.«

»Das hat nichts damit zu tun«, sagte Saxon vorwurfsvoll. »Wenn du unverheiratet wärest, würdest du es ihm doch gleich geliehen haben?«

Billy nickte.

»Dann kann es nicht anders sein, weil du verheiratet bist. Es ist dein Geld, Billy.«

»Es ist, weiß Gott, nicht mein Geld!« rief er. »Es ist unseres! Und ich könnte mir nicht denken, jemand etwas davon zu geben, ohne erst mit dir darüber gesprochen zu haben.«

»Das hast du ihm doch hoffentlich nicht gesagt?« rief sie erschrocken.

»Nein«, lachte Billy. »Ich wußte ja gut, daß du wütend werden würdest, wenn ich das täte. Ich sagte, ich wollte nachrechnen, ob es sich machen ließe. Nun, ich war übrigens sicher, daß du das Geld geben würdest, wenn du es hättest.«

»Ach, Billy«, sagte sie leise, mit einem tiefen, zärtlichen Klang in der Stimme. »Du weißt es vielleicht selber nicht, aber das ist mit das Schönste, was du mir gesagt hast, seit wir verheiratet sind.«

Je mehr Saxon mit Mercedes Higgins zusammenkam, desto weniger verstand sie sie. Daß diese Frau furchtbar geizig war, das zu entdecken, brauchte sie nicht lange. Und sie konnte diesen Zug nicht recht mit all ihren Geschichten von den Reichtümern, die sie verschwendet hatte, zusammenreimen. Andererseits war sie ganz verblüfft über Mercedes' Verschwendung in allem, was ihre eigene Person betraf. Ihre selbstverständlich mit der Hand genähte Wäsche war sehr kostbar. Das Essen, das sie Barry vorsetzte, war gut, aber das Essen, das sie sich selber vorsetzte, unvergleichlich besser. Und dennoch stand beides zusammen auf dem Tisch. Während Barry mit gewöhnlichem Ochsenfleisch vorliebnahm, aß Mercedes nur Mürbebraten. Gab es ein mächtiges zähes Hammelkotelett für Barry, so aß Mercedes selbst winzige kleine französische Koteletts. Der Tee wurde in verschiedenen Töpfen bereitet. Während Barry Tee für fünfundzwanzig Cent das Pfund aus einem großen, schweren Topf trank, bekam Mercedes Tee, der drei Dollar das Pfund gekostet hatte, und sie trank ihn aus einer winzigen Teetasse, so zerbrechlich wie eine Eierschale. Ebenso wurde sein Kaffee zu fünfundzwanzig Cent mit Milch gemischt, ihr eigener echter Mokka zu achtzig Cent hingegen mit Sahne.

»Das ist gut genug für den Alten«, sagte sie zu Saxon. »Er kennt es nicht besser, und es wäre ein Jammer, Gottes Gaben an ihn zu verschwenden.«

Die beiden Frauen begannen allmählich Geschäfte miteinander zu machen. Als Mercedes Saxon die Kunst gelehrt hatte, sich auf der Ukulele zu begleiten, was namentlich ein geschmeidiges Handgelenk erfordert, schlug sie ihr einen Tauschhandel vor. Die Zeit sei vorbei, daß sie sich etwas aus derlei Dummheiten mache, und sie bot Saxon das Instrument im Tausch gegen ein Morgenhäubchen an, das sie so bewunderte.

»Sie ist immerhin einige Dollar wert«, sagte Mercedes. »Sie hat mich selbst zwanzig gekostet, aber das ist natürlich einige Jahre her. Aber sie ist immer noch so viel wert wie ein Morgenhäubchen.«

»Aber geht das Morgenhäubchen nicht auch unter dem Begriff Dummheiten?« fragte Saxon, obgleich sie mit dem Tausch sehr zufrieden war.

»Es ist nicht für meine eigenen grauen Locken«, erklärte Mercedes offen. »Ich verkaufe es und bekomme Geld dafür. Viele von den Dingern, die ich verfertige, wenn die Gicht meine Finger nicht untauglich, macht, verkaufe ich. La la, mein Kind, für Barrys fünfzig Dollar monatlich kann ich mir nicht alle teuren Gewohnheiten leisten. Den Rest verschaffe ich mir selber. Und alte Leute brauchen Geld für Dinge, von denen junge Menschen keine Ahnung haben.«

»Ich bin mit dem Tausch sehr einverstanden«, sagte Saxon, »und ich kann mir ja, wenn ich mir Geld für das Material gespart habe, ein neues Häubchen machen.«

»Machen Sie gleich mehrere«, riet Mercedes. »Ich verkaufe sie für Sie – natürlich gegen eine kleine Provision für meine Mühe. Ich kann Ihnen sechs Dollar für jedes geben. Wir können ja immer noch darüber reden. Für das, was Sie an dem Geschäft verdienen, können Sie sich Material für ihr eigenes verschaffen und noch etwas dazu.«

Vier große Ereignisse trafen im Laufe des Winters ein. Bert und Mary heirateten und mieteten ein Häuschen in der Nähe von Saxon und Billy. Billys Wochenlohn wurde wie alle andern Fuhrmannslöhne in Oakland herabgesetzt. Billy begann einen Rasierapparat zu benutzen. Und endlich hatte Saxon sich als schlechte Prophetin erwiesen und Sarah als eine gute. Saxon wollte ihrer Sache erst ganz sicher sein, ehe sie es Billy erzählte. Anfangs, als es nur ein Verdacht war, hatte sie sich bei dem Gedanken an das Neue, Unbekannte nicht von einer gewissen Unruhe und Angst befreien können. Dann hatten sich wirtschaftliche Sorgen gemeldet, und sie dachte an die unumgängliche Folge: vermehrte Ausgaben. Als sie aber allmählich ihrer Sache ganz sicher wurde, spülte eine warme Freudenwoge alle Sorgen fort. Ihr und Billys Kind! Der Satz tauchte immer wieder in ihren Gedanken auf, und jedesmal gab es ihr vor Freude einen Stich im Herzen.

An dem Abend, als sie Billy die große Neuigkeit mitteilte, hielt er zurück, was er ihr von der Lohnherabsetzung hatte erzählen wollen, und war ebenso glücklich über das kleine Wesen, das bald kommen sollte.

»Was machen wir? Gehen wir zur Feier des Tages ins Theater?« fragte er, und seine Arme, die sie so hart gepreßt hatten, lockerten sich so weit, daß sie antworten konnte. »Oder wollen wir zu Hause bleiben, nur du und ich und – und wir drei?«

»Laß uns zu Hause bleiben«, erklärte sie. »Du sollst mich nur festhalten und immer festhalten.«

Es lag Frost in der Luft, und Billy holte den großen Sessel und stellte ihn vor den Herd. Saxon kuschelte sich hinein, den Kopf an seiner Schulter, und er drückte ihre Wange an sein Haar.

»Wir haben doch nicht falsch gehandelt, daß wir uns heirateten, als wir uns erst eine Woche kannten«, sagte er nachdenklich. »Ja, weißt du, Saxon, wir sind beinahe verliebter ineinander als in der ersten Zeit – und jetzt – – lieber Gott, Saxon, es ist fast zu herrlich, um wahr zu sein. Der kleine Spitzbube! Ich möchte darauf wetten, daß es ein Junge wird! Und du kannst darauf schwören, daß ich ihn lehren will, seine Fäuste zu gebrauchen und sich durchzuschlagen. Und Schwimmen soll er auch lernen. Wenn er nicht schwimmen kann, ehe er sechs —«

»Aber wenn er nun ein Mädchen wird?«

»Sie muß ein Junge sein«, antwortete Billy.

Sie lachten beide, küßten sich und seufzten vor Zufriedenheit.

»Und jetzt werde ich das Geld festhalten«, erklärte er, als sie eine Weile in tiefe Gedanken versunken dagesessen hatten. »Keine Runde mehr für die Kameraden! Nein, jetzt halten wir uns an den Wasserwagen. Und der Tabak wird auch ein bißchen herabgesetzt. Hm, warum sollte ich mir nicht selbst meine Zigaretten drehen können? Das ist zehnmal billiger, als wenn man fertige kauft. Ich kann mir auch den Bart stehen lassen. Es ist eine Menge Geld, die der Barbier im Jahre aus einem herauszieht. Ja, für die Summe kann man sich ein Kind halten.«

»Wenn Sie sich den Bart stehenlassen, Herr Roberts, lasse ich mich von Ihnen scheiden«, drohte Saxon. »Du bist so hübsch mit einem glattrasierten Gesicht. Ich liebe dein Gesicht zu sehr, als daß ich es mir verdecken lassen wollte. Oh, mein lieber, lieber Billy! Ich habe nie gewußt, was Glück ist, ehe wir heirateten.«

»Ich auch nicht.«

»Und so soll es bleiben, nicht wahr?«

»Darauf kannst du Gift nehmen«, versicherte er.

Und Billy verschwieg ihr hartnäckig die Lohnherabsetzung. Erst zwei Wochen später, als sie in Kraft trat, und er ihr die verminderte Summe in den Schoß schüttete, erzählte er ihr den Zusammenhang. Am nächsten Tage kamen Bert und Mary, die jetzt schon einen Monat verheiratet waren, zum Mittagessen und sprachen davon. Bert war sehr pessimistisch und machte unheilverkündende Andeutungen von einem bevorstehenden Eisenbahnerstreik.

»Wenn ihr nur den Mund halten wolltet«, sagte Mary scharf, »so würde alles gut gehen. Aber die Gewerkschaftsagitatoren machen die Eisenbahner ganz wild. Es ist direkt, um Krämpfe zu kriegen – wie sie die Leute aufputschen. Wenn ich Chef wäre, würde ich allen, die sie anhörten, die Löhne herabsetzen.«

»Aber du bist doch selbst Mitglied der Plätterinnengewerkschaft«, sagte Saxon mit mildem Vorwurf.

»Ja, weil ich mußte – wenn ich Arbeit haben wollte.«

»Aber sieh doch, Billy«, fuhr Bert fort. »Die Fuhrleute haben nicht gemuckst, alles sieht schön und herrlich aus, und da, bums, auf einmal eine Herabsetzung von zehn Prozent. Zum Kuckuck, welche Möglichkeiten haben wir? Wir verlieren. Es ist kein Platz für uns in dem Land, das wir und unsere Väter und Mütter für uns geschaffen haben. Wir werden zerquetscht – und dabei sind wir der alte Stamm, Söhne und Töchter der weißen Leute, die sich von England losrissen, die die Sklaven befreiten, mit den Indianern kämpften und den ganzen Westen machten.«

»Aber was sollen wir denn dabei machen?« fragte Saxon besorgt.

»Kämpfen. Das ist alles. Das Land ist in den Händen einer Räuberbande. Seht die Süd-Pazifik-Bahn. Die regiert ganz Kalifornien.«

»Ach Unsinn, Bert«, fiel Billy ihm ins Wort. »Du läufst mit halbem Wind. Die Eisenbahn kann doch nicht Kalifornien regieren.«

»Du bist ein Esel«, sagte Bert spöttisch. »Und eines Tages, wenn es zu spät ist, werden du und die andern Esel das erkennen. Es ist faul, sage ich dir. Es stinkt! Ja, wahrhaftig –

jeder, der in das Parlament hinein will, muß nach San Franzisko fahren, auf dem Kontor der Süd-Pazifik antreten und demütig um Erlaubnis bitten. Ich sage euch, die Gouverneure von Kalifornien sind Direktoren der Eisenbahn gewesen und das schon, ehe du und ich geboren waren. Hu! Du kannst mir nicht widersprechen. Wir sind erledigt. Aber ich möchte gern helfen, einige von den dreckigen Dieben aufzuhängen, ehe ich selber flötengehe. Wißt ihr, was wir sind? Wir, der alte weiße Stamm, der im Kriege kämpfte, das Land schuf und es zu dem machte, was es ist? Soll ich es euch sagen? Wir sind die letzten Mohikaner.«

»Er ängstigt mich zu Tode mit seiner Heftigkeit«, sagte Mary mit einer Bitterkeit, die sie nicht zu verbergen suchte. »Es endet noch damit, daß er aus der Werkstatt rausgeschmissen wird. Und was sollen wir dann tun? An mich denkt er überhaupt nicht. Aber eines sage ich euch, und das ist mein Ernst. In die Plätterei gehe ich nicht wieder.«

»Ach, ich weiß, wo du hinwillst«, sagte Bert hart. »Und das sage ich dir nur, ob ich lebendig oder tot bin, ob ich Arbeit habe oder nicht, ja, und wie es mir auch geht – wenn du den Weg gehst, ist es aus.«

»Na, ich hab' mich doch brav gehalten, bis ich dich traf«, antwortete sie und warf den Kopf zurück. »Und seit ich dich traf, habe ich mich auch brav gehalten, und das will nicht wenig sagen.«

Bert wollte heftig antworten, aber Saxon legte sich ins Mittel und stiftete Frieden. Sie hatte große Angst, wie es den beiden in ihrer Ehe gehen sollte. Beide hatten ein sehr hitziges Temperament, beide waren heftig und reizbar. Und ihre ewigen Streitereien prophezeiten nichts Gutes für die Zukunft.

Der Rasierapparat war eine der großen Taten Saxons. Sie beriet sich im geheimen mit einem Bekannten, einem Kommis in Pierces Eisenhandlung, und kaufte dann den Apparat. Als Billy am Sonntagmorgen nach dem Frühstück zum Barbier gehen wollte, führte sie ihn ins Schlafzimmer, zog hastig ein Handtuch beiseite und zeigte ihm Rasierapparat, Becken, Seife, Pinsel und Wasser – alles gebrauchsfertig. Billy trat ein paar Schritt zurück, begann dann aber alles neugierig zu untersuchen. Er sah den Rasierapparat mitleidig an.

»Hm, und das nennt man eine Männerwaffe!«

»Tausende von Männern gebrauchen das täglich!«

Aber Billy schüttelte den Kopf und wandte sich ab.

»Du läßt dich dreimal wöchentlich rasieren«, sagte sie eindringlich. »Das macht fünfundvierzig Cent, sagen wir, einen halben Dollar die Woche, und das Jahr hat zweiundfünfzig Wochen. Sechsundzwanzig Dollar jährlich für Rasieren. Komm jetzt, mein Freund, und versuch ihn. Zahllose Männer schwören darauf.«

Er schüttelte den Kopf, und in der Tiefe seiner Augen, wo die Wolken immer kamen und gingen, zog es zum Sturm auf. Sie liebte den verdrossenen Ausdruck, der ihn so hübsch und jungenhaft machte, und sie küßte ihn lächelnd, worauf sie ihn auf den Stuhl niederzwang, ihm den Rock auszog und Hemd und Sweater öffnete.

Und mit der Drohung: »Wenn du den Mund aufmachst, kriegst du es direkt in den Hals«, begann sie ihn einzuseifen.

»So«, sagte sie, als sie ihm das Gesicht gründlich eingeseift hatte. »Jetzt kannst du anfangen; aber bilde dir nicht ein, daß ich das immer für dich tue.«

Halb im Ernst, halb im Scherz eifrig protestierend, ließ er den Apparat ein paarmal über das Kinn gleiten. Dann fuhr er heftig zusammen und rief:

»Heiliger Bimbam!«

Er untersuchte sein Gesicht im Spiegel, und mitten im Seifenschaum kamen ein paar Tropfen Blut zum Vorschein.

»Ich habe mich geschnitten, und das mit einem Rasierapparat! Und auf sowas schwören die Leute!«

»Wart einen Augenblick!« flehte Saxon. »Er muß eingestellt werden. Das sagte mir der Kommis selber. Sieh die kleine Schraube hier. So — so ist es richtig. Dreh sie ein bißchen.«

Billy führte wieder den Apparat über sein Kinn. Als er es ein paarmal getan hatte, untersuchte er sich im Spiegel, grinste und rasierte weiter. Schnell und gewandt kratzte er sich den Seifenschaum vom Gesicht. Saxon klatschte in die Hände.

»Großartig!« sagte Billy begeistert. »Großartig. Gib deine Hand – da sollst du sehen, wie es geht.«

Er rieb ihre Hand an seinem Kinn. Mit einem kleinen Schrei riß Saxon sich los und begann, ihn kritisch zu untersuchen.

»Aber er hat ja gar nichts abgenommen«, sagte sie.

»Die Geschichte ist Schwindel; er schabt die Haut, aber nicht den Bart ab. Ich bitte um einen Barbier.«

Aber Saxon wollte sich nicht geschlagen geben.

»Du hast es noch nicht richtig gemacht. Er ist zu stark angeschraubt. Laß mich versuchen. So – halbwegs. So, jetzt seif dich wieder ein und versuch es noch einmal.«

Diesmal konnten sie deutlich ein kratzendes Geräusch wie von Sandpapier hören – es waren die Bartstoppeln, die abgeschnitten wurden.

»Wie geht es jetzt?« fragte sie besorgt.

»Er nimmt – au – das Haar weg«, grunzte Billy; während er die Stirn runzelte und eine Grimasse schnitt. »Aber – au – es reißt wie der Teufel – au!«

»Nur weiter«, ermunterte sie ihn. »Gib nicht gleich den Kampf auf, du großer Indianer. Denk an das, was Bert sagte, und tu, als seist du der letzte Mohikaner.«

Eine Viertelstunde später wusch er sich die Seife vom Gesicht und trocknete sich mit einem Seufzer der Erleichterung ab.

»Das ist selbstverständlich auch eine Art, sich zu rasieren, Saxon, aber ich kann nicht sagen, daß ich gerade begeistert bin.«

Dann stöhnte er laut, als dächte er an ein neues Unglück.

»Was ist jetzt los?« fragte sie.

»Mein Nacken. Wie kann ich mich im Nacken rasieren?«

Saxons Bestürzung war direkt tragisch; aber sie dauerte nur einen Augenblick. Dann nahm sie selbst den Pinsel in die Hand.

»Setz dich, Billy.«

»Wie? Willst du es tun?« fragte er bestürzt.

»Ja eben! Wenn irgendein Barbier gut genug ist, dich im Nacken zu rasieren, so kann ich es auch.«

Billy ergab sich stöhnend und seufzend auf Gnade und Ungnade und ließ sie tun, was sie wollte.

»So, jetzt ist es gut«, sagte sie, als sie fertig war. »Es ist kinderleicht. Und außerdem bedeutet es sechsundzwanzig Dollar jährlich. Dafür kann man ein Kinderbett und einen Kinderwagen und eine ganze Menge anderer Dinge bekommen. So, sitz noch ein bißchen still.«

Sie wusch und trocknete ihm den Hals und puderte ihn zuletzt mit Talkum.

»Jetzt bist du so fein und hübsch wie ein kleines Kind, mein süßer Billy.«

Die unerwartete Berührung ihrer Lippen, die sich in einem langen Kuß auf seinen Nacken preßten, ließ ihn sich wie in Schmerzen winden, aber wenn seine Gefühle auch sehr gemischt waren, so waren sie doch keineswegs unangenehm.

Zwei Tage darauf ließ er sich wieder von Saxon beim Rasieren helfen, wenn er sich auch in der Zwischenzeit geschworen hatte, daß er nichts mehr mit der Höllenmaschine zu tun haben wollte. Diesmal ging es schon leichter.

»Das ist gar nicht so schlecht«, räumte er ein. »Ich komme der Geschichte auf die Spur. Es liegt alles am Regulieren. Man kann sich so fein rasieren, wie man will. Das kann ein Barbier nicht. Ab und zu schneidet er mich doch.«

Von jetzt an machte er eifrig Reklame für den Rasierapparat. Er konnte Berts Besuch nicht abwarten, sondern schleppte den Apparat in sein Haus, um ihn ihm zu zeigen.

»Wir sind ein paar schöne Idioten gewesen, Bert, all die Jahre, die wir uns in den Barbierstuben allen möglichen Krankheiten ausgesetzt haben. Sieh mal her. Sieh, wie das geht. Weich wie Seide. Leicht wie gar nichts. Sechs Minuten nach der Uhr. Kannst du es besser? Wenn ich erst richtige Übung habe, mache ich es in drei. Man kann im Dunkeln damit arbeiten. Man kann sich einfach gar nicht schneiden, selbst wenn man es möchte. Und ich spare sechsundzwanzig Dollar im Jahr damit. Saxon hat es selbst ausgerechnet, und sie versteht sich darauf, sage ich dir.«

Billy schien es fast, als ginge es ihm bald zu gut. Er hatte das Gefühl, im Verhältnis zu dem Lohn, den er verdiente, zu wohlhabend zu sein. Bei dem Geld, das immer auf die Sparkasse gebracht wurde, bei der Miete und der Abzahlung auf die Möbel, bei dem reichlichen Taschengeld und der ausgezeichneten Kost konnte er nicht verstehen, wie Saxon sich noch das Material für all ihre feinen Dinge anschaffen konnte. Er hatte mehrmals erklärt, daß er nicht begreifen könnte, wie sie es machte, und jedesmal hatte Saxon gelacht, ein geheimnisvolles Lachen, das ihn nur noch mehr verwirrte.

»Ich verstehe nicht, wie du das mit dem Geld machen kannst«, sagte er eines Abends.

Er wollte noch mehr sagen, beherrschte sich aber und grübelte fünf Minuten lang mit gerunzelten Brauen.

»Hör einmal«, sagte er schließlich. »Was ist aus dem Morgenhäubchen mit all den Spitzen geworden, an dem du so fleißig arbeitetest? Ich habe dich nie damit gesehen, und für das Kleine war es doch zu groß.«

Saxon bedachte sich einen Augenblick, während sie ihn mit zusammengepreßten Lippen und einem necklustigen Ausdruck in den Augen ansah. Es war ihr immer schwer geworden, eine Unwahrheit zu sagen, und Billy gegenüber war es ihr ganz unmöglich. Sie konnte sehen, wie ein Sturm in den blauen Augen aufzog, und wie sein Gesicht gleichsam erstarrte, wie es immer tat, wenn er zornig werden wollte.

»Sag mal, Saxon – du – du verkaufst doch wohl nicht deine Arbeit?«

Da erzählte sie ihm alles, auch von Mercedes Higgins' Anteil an dem Geschäft. Aber Billy wollte sich nicht ablenken lassen. In Ausdrücken, die alles eher als zweideutig waren, verkündete er Saxon, daß sie nicht für Geld arbeiten durfte.

»Aber ich habe doch so viel freie Zeit, lieber Billy«, sagte sie flehentlich.

Er schüttelte den Kopf.

»Nein, daraus wird nichts. Davon will ich nichts hören. Ich habe dich geheiratet, und ich werde auch schon für dich sorgen. Niemand soll sagen, daß Bill Roberts' Frau arbeiten muß.«

»Ja, aber Billy —«, begann sie wieder.

»Nein, das ist das einzige, was ich mir nicht gefallen lasse, Saxon. Nicht, daß mir deine Handarbeiten nicht gefielen, aber ich will sie an dir sehen. Mach du nur weiter, was du willst, aber mach es für dich selber – ich werde es schon bezahlen. Sieh, ich pfeife den ganzen Tag vor lauter Freude bei dem Gedanken an dich und den Jungen, und ich kann dich zu Hause all die hübschen Dinge arbeiten sehen, weil ich weiß, wie glücklich du bist, wenn du es tust. Aber, weiß Gott, Saxon, die ganze Freude wäre mir verdorben, wenn ich wüßte, daß du es für Geld tätest. Bill Roberts' Frau braucht nicht zu arbeiten.«

»Du bist so gut, Billy«, flüsterte sie und war trotz ihrer Enttäuschung sehr glücklich.

»Ich will, daß du alles haben sollst, worauf du Lust hast«, fuhr er fort. »Und du sollst es schon bekommen, solange ich diese beiden Fäuste habe. Ich weiß auch wohl, wie sehr mir die hübschen Sachen, die du trägst, gefallen. Ich habe, ehe ich dich kannte, manches gelernt, was ich besser nicht gelernt hätte. Aber ich weiß, wovon ich rede, und ich habe nie eine Frau gesehen, deren Wäsche sich mit deiner messen konnte. Ach –«

Er hob verzweifelt die Hände, als sei er nicht imstande auszudrücken, was er dachte und fühlte. Und dann versuchte er es wieder:

»Es kommt nicht allein auf die Sauberkeit an, obgleich das schon viel bedeutet. Es gibt massenhaft Frauen, die sauber sind. Aber das ist es nicht. Es ist mehr und etwas ganz anderes. Es ist – nun ja, es ist so, wie es aussieht, so weiß und hübsch und lecker, das setzt sich einem im Kopf fest. Du kannst nach meinem Geschmack nicht zu viel hübsche Dinge bekommen, und du kannst sie auch nicht zu hübsch bekommen.

Deswegen also, Saxon, mach nur weiter. Man kann massenhaft Geld verdienen, ganz kinderleicht. Billy Murphy bekam fünfundsiebzig blanke Dollar – und das ist erst eine Woche her –, weil er den ›Stolz der Nordküste‹ schlug. Von dem Geld hat er uns die fünfzig zurückbezahlt.«

Aber diesmal war es Saxon, die protestierte.

»Oder denk an Karl Hensen«, fuhr Billy fort. »›Sharkey den Zweiten‹ nennen die Idioten, die Sportreferenten, ihn. Und er nennt sich selbst ›Champion der Marine der Vereinigten Staaten‹. Nun, den habe ich mir jetzt angesehen. Er ist ein richtiger Bär. Ich habe ihn kämpfen sehen, und ich kann ihm einen Schlaftrunk geben – ganz einfach. Der Sekretär des Sportklubs hat versprochen, einen Match zwischen uns zu arrangieren, und der Gewinner verdient hundert blanke Dollar.«

»Wenn ich nicht für Geld arbeiten darf, so darfst du auch nicht boxen«, lautete Saxons Ultimatum, das sie jedoch gleich wieder zurücknahm. »Aber es soll nicht gleich und gleich zwischen uns beiden heißen. Und wenn du mich auch für Geld arbeiten lassen wolltest, so würde ich dir das Boxen doch nicht erlauben. Und wenn du nicht boxt, dann werde ich auch nicht mehr für Geld arbeiten – ja das ist meine Meinung. Und mehr noch – ich werde nie etwas tun, das du nicht haben willst, Billy.«

»Einverstanden«, meinte Billy. »Aber ich möchte doch verflucht gern ein einziges Mal den Ochsenschädel Hensen verhauen.« Er lächelte vergnügt bei dem Gedanken. »Aber weißt du, laß uns jetzt alles vergessen und spiel ›Wenn die Tage des Herbstes vorbei‹ auf dem – ja, zum Teufel, wie nennst du doch das Instrument?«

Sie sang das Lied, das er wünschte, zur Begleitung der Ukulele, und als sie fertig war, schlug sie sein trauriges Lied »Die Klage des Kuhhirten« vor. So wunderbar und unerklärlich sind die Wege der Liebe, daß sie das einzige Lied ihres Mannes liebgewonnen hatte. Weil er es sang, hatte sie dieses sinnlose, langweilige Lied gern, am meisten aber, so schien es ihr, liebte sie seine völlig hoffnungslosen falschen Töne. Sie konnte es sogar mit ihm zusammen singen, ebenso gründlich und entzückend falsch wie er. Und sie erschütterte ihn nicht in seinem großartigen Glauben an sich.

»Ich fürchte nur, daß Bert und alle andern mich necken werden«, sagte er.

»Ja, wir beide machen das großartig«, sagte sie, indem sie die Wahrheit vorsichtig umging. Denn in derlei Dingen hielt sie Unwahrheit nicht für eine Sünde.

Im Laufe des Frühlings kam der Eisenbahnerstreik. Am Sonntag, bevor der Streik erklärt wurde, aßen Saxon und Billy bei Bert. Saxons Bruder war auch da, ohne Sarah, da er sie nicht dazu hatte bewegen können, ihre Tagesarbeit so zu unterbrechen. Bert befand sich in sehr düsterer Stimmung.

Mary ging umher und bereitete das Mittagessen mit einem Gesicht, das deutlicher als Worte sagte, daß sie sehr aufrührerisch gestimmt war, und Saxon krempelte sich die Ärmel auf, band sich eine Schürze um und begann, die Frühstücksteller aufzuwaschen. Bert holte eine Kanne schäumendes Bier aus der Wirtschaft an der Ecke, und die drei Männer rauchten und unterhielten sich über den bevorstehenden Streik.

»Er hätte vor mehreren Jahren kommen sollen«, erklärte Bert. »Je früher desto besser, sage ich, aber jetzt ist es zu spät. Wir sind zu schlapp geworden, und jetzt kriegen die letzten Mohikaner, was ihnen gut tut, und das gerade auf den Deetz!«

»Ach, ich weiß nicht«, begann Tom vermittelnd – er hatte dagesessen und feierlich seine Pfeife geraucht. »Die Arbeiterorganisationen werden mit jedem Tage stärker. Ich erinnere mich noch der Zeit, als es in Kalifornien überhaupt keine Gewerkschaften gab. Und sieh nur jetzt – Löhne, feste Arbeitszeit und alles.«

»Du redest wie ein Agitator«, spottete Bert, »von der Art, die den Idioten was erzählen. Aber wir wissen besser Bescheid. Mit allen Gewerkschaften und Normallöhnen können wir für unsere Arbeit nicht so viel bekommen wie in alten Tagen, als wir nicht organisiert waren. Sie haben uns in der Klemme. Denk nur an San Franzisko – dort betreiben die Arbeiterführer eine noch dreckigere Politik als die alten Parteien, prügeln sich um Trinkgeld und lassen sich bestechen, während – ja, was machen die Zimmerleute in San Franzisko? Ich will dir etwas sagen, Tom Brown, wenn du dir alles anhörst, was gesagt wird, dann wirst du erfahren, daß jeder Zimmermann in San Franzisko Gewerkschaftler ist und vollen Gewerkschaftlerlohn bekommt. Glaubst du das? Es ist verfluchte Lüge! Es gibt nicht einen Zimmermann, der nicht jeden Sonnabend dem Unternehmer einen gewissen Prozentsatz von seinem Lohn geben muß. Und die Führer reisen für das Geld, das sie aus den Idioten herauspressen, nach Europa, wenn sie es nicht an die Rechtsanwälte hinausschmeißen müssen, um nicht eingesperrt zu werden.«

»Ja, das ist sehr richtig«, gab Tom zu. »Niemand wird das leugnen. Das Schlimme ist, daß den Arbeitern die Augen noch nicht geöffnet sind. Sie sollten sich selbstverständlich mehr um Politik kümmern, aber es muß die richtige Politik sein.«

»Man muß wirklich ehrliche Männer finden«, sagte Billy. »Das ist das ganze Unglück. – Nicht, daß ich auf den Sozialismus hielte, denn das tue ich nicht Alle unsere Vorfahren haben seit langer Zeit in Amerika gelebt, und was mich betrifft, so will ich mir nicht gefallen lassen, daß eine Herde schmutziger russischer Juden mir erzählen, wie ich mein Land regieren soll, wenn sie nicht einmal meine Sprache richtig sprechen können.«

»Dein Land!« rief Bert. »Aber, du Esel, du hast ja gar kein Land. Das ist ja nur etwas, das die Leute, die von Bestechung leben, dir erzählen, sooft sie dich noch mehr plündern wollen.«

»Aber dann dürfen wir nicht mehr für die Männer stimmen, die von Bestechung leben«, ereiferte Billy sich. »Wenn wir ehrliche Männer wählten, würden sie auch ehrlich gegen uns sein.«

»Ich wünschte, du kämest manchmal zu unsern Versammlungen, Billy«, sagte Tom ernst. »Wenn du das tätest, würden dir die Augen geöffnet werden, und du würdest bei der nächsten Wahl für die Sozialisten stimmen.«

»Nein, das tue ich nicht, darauf kannst du Gift nehmen«, erklärte Billy. »Ich laufe nicht zu Sozialistenversammlungen, ehe sie gelernt haben, wie weiße Männer zu reden.«

Bert summte:
»Wir leben in einer komischen Zeit,
In der der Dollar rollt.«

Mary war zu zornig auf ihren Mann wegen des Streiks und seiner ketzerischen Bemerkungen, um sich weiter mit Saxon zu unterhalten, die deshalb darauf angewiesen war, der Unterhaltung der Männer zuzuhören.

»Aber wo soll das alles enden?« fragte sie mit einer Unbesorgtheit, welche die Angst in ihrem Herzen verdecken sollte.

»Enden?« knurrte Bert. »Es ist ja schon vorbei.«

»Aber Fleisch und Petroleum sind schon wieder gestiegen«, sagte sie empört. »Und Billys Lohn ist herabgesetzt und der Lohn der Eisenbahner auch voriges Jahr. Es muß etwas geschehen.«

»Es ist nichts zu tun, als wie der Teufel zu kämpfen«, antwortete Bert. »Kämpfen und kämpfend untergehen. Das ist alles. Wie es auch gehen mag, wir sind erledigt, aber wir wollen doch wenigstens ein bißchen Vergnügen davon haben.«

»So darf man nicht reden«, sagte Tom vorwurfsvoll.

»Die Zeit, da Reden einen Zweck hatte, ist überhaupt vorbei, alter Wetterhahn. Jetzt heißt es kämpfen.«

»Ja, und du hättest große Aussichten gegen reguläre Truppen und Maschinengewehre«, antwortete Billy.

»Ach, ich meine nicht so. Es gibt etwas wie schmierige Stöcke, die mit großem Lärm in die Luft fliegen und Löcher machen. Es gibt etwas, das Schmirgel heißt –«

»Ach so«, fiel Mary ihm ins Wort, die Hände in die Hüften gestemmt. »So, das ist die Meinung. Dazu sollte der Schmirgel in deiner Westentasche also gebraucht werden?«

Ihr Mann antwortete nicht. Tom rauchte seine Pfeife mit besorgtem Ausdruck. Billy war sehr peinlich berührt. Das konnte man ihm ansehen.

»Das machst du doch nicht mit, Bert?« fragte er, und aus dieser Frage ging deutlich hervor, daß er ein Nein von seinem Freund erwartete.

»Natürlich mache ich mit, wenn du es durchaus wissen willst. Ich möchte sie in der Hölle sehen, wenn ich könnte – ja, die ganze Bande, ehe ich abhaue.«

»Er ist der richtige, blutdürstige Anarchist«, klagte Mary. »Leute wie er sind es, die McKinley und Garfield ermordet haben. Er wird noch gehängt werden. Ja, ihr werdet schon sehen, daß ich recht bekomme.«

»Es ist sein gewöhnlicher Unsinn«, tröstete Billy sie.

»Er will dich nur necken«, sagte Saxon beruhigend. »Er neckt immer so gern.«

Aber Mary schüttelte den Kopf.

»Ich weiß es. Ich höre ihn im Schlafe reden. Er flucht und zieht vom Leder, daß es ganz schrecklich ist, und knirscht mit den Zähnen.«

Tom sagte etwas von Vernunft und Gerechtigkeit, und Bert wandte sich gegen ihn.

»Gerechtigkeit, sagst du, Gerechtigkeit? Ja, das ist auch so ein verfluchtes Hirngespinst. Soll ich dir zeigen, welche Gerechtigkeit es für die arbeitende Klasse gibt? Erinnert ihr euch an Forbes – J. Alliston Forbes, der das Alta-California-Verwaltungsinstitut ruinierte und zwei Millionen in seine eigene Tasche steckte? Gestern sah ich ihn in einem großen Auto, das geradeswegs in die Hölle fuhr. Was hat er bekommen? Acht Jahre. Wie lange hat er gesessen? Nicht einmal zwei. Ihm wurde die Strafe erlassen – aus Gesundheitsrücksichten. Gesundheitsrücksichten – ich will ihn gehängt sehen! Wir sind alle tot und verfault, ehe er abfährt. Da! Seht aus dem Fenster! Könnt ihr die Rückseite des Hauses sehen, wo das Geländer zerbrochen ist? Dort wohnt Danakers Witwe. Sie wäscht für andere. Ihr Mann wurde im Dienst der Eisenbahn getötet. Nicht einen Groschen Schadenersatz – Unvorsichtigkeit, Nachlässigkeit oder sonst ein Quatsch. Das kriegte sie bei den Gerichten heraus. Ihr Junge, Archie, war sechzehn Jahre alt. Er war ein richtiger kleiner Vagabund. Er brach in Fresno ein, und ein Betrunkener kam dabei um. Wollt ihr wissen, wieviel er erwischte? Zwei Dollar und achtzig Cent. Habt ihr verstanden – zwei Dollar – und – achtzig Cent. Und was versetzten die Richter ihm? Fünfzig Jahre. Er ist jetzt schon seit acht Jahren in San Quentin. Und dort bleibt er, bis er krepiert. Seine Mutter sagt, daß er Tuberkeln hat – die hat er im Gefängnis gekriegt. Aber niemand verschafft ihm die Freiheit. Ein Kerl wie Archie stiehlt einem Betrunkenen zwei Dollar und achtzig Cent und kriegt fünfzig Jahre dafür. J.

Alliston Forbes beschwindelt die Alta um zwei Millionen und kriegt nicht einmal zwei Jahre. Wem gehört das Land nun, wenn ich fragen darf? Euch und Archie? Nein, euch weiß Gott nicht! J. Alliston Forbes!«

Mary, die an die Aufwasch trat, wo Saxon gerade den letzten Teller fertig hatte, band ihr die Schürze ab und küßte sie mit dem Mitgefühl, das nur Frauen füreinander hegen, wenn eine von ihnen bald Mutter sein soll.

»Na, setz dich, Kind. Du darfst dich nicht so ermüden – es ist noch lange bis dahin. Jetzt hol ich dir dein Nähzeug, und dann kannst du auf das Geschwätz der Männer hören. Aber höre nicht auf Bert. Er ist ganz verrückt.«

Saxon nähte und hörte zu, und Berts Gesicht wurde finster und bitter, als er das Kinderzeug sah, das sie auf dem Schoß hielt.

»Ja, so ist es!« rief er plötzlich. »Kinder in die Welt setzen, das könnt ihr, aber ihr habt nicht die geringste Gewähr dafür, daß ihr sie ernähren könnt.«

»Du hast heute wohl ordentlich eingeheizt?« lachte Tom.

Bert schüttelte den Kopf.

»Nun ja«, sagte Billy. »Was hilft es, sich die Laune zu verderben? Es ist doch sonst ein sehr braves Land.«

»Es war ein sehr braves Land«, antwortete Bert, »als wir alle noch Mohikaner waren. Aber jetzt nicht mehr. Wir sind betrogen. Wir sind in eine Ecke gedrängt. Wir haben unsere Ohrfeigen abgekriegt und sind rausgeschmissen. Meine Vorfahren haben für dieses Land gekämpft, das haben eure auch, alle. Wir gaben den Negern die Freiheit, töteten die Indianer, hungerten, froren und schwitzten und kämpften. Das Land hier gefiel uns. Wir rodeten es und bebauten es, legten Wege an und bauten Städte. Und es gab mehr als genug für uns alle. Und wir schlugen uns weiter dafür. Ich hatte zwei Onkel, die bei Gettysburg getötet wurden. Aber alle unsere Vorfahren hatten Bauernhöfe, Pferde und Vieh, auch Marys –«

»Und sie hätten klug daran getan, es festzuhalten«, warf sie ein.

»Ja, das ist sicher«, fuhr Bert fort. »Das ist es eben. Wir sind ausgeplündert. Wir konnten nicht mit falschen Karten spielen wie die andern. Wir sind die Weißen, die um die Ecke gegangen sind. Seht ihr, die Zeiten haben sich geändert. Und es gab zweierlei Menschen – Löwen und Pferde. Die Pferde rackerten sich ab, und die Löwen fraßen. Sie fraßen die Farmer, die Minen, die Fabriken und jetzt haben sie auch die Regierung gefressen. Wir sind geschunden. Versteht ihr?«

»Aus dir könnte ein guter Volksredner werden«, meinte Tom, »wenn du nur ein bißchen mehr Form hineinkriegen könntest.«

»Es klingt sehr richtig, Bert«, sagte Billy, »ist es aber nicht. Jeder kann heute reich werden.«

»Ja, oder Präsident der Vereinigten Staaten«, sagte Bert gereizt – »gewiß kann man es. Aber ich habe noch nicht gehört, daß du Aussicht zum Millionär oder zum Präsidenten hast. Warum nicht? Weil du nicht vom rechten Schlage bist. Du bist ein Pferd! Ein armes Tier, das ist es. Weg mit dir! Weg mit uns allen!«

Beim Mittagessen sprach Tom von den Freuden des Landlebens, das er als Knabe und junger Mann gekannt hatte. Und er vertraute ihnen an, daß es sein Traum sei, wegzugehen und ein Stück Boden zu pachten, wie seine Vorfahren es getan hatten. Aber leider war Sarah, wie er erklärte, so festgewurzelt, daß es sein Traum bleiben mußte.

Etwas später, als Bert gerade wieder mit seinem Lamento angefangen hatte, ertappte Billy sich dabei, wie er Vergleiche anstellte. Dieses Haus war nicht wie sein Heim. Hier war keine angenehme Atmosphäre. Es war, als läge keine Harmonie über allem. Er dachte daran, daß die Frühstücksteller noch nicht aufgewaschen waren, als sie kamen. Männer beachten selten solche Einzelheiten, und er tat es sonst auch nicht. Aber er hatte doch durch tausend Dinge im Laufe des Vormittags den festen Eindruck erhalten, daß Mary als Hausfrau nicht so tüchtig war wie Saxon. Ja, das war eine Frau! Aber seine Gedanken wurden durch Bert unterbrochen.

»Heh, Billy, ich glaube, du denkst, daß ich verärgert bin. Gewiß. Das bin ich. Ich habe meine Erfahrungen gemacht. Du bist immer Kutscher gewesen und hast ein schönes Geld mit deinem Boxen verdient. Du hast keinen Streik durchgemacht, du hast keine alte Mutter zu versorgen gehabt und warst daher nicht gezwungen, ihretwegen jede Arbeit zu übernehmen. Erst als sie tot war, konnte ich tun und lassen, was ich wollte.

Zum Beispiel, als ich es bei der Straßenbahn versuchte, ja, da könnt ihr sehen, was ein Arbeitstier sich gefallen lassen muß. Der Oberchinese mißt mich von Kopf bis zu Fuß, stellt eine Menge Fragen und gibt mir ein Formular zum Ausfüllen. Ich fülle es aus und bezahle einem Doktor, zu dem sie mich schicken, einen Dollar, damit er mir ein Attest gibt. »Ich arbeitete nur einen Monat. Dann organisierten wir uns, und sie sprengten die Gewerkschaft, so daß es aus war.«

»Und ebenso wird die Eisenbahn eure Gewerkschaften sprengen, wenn ihr streikt, ihr Idioten!« erklärte Mary.

»Das hab ich ja die ganze Zeit gesagt«, sagte Bert. »Wir haben nicht die geringste Aussicht.«

»Aber warum tut ihr es dann?« fragte Saxon.

Er sah sie einen Augenblick mit einem merkwürdig erloschenen Blick an und antwortete dann:

»Warum wurden meine beiden Onkel bei Gettysburg getötet?«

Es begann ganz ruhig, wie verhängnisvolle unerwartete Ereignisse so oft beginnen. Kinder jeden Alters und jeder Größe spielten auf der Straße, und Saxon stand am offenen Fenster und sah ihrem Spiel zu, während sie von dem Kind träumte, das bald kommen sollte. Der Sonnenschein wich friedlich dem Abend, und eine leichte Brise von der Bucht kühlte die Luft und verlieh ihr einen salzigen Geschmack. Da zeigte eines der Kinder die Straße hinauf. Alle Kinder hörten auf zu spielen. Es sammelten sich Gruppen, die größeren Knaben von zehn bis zwölf für sich, während die älteren Mädchen besorgt die kleinen Kinder an die Hand oder auf den Arm nahmen.

Saxon konnte die Ursache all dieser Aufregung nicht sehen, aber sie konnte sie erraten, da sie die größeren Knaben zu den Rinnsteinen eilen und Steine auflesen sah, worauf sie sich in die Gänge zwischen den Häusern schlichen. Die kleineren Knaben versuchten, es ihnen nachzumachen. Die Mädchen, die eifrig die ganz Kleinen fortschleppten, rissen Gartenpforten auf und eilten die Stufen zu den kleinen Häusern hinauf. Die Türen schlugen hinter ihnen zu, und bald war die Straße öde und verlassen, wenn auch hier und da eine Gardine sich hob, um besorgte Frauen hinaussehen zu lassen. Saxon hörte den Zug, der schnaufend und rauchend zum Centre-Street-Bahnhof hinausfuhr. Dann ertönte aus der Siebenten Straße das heisere Gebrüll vieler tiefer Männerstimmen. Sie konnte immer noch nichts sehen, und sie dachte an Mercedes Higgins' Worte: »Sie sind wie Hunde, die sich um einen Knochen schlagen. Nur daß ihr Knochen Arbeit heißt.«

Das Gebrüll näherte sich, und als Saxon sich aus dem Fenster lehnte, sah sie ein Dutzend Streikbrecher, die von ebenso vielen Detektiven und Schutzleuten begleitet wurden, auf dem gegenüberliegenden Bürgersteig angewandert kommen. Sie gingen in geschlossenem Trupp wie eine disziplinierte Streitmacht, während hinter ihnen, heulend und durcheinander, neunzig bis hundert streikende Eisenbahner gingen, die sich hin und wieder bückten und Steine aufhoben. Saxon fühlte, daß sie vor Angst zitterte, aber sie zwang sich, ruhig zu sein. Es half ihr auch etwas, als sie Mercedes Higgins sah. Die alte Frau öffnete die Haustür, zog einen Stuhl heraus und setzte sich ruhig auf den kleinen Treppenabsatz.

Die Polizei war mit Knüppeln bewaffnet. Die Detektive ließen keine Waffen sehen. Die Streikenden, die von hinten nachdrängten, schienen sich damit begnügen zu wollen, ihrer Wut in lautem Geheul und in Drohungen Luft zu machen, und es waren die Kinder, die den eigentlichen Anstoß zu der Schlägerei gaben. Aus dem Gang zwischen den beiden gegenüberliegenden Häusern, wo die Familien Olsen und Isham wohnten, kam plötzlich ein Regen von Steinen. Die meisten Steine flogen vorbei, aber einer traf einen Streikbrecher am Kopf. Der Mann befand sich nicht mehr als zwanzig Fuß von Saxon entfernt. Er taumelte gegen ihren Zaun und zog einen Revolver. Mit der einen Hand strich er sich über die Augen, die von Blut halb geblendet waren, und mit der anderen feuerte er seine Waffe gegen das Ishamsche Haus ab. Einer der

Detektive packte ihn am Arm, um ihn zu verhindern, den Revolver wieder abzufeuern, und schleppte ihn mit sich fort. Im selben Augenblick aber ertönte ein noch wilderes Gebrüll von den Streikenden, während ein Schauer von Steinen aus dem Gang zwischen Saxons und Maggie Donahues Haus kam. Die Streikbrecher und ihre Beschützer machten halt und entsicherten ihre Revolver. An dem harten, willensstarken Ausdruck in ihren Gesichtern konnte Saxon sehen, daß Blutvergießen und Tod bevorstanden. Ein älterer Mann, offenbar ihr Anführer, nahm seinen weichen schwarzen Hut ab und wischte sich den Schweiß von der Glatze. Er war ein großer dickbäuchiger Mann, der merkwürdig hilflos aussah. Er ließ die Schultern hängen, und Saxon bemerkte die Schuppen auf seinem Rockkragen.

Einer der Männer zeigte auf die Straße, und mehrere von seinen Kameraden lachten. Es war der kleine, kaum vierjährige Olsen, der der Mutter weggelaufen war und jetzt zu den Männern kam, die die Feinde seiner wirtschaftlichen Existenz waren. In seiner rechten Hand hielt er einen Stein, so schwer, daß er ihn kaum heben konnte. Die schwache Kinderhand drohte ihnen mit diesem Stein; das kleine rotwangige Gesicht war von Wut verzerrt, und er schrie immer wieder: »Verfluchte Streikbrecher! Verfluchte Streikbrecher!« Das Lachen, mit dem die Männer ihn begrüßten, machte ihn noch wütender. Er wankte auf sie zu und warf mit einer mächtigen Kraftanspannung den Stein, der kaum sechs Fuß von ihm zu Boden fiel.

So viel sah Saxon, und sie sah auch, wie die Mutter des Knaben auf die Straße eilte, um ihr Kind zu holen. Da ertönte eine Salve von Pistolenschüssen der Streikenden, und Saxons Aufmerksamkeit wandte sich den Männern vor ihrem Fenster zu. Einer von ihnen stieß einen mächtigen Fluch aus und untersuchte seinen linken Arm, der kraftlos herabhing. Sie sah, wie das Blut über seine Hand tropfte. Sie wußte, daß sie nicht stehenbleiben durfte, aber die Erinnerung an ihre kämpfenden Vorfahren erwachte in ihr, und sie fürchtete sich nicht mehr, als jeder normale Mensch sich unter solchen Verhältnissen gefürchtet hätte – eher weniger. Sie vergaß über diesem

Kampf, der so plötzlich in ihrer stillen Straße losgebrochen war, ihr Kind. Sie vergaß die Streikenden und alles andere über ihrem Erstaunen darüber, wie es dem dickbäuchigen, zigarrenrauchenden Anführer ergangen war. Auf irgendeine merkwürdige Weise war sein Kopf in ihrem Zaun eingeklemmt. Sein Körper hing draußen, und die Knie berührten den Boden nicht ganz. Der Hut war ihm abgefallen, und die Sonne schien auf seine Glatze und erzeugte eine kräftige Lichtwirkung. Die Zigarre war auch verschwunden. Sie sah, daß sein Blick auf sie gerichtet war. Es war, als winkte er ihr mit der Hand, die durch den Zaun stak, und es sah fast aus, als blinzelte er ihr gemütlich zu, obwohl sie wußte, daß es der furchtbarste Schmerz war, der sein Gesicht zu einem Grinsen verzerrte.

Eine Sekunde, vielleicht zwei, starrte sie ihn an, dann aber wurde sie durch den Klang von Berts Stimme aus ihren Betrachtungen gerissen. Er kam, gefolgt von mehreren anderen Streikenden, auf dem Bürgersteig vor ihrem Hause gelaufen, und rief aus voller Kehle: »Vorwärts, Mohikaner! Jetzt haben wir sie an den Mast genagelt!«

In der Linken hielt er eine eiserne Stange, in der Rechten einen Revolver, der schon verschossen war, denn er spannte vergebens den Hahn im Laufen. Plötzlich blieb er stehen, warf die Stange hin und drehte sich so, daß er sich Saxons Tür zukehrte. Er wollte ins Knie sinken, schleuderte aber den Revolver einem Streikbrecher ins Gesicht, der auf ihn lossprang. Dann schwankte er und sank gleichzeitig in Knien und Hüften zusammen. Langsam, mit unendlicher Anstrengung, griff er mit der Rechten nach einem Pfahl im Zaun und sank ins Knie, während der ganze Schwarm von Streikenden, deren Anführer er gewesen war, an ihm vorbeihastete.

Es war ein Kampf ohne Gnade – ein Blutbad. Die Streikbrecher und ihre Beschützer, die völlig umzingelt waren und mit dem Rücken gegen Saxons Haus standen, kämpften wie rasend, konnten sich aber der fast hundert Mann, die sich auf sie stürzten, nicht erwehren. Knüppel und Axtschäfte wurden geschwungen, Revolver knallten, und Pflastersteine wurden herausgerissen und in das wilde Handgemenge geschleudert.

Saxon sah den jungen Frank Davis, einen Freund Berts, der vor wenigen Monaten Vater geworden war, die Mündung seines Revolvers einem Streikbrecher auf den Leib setzen und abdrücken. Laute Flüche und erbittertes Knurren, wilde Schreckensschreie und Schmerzensausbrüche ertönten. Mercedes hatte recht. Das waren keine Menschen. Es waren wilde Tiere, die um den Knochen kämpften und einander vernichteten.

Ihr Knochen heißt Arbeit; ihr Knochen heißt Arbeit. Dieser Satz klang immer wieder durch Saxons Bewußtsein. Selbst wenn sie gewollt hätte, würde sie doch nicht die Kraft gehabt haben, sich jetzt vom Fenster zurückzuziehen. Sie war wie gelähmt. Ihr Gehirn arbeitete nicht mehr. Mit starren Augen, außerstande, sich zu bewegen oder irgend etwas zu unternehmen, sah sie auf all den Schrecken, der wie ein wildgewordenes lebendes Bild hastig an ihr vorbeizog. Sie sah die Detektive, die Polizisten und Streikenden stürzen. Einem Streikbrecher, der von einer Hand, die ihn an der Kehle packte, gegen den Zaun gepreßt wurde, wurde das Gesicht vollkommen von einem Revolverkolben zerschmettert. Immer wieder, ohne Aufhören, hob und senkte sich der Revolver, und Saxon kannte den Mann, der ihn schwang – Chester Johnson. Sie hatte ihn in den Tagen vor ihrer Verheiratung auf Bällen getroffen und mit ihm getanzt. Er war immer ein netter, gutmütiger Mensch gewesen. Unmöglich konnte dies derselbe Chester Johnson sein. Und während sie hier stand und zusah, merkte sie, wie der dickbäuchige Anführer, der immer noch, mit dem Kopf in ihrem Garten, in den Zaun eingekeilt war, mit der freien Hand einen Revolver zog und die Mündung Chester in die Seite preßte. Sie versuchte, einen warnenden Ruf auszustoßen. Es wurde nur ein Angstschrei, und Chester sah auf und erkannte sie. Im selben Augenblick ging der Revolver los, und er brach über dem Streikbrecher zusammen. Jetzt hingen drei Männerkörper auf ihrem Zaun.

Sie war nun auf alles vorbereitet, und ohne das geringste Erstaunen sah sie die Streikenden über den Zaun springen und ihre armen Pelargonien und Stiefmütterchen zertrampeln, als sie zwischen ihrem Haus und dem der Mercedes hindurchflüchteten. Die Straße herauf kam von den Eisenbahnwerkstätten unter beständigem Feuer ein großes Aufgebot von Bahnpolizei und Detektiven. Und von der andern Seite kamen mit Lärmen, Rattern und Klappern von Pferdehufen drei Patrouillenwagen voll Polizei. Die Streikenden waren in einer Falle gefangen. Sie hatten nur die Möglichkeit, zwischen den Häusern hindurch über die Zäune in die Hinterhöfe zu entschlüpfen. Aber es waren ihrer zu viele in der engen Gasse, als daß alle entkommen konnten. Ein halbes Dutzend wurde in dem Winkel zwischen ihrer Hausfassade und den Stufen eingeklemmt. Und wie sie gegen andere gehandelt hatten, so wurde jetzt gegen sie gehandelt. Verhaftungen wurden nicht vorgenommen. Sie wurden bis auf den letzten Mann niedergeschossen und mit Knüppeln niedergeschlagen.

Alles war vorbei, und Saxon ging wie eine Schlafwandlerin die Stufen hinab und klammerte sich an den Zaun. Der dickbäuchige Anführer schielte sie immer noch an und winkte mit der einen Hand, obwohl zwei große Polizisten sich über ihn beugten, um ihn herauszuziehen. Die Pforte war aus den Angeln gerissen, was ihr merkwürdig erschien, denn sie hatte den ganzen Kampf verfolgt und es nicht geschehen sehen.

Berts Augen waren geschlossen. Seine Lippen waren mit Blut befleckt, und aus seiner Kehle kam ein Röcheln, als wollte er etwas sagen. Als sie sich über ihn beugte und ihm mit ihrem Taschentuch das Blut von der Backe wischte – irgend jemand hatte ihn daraufgetreten –, schlug er die Augen auf. Sie leuchteten trotzig wie in alten Tagen. Er erkannte sie nicht. Die Lippen bewegten sich, und mit schwacher Stimme murmelte er, wie eine Lektion, die er wiederholte: »Die letzten Mohikaner! Die letzten Mohikaner!« Dann stöhnte er, und die Augen schlossen sich wieder. Er war nicht tot. Die Brust hob und senkte sich, und das Röcheln kam immer noch aus seiner Kehle.

Sie sah auf. Mercedes stand neben ihr. Die Augen der alten Frau waren sehr klar, und ihre blassen Wangen hatten Farbe bekommen.

»Wollen Sie mir helfen, ihn hineinzutragen?« fragte Saxon.

Mercedes nickte, wandte sich dann zu einem Polizisten und richtete dieselbe Frage an ihn. Der Polizist warf einen hastigen Blick auf Bert, und in seinen Augen war ein erbitterter und wütender Ausdruck, als er antwortete:

»Er kann zum Teufel gehen! Wir haben genug mit unsern eigenen Leuten zu tun.«

»Vielleicht können wir beide es tun«, sagte Saxon.

»Machen Sie keine Dummheiten.« Mercedes gab Frau Olsen auf der andern Seite der Straße ein Zeichen. »Gehen Sie jetzt wieder hinein, Sie kleine, angehende Mutter. Wir werden ihn schon hineintragen. Dort kommt Frau Olsen, und wir können auch Maggie Donahue holen.«

Saxon zeigte ihnen den Weg in die nach dem Hofe gelegene Schlafkammer, die Billy durchaus hatte möblieren wollen. Als sie die Tür öffnete, war es, als flöge der Teppich hoch und schlüge ihr ins Gesicht. Denn sie erinnerte sich, daß Bert es gewesen war, der den Teppich gelegt hatte. Und während die Frauen ihn auf das Bett hoben, mußte sie daran denken, daß sie und Bert gemeinsam an einem Sonntagmorgen das Bett hereingestellt hatten.

Dann aber fühlte sie einen merkwürdigen Schwindel und sah mit Erstaunen, daß Mercedes sie forschend betrachtete. Ihr Schwindel nahm zu, und sie tauchte nieder in die Hölle der Leiden, die zu kennen nur Frauen gegeben ist. Sie wurde in das Bett im andern Schlafzimmer getragen. Viele Gesichter waren um sie her – Mercedes, Frau Olsen, Maggie Donahue. Sie hatte das Gefühl, daß sie Frau Olsen fragen mußte, ob der kleine Emil gerettet war, aber Mercedes schickte Frau Olsen zu Bert hinein, und Maggie Donahue ging, um zu öffnen, denn es war an die Haustür geklopft worden. Von der Straße her ertönten Lärm und das Summen vieler Stimmen, unterbrochen von Rufen und Kommandoworten, und von Zeit zu Zeit konnten sie Kranken- und Patrouillenwagen hupen hören. Dann tauchte das fette, vergnügte Gesicht Martha Skeltons auf, und kurz darauf kam Doktor Hentley. Einmal, in einem ihrer lichten Augenblicke, konnte Saxon durch die dünne Wand die schrille Stimme Marys hysterisch schreien hören. Und dann wieder hörte sie Mary ein über das andere

Mal wiederholen: »Ich gehe nie wieder in die Plätterei. Nie! Nie!«

Als Saxon wieder zu Kräften kam, wollte sie mehr über die Tragödie wissen, die sich vor ihrer Tür abgespielt hatte. Billy erzählte ihr, daß gleich Militär gerufen worden war und jetzt am Ende der Pine Street auf dem unbebauten Grundstück neben den Eisenbahnwerkstätten lagerte. Von den Streikenden saßen fünfzehn im Gefängnis. Die Polizei hatte die ganze Nachbarschaft Haus für Haus durchsucht und dabei die fünfzehn, die alle verwundet waren, gefangengenommen. Es würde ihnen schlimm ergehen, sagte Billy finster. Die Zeitungen forderten Blut für Blut, und alle Geistlichen in Oakland hatten erbitterte Predigten gegen die Streikenden gehalten. Die Eisenbahngesellschaft hatte alle Stellen besetzt, und es war allgemein bekannt, daß die Streikenden nicht nur ihre Stellungen nicht wiederbekamen, sondern bei allen Eisenbahngesellschaften in den Vereinigten Staaten auf dem Schwarzen Brett standen. Sie hatten schon angefangen, sich in alle Winde zu zerstreuen.

Mit heimlicher Angst versuchte Saxon, Billys Meinung über das Geschehene zu erforschen.

»Da sieht man, was bei so gewaltsamen Methoden wie denen Berts herauskommt«, sagte sie.

Er schüttelte besonnen und ernst den Kopf.

»Chester Johnson wird jedenfalls gehängt«, antwortete er, ohne näher auf die Sache einzugehen. »Du kennst ihn doch. Du hast mir selbst erzählt, daß du oft mit ihm getanzt hast. Er wurde auf frischer Tat ertappt, über der Leiche des Streikbrechers, den er totgeprügelt hatte. ›Dickbauch‹ hatte selbst drei Revolverkugeln im Leibe. Aber er stirbt diesmal nicht, und er hat sich Chester gemerkt. Sie hängen ihn sicher auf das Zeugnis Dickbauchs hin. Das stand in allen Zeitungen.«

Saxon schauderte. Dickbauch war der Mann mit der Glatze und dem von Tabak befleckten Bart gewesen.

»Ja«, sagte sie, »ich sah alles. Mir schien, daß er mehrere Stunden dort gehangen hätte.«

»Und doch dauerte die ganze Geschichte nur fünf Minuten.«

»Mir kam es wie eine Ewigkeit vor.«

»Dickbauch sicher auch, als er am Gitter hing.« Billy lächelte barsch. »Aber er ist zäh. Er ist Dutzende von Malen angeschossen und gestochen worden. Aber jetzt sagen sie, daß er für Lebenszeit Krüppel ist – daß er an Krücken gehen oder in einem Rollstuhl sitzen muß. Da kann er keine Dreckarbeit mehr für die Eisenbahn tun. Er war einer von den besten Raufbrüdern – immer Feuer und Flamme, wenn auf der Straße was los war. Er hat sich nie vor etwas auf zwei Beinen gefürchtet – das muß man ihm lassen.«

»Ist er verheiratet?«

»Seine Frau habe ich nie gesehen, aber er hat einen Sohn, Jack, der Lokomotivführer ist. Ich habe ihn einmal kennengelernt – er ist ein tüchtiger Boxer. Und er hat noch einen Sohn, der Lehrer an der Hochschule ist. Er heißt Paul. Ich kannte ihn, als wir beide kleine Burschen waren.«

Saxon lehnte sich in dem großen Sessel zurück, um sich auszuruhen und nachzudenken. Das Problem war verwickelter als je. Der ältliche, dickbäuchige, glatzköpfige Mann hatte also auch Frau und Kinder. Und Frank Davis, der kaum ein Jahr verheiratet war, hatte einen kleinen Jungen. Vielleicht hatte der Streikbrecher, den er in den Bauch schoß, auch Frau und Kinder. Es war, als wären sie Mitglieder einer großen Familie, und doch hämmerten sie aufeinander los und töteten einander um ihrer Familien willen. Sie hatte gesehen, wie Chester Johnson einen Streikbrecher erschlug, und jetzt sollte Chester Johnson gehängt werden, Chester Johnson, der Mann Kitty Bradys, mit der sie vor mehreren Jahren zusammen in der Kartonagenfabrik gearbeitet hatte.

Saxon wartete vergebens, daß Billy seine Mißbilligung über die Ermordung der Streikbrecher aussprechen sollte.

»Es war nun doch falsch«, sagte sie schließlich vorsichtig.

»Sie haben Bert getötet«, antwortete er, »und eine Menge anderer. Und Frank Davis. Wußtest du, daß er tot war? Ihm wurde der ganze Unterkiefer weggeschossen – er starb im Krankenwagen, ehe sie ihn ins Hospital geschafft hatten.«

»Aber es war ihr eigener Fehler«, fuhr sie fort. »Sie haben angefangen. Es war Mord.«

Billy antwortete nicht, aber sie hörte ihn etwas vor sich hinmurmeln. Sie wußte, daß er sagte: »Das verfluchte Pack«; als sie aber fragte: »Was sagst du?« antwortete er nicht. Sein Blick war finster. Die Linien um seinen Mund waren hart geworden, und sein Ausdruck war zornig und streng.

Ihr war es wie ein Stich ins Herz. War er denn auch wie alle andern? War auch er ein wildes Tier, einer der Hunde, die ihren erbitterten Kampf um den Knochen kämpften?

Sie seufzte. Das Leben war ein seltsames Rätsel. Vielleicht hatte Mercedes Higgins recht, wenn sie das ganze Dasein brutal über einen Kamm schor.

»Nun wenn schon?« sagte Billy mit einem harten Lachen, wie als Antwort auf ihre unausgesprochenen Gedanken. »Ein Hund frißt den andern – so ist es immer gewesen.«

»Aber die Arbeiter können auf diese Art nicht siegen, Billy! Du sagst selbst, daß sie sich jede Gewinnchance verdorben haben.«

»Nein, das können sie wohl nicht«, gab er widerstrebend zu. »Aber ich sehe keine andere Möglichkeit. Das nächste Mal sind wir an der Reihe.«

»Doch nicht die Fuhrleute?« rief sie erschrocken.

Er nickte finster.

»Die Chefs machen Ausfälle rechts und links und schlagen einen mächtigen Lärm. Sie sagen, sie wollen uns in die Knie zwingen, bis wir angekrochen kommen und um Arbeit betteln. Seit der Prügelei neulich tun sie mächtig geschwollen. Daß das Militär abkommandiert wurde, hat ihnen das Rückgrat gesteift, und dazu haben sie die Kirchen und die Zeitungen und das ganze große Publikum hinter sich. Sie haben schon große Töne geredet, was sie machen wollen ... ja, sie bereiten sich vor. Zunächst werden sie Chester Johnson und so viele von den andern fünfzehn hängen, wie sie können. Das sagen sie mit klaren Worten. Sie haben es alle auf die Gewerkschaften abgesehen. Der Teufel kann alle Arbeiterorganisationen holen.«

»Sieh uns an. Es ist jetzt nicht mehr Sympathiestreik für die Fabrikarbeiter. Wir haben unsere eigenen Beschwerden. Sie haben vier von unseren besten Leuten weggejagt – die immer im Vorstand saßen und mit dabei waren, wenn es zu beraten galt und so weiter. Und sie haben es ohne Grund getan. Sie wollen nur Krach, sage ich, und den kriegen sie auch, wenn sie sich nicht vorsehen. Uns ist die Marschroute von den vereinigten Hafenarbeitern von San Franzisko vorgezeichnet. Wenn wir die im Rücken haben, kommt es ein gutes Stück vorwärts.«

»Heißt das, daß ihr ... streiken wollt?« fragte Saxon.

Er beugte den Kopf.

»Aber ist das nicht gerade das, was sie wollen? – Dazu wollen sie euch bringen.«

»Es kommt wohl ungefähr auf eines hinaus.« Billy zuckte die Achseln und fuhr hastig fort: »Es ist besser zu streiken, als weggejagt zu werden. Wir zwingen sie dazu, und wir fangen sie, ehe sie bereit sind. Glaubst du, wir wüßten nicht, was sie vorhaben? Sie sammeln alle möglichen Kutscher und Eseltreiber rings in den Staaten. Sie haben schon vierzig Stück, denen sie Kost und Logis in einem Hotel in Stockton geben, die können sie also direkt hineinwerfen – die und mehrere Hundert vom selben Schlage. Der Wochenlohn, den ich Sonnabend heimbringe, wird also vorläufig der letzte sein.«

Saxon schloß die Augen und saß fünf Minuten ganz still da, während sie nachdachte. Sie pflegte sich nicht leicht aufzuregen. Die Kaltblütigkeit und das Gleichgewicht, die Billy so an ihr bewunderte, verließen sie nie, wenn es darauf ankam. Ihr war klar, daß sie selber nur ein Atom war, das in diesen verwirrenden, unfaßbaren Streit zwischen vielen Atomen hineingeraten war.

»Dann müssen wir also unser Spargeld angreifen, um diesen Monat die Miete zu bezahlen«, sagte sie heiter.

Billy sah ganz verdutzt aus.

»Wir haben nicht so viel auf der Bank, wie du glaubst«, sagte er schließlich. »Bert mußte doch begraben werden, und ich mußte zuschießen, was die andern nicht zahlen konnten.«

»Wieviel war es?«

»Vierzig Dollar. Ich wußte, daß du nichts dagegen hättest. Und das hast du auch nicht, nicht wahr?«

Sie lächelte mutig und kämpfte ebenso mutig mit dem Gefühl der Hoffnungslosigkeit, das sich auf sie herabsenkte.

»Es war das einzig richtige, Billy. Ich hätte dasselbe getan, und Bert hätte es für dich und mich getan, wenn es über uns gekommen wäre.«

Er bekam vor Freude einen heißen Kopf.

»Ja, Saxon, auf dich kann man sich verlassen. Du bist meine rechte Hand. Und deshalb sage ich: keine Kinder mehr. Wenn ich dich verliere, werde ich zum Krüppel auf Lebenszeit.«

»Wir müssen uns natürlich einschränken«, sagte sie nachdenklich und nickte leise. »Wieviel ist noch auf der Bank?«

»Etwa dreißig Dollar. Siehst du, ich mußte Martha Skelton bezahlen und ... ein paar andere Kleinigkeiten. – Es sieht übrigens so aus, als wollten auch die Straßenbahnschaffner mitmachen. Dan Fallon ist sogar von New York hergekommen. Er versuchte, sich einzuschleichen, aber die Kameraden waren benachrichtigt, wann er New York verlassen hatte, und behielten ihn die ganze Zeit unterwegs im Auge. Und das war wohl auch nötig. Er hat ein ganzes Heer von Streikbrechern und schickt sie mit Extrazügen überall hin, wo man sie braucht. Oakland hat noch nie solche Arbeiterunruhen gesehen wie diesmal, und es wird noch schlimmer. Es sieht nach einem Höllenspektakel aus.«

»Dann nimm dich gut in acht, Billy. Ich will dich nicht verlieren.«

»Ach, hab keine Angst. Ich werde schon aufpassen. Und glaub nicht, daß wir einfach stillhalten, wenn sie uns ohrfeigen. Wir haben gute Aussichten.«

»Aber wenn es Blutvergießen gibt, verliert ihr, nicht wahr?«

»Ja, davor müssen wir uns hüten.«

»Keine Gewalt.«

»Kein Schießen und kein Dynamit«, räumte er ein. »Aber es wird eine ganze Menge von Streikbrechern geben, denen die Köpfe zerschlagen werden. Das geht nun einmal nicht anders.«

»Aber so was willst du doch nicht mitmachen, Billy!«

»Nicht so, daß die Schwätzer den Richtern erzählen können, sie hätten mich gesehen.« Dann aber schlug er hastig ein anderes Thema an. »Der alte Barry Higgins ist gestorben. Ich wollte es dir erzählen, wenn du außer Bett warst. Sie haben ihn vor einer Woche begraben. Seine alte Frau zieht nach San Franzisko. Sie sagte, daß sie kommen und sich von dir verabschieden wollte. Nun ja, sie hat die ersten Tage gut für dich gesorgt, und sie hat Martha Skelton ein paar Dinge gelehrt, die sie noch nicht kannte. Martha stand mit offenem Mund dabei.«

Die Sommermonate vergingen, und die Lage auf dem Industriemarkt verschlimmerte sich immer mehr. Es war, als hätte sich das Kapital des ganzen Landes diese Stadt erwählt, um seinen Kampf gegen die Arbeiterorganisationen auszufechten. Viele Leute in Oakland waren wegen Streiks oder Aussperrung arbeitslos, und viele konnten nicht arbeiten, weil sie irgendwie von den Streikenden abhängig waren, und deshalb war es sehr schwer, Gelegenheitsarbeit zu finden. Billy verdiente hin und wieder einen Tagelohn, aber es genügte nicht, ihre Ausgaben zu decken, trotz dem kleinen Betrage, den sie anfangs wöchentlich aus der Streikkasse erhielten, und trotz seiner und Saxons Sparsamkeit.

Das Essen, das sie ihm jetzt vorsetzte, war sehr ungleich dem im ersten Jahre ihrer Ehe. Nicht nur war alles von schlechterer Qualität, viele Dinge waren überhaupt verschwunden. Fleisch, selbst das billigste, kam selten auf ihren Tisch. Frischgemolkene Milch war kondensierter gewichen. Wenn sie überhaupt Butter hatten, so mußte ein halbes Pfund fünf- bis sechsmal solange reichen als früher. Hatte Billy früher drei Tassen Kaffee zum Frühstück getrunken, so trank er jetzt nur eine. Saxon brauchte zum Kochen dieses Kaffees unverhältnismäßig lange Zeit, und sie bezahlte zwanzig Cent für das Pfund. Das ganze Viertel war wie gelähmt von den schweren Zeiten. Familien, die nicht direkt von den Streiks berührt wurden, litten doch unter dieser Wirkung, oder weil in irgendeinem Beruf, von dem sie abhängig waren, keine Arbeit mehr zu haben war. Viele unverheiratete Männer, die bei verschiedenen Familien gewohnt hatten, waren jetzt in alle Winde verstreut, so daß die Miete sich für jeden einzelnen erhöhte.

»Gott!« sagte der Schlachter zu Saxon. »Wir von der Arbeiterklasse leiden alle. Vielleicht gehe ich pleite.«

Als Billy sich entschloß, seine Uhr zu versetzen, schlug Saxon ihm vor, sich Geld von Billy Murphy zu leihen.

»Daran habe ich auch schon gedacht«, antwortete Billy. »Aber es geht jetzt nicht. Er hat sich den Arm gebrochen.«

Saxon hatte ihre Morgenzeitung aufgegeben, aber Maggie Donahues Junge, der die »Tribune« austrug, warf gewöhnlich eine Extrazeitung auf ihre Treppe. Aus den Leitartikeln erhielt Saxon den Eindruck, daß die Arbeiterorganisationen das Land zu regieren versuchten und alles in schreckliche Unordnung brachten. Alles war Schuld der Arbeiterpartei – der herrschenden Arbeiterpartei – so lauteten die Leitartikel, Spalte auf Spalte und Tag auf Tag, und Saxon war überzeugt, aber doch nicht ganz. Das Leben war so verwickelt und das Rätsel, das die sozialen Verhältnisse aufgaben, anscheinend unlösbar.

Der Fuhrleutestreik, der offiziell von den San-Franziskoer Fuhrleuten und der Gewerkschaft der San-Franziskoer Hafenarbeiter unterstützt wurde, schien sich in die Länge ziehen zu wollen, ob er nun durchgeführt wurde oder nicht. Die Geschirrpasser und Stallknechte von Oakland hatten bis auf wenige Ausnahmen gemeinsame Sache mit den Fuhrleuten gemacht. Die Fuhrherren konnten ihren Verpflichtungen nicht zur Hälfte nachkommen, aber der Arbeitgeberverband half ihnen. In Wirklichkeit stand die Hälfte aller Arbeitgeberverbände an der pazifischen Küste hinter dem Verband von Oakland.

Saxon war einen Monat mit der Miete im Verzug, was, da die Miete vorauszuzahlen war, zwei Monate bedeutete. Auch mit der Abzahlung der Möbel war sie zwei Monate im Rückstand, glücklicherweise aber drängte das Möbelgeschäft nicht sehr mit der Bezahlung.

»Wir helfen Ihnen, soviel wir können«, sagte der Einkassierer. »Ich habe Order, Sie zu drängen und soviel wie möglich aus Ihnen herauszuholen, andererseits aber soll ich auch nicht zu hart vorgehen. Salingers möchten so human wie möglich sein, aber die Zeiten sind ja auch für die Firma nicht gut. Sie ahnen nicht, wie viele Forderungen wir ausstehen haben – von derselben Art wie bei Ihnen. Früher oder später müssen wir Schluß machen – sonst kommen wir selbst auf den Hund. Inzwischen aber versuchen Sie nur, fünf Dollar bis zur nächsten Woche zusammenzubringen – nur, um Ihren guten Willen zu zeigen.«

Einer von den Stallknechten, die nicht mit den Streikenden gegangen waren, ein Mann namens Henderson, arbeitete bei derselben Firma wie Billy. Obgleich seine Chefs ihm ans Herz gelegt hatten, wie die andern in den Ställen zu essen und zu schlafen, war Henderson doch jeden Morgen nach seinem Häuschen in der Fünften Straße, gerade um die Ecke von Saxons und Billys Wohnung, zurückgekehrt. Sie hatte ihn mehrmals kommen sehen, herausfordernd und seinen Eßnapf schwingend, während alle Jungen in der Nachbarschaft ihm in angemessener Entfernung folgten und im Chor heulten, daß er ein Streikbrecher und ein furchtbarer Mensch sei. Eines Abends aber, als er besonders übermütig war, ging er in die Wirtschaft an der Ecke der Siebenten und der Pine Street. Da hatte er das Pech, Otto Frank, einen der streikenden Kutscher desselben Stalles, zu treffen. Wenige Minuten darauf war Henderson, der einen Schädelbruch davongetragen hatte, in einem Krankenwagen unterwegs nach dem Krankenhaus, während ein Patrouillenwagen in nicht geringerer Eile Otto Frank in das Polizeigefängnis brachte.

Es war Maggie Donahue, die Saxon freudestrahlend das Geschehene erzählte.

»Das geschieht ihm recht, dem dreckigen Streikbrecher«, schloß Maggie ihren Bericht.

»Aber seine arme Frau«, sagte Saxon. »Sie ist nicht kräftig. Und die Kinder. Wenn ihr Mann stirbt, kann sie sie nicht versorgen.«

»Oh, das geschieht ihr recht, der verfluchten Schlampe!«

Saxon war entsetzt und gekränkt über die Brutalität der Ir-
länderin. Aber Maggie war unversöhnlich.

»Das ist nur, was sie verdient – sie und die andern Frauen,
die mit Streikbrechern zusammenleben. Und die Kinder! Laß
sie hungern, wenn ihr Vater anderer Leute Kindern das Brot
aus dem Munde nimmt.«

Frau Olsen nahm es ganz anders auf. Sie zeigte ein gewisses Mitgefühl für Hendersons Frau und Kinder, dann aber
dachte sie nicht mehr an sie, während sie schwer besorgt um
Otto Franks Frau und Kinder war – sie und Frau Frank waren nämlich Schwestern. »Wenn er stirbt, wird Otto gehängt«,
sagte sie. »Und was tut denn die arme Hilda? Sie hat Krampf-
adern in beiden Beinen und kann unmöglich auf Arbeit gehen. Und ich – ich kann ihr nicht helfen. Ist Karl nicht auch
arbeitslos?«

Billy nahm wiederum einen andern Standpunkt ein. »Das
bringt den Streik nur in Verruf, namentlich wenn Henderson
krepiert«, sagte er besorgt, als er nach Hause kam. »Frank
hängen sie sicher, wenn sie können. Und dazu müssen wir
einen Verteidiger und Gott weiß was bezahlen – und das
kostet ein verfluchtes Geld. Das wird ein tüchtiges Loch in
unsere Kasse machen. Und hätte der Whisky nicht Frank
ganz von Sinnen gebracht, so würde er es nie getan haben –
er ist der friedlichste, gutmütigste Mensch, den man sich
denken kann.«

Zweimal im Laufe des Abends ging Billy aus, um zu erfahren, ob Henderson gestorben war. Am Morgen gaben ihm
die Zeitungen nur wenig Hoffnung, und die Abendzeitungen
meldeten seinen Tod. Otto Frank saß im Gefängnis. Die
»Tribüne« verlangte schnelle Aburteilung und summarische
Bestrafung und verweilte eingehend bei der moralischen
Wirkung, die ein solches Auftreten auf den gesetzlosen Arbei-
terstand ausüben würde. Sie ging noch weiter und betonte,
welch nützlichen Einfluß Maschinengewehre auf den Pöbelhaufen haben würden, der sich der schönen Stadt Oakland
bemächtigt hatte.

Alle diese Ereignisse trafen Saxon ganz persönlich. Sie, die
nichts auf der Welt hatte als Billy, fühlte, daß ihr und sein

Leben, ja, auch ihr gemeinsames Liebesleben, bedroht war. Von dem Augenblick an, wenn er das Haus verließ, bis er zurückkam, war sie nicht einen Augenblick ruhig. Eine Gewalttat folgte der andern, aber er erzählte ihr nichts davon, und sie wußte, daß er daran beteiligt war. Sie hatte ihn mehrmals mit zerschrammten Knöcheln heimkommen sehen, und dann war er ungewöhnlich schweigsam und konnte dasitzen und grübeln, ohne ein Wort zu sagen, oder gleich ins Bett gehen. Sie bemühte sich, sein Vertrauen zu gewinnen. Sie setzte sich auf seinen Schoß und schmiegte sich an ihn an, legte den einen Arm um seinen Hals und strich ihm mit der freien Hand das Haar aus der Stirn oder versuchte, seine Runzeln zu glätten.

»Weißt du, Schatz«, begann sie in besorgtem Tone, »du hast jetzt kein ehrliches Spiel gespielt, und das will ich nicht. Nein!« Sie schloß ihm mit der Hand den Mund. »Jetzt bin ich es, die die ganzen Kosten der Unterhaltung tragen muß, und das kommt daher, daß du in der letzten Zeit so wenig mitteilsam warst. Weißt du nicht mehr, daß wir uns von Anfang an einig waren, über alles miteinander zu reden? Du redest nicht mehr über alles mit mir. Du unternimmst Dinge, von denen du mir nichts erzählst.

Billy, du bist mir teurer als alles andere auf der Welt. Das weißt du gut. Wir haben jeder teil am Leben des andern, aber eben jetzt gibt es etwas, woran du mich nicht teilnehmen läßt. Jedesmal, wenn du mit zerschlagenen Knöcheln heimkommst, ist etwas geschehen, woran du mich nicht teilnehmen ließest. Wenn du dich nicht auf mich verlassen kannst, so kannst du es auf keinen andern Menschen. Und zudem liebe ich dich so sehr, daß ich dich immer lieben werde, was du auch tun magst.«

Billy warf ihr einen zärtlichen, halb ungläubigen Blick zu.

»Und du wirst nicht böse werden?« fragte er.

»Warum sollte ich? Ich bin nicht dein Chef, Billy. Um alles in der Welt würde ich dich nicht kommandieren. Und wenn du mich dich kommandieren ließest, dann würde ich dich nicht halb so sehr lieben.«

Er dachte einen Augenblick über ihre Worte nach und nickte schließlich.

»Nun ja, dann will ich dir erzählen, wie es zuging.« Er hielt inne und lachte ein jungenhaftes, heiteres Lachen, während er sich irgend etwas ins Gedächtnis zurückrief. »Es hängt so zusammen – aber du wirst nicht böse auf mich, nicht wahr? Wir müssen so etwas tun, um uns zu behaupten. Nun ja, es war also ein richtiger Film. Da kommt so ein großer Bauernlümmel an – riecht direkt nach Land, mit Händen wie Schinken und Füßen wie Kanonenbooten. Er wiegt wohl anderthalbmal so viel wie ich, und jung ist er auch. Er will keinen Krach machen und ist so unschuldig wie – na ja, er ist der unschuldigste Streikbrecher, der je einem Paar Streikposten in die Hände gefallen ist. Kein richtiger Streikbrecher, weißt du, nur ein großer Bauernlümmel, der die Annonce vom Alten gelesen hat und in die Stadt kommt, um die hohen Löhne zu kriegen.

Und da kommen nun Bud Strothers und ich angegangen. Wir gehen ja immer zu zweit und zuweilen noch zu mehreren. Ich nehme mir den Bauernlümmel aufs Korn. ›He‹, sag ich, ›suchst du Arbeit?‹ ›Darauf kannst du schwören‹, sagt er. ›Kannst du fahren?‹ ›Gewiß‹, sagt er. ›Vier Pferde?‹ ›Zeig mir die vier Pferde‹, sagt er. ›Keine Dummheiten‹, sag ich, ›bist du auch sicher, daß du Lust zum Fahren hast?‹ ›Dazu bin ich ja in die Stadt gekommen‹, sagt er. ›Dann bist du gerade der Mann, den wir suchen. Komm her, wir wollen dir Arbeit geben, und zwar sofort.‹

Siehst du, Saxon, wir können es nicht gleich abmachen, denn ein paar Ecken weiterhin geht Tom Scanion – der rothaarige Polyp, weißt du – und pfeift, um uns zu erzählen, daß wir abschieben sollen, aber er kennt uns nicht. So gehen wir denn alle drei – aber wenn du meinst, daß wir uns unsere Arbeit von dem Lümmel nehmen lassen wollen, dann irrst du dich. Wir gehen also in die Gasse hinter Campwells Krämerladen. Es ist nicht ein Mensch zu sehen. Bud bleibt stehen und der Bauernlümmel und ich auch.

›Ich glaube nicht, daß er Lust hat zu fahren‹, sagt Bud nachdenklich. Und der Bauernlümmel antwortet: ›Doch, darauf könnt ihr Gift nehmen.‹ ›Bist du ganz sicher, daß du die Arbeit haben willst?‹ frage ich. Ja, er ist ganz sicher. Nichts soll ihn verhindern, sich um die Arbeit zu bewerben. Dazu ist er ja in die Stadt gekommen.

›Ja, mein Freund‹, sage ich, ›dann habe ich die schwere Pflicht, dir mitzuteilen, daß du dich geirrt hast.‹ ›Wieso?‹, fragt er. ›Ja, das wollen wir dir gleich zeigen‹, sage ich. Und dann — eins, zwei, drei! Klatsch, klatsch! Tschu, Feuerwerk, vierter Juli! Geradeswegs in die Hölle — bengalisches Licht, Raketen, Höllenfeuer und so! Es dauert nicht sehr lange, wenn man gut ausgebildet und gewohnt ist, zu zweit zu arbeiten. Natürlich ist es nicht angenehm für die Knöchel. Aber weißt du, Saxon, wenn du den Bauernlümmel vorher und nachher gesehen hättest, du würdest geglaubt haben, er sei ein Verwandlungskünstler. Ob es zum Lachen war? Du wärest geplatzt!«

Billy schwieg und ließ seiner eigenen Heiterkeit freien Lauf. Saxon stimmte ein, aber innerlich war sie entsetzt. Mercedes hatte recht. Die dummen Arbeiter stritten und schlugen sich um Arbeit, die klugen Herren fuhren in Automobilen und stritten und schlugen sich nicht. Sie mieteten sich dafür andere dumme Menschen.

»Ihr Banditen!‹ wimmert der Bauernlümmel, als er endlich wieder auf die Beine kommt«, fuhr Billy fort. »Hast du immer noch Lust zur Arbeit?‹ frage ich. Er schüttelt den Kopf. ›Du hast nur eines zu tun, du alte Bauernmähre — dir eine Fahrkarte zu kaufen. Verstanden? Eine Fahrkarte. Zurück nach dem Bauernhof mit dir! Und wenn du noch einmal in die Stadt kommst, dann machen wir Ernst mit dir. Diesmal war es nur Spaß. Wenn wir dich aber noch einmal zu fassen kriegen, dann soll deine eigene Mutter dich nicht wiedererkennen, wenn wir mit dir fertig sind.‹ Und — ach, Saxon, du hättest ihn abschieben sehen sollen. Ich bin sicher, er läuft noch. Und wenn er nach Hause kommt und erzählt, wie wir sie in Oakland behandeln, dann möchte ich Dollar gegen Pfeffernüsse wetten, daß nicht ein Bauernlümmel aus seinem Distrikt herzukommen wagt, um zu fahren, nein — und wenn sie ihm zehn Dollar die Stunde geben.«

»Das ist schrecklich!« sagte Saxon und lachte dann mit gut gespielter Bewunderung.

»Ach, das ist noch gar nichts«, fuhr Billy fort. »Einige von den Genossen erwischten heute morgen einen andern Burschen. In weniger als zwei Minuten war er der schlimmste Knochenhaufen, der je in ein Hospital gebracht worden ist. Die Abendzeitungen brachten ein Verzeichnis seiner Wunden – gebrochene Nase, drei tüchtige Löcher im Kopf, die Vorderzähne ausgeschlagen, ein gebrochenes Schlüsselbein und zwei gebrochene Rippen. Na ja! Es tat ihm gut. Aber das ist noch gar nichts. Weißt du, was die San-Franziskoer Fuhrleute bei dem großen Streik vor dem Erdbeben machten – sie nahmen sich jeden Streikbrecher, den sie kriegen konnten, vor und brachen ihm die Arme. Mit einem Brecheisen. Damit er nicht mehr fahren könnte, verstehst du. Ja, die Krankenhäuser waren voll von ihnen. Und die Fuhrleute gewannen ja auch den Streik.«

»Aber, Billy, ist es denn notwendig, so schrecklich roh zu sein? Ich weiß gut, daß sie Streikbrecher sind und den Kindern der Streikenden das Brot aus dem Munde nehmen, um es ihren Kindern zu geben, und das ist nicht richtig, das weiß ich. Aber ist es denn notwendig, so – roh zu sein?«

»Natürlich ist es das«, antwortete Billy mit Überzeugung. »Wir müssen ihnen einen Schrecken einjagen – wenn wir es tun können, ohne geschnappt zu werden.«

»Und wenn ihr geschnappt werdet?«

»Dann nehmen die Gewerkschaften Rechtsanwälte, um uns zu verteidigen, wenn sie auch nicht viel taugen; denn die Richter sind ziemlich scharf auf uns, und die Zeitungen pauken ihnen immer wieder ein, daß sie uns streng und strenger bestrafen sollen. Aber soviel ist sicher, ehe dieser Streik vorbei ist, gibt es eine ganze Schar von Schwachköpfen, die wünschen, daß sie nie versucht hätten, Streikbrecher zu spielen.«

Im Laufe der nächsten halben Stunde fühlte Saxon ihrem Mann sehr vorsichtig auf den Zahn, um seine wirklichen Anschauungen zu erfahren, ob er nun auch ganz überzeugt war, daß er und die andern Fuhrleute zu solchen Gewalttaten berechtigt wären. Aber Billys Glaube an die Gerechtigkeit seiner Sache war felsenfest und tief. Für Dynamit und Mord war er jedoch nicht zu haben. Das wollten die Gewerkschaften aber auch nicht. Seine Erklärung war ungeheuer naiv, daß Dynamit und Mord sich nicht lohnten, daß so etwas die öffentliche Meinung gegen die Streiks anfachte und den Streikenden ihre Chancen verdarb. Aber einem Streikbrecher eine tüchtige Tracht Hiebe zu verabreichen oder, wie er sich ausdrückte, ihm einen ordentlichen Schrecken einzujagen – das war vollkommen richtig.

»Unsere Eltern haben so etwas nie getan«, sagte Saxon schließlich. »Damals gab es weder Streiks noch Streikbrecher.«

»Nein, das stimmt«, gab Billy zu. »Das war die gute alte Zeit. Ich hätte gern damals gelebt.« Er schöpfte tief Atem und seufzte. »Aber die Zeit kommt nie wieder.«

»Hättest du gern auf dem Lande gelebt?« fragte sie.

»Darauf kannst du dich verlassen.«

»Ja, aber auch jetzt leben eine Menge Menschen auf dem Lande«, sagte sie.

»Aber deshalb kommen sie doch in die Stadt und nehmen uns andern die Arbeit«, lautete seine Antwort.

Ein Lichtschimmer fiel in ihr Dasein, als Billy Arbeit als Kutscher bei der großen Brücke bekam, die bei Niles gebaut wurde. Ehe er zuschlug, hatte er sich vergewissert, daß bei dem Unternehmen nur Gewerkschaftler beschäftigt waren. Und Gewerkschaftler waren sie auch zwei Tage lang, bis die Zementarbeiter die Arbeit niederlegten. Die Unternehmer, die offenbar hierauf vorbereitet waren, stellten für die Zementarbeit Italiener ein, die nicht in den Gewerkschaften waren, worauf Zimmerleute, Eisenarbeiter und Kutscher sofort die Arbeit niederlegten, und Billy, der kein Geld für die Eisenbahn hatte, den Rest des Tages dazu verwenden mußte, nach Hause zu spazieren.

Ich konnte nicht als Streikbrecher arbeiten«, schloß er seinen Bericht.

»Nein«, sagte Saxon, »du konntest nicht als Streikbrecher arbeiten.«

Eines Nachmittags klopfte ein Fremder bei ihr an, und am selben Abend kam Billy mit Neuigkeiten etwas zweifelhafter Art nach Hause. Ihm war ein Angebot gemacht worden. Er brauchte nur zuzuschlagen und konnte als Vorarbeiter mit hundert Dollar monatlich im Stall antreten.

Die Aussicht auf eine solche Summe wirkte beinahe lähmend auf Saxon, die gerade bei einem aus Salzkartoffeln, gewärmten Bohnen und einer kleinen, trockenen, rohen Zwiebel bestehenden Abendbrot saß. Es gab weder Brot noch Kaffee oder Butter. Die Zwiebel hatte Billy aus der Tasche gezogen – er hatte sie auf der Straße gefunden. Hundert Dollar monatlich! Sie befeuchtete sich die Lippen und versuchte, ihre Selbstbeherrschung zu bewahren.

»Warum haben sie es dir angeboten?« fragte sie.

»Das ist ganz einfach. Aus vielen Gründen. Der Bursche, den der Chef King und Prince bewegen läßt, ist ein Schwachkopf, und King lahmt. Außerdem haben sie eine ziemlich deutliche Vorstellung davon, daß ich es bin, der eine ganze Menge von ihren Streikbrechern arbeitsunfähig gemacht hat. Macklin ist seit vielen, vielen Jahren als Vorarbeiter bei ihnen – ich war noch ein kleiner Kerl in kurzen Hosen, als er schon Vorarbeiter war. Und jetzt ist er krank und erledigt. Sie brauchen einen andern für seine Stellung. Und ich bin ja auch seit vielen Jahren da. Und – was das wichtigste ist – ich kann die Sache übernehmen. Du weißt, ich kenne Pferde von Grund auf.

»Denk nur, Billy! sagte sie kaum hörbar. »Hundert Dollar monatlich!«

Und die andern im Stich lassen«, sagte er.

Es war keine Frage. Es war auch keine Erklärung. Saxon konnte es verstehen, wie sie wollte. Sie sahen sich an. Sie wartete, daß er etwas sagen sollte, aber er sah sie nur weiter an. Es kam ihr vor, als sei sie an einem Wendepunkt ihres Lebens angelangt, und sie gab sich Mühe, ihr Gleichgewicht zu bewahren. Billy half ihr nicht im geringsten. Wie seine Meinung auch sein mochte, er zeigte es ihr nicht, und sein Gesicht war vollkommen ausdruckslos. Seine Augen verrieten nichts. Er sah sie nur an und wartete.

»Du – du kannst es nicht tun, Billy«, sagte sie schließlich. »Du kannst die andern nicht im Stich lassen.«

Er streckte ihr die Hand hin, und ein strahlend glücklicher Ausdruck lag über seinem Gesicht.

»Her die Hand!« rief er, und ihre Hände trafen sich in einem festen Druck. »Du bist die treueste, beste kleine Frau, die je ein Mann gehabt hat. Wären alle andern wie du, so könnten wir jeden Streik gewinnen.«

»Was hättest du getan, wenn du nicht verheiratet gewesen wärest, Billy?«

»Ich hätte sie erst hängen sehen mögen!«

»Dann soll es nichts daran ändern, daß du verheiratet bist. Ich muß alles mit dir teilen. Ich wäre eine schlechte Frau, wenn ich das nicht täte.«

Dann erinnerte sie sich des Gastes, den sie am Nachmittag gehabt hatte, und sie wußte, daß der Augenblick günstig war, ihm davon zu berichten.

»Heute nachmittag war ein Mann hier, Billy. Er suchte ein Zimmer. Ich sagte, ich wollte mit dir reden. Er sagte, er wolle sechs Dollar für das Schlafzimmer nach dem Hof hinaus bezahlen. Dann könnten wir einen halben Monat auf die Miete abzahlen und einen Sack Mehl kaufen, denn unser Mehl ist ganz ausgegangen.«

Saxon kannte Billys Abneigung dagegen, ein Zimmer zu vermieten, und sie sah ihn besorgt an.

»Das ist wohl einer von den Streikbrechern von der Eisenbahn?«

»Nein, er ist Heizer auf dem Güterzug nach San José. Harmon, sagt er, heißt er, James Harmon. Er ist eben erst hergezogen. Er schläft den größten Teil des Tages, und deshalb möchte er gern in einem ruhigen Haus ohne Kinder wohnen.«

Zuletzt gab Billy nach, aber mit vielen Bedenken, und erst, als Saxon ihm erklärt hatte, wie wenig Arbeit es ihr machen würde. Aber selbst dann protestierte er noch und fügte hinzu, als sei es ihm erst jetzt eingefallen: »Aber ich will nicht, daß du einem fremden Mann das Bett machst. Das ist nicht richtig. Ich sollte für dich sorgen.«

»Das könntest du auch«, antwortete sie schnell, »wenn du die Stellung als Vorarbeiter annimmst. Aber das kannst du doch nicht. Und wenn ich alles mit dir teilen soll, dann ist es doch nur recht und billig, daß du mich tun läßt, was ich kann.«

James Harmon machte noch weniger Mühe, als Saxon erwartet hatte. Für einen Heizer war er außerordentlich sauber, und er wusch sich stets in dem Lokomotivenschuppen, ehe er heimkam. Er hatte einen Schlüssel zur Hintertür und kam und ging immer über die Hintertreppe. Saxon sagte er nur eben guten Tag und Lebewohl, und da er am Tage schlief und nachts arbeitete, war er schon eine ganze Woche im Hause, ehe Billy ihn sah.

Billy kam seit einiger Zeit später nach Hause und ging auch oft nach dem Abendessen allein aus. Er erzählte Saxon nie, wo er hinging, und sie fragte ihn auch nicht. Im übrigen brauchte sie nicht besonders schlau zu sein, um es herauszufinden, denn er roch immer nach Whisky, wenn er heimkam, und seine langsamen, besonnenen Bewegungen waren noch langsamer und besonnener als sonst. Aber der Whisky wirkte auf seine Gehirn, machte seine Lider schwer, die Augen selbst noch gewitterhafter also sonst. Er sagte nicht viel, aber das wenige, was er sagte, war düster und schwer wie ein Orakel. Bei solchen Gelegenheiten war es nicht möglich, seinen Standpunkt zu erschüttern und mit ihm zu reden.

Es war keine ansprechende Seite seines Wesens, die Saxon in diesen Tagen sah. Es war fast, als sei es ein fremder Mann, mit dem sie zusammenleben mußte, und so sehr sie sich auch anstrengte, begann ihr doch fast vor ihm zu schaudern. Früher war er immer bemüht gewesen, Streit und Schlägereien zu vermeiden. Jetzt genoß er das, war entzückt, wenn er mit dabei sein konnte, und suchte selbst jeden Anlaß, den er finden konnte. Alles das kam deutlich in seinem Gesicht zum Ausdruck. Er war nicht mehr der frohe, lächelnde Junge. Er lächelte selten. Sein Gesicht war das eines Mannes. Die Lippen, die Augen, die Linien um den Mund waren unbarmherzig, wie seine Gedanken unbarmherzig waren.

Er war selten unfreundlich zu Saxon, andererseits war er aber auch selten wirklich freundlich. Seine Haltung ihr gegenüber wurde negativ. Er interessierte sich nicht für sie. Trotz dem Kampf, den sie gemeinsam, Schulter an Schulter, für die Prinzipien der Gewerkschaften kämpften, nahm sie nur einen geringen Raum in seinen Gedanken ein. Wenn er freundlich zu ihr war, konnte sie sehen, daß es rein mechanisch geschah, wie sie sich auch völlig klar darüber war, daß er rein gewohnheitsmäßig zärtlich zu ihr sprach oder sie liebkoste. Die unmittelbare Wärme, die seine Worte und Liebkosungen erfüllt hatte, war jetzt verschwunden. Hin und wieder, wenn er nicht betrunken war, konnte er für Augenblicke der alte Billy sein; aber selbst diese flüchtigen Augenblicke wurden immer seltener. Meistens ging er in seinen eigenen düsteren Gedanken umher. Die schweren Zeiten und der schwere Druck des Kampfes, der zwischen Arbeitern und Arbeitgebern ausgefochten wurde, stellte ihn auf eine harte Probe. Das war besonders auffallend, wenn er schlief; denn dann wurde er von wilden, gesetzlosen Träumen gequält, er stöhnte und murmelte, ballte die Fäuste und knirschte mit den Zähnen, drehte und wand sich unter starken Muskelanspannungen, während sein Gesicht von bösen Leidenschaften verzerrt war und seine Kehle unter furchtbaren Flüchen arbeitete, die in einen merkwürdig scheuernden Laut endeten. Saxon, die neben ihm lag, ängstigte sich vor diesem fremden Mann, den sie nicht kannte, und sie erinnerte sich dessen, was Mary ihr von Bert erzählt hatte. Auch er hatte geflucht und die Fäuste geballt und nachts wieder die Kämpfe des Tages ausgefochten. Aber eines sah Saxon ganz deutlich. Es war nicht Billys Schuld, daß er sich zu diesem andern, wenig ansprechenden Billy entwickelte. Wäre kein Streik, kein Zank und Streit um die Arbeit gewesen, so würde es nur den alten Billy gegeben haben, den sie so voll und ganz geliebt hatte. Dies Schreckliche, das auf dem Grunde seines Wesens schlummerte, würde weitergeschlummert haben. Wenn aber der Streik andauerte, so fürchtete sie, und das mit gutem Grunde, daß dieses zweite unheimliche Ich Billys stark werden und abschreckendere Formen annehmen würde. Und das, wußte sie, war gleichbedeutend mit dem Untergang ihres Liebeslebens. Einen solchen Billy konnte sie nicht lieben, und ein solcher Billy war seinem Wesen zufolge weder imstande, Liebe zu gewinnen noch zu geben. Und bei dem Gedanken, daß Kinder kommen konnten, wurde sie von einer furchtbaren Angst gepackt. Das wäre zu schrecklich gewesen.

Auch Billy hatte seine Probleme – Fragen, die er nicht beantworten konnte.

»Warum wollen die Bauhandwerker nicht streiken?« lautete eine der Fragen, die er erbittert in die Dunkelheit hinausschleuderte, die die Wege der Menschen und des Lebens verhüllte. »Aber nein, O'Brien will nicht mitstreiken, und er beherrscht die Bauhandwerker vollkommen. Und der Teufel holt den Zusammenschluß der Arbeiter! Du meine Güte – es ist eine Ewigkeit her, daß ich weder eine ordentliche Zigarre noch eine Tasse anständigen Kaffee bekommen habe. Ich habe vergessen, was gutes Essen heißt. Ich ließ mich gestern wiegen. Fünfzehn Pfund abgenommen, seit der Streik begann. Wenn es noch lange dauert, kann ich bald als Mittelgewicht kämpfen. Und das ist alles, was ich davon habe, daß ich die ganzen Jahre meine Gewerkschaftsbeiträge bezahlt habe. Ich kann kein ordentliches Essen kriegen, und meine Frau muß einem fremden Mann das Bett machen. Das macht mich toll. Eines Tages laufe ich rüber und schmeiße den Zimmerherrn raus.«

»Aber es ist doch nicht seine Schuld, Billy«, wandte Saxon ein.

»Wer sagt, daß es seine Schuld sei?« fragte Billy gereizt. »Aber deshalb macht es mich doch toll. Welchen Zweck haben die Gewerkschaften, wenn man nicht zusammenhält? Ich möchte am liebsten die ganze Geschichte an den Nagel hängen und zu den Arbeitgebern übergehen. Aber den Triumph sollen sie doch nicht erleben, die verfluchten Schurken! Wenn sie glauben, sie könnten uns in die Knie zwingen, so laß sie nur ihr Glück versuchen – mehr kann ich nicht sagen. Aber begreifen kann ich es doch nicht. Die ganze Welt ist verrückt geworden. Es ist kein Sinn mehr darin. Was nützt es, eine Gewerkschaft zu unterstützen, die keinen Streik gewinnen kann? Was nützt es, Streikbrechern die Köpfe zu zerschlagen, wenn immer wieder neue kommen?«

Ein solcher Ausbruch Billys war indessen sehr selten, und es war das erstemal, daß Saxon ihn hörte. Er war immer mürrisch, eigensinnig und zähe.

Eines Abends kam Billy erst nach zwölf Uhr heim. Saxons Angst stieg, weil sie ein Gerücht gehört hatte, daß es eine Prügelei zwischen Polizei und Streikenden gegeben hätte. Als Billy kam, sah sie gleich, daß das Gerücht die Wahrheit gesprochen hatte. Die Rockärmel waren ihm halb abgerissen, die Krawatte war verschwunden und alle Hemdknöpfe auf der Brust waren abgerissen. Als er den Hut abnahm, sah Saxon zu ihrem Schrecken, daß er eine Beule von der Größe eines Apfels am Kopfe hatte.

»Weißt du, wer das getan hat? Der verfluchte Hermannmann, und zwar mit einem Knüppel. Aber ich will ihn lehren und so, daß er es nicht wieder vergißt. Und auch einen andern Burschen habe ich mir gemerkt und werde ihn mir kaufen, wenn der Streik vorbei ist und wir ein bißchen zur Ruhe gekommen sind. Er heißt Blanchard, Roy Blanchard.«

»Doch nicht von der Firma Blanchard, Perkins & Co.?« fragte Saxon, die Billys Wunde auswusch und wie gewöhnlich alles, was in ihrer Macht stand, tat, um ihn zu beruhigen.

»Eben – nur daß er der Sohn des Alten ist! Was tut er, der nie etwas anderes getan hat, als mit dem Geld des Alten um sich zu schmeißen? Spielt den Streikbrecher! Jawohl. Sein Name kommt in die Zeitung, und alle Unterröcke, denen er nachrennt, werden Feuer und Flamme und sagen: ›Gott der Roy Blanchard, das ist ein Kerl, ein richtiger Kerl!‹ Ein Kerl – der Schwachkopf! Eines Tages werde ich ihn schon zu fassen kriegen. Noch nie haben mich die Finger so nach etwas gejuckt.

Und – ja, den andern Schurken werde ich mir auch vornehmen. Er hat übrigens sein Fett abgekriegt. Einer schlug ihm ein Stück Kohle, so groß wie ein Wassereimer, auf den Kopf. Sie wagten nicht, das Militär zu rufen. Und sie fürchteten sich zu schießen. Ja, wir haben mit der Polizei aufgeräumt, und Kranken- und Patrouillenwagen mußten Überstunden machen. Weißt du – wir stoppten die ganze Prozession auf der Vierzehnten und dem Broadway, direkt vor dem Rathaus, griffen sie am hinteren Ende an, zerschnitten den Pferden an fünf Wagen die Stränge und gaben im Vorbeifahren den Bengeln von der Universität ein paar zärtliche Klapse.«

»Aber was tat Blanchard denn?« kam Saxon wieder auf ihre Frage zurück.

»Er führte die Prozession an und lenkte mein Gespann. Alle Gespanne waren aus meinem Stall. Er hatte eine ganze Schar von diesen Universitätsidioten gesammelt – Lümmel, die aus der Tasche ihres Vaters leben. Sie kamen mit großen Kremsern in die Ställe gefahren und zogen die Wagen heraus, und die halbe Polizei von Oakland half ihnen. Ja, das war eine Vorstellung! Es regnete große Pflastersteine, und du hättest hören sollen, wie die Knüppel auf unsere Häupter schlugen – ratatata, ratatata! Acht von unseren Leuten wurden festgenommen und dazu zehn Kutscher aus San Franzisko, die uns zu Hilfe gekommen waren. Das sind die reinen Teufel, diese San-Franziskoer Kutscher. Es sah aus, als sei die halbe Arbeiterbevölkerung von Oakland uns zu Hilfe gekommen, und ein ganzes Heer von ihnen muß in den Gefängnissen sitzen. Unsere Rechtsanwälte müssen sich ihrer annehmen.

Aber darauf kannst du dich verlassen, es ist das letztemal, daß Roy Blanchard und seinesgleichen sich in unsere Sachen eingemischt haben. Blanchard fuhr im ersten Wagen, und er wurde einmal vom Bock heruntergeworfen, aber er hielt doch stand.«

»Er muß ein mutiger Mann sein«, warf Saxon ein.

»Mutig?« rief Billy hitzig. »Mit der Polizei und dem Heer und der Flotte hinter sich? Schließlich nimmst du auch noch seine Partei! Mutig? Nimmt unsern Frauen und Kindern das Brot aus dem Munde!«

Am Morgen las Saxon in der Zeitung von dem fruchtlosen Versuch, den Fuhrleutestreik zu beenden. Roy Blanchard wurde als Held und Vorbild aller reichen Bürger begrüßt, und Saxon konnte, und wenn es ihr Leben gekostet hätte, eine gewisse Bewunderung für seinen Mut nicht unterdrücken, ihr schien etwas Großes an der Art, wie er Front gegen den heulenden Pöbelhaufen gemacht hatte. Es wurde der Ausspruch eines Brigadegenerals angeführt, der bedauerte, daß das Militär nicht hinzugerufen worden war, um den Pöbel an der Kehle zu packen und Gehorsam gegen Gesetz und Ordnung hineinzuschütteln.

Am Abend gingen Saxon und Billy in die Stadt. Als er bei seiner Heimkehr nichts zu essen vorgefunden, hatte er Saxon unter den einen Arm und seinen Überzieher unter den andern genommen. Den Überzieher hatte er versetzt, und er und Saxon hatten in trauriger, düsterer Stimmung in einem japanischen Restaurant gegessen, das auf irgendeine wunderbare Weise eine einigermaßen genügende Mahlzeit für zehn Cent servierte. Nach dem Essen wollten sie in ein Kino gehen, was fünf Cent für jeden kostete.

Vor der Zentralbank wurde Billy von zwei streikenden Kutschern angesprochen, die ihn mitnahmen. Saxon wartete an der Ecke, und als er nach dreiviertel Stunden wiederkam, wußte sie, daß er getrunken hatte. Ein Stückchen weiterhin, vor dem Forum-Café, blieb er plötzlich stehen. An der Bordschwelle stand ein Privatautomobil, und ein junger Mann half zwei sehr elegant gekleideten Damen hinein. Auf dem Führersitz saß ein Chauffeur. Billy legte dem jungen Mann die Hand auf den Arm. Er war ebenso breitschulterig wie Billy und eine Kleinigkeit größer. Er hatte blaue Augen, kräftige Züge, und Saxon fand, daß er ein schöner Mann war.

»Darf ich ein paar Worte mit Ihnen sprechen, Kamerad?« sagte Billy mit leiser, schleppender Stimme.

Der junge Mann warf einen hastigen Blick auf Billy und Saxon und fragte ungeduldig:

»Was gibt es?«

»Sie sind Blanchard«, begann Billy. »Ich sah Sie gestern. Sie fuhren an der Spitze des Zuges.«

»Ja, hab ich das nicht gut gemacht?« fragte Blanchard heiter mit einem hastigen Blick auf Saxon.

»Gewiß. Aber deshalb will ich nicht mit Ihnen reden.«

»Wer sind Sie?« fragte der andere, der jetzt plötzlich mißtrauisch geworden war.

»Einer von den streikenden Kutschern. Die Sache ist nämlich, daß Sie mein Gespann fuhren, ja, das ist alles. Nein, lassen Sie Ihr Schießeisen stecken!« –

Blanchard hatte die Hand halb in die Tasche gesteckt. – »Ich will hier keinen Krach machen. Aber ich will Ihnen nur etwas sagen.«

»Dann beeilen Sie sich.«

Blanchard hob den Fuß, um ins Auto zu steigen.

»Jawohl«, fuhr Billy fort, ohne im geringsten seine aufreizende Langsamkeit fallen zu lassen. »Ich will Ihnen nur sagen, daß ich Sie finden werde. Nicht, solange der Streik dauert. Aber später einmal, und dann werde ich Ihnen eine solche Tracht Prügel geben, wie Sie sie noch nie im Leben bekommen haben.«

Blanchard sah Billy forschend und mit Interesse an, und ein bewundernder Schimmer trat in seine Augen. »Sie sind ein starker Bursche«, sagte er. »Aber glauben Sie auch, daß Sie das können?«

»Gewiß kann ich es. Ich werde es Ihnen schon zeigen.«

»Nun ja, Kamerad. Kommen Sie zu mir, wenn der Streik beendet ist – dann werden wir ja sehen, wer der Stärkere ist.«

»Vergessen Sie es nicht«, sagte Billy. »Ich werd es Ihnen zeigen.«

Roy Blanchard nickte beiden freundlich lächelnd zu, lüftete den Hut vor Saxon und stieg ins Auto.

Von jetzt an schien es Saxon, als sei ihr Dasein ganz ohne Sinn und Zusammenhang. Sie lebte wie in einem bösen Traum. Alles war möglich, selbst das Unwahrscheinlichste. Es gab keinen Halt in der Strömung der Gesetzlosigkeit, die sie zu einer Katastrophe trieb – sie wußte selbst nicht, zu welcher. Hätte sie sich auf Billy verlassen können, so würde sie nichts gefürchtet haben. Aber er war ihr entrissen in dem Wahnsinn, der alle andern gepackt hatte. So vollkommen war die Veränderung, die mit ihm vorgegangen war, daß er fast wie ein zudringlicher Fremder in seinem eigenen Hause wirkte. Es war ein anderer Mann, dessen Blick ihr aus seinen Augen entgegenleuchtete – ein anderer Mann mit gewaltsamen, haßerfüllten Gedanken; ein Mann, der es nirgends gut hatte, und der ein eifriger Vorkämpfer für alles Zuchtlose und Böse dieser Zeit wurde. Dieser Mann verurteilte Bert nicht mehr, sondern murmelte selbst heimlich von Dynamit und Revolution.

Saxon kämpfte schwer, um sich das geistige Gleichgewicht und die Kaltblütigkeit, sowie die körperliche Reinheit und Kühle zu bewahren, auf die Billy früher solchen Wert gelegt hatte. Nur einmal verlor sie die Selbstbeherrschung. Er war sehr schlechter Laune gewesen, und eine besonders brutale, ungerechte Bemerkung brachte sie schließlich auf.

»Mit wem sprichst du?« fragte sie heftig.

Er war sprachlos und verblüfft und konnte nur ihr Gesicht anstarren, das leichenblaß vor Zorn war.

»Wage nicht noch einmal, so zu mir zu sprechen, Billy«, sagte sie gebieterisch.

»Ach, kannst du denn nicht begreifen, daß ich nur schlechter Laune bin?« fragte er, halb zur Entschuldigung, halb im Trotz. »Gott weiß, daß ich genug um die Ohren habe.«

Als er gegangen war, warf sie sich aufs Bett und weinte, als ob ihr das Herz brechen sollte. Denn sie, die so tief demütig beben konnte, war ein stolzes Weib. Nur die Stolzen können wirklich demütig, nur die Starken wahrhaft sanft sein. Was nutzte es, so fragte sie sich, wenn der einzige auf der Welt, der etwas für sie bedeutete, seinen eigenen Stolz, seine Kampfbereitschaft und seinen Gerechtigkeitssinn verlor und sie den schwersten Teil der gemeinsamen Last tragen ließ?

Und wie sie im Kummer über den Verlust ihres Kindes — diesem tiefen Kummer, der in ihrem Organismus selbst wurzelte — allein gewesen war, so trug sie auch diesen neuen Kummer, der in gewissem Sinne noch größer war, allein. Sie liebte Billy vielleicht nicht weniger, aber ihre Liebe war im Begriff, einen andern Charakter anzunehmen, weniger stolz und weniger zuversichtlich zu werden. Sie wollte sich mit Mitleid mischen — dem Mitleid, das zur Verachtung führen kann, und davor schauderte es sie.

Sie kämpfte um die Kraft, dieser neuen Tatsache ins Auge zu blicken. Die Verzeihung schlich sich in ihr Herz, und es war ihr eine Erleichterung, bis ihr einfiel, daß in der wahrsten, höchsten Liebe kein Raum für Verzeihung sein durfte. Und sie weinte wieder, während der Kampf von neuem begann. Schließlich war eines unumstößlich: dieser Billy war nicht der Billy, den sie geliebt hatte. Dieser Billy war ein ganz anderer, ein kranker Mann, und er war ebensowenig verantwortlich wie ein Fieberpatient für seine wilden Phantasien. Sie mußte Billys Pflegerin sein, ohne Stolz, ohne Verachtung, ohne etwas verzeihen zu müssen. Zudem stand er auch wirklich mitten im Kampfe und war schwindlig von den Schlägen, die er gegen andere richtete und die andere gegen ihn richteten.

Und so rüstete Saxon sich zum Kampf, dem schwersten von allen, die in der Weltarena ausgefochten werden – dem Kampf des Weibes. Sie vertrieb alle Zweifel, alles Mißtrauen aus ihrem Gemüt. Sie verzieh nichts, weil es nichts gab das Verzeihung erforderte. Sie verpflichtete sich zu einem absoluten Glauben an die Unbeflecktheit und Unberührtheit von Billys Liebe – so unerschütterlich, wie sie stets gewesen, sollte sie wieder werden, wenn die Welt wieder ins Gleichgewicht kam.

Als er an diesem Abend heimkam, schlug sie ihm als letzten Ausweg vor, ihre Näharbeit wieder aufzunehmen, bis der Streik vorbei war. Aber davon wollte Billy nichts hören.

»Es wird schon alles gehen«, versicherte er ihr immer wieder. »Du brauchst nicht zu arbeiten. Ich werde schon Geld verschaffen, ehe die Woche um ist, und dann kriegst du alles. Und Sonnabend abend gehen wir aus und amüsieren uns – in ein richtiges Theater, nicht ins Kino. Sonnabend abend – bis dahin habe ich Geld, so sicher wie nur was.«

Am Freitag kam er abends nicht heim, und Saxon ärgerte sich, denn Maggie Donahue hatte ihr eine Pfanne voll Kartoffeln und zwei Pfund Mehl, die sie vorige Woche geliehen hatte, wiedergebracht, und ein tüchtiges Essen wartete auf ihn. Saxon hielt bis neun Uhr das Feuer im Herd, dann ging sie widerstrebend zu Bett. Sie wäre viel lieber aufgeblieben, bis er kam, aber sie wagte es nicht, denn sie wußte, wie das auf ihn wirkte, wenn er betrunken heimkam.

Es hatte gerade eins geschlagen, als sie die Gartenpforte zuschlagen hörte. Sie hörte ihn – langsam, schwer, auf eine Art, die nichts Gutes verhieß – die Treppe heraufkommen und das Schlüsselloch suchen. Dann trat er ins Schlafzimmer, und sie hörte, wie er sich mit einem tiefen Seufzer setzte. Sie lag ganz still da, denn sie wußte, wie übertrieben empfindlich die Leute wurden, wenn sie betrunken waren, und sie fürchtete sehr, ihn zu verletzen, wenn sie ihn verstehen ließe, daß sie wach gelegen und auf ihn gewartet hätte. Es war nicht leicht. Sie ballte die Fäuste, daß die Nägel ihr ins Fleisch drangen und ihr Körper in dem heftigen Bemühen, sich ruhig zu verhalten, erstarrte. Noch nie war er in einer solchen Verfassung heimgekommen.

»Saxon!« rief er mit belegter Stimme. »Saxon!«

Sie reckte sich und gähnte.

»Was ist?« fragte sie.

»Willst du nicht Licht machen? Meine Finger sind wie lauter Daumen.«

Sie tat, wie er sagte, ohne ihn jedoch anzusehen, aber ihre Hände zitterten so heftig, daß der Lampenzylinder klirrend gegen die Kuppel schlug und das Streichholz ausging.

»Ich bin nicht betrunken«, sagte er in der Dunkelheit, und seine heisere Stimme zitterte. »Ich habe nur zwei oder drei Ohrfeigen gekriegt.«

Sie versuchte wieder, die Lampe anzuzünden, und diesmal glückte es. Als sie sich umdrehte, um ihn anzusehen, schrie sie laut auf vor Angst. Obwohl sie seine Stimme gehört hatte und wußte, daß es Billy war, erkannte sie ihn doch im ersten Augenblick nicht. Dies Gesicht hatte sie noch nie gesehen. Geschwollen, zerschlagen war es, als hätte jeder Zug die Ähnlichkeit mit dem Gesicht verloren, das sie so gut kannte. Das eine Auge war vollkommen geschlossen, das andere guckte aus einem schmalen Spalt in dem blutunterlaufenen Fleisch hervor. Es sah aus, als wäre die Haut am einen Ohr fast abgerissen. Das ganze Gesicht war eine blutige, geschwollene Masse, und sein rechter Kinnbacken war doppelt so dick wie der linke. Kein Wunder, daß er belegt spricht, dachte sie, als sie die furchtbar zerschlagenen und geschwollenen Lippen betrachtete, die immer noch bluteten. Sie wurde ganz krank bei dem Anblick, und eine Woge von Zärtlichkeit stieg in ihr auf und trieb sie zu ihm hin. Sie sehnte sich danach, ihn in die Arme zu schließen, ihn zu streicheln und zu liebkosen; aber ihr gesunder Verstand verbot es ihr.

»Mein armer, armer Junge«, rief sie. »Sag mir nur, was ich tun soll. Ich verstehe nichts von diesen Dingen.«

»Wenn du mir nur helfen willst, mich auszuziehen«, sagte er demütig und mit heiserer Stimme. »Ich bin so steif.«

»Und dann warmes Wasser – das wird dir gut tun«, sagte sie und begann vorsichtig, seinen Rockärmel über eine geschwollene, hilflose Hand zu ziehen.

»Ich sagte dir ja, daß sie wie lauter Daumen sind.« Er schnitt ein Gesicht, hob die Hand und schielte darauf, soweit er noch sehen konnte.

»Setz dich«, sagte sie, »setz dich und warte, bis ich Feuer angemacht und das Wasser gewärmt habe. Es dauert nur einen Augenblick. Dann helfe ich dir weiter beim Ausziehen.«

Als sie in der Küche war, konnte sie ihn leise murmeln hören, und noch als sie wiederkam, wiederholte er immer wieder:

»Wir brauchten das Geld, Saxon. Wir brauchten das Geld.«

Sie konnte sehen, daß er nicht betrunken war, und aus seinen unzusammenhängenden Worten wurde ihr klar, daß er Fieber hatte.

»Er war eine Überraschung«, fuhr er in seinen Betrachtungen fort, während sie ihm beim Ausziehen half und allmählich bruchstückweise erfuhr, was geschehen war. »Er war ein unbekannter Boxer aus Chikago. Sie sagten nicht ein Wort vorher. Ja, der Sekretär vom Elite-Club meinte allerdings, daß er mir zu schaffen machen würde. Und ich würde gewonnen haben, wenn ich in Form gewesen wäre. Aber fünfzehn Pfund weniger im Gewicht und kein Training – das ist keine Form. Dazu habe ich auch die letzte Zeit ziemlich viel getrunken, und so konnte ich nicht fest stehen.«

Aber Saxon, die ihm das Hemd auszog, hörte nicht mehr zu. Wie sein Gesicht, so war auch sein prächtiger muskulöser Rücken – sie kannte ihn nicht wieder. Die weiße glatte Haut war zerrissen und blutig. Die meisten der Risse gingen quer über den Körper, einige aber gingen auch von oben nach unten.

»Wo hast du das nur bekommen?« fragte sie.

»Am Seil. Ich war mehrmals am Seil, und der Gedanke macht mich nicht gerade stolz. Nun ja, er hat mir mein Fett gegeben. Aber ich führte ihn doch an. Knock out kriegte er mich nicht. Ich hielt alle zwanzig Runden durch, und ich will dir nur sagen – er hat ein paar abgekriegt, an die er auch denken wird. Aber welche Prügel! Oha, welche Prügel! So etwas hab ich noch nicht erlebt. Den ›Schrecken von Chikago‹ nennen sie ihn, und ich ziehe meinen Hut vor ihm. Er ist ein tüchtiger Kerl. Aber wenn ich in Form gewesen wäre und mehr Luft gehabt hätte, würde ich doch mit ihm fertig geworden sein. Au, au, paß auf. Das ist wie eine Beule!«

Saxon hatte nach seinem Leibriemen gesucht und hatte dabei einen flammendroten Fleck, so groß wie ein Suppenteller, berührt.

»Das kommt von den Nierenschlägen«, erklärte Billy. »Darin war er der reine Teufel. Fast jedesmal, wenn wir im Clinch waren, stieß er zu, so sicher wie ein Uhrwerk. Es wurde so empfindlich, daß ich dabei direkt zusammenfuhr – bis ich unsicher auf den Beinen wurde und nicht mehr viel von mir wußte. Es ist kein Schlag, der einen erledigt, aber er entkräftet schrecklich, wenn man lange kämpft. Man wird so merkwürdig schlapp davon.«

Saxon hatte Tränen in den Augen, und sie hätte weinen mögen über die Behandlung, die dem Körper ihres schönen, kranken Jungen zuteil geworden war.

Als sie seine Hosen am andern Ende der Stube aufhängen wollte, hörte sie das Klirren von Geldstücken. Er rief sie zurück und zog eine Handvoll Silber aus der Tasche.

»Wir brauchten das Geld, wir brauchten das Geld«, murmelte er immer wieder, während er versuchte, die Münzen zu zählen, und Saxon wußte, daß er wieder irre redete.

Es schnitt ihr ins Herz, denn sie mußte sich der bittern Gedanken erinnern, die in der letzten Woche ihren Glauben an Billy fast niedergerissen hatten. Und schließlich war er ja doch mit seinem ganzen wunderbaren Körper nur ein Junge, ihr Junge. Um ihretwillen, um des Hauses und der Möbel willen, die ihr Haus und ihre Möbel waren, hatte er sich dieser furchtbaren Strafe ausgesetzt. Er sagte es jetzt, als er kaum noch wußte, was er sagte: »Wir brauchten das Geld.« Hier, in seinem halb bewußtlosen Zustand, als die Bande, die seine Seele fesselten, gelöst schienen, trat der Gedanke an sie wieder an die Oberfläche. Wir brauchten das Geld. *Wir*!

Die Tränen liefen ihr über die Wangen, als sie sich zu ihm hinabbeugte, und es war ihr, als hätte sie ihn nie so heiß geliebt wie in diesem Augenblick.

»Hier, zähl du das Geld«, sagte er, die anstrengende Arbeit aufgebend, und reichte es ihr. »Wieviel kriegst du heraus?«

»Neunzehn Dollar und fünfunddreißig Cent.«

»Das stimmt — soviel kriegt der Besiegte — zwanzig Dollar. Ich trank ein paar Glas und traktierte auch die andern, und dann die Straßenbahn. Hätte ich gewonnen, so würde ich hundert gekriegt haben. Dafür hatte ich gekämpft. Dann wären wir jetzt aus dem Dreck heraus — vorläufig jedenfalls. Aber nimm das Geld und behalte es. Es ist doch jedenfalls besser als gar nichts.«

Als er ins Bett kam, konnte er nicht schlafen, so schmerzten ihm alle Glieder, und Stunde auf Stunde war sie um ihn bemüht, legte ihm frische warme Umschläge auf die geschwollenen Stellen und verschaffte ihm Linderung, indem sie die Risse so behutsam wie möglich mit Coldcream einrieb. Und unterdessen schwatzte er, hin und wieder von einem klagenden Stöhnen unterbrochen, und durchlebte wieder den ganzen Kampf, klagte über das Geld, das ihm entgangen war, und grollte über die Kränkung, die sein Stolz erlitten hatte. Denn schlimmer als alles, was er körperlich litt, war die Kränkung, die seinem Stolz zugefügt war.

Schließlich, als der Tag anbrach, schlief Billy ein. Er stöhnte und jammerte, sein Gesicht war von Schmerz verzerrt, und er warf sich hin und her in seinen vergeblichen Versuchen, Ruhe und Linderung zu finden.

Also das ist Boxen, dachte Saxon. Es war viel schlimmer, als sie es sich gedacht hatte. Sie hatte nicht geahnt, daß man mit Boxhandschuhen solchen Schaden anrichten konnte. Er durfte nie wieder boxen. Dann lieber Radau auf der Straße. Sie dachte darüber nach, wieviel von seiner Seide wohl verloren gegangen sein mochte, als er etwas murmelte und die Augen aufschlug.

»Was ist?« fragte sie, aber im selben Augenblick erkannte sie, daß seine Augen nichts sahen, und daß er im Fieber sprach.

»Saxon! – Saxon!« rief er.

»Ja, Billy. Was ist?«

Er tastete mit der Hand dorthin, wo er sie unter normalen Verhältnissen gefunden hätte.

Dann rief er sie wieder, und sie rief ihm ins Ohr, daß sie bei ihm wäre. Er seufzte erleichtert und murmelte mit gebrochener Stimme:

»Ich mußte es tun – wir brauchten das Geld.«

Er schloß die Augen und schlief jetzt ruhiger, wenn er auch immer noch im Schlafe murmelte. Sie hatte von Gehirnerschütterungen gehört und war sehr ängstlich. Da fiel ihr ein, daß er ihr erzählt hatte, Billy Murphy hätte ihm Eis auf den Nacken gelegt.

Sie warf einen Schal über und lief in die Wirtschaft an der Ecke. Der Kellner hatte gerade aufgemacht und fegte aus. Er gab ihr soviel Eis, wie sie tragen konnte, und zerhieb es ihr in kleine Stücke. Als sie zurückkam, legte sie Billy das Eis in den Nacken und ein warmes Plätteisen unter die Füße und rieb ihm das Gesicht mit Coldcream, die sie auf Eis gelegt hatte, um sie abzukühlen.

Er schlief bei heruntergelassenen Gardinen bis spät am Nachmittag, dann aber wollte er zu Saxons großer Sorge aufstehen.

»Ich muß mich zeigen«, erklärte er. »Ich will nicht, daß sie mich auslachen.«

Sie half ihm beim Anziehen, was ihm furchtbare Qualen verursachte, und in furchtbaren Qualen verließ er sein Heim, damit die Männer, die seine Welt ausmachten, mit eigenen Augen sehen konnten, daß die Prügel, die er gekriegt hatte, ihn nicht ans Bett zu fesseln vermochten.

Es war ein anderer Stolz als der eines Weibes, und Saxon mußte darüber nachdenken, ob er deshalb weniger bewundernswert war.

In den folgenden Tagen gingen die Schwellungen an Billys Körper mit erstaunlicher Schnelligkeit zurück. Daß die Risse so schnell heilten, bewies, wie gesund sein Blut war. Das einzige, was noch blieb, waren die ›blauen Augen‹, die doppelt auffielen in einem so hellen Gesicht wie dem seinen. Es dauerte vierzehn Tage, bis die Umgebung seiner Augen ihre normale Farbe wieder annahm, und in diesen vierzehn Tagen traten verschiedene bedeutungsvolle Begebenheiten ein.

Otto Frank wurde in größter Eile verhört, und, nachdem er von einer, hauptsächlich aus Geschäftsleuten und Angestellten bestehenden Jury für schuldig erklärt worden war, zum Tode verurteilt und nach San Quentin geschafft, wo die Hinrichtung erfolgte.

Der Prozeß gegen Chester Johnson und die vierzehn andern hatte längere Zeit gedauert, war aber auch vor Ablauf der vierzehn Tage beendet. Chester Johnson wurde zum Tode verurteilt, zwei erhielten lebenslängliches Zuchthaus, drei je zwanzig Jahre. Nur zwei wurden freigesprochen, die andern sieben erhielten je zwei bis sieben Jahre.

Diese Entscheidung versenkte Saxon in tiefe Melancholie. Billy ging es auch nahe, aber sein Kampfeifer war nicht unterdrückt.

»In einer Schlacht sterben immer welche«, sagte er. »Darauf muß man gefaßt sein. Aber die Art, wie sie abgeurteilt werden, kann ich nicht in den Kopf kriegen. Sie waren doch alle verantwortlich für die Mordtaten, die schuldig Erklärten genau wie die andern. Oder es war keiner verantwortlich. Waren sie es aber alle, so hätten sie doch alle verurteilt werden müssen. Sie mußten alle gehängt werden wie Chester Johnson, oder es durfte keiner gehängt werden.«

»Ich habe so oft mit Chester Johnson getanzt«, sagte Saxon. »Und ich habe seine Frau, Kittie Brady, vor vielen, vielen Jahren gekannt. Sie saß neben mir in der Kartonagenfabrik. Sie erwartet auch ein Kind. Sie war sehr hübsch und hatte immer eine ganze Schar junger Burschen hinter sich her.«

Die Wirkung, die die harten Urteile auf die Gewerkschaftler ausübten, war sehr ungünstig. Statt ihren Mut zu knicken, machten sie sie nur noch erbitterter. Billys Reue über den Boxkampf und alles Gute und Liebe, das in den Tagen, als Saxon ihn pflegte, bei ihm zum Vorschein gekommen war, war jetzt wie ausgetauscht. Zu Hause brütete er über seinen finsteren Gedanken, und wenn er sprach, tat er es im selben Geist, wie Bert in den letzten Tagen gesprochen hatte, ehe er, der brave Mohikaner, starb. Er war auch länger fort und trank jetzt wieder anhaltend.

Saxon wollte schon alle Hoffnung aufgeben. Sie war schon fast auf die unvermeidliche Tragödie vorbereitet, die ihre krankhaft gereizte Phantasie ihr unter tausend Formen vorgaukelte. Meistens stellte sie sich vor, daß man ihr Billy auf einer Bahre heimbrachte, oder sie wurde ans Telephon beim Krämer an der Ecke gerufen und hörte eine fremde Stimme, die ihr kurz mitteilte, daß ihr Mann ins Hospital oder ins Leichenschauhaus gebracht wäre. Und als die mystischen Vergiftungen von Pferden vorkamen und einem der großen Fuhrleute sein Haus von Dynamit halb zerstört wurde, sah sie Billy im Zuchthaus oder in der gestreiften Gefängnistracht oder auf dem Schafott in San Quentin, während sie gleichzeitig das kleine Haus in der Pine Street von Zeitungsreportern und Photographen belagert sah.

Und doch hatte sie sich in ihrer lebhaften Phantasie die Katastrophe nicht in der Gestalt vorgestellt, in der sie schließlich eintraf. Harmon, der Heizer, der bei ihnen wohnte, war, als er sich zur Arbeit begeben wollte, in der Küche stehengeblieben, um Saxon von einem Eisenbahnzusammenstoß in den Alviso-Sümpfen zu erzählen. Als er die Erzählung fast beendet hatte, kam Billy, und aus der dunklen Glut in den

Augen unter den schweren Lidern konnte Saxon sehen, daß er zuviel getrunken hatte. Er warf Harmon einen gereizten Blick zu und stellte sich, ohne ihn oder Saxon zu begrüßen, an die Wand.

Harmon fühlte das Drückende der Situation und versuchte zu tun, als bemerke er nichts.

»Ich erzählte Ihrer Frau gerade —«, begann er, aber Billy unterbrach ihn wütend.

»Es ist mir gleichgültig, was Sie ihr erzählten. Aber ich will Ihnen etwas sagen. Meine Frau hat Ihnen Ihr Bett viel öfter gemacht, als mir gefällt.«

»Billy!« rief Saxon, von Zorn und Kränkung flammend.

Billy tat, als hörte er sie gar nicht. Harmon sagte:

»Ich verstehe nicht —«

»Nun ja, ich kann Ihre Fratze nicht ausstehen«, erklärte Billy. »Machen Sie, daß Sie wegkommen! Hinaus! Verstanden?«

»Ich weiß nicht, was mit ihm ist«, sagte Saxon schnell und atemlos zu dem Heizer. »Er ist nicht bei Sinnen. Ach, wie ich mich schäme, ach, wie ich mich schäme.«

Billy wandte sich zu ihr.

»Willst du gefälligst das Maul halten! Es geht dich gar nichts an.«

»Aber Billy!« wandte sie ein.

»Und dann mach, daß du wegkommst! Geh nach drinnen.«

»Hören Sie«, sagte Harmon. »Das ist kein Benehmen.«

»Ich habe Ihnen schon zuviel Freiheit gelassen«, lautete Billys Antwort.

»Ich habe wohl meine Miete regelmäßig bezahlt, nicht wahr?«

»Und ich sollte Ihnen den Kopf zerschlagen. Ja, und ich kann eigentlich nicht einsehen, warum ich es nicht tun sollte.«

»Wenn du das versuchst, Billy —«, begann Saxon.

»Bist du noch da? Wenn du nicht nach drinnen gehst, dann helfe ich dir.«

Seine Hand umpreßte ihren Arm. Einen Augenblick versuchte sie, Widerstand zu leisten, und in dem Augenblick, als ihr Fleisch von seinen Fingern zerquetscht wurde, wurde sie sich seiner unermeßlichen Kraft bewußt.

Im Vorderzimmer konnte sie sich nur weinend in den großen Sessel werfen und hören, was in der Küche vorging.

»Ich bleibe jedenfalls bis Ende der Woche«, sagte der Heizer. »Ich habe vorausbezahlt.«

»Daß du dich nur nicht irrst«, ertönte Billys Stimme, so langsam, daß sie schleppend wirkte, und doch zitterte sie vor Wut. »Wenn dir deine Gesundheit lieb ist, kannst du nicht schnell genug wegkommen – mit Sack und Pack. Ich kann jeden Augenblick platzen.«

»Ja, ich weiß, daß Sie ein Raufbold sind –«, begann der Heizer.

Dann hörte Saxon einen Schlag – ein Irrtum war nicht möglich; eine Scheibe wurde zerschlagen. Dann wurde an der Hintertür gerungen und endlich ein schwerer Körper die Treppe hinabgeworfen. Danach hörte sie Billy in die Küche zurückkommen und umhergehen – sie wußte, daß er die Glasscherben zusammenfegte. Dann wusch er sich am Ausguß und begann zu pfeifen, während er sich Gesicht und Hände abtrocknete, und kam dann ins Vorderzimmer. Sie sah ihn nicht an – dazu war sie zu elend und traurig. Er blieb unentschlossen stehen, also könnte er nicht recht mit sich einig werden.

»Ich muß in die Stadt«, sagte er schließlich. »Wir haben Versammlung in der Gewerkschaft. Wenn ich nicht wiederkomme, hat der Schwachkopf mich bei der Polizei angezeigt.«

Er öffnete die Hintertür, blieb aber wieder stehen. Sie wußte, daß er sie ansah. Dann schloß sich die Tür, und sie hörte ihn die Treppe hinuntergehen.

Saxon war vollkommen betäubt. Sie konnte nicht denken. Sie wußte nicht, was sie denken sollte. Alles war so unfaßbar, so unglaublich. Sie lehnte sich mit geschlossenen Augen im Sessel zurück, ohne einen einzigen klaren Gedanken im Kopf, und zu Boden gedrückt von dem bleischweren Gefühl, daß jetzt alles aus war.

Die Kinder, die auf der Straße spielten, riefen sie in die Wirklichkeit zurück. Es war Abend geworden. Sie suchte tastend nach einer Lampe und zündete sie schließlich an. In der Küche blieb sie stehen und starrte mit bebenden Lippen auf das karge, halbzubereitete Essen. Das Feuer war ausgegangen, das Wasser von den Kartoffeln verkocht. Als sie den Deckel abnahm, stieg ein brenzlicher Geruch aus dem Topf auf. Methodisch wie immer, reinigte und wusch sie den Topf, brachte alles in Ordnung und schnitt die Kartoffeln in Scheiben, so daß sie sie am nächsten Tage braten konnte. Und ebenso methodisch entkleidete sie sich und ging zu Bett. Ihre vollkommene Ruhe war unnatürlich, so unnatürlich, daß sie sofort die Augen schloß und fast im selben Augenblick eingeschlafen war.

Es war seit ihrer Verheiratung die erste Nacht, die sie ohne Billy verbrachte. Sie war ganz verblüfft, daß sie nicht wach gelegen und sich um ihn geängstigt hatte. Mit weit offenen Augen, fast ohne Gedanken in ihrem Hirn, blieb sie liegen, bis sie bemerkte, daß ihr Arm schmerzte. Dort hatte Billy sie gepackt. Als sie die schmerzende Stelle untersuchte, sah sie, daß sie ganz schwarz und blau war. Sie war überrascht, nicht darüber, daß der Mensch, den sie über alles auf der Welt liebte, ihr diesen Schaden zugefügt hatte, sondern über das rein Physische, daß ein Druck, der nur einen Augenblick dauerte, solchen Schaden anrichten konnte. Die Kraft eines Mannes war etwas Fürchterliches. Sie ertappte sich dabei, wie sie, ganz unpersönlich, darüber nachdachte, ob Charley Long wohl ebenso stark wie Billy sei.

Erst als sie sich angekleidet und Feuer gemacht hatte, begann sie, an Näherliegendes zu denken. Billy war nicht wiedergekommen – also war er verhaftet worden. Was sollte sie tun? Ihn im Gefängnis lassen, ihrer Wege gehen und ein neues Leben beginnen? Selbstverständlich war es unmöglich, weiter mit einem Mann zusammenzuleben, der sich so wie er benommen hatte. Dann aber tauchte ein anderer Gedanke auf – war es wirklich unmöglich? Trotz allem war er ja ihr Mann. In guten und schlechten Tagen – den Satz wiederholte sie sich immer wieder, als monotone Begleitung zu ihren Gedanken; im Hintergrund ihres Bewußtseins. Ihn zu verlassen, hieß, alles aufzugeben. Sie brachte die Sache vor den Richterstuhl der Erinnerung an ihre Mutter. Nein, Daisy hätte nie aufgegeben. Daisy hatte Kampfblut in den Adern. Also mußte auch sie, Saxon, kämpfen. Und zudem – das gab sie willig, wenn auch kalt und tot, zu – zudem war Billy besser als die meisten Ehemänner. Und sie erinnerte sich seines Feingefühls und Taktes bei so vielen früheren Gelegenheiten und namentlich seines ewigen Kehrreims: Nichts ist zu gut für uns.

Um elf Uhr kam Besuch. Es war Bud Strothers, Billys Kamerad bei der Streikwache. Er erzählte ihr, daß Billy sich geweigert hätte, Kaution zu stellen, sich geweigert hätte, einen Rechtsanwalt zu nehmen, gebeten hätte, ihn vor Gericht zu stellen, gestanden hätte und zu einer Strafe von sechzig Dollar oder dreißig Tagen Gefängnis verurteilt wäre. Er hätte sich auch geweigert, die Kameraden die Strafe für ihn bezahlen zu lassen. »Er ist ganz durchgedreht«, schloß Strothers. »Er will keine Vernunft annehmen. Er sagt, er wolle seine Zeit absitzen. Ich denke, er hat ein bißchen reichlich getrunken und ist etwas wirr im Kopf davon. Aber hören Sie, er gab mir einen Brief für Sie. Wenn Sie etwas entbehren, so schicken Sie nur zu mir. Alle Kameraden werden Billys Frau unterstützen. Sie gehören zu uns. Wie steht es mit Geld?« Sie erklärte stolz, kein Geld zu brauchen, und erst, als ihr Gast Abschied genommen hatte, las sie den Brief:

Liebe Saxon – Bud Strothers hat mir versprochen, Dir diesen Brief zu geben. Mach Dir keine Sorge um mich. Ich will meine Strafe verbüßen. Ich verdiene sie – das weißt Du auch selber. Ich muß ja ganz verrückt gewesen sein. Aber deshalb tut es mir doch leid, daß ich mich so benommen habe. Du sollst mich nicht besuchen. Wenn Du Geld brauchst, wird die Gewerkschaft es Dir geben. In einem Monat komme ich wieder heraus. Und, Saxon, Du weißt ja, daß ich Dich liebe, und sage Dir nur selbst, daß Du mir dies eine Mal verzeihst – dann sollst Du es nicht wieder nötig haben.
Billy.

Bud Strothers war kaum zur Tür hinaus, als auch schon Maggie Donahue und Frau Olsen als gute Nachbarinnen kamen und versuchten, sie ein wenig zu erheitern.

Nachmittags kam James Harmon. Er hinkte ein wenig, und Saxon erriet, daß er sich bemühte, es zu verbergen. Sie versuchte, sich zu entschuldigen, aber er wollte sie nicht anhören.

»Ich mache Ihnen keine Vorwürfe, Frau Roberts«, sagte er. »Ich weiß ja, daß es nicht Ihre Schuld war. Aber Ihr Mann war nicht recht bei Sinnen, denke ich mir. Er war so wild darauf, sich mit irgend jemand zu prügeln, und es war mein gewöhnliches Pech, daß ich ihm gerade in den Weg laufen mußte.«

»Aber deshalb —«

Der Heizer schüttelte den Kopf.

»Ich kenne das alles so gut. Ich habe früher auch gern eins getrunken und manche Dummheit gemacht. Und es tut mir leid, daß ich ihn anzeigte. Aber ich war auch wütend. Jetzt bin ich ruhiger geworden, und es tut mir leid, daß ich es getan habe.«

»Das ist furchtbar nett von Ihnen«, sagte sie, und dann begann sie zögernd und stotternd vorzubringen, was sie bedrückte. »Sie – Sie können nicht hierbleiben, während er – fort ist, verstehen Sie?«

»Nein, das geht wohl nicht. Aber ich will Ihnen etwas sagen: Ich packe meine Sachen und gehe weg, und um sechs schicke ich einen Wagen und lasse alles holen. Hier ist der Schlüssel zur Hintertür.«

Trotz aller Einwände zwang sie ihn, das Geld für die restlichen Tage der Woche zurückzunehmen. Er drückte ihr herzlich die Hand beim Abschied und versuchte, ihr das Versprechen abzunehmen, daß sie sich an ihn wenden würde, wenn sie je Geld gebrauchte.

»Es ist alles in Ordnung«, versicherte er ihr. »Ich bin verheiratet und habe zwei Jungens. Die Lunge von dem einen ist nicht ganz in Ordnung, und meine Frau ist mit ihnen in Arizona. Die Eisenbahn hat ihnen dazu verholfen.«

Und als er die Treppe hinunterging, dachte sie, wie es wohl kam, daß es einen so guten, freundlichen Mann in einer Welt gab, die sonst so schlecht war.

Der kleine Donahue warf eine Abendzeitung zu ihr herein, und sie sah, daß das Blatt Billy eine halbe Spalte geopfert hatte. Es war nicht gerade schmeichelhaft. Es wurde erwähnt, daß er sich dem Gericht mit Augen, die Zeichen früherer Prügeleien trugen, gestellt hätte. Er wurde als Bandit, als Raufbold, professioneller Boxer beschrieben, den zu ihren Mitgliedern zu zählen eine Schande für die Gewerkschaften sei. Der Überfall, dessen er sich schuldig gemacht, wäre widerwärtig, roh und ohne den geringsten Anlaß unternommen, und wenn alle streikenden Fuhrleute so wie er wären, dann würde es das einzig Vernünftige für Oakland sein, die Gewerkschaft zu sprengen und alle Mitglieder zur Stadt hinauszujagen. Und endlich beklagte die Zeitung sich darüber, daß das Urteil zu milde sei. Er hätte mindestens sechs Monate haben müssen, Es wurde ein Ausspruch des Richters angeführt, der bedauerte, nicht imstande gewesen zu sein, ihn zu sechs Monaten zu verurteilen, die Sache sei aber, daß die Gefängnisse schon überfüllt wären von den vielen, die sich bei den verschiedenen Streiks Gewalttätigkeiten hätten zuschulden kommen lassen. Als Saxon sich am Abend zu Bett legte, fühlte sie zum erstenmal, was Einsamkeit hieß. Es war, als schnurrte ihr alles durch den Kopf, und ihr Schlaf wurde beständig von Versuchen unterbrochen, Billy zu fassen, der, wie sie meinte, neben ihr lag. Schließlich zündete sie die Lampe an, lag da und starrte mit offenen Augen die Decke an, während sie immer wieder in allen Einzelheiten das Unglück überdachte, das sie mit so lähmender Wucht getroffen hatte. Sie konnte verzeihen und konnte es doch nicht. Der gegen ihre Liebe gerichtete Schlag war zu heftig und brutal gewesen. Ihr Stolz war zu sehr mißhandelt, als daß sie in ihren Gedanken ganz zu dem andern Billy hätte zurückkehren können — den sie geliebt hatte. Sie weinte, wie sie allein in dem großen Bett dalag und mit sich kämpfte, um Billys unfaßbare Grausamkeit zu vergessen, ja, sogar mit stummer Zärtlichkeit ihre Wange auf den mißhandelten Arm legte. Aber immer wieder flammte die Kränkung in ihr auf, ein ewiger heftiger Protest gegen Billy und alles, was Billy getan. Ihre Kehle brannte wie Feuer, in ihrer Brust war ein dumpfer Schmerz, der nie aufhörte, und sie wurde von dem Gefühl bedrückt, daß alles aus war. Warum? Warum? Aber auf dieses Lebensrätsel erhielt sie keine Antwort. Am Morgen kam Sarah zu Besuch – der zweite Besuch seit ihrer Verheiratung; und es war nicht schwer zu erraten, was die Schwägerin wollte. Saxon brauchte sich nicht anzustrengen, daß ihr Stolz sich aufbäumte. Sie wollte Billy nicht im geringsten verteidigen. Es gab nichts zu verteidigen und nichts zu erklären. Alles war, wie es sein sollte, und jedenfalls ging es keinen etwas an. Das reizte Sarah nur noch mehr.

»Ich warnte dich ja. Ich habe immer gewußt, daß er nichts wert war, ein Zuchthauskandidat, ein Bandit, ein Raufbold. Das Herz sank mir in die Schuhe, als ich hörte, daß du mit einem Berufsboxer gingst. Das sagte ich dir schon damals. Aber nein, du wolltest nicht auf mich hören, du mit deinem Feingefühl und deinen vielen Schuhen – mehr als eine anständige Frau haben sollte. Du warst natürlich klüger als ich. Und da sagte ich zu Tom: ›Tom‹, sagte ich, ›jetzt ist Saxon geliefert.‹ Das waren meine Worte. Wer Pech anrührt, besudelt sich. Wenn du doch nur Charley Long geheiratet hättest! Dann hätte die Familie nicht diese Schande erleben müssen. Das ist nur der Anfang. Denk an das, was ich dir sage, das ist nur der Anfang. Wo es enden soll, das mögen die Götter wissen. Er wird noch gehängt werden wegen Mord, der Bandit, mit dem du verheiratet bist. Ja, warte nur, du wirst ja sehen. Wie man sich bettet, so liegt man, und wenn man einen Zuchthauskandidaten –«

»Ach was«, antwortete Saxon überlegen. »In dieser Zeit scheinen alle einen Vorgeschmack vom Zuchthaus zu bekommen. Ist nicht selbst Tom bei einer sozialistischen Straßen Versammlung verhaftet worden? Alle Menschen kommen jetzt ins Gefängnis.«

Sie sah gleich, daß der Pfeil getroffen hatte.

»Aber Tom wurde freigesprochen«, erwiderte Sarah.

»Deshalb hat er aber doch die Nacht gesessen.«

Dagegen war nichts zu sagen, und Sarah ging zu ihrer Lieblingstaktik über und machte einen Flankenangriff.

»Es ist übrigens hübsch, wie es mit dir geendet hat, bei deiner schönen und guten Erziehung – daß du dich mit einem Zimmerherrn einläßt.«

»Wer sagt das?« fragte Saxon in flammendem Zorn, den sie jedoch gleich wieder bezwang.

»Ach, das kann doch ein Blinder zwischen den Zeilen lesen. Ein Zimmerherr, eine junge Frau, die ihre Selbstachtung verloren und einen Boxer geheiratet hat. Weshalb sollten sie sich sonst prügeln?«

»Genau wie jeder andere Familienstreit, nicht wahr?« sagte Saxon mit ruhigem Lächeln.

Sarah wurde so wütend, daß sie im ersten Augenblick kein Wort hervorbringen konnte.

»Und das will ich dir nur sagen«, fuhr Saxon fort. »Eine Frau muß stolz sein, wenn Männer sich um sie schlagen. Und ich bin stolz darauf, hörst du? Ich bin stolz darauf, das kannst du gern all deinen Nachbarn, allen Menschen erzählen. Ich bin keine Kuh, Männer lieben mich, Männer schlagen sich meinetwegen, Männer gehen meinetwegen ins Gefängnis. Und jetzt kannst du gehen, Sarah, und zwar sofort, und den Leuten erzählen, was du willst. Erzähl ihnen, daß Billy ein Zuchthauskandidat ist, und daß ich eine schlechte Frau bin, hinter der alle Männer her sind. Ruf es von den Dächern herunter, und möchtest du Freude daran haben. Und nun geh und setze nie wieder deinen Fuß in mein Haus. Du bist eine zu achtbare Frau, um hierherzukommen. Dein guter Ruf könnte darunter leiden. Und denk an deine Kinder. Aber jetzt geh! Geh!«

Erst als die verblüffte und entsetzte Sarah zur Tür hinaus war, warf Saxon sich heftig weinend aufs Bett. Sie hatte sich bisher nur über Billys Brutalität und Ungerechtigkeit geschämt. Jetzt aber wußte sie, wie andere die Sache ansahen. Das war Saxon bisher nicht eingefallen. Sie war überzeugt, daß es auch Billy nicht eingefallen war. Sie kannte seine Haltung von Anfang an. Er war immer dagegen gewesen, einen Zimmerherrn zu nehmen, weil er zu stolz war, seine Frau arbeiten zu lassen. Nur die harte Not hatte ihm seine Einwilligung abgezwungen. Und jetzt, da sie zurücksah, dachte sie daran, wie sie ihm diese Einwilligung fast mit List abgerungen hatte.

Aber alles das konnte die Anschauung der Nachbarn und aller, die sie gekannt hatten, nicht ändern. Und das war auch Billys Schuld. Das war furchtbarer als alles, was er sonst getan. Sie konnte nie wieder einem Menschen ins Auge sehen. Maggie Donahue und Frau Olsen waren beide sehr freundlich gewesen, aber was mochten sie wohl gedacht haben, als sie mit ihr sprachen? Und was mochten sie wohl miteinander gesprochen haben? Ja, was sagten die Leute überhaupt – an Gartenpforten und auf Hintertreppen? Und die Männer an Straßenecken und in Wirtschaften?

Als sie später vom Weinen völlig erschöpft war und keine Tränen mehr hatte, wurde sie unpersönlicher und dachte an das Unglück, das so viele Frauen seit Ausbruch des Streiks betroffen hatte – Otto Franks Frau, Hendersons Witwe, die hübsche Kittie Brady, all die Frauen anderer Männer, die jetzt in ihrer Gefängniskleidung in San Quentin waren. Ihre Welt wollte zusammenstürzen. Niemand ging frei aus. Aber ihre Schande war größer als die der aller andern. Sie klammerte sich verzweifelt an die Einbildung, daß sie schliefe, daß alles ein böser Traum sei, daß der Wecker im nächsten Augenblick läuten, und daß sie aufstehen würde, um Billys Frühstück zu bereiten.

Sie stand an diesem Tage gar nicht auf. Sie schlief auch nicht. Ihre Gedanken arbeiteten unaufhörlich, mit rasender Schnelligkeit, verweilten zuerst ausführlich, anhaltend bei dem Unglück, das sie betroffen hatte, um dann den phantastischen Verzweigungen dessen, was sie für ihre Schande ansah, zu folgen und endlich zu den Tagen der Kindheit zurückzukehren. In Gedanken verrichtete sie in all den Berufen, die sie je gehabt hatte, die unzähligen mechanischen Bewegungen, die für jede einzelne Arbeit eigentümlich waren – das Formen und Zusammenkleben der Schachteln in der Kartonagenfabrik, die Webarbeit in der Jutefabrik, das Plätten in der Plätterei, die Behandlung von Obst in der Konservenfabrik. In Gedanken erlebte sie wieder alle die Bälle und Waldausflüge, an denen sie je teilgenommen hatte; sie durchlebte ihre Schultage und erinnerte sich jedes ihrer Klassenkameraden, wie sie aussahen, wie sie hießen und wo sie saßen; erlitt die grauen, trüben Jahre im Kinderheim, zog jede Erinnerung, jede Geschichte von der Mutter hervor und durchlebte wieder ihre Ehe mit Billy. Aber immer wieder – und das war das Quälende – wurden ihre Gedanken, wenn sie noch so weit flogen, zurückgeführt zu der Pein des Augenblicks, zu dem brennenden Gefühl in der Kehle, zu dem dumpfen Schmerz in der Brust und dem Gefühl, daß alles vorbei war.

Sie schlief die ganze Nacht, ohne sich zu rühren, ohne zu träumen, und erwachte ganz normal und zum erstenmal seit vielen Wochen von ihrem Schlaf erfrischt. Sie hatte das Gefühl, als sei eine schwere Last von ihren Schultern genommen oder ein Schatten entfernt worden, der zwischen ihr und der Sonne gestanden hatte. Ihr Kopf war klar. Der eiserne Reif, der ihn so hart umpreßt hatte, war verschwunden. Sie war froh und heiter. Sie ertappte sich sogar dabei, wie sie laut trällerte, während sie die Fische in drei Portionen teilte – eine für Frau Olsen, eine für Maggie Donahue und eine für sich. Sie freute sich auf die Unterhaltung mit ihnen, und als sie wieder heimkam, begann sie in guter Laune in ihrem vernachlässigten Haus Ordnung zu schaffen.

Alles war so klar und einfach wie es nur sein konnte. Ihr Gehirn war krank und sie war nicht verantwortlich gewesen. Alles kam von ihren Sorgen – Sorgen, an denen sie selbst schuldlos war. Und mit Billy war es ebenso. Er hatte sich merkwürdig benommen, aber er war nicht verantwortlich dafür. Und alle ihre Sorgen waren eine Folge davon, daß sie in einer Falle gefangen gesessen hatte. Die Falle war Oakland. Aber Oakland war ein guter Startplatz.

Sie überdachte alles, was in ihrer Ehe geschehen war. Die Streiks und die schlechten Zeiten waren an allem schuld gewesen.

Sie hatte ihren Entschluß gefaßt. Die Stadt war kein Ort für sie und Billy, kein Ort für Leute, die sich liebten, oder für kleine Kinder. Deshalb gab es nur einen Ausweg. Sie mußten Oakland verlassen. Nur die Dummen blieben und beugten sich dem Schicksal. Aber sie und Billy waren nicht dumm. Sie wollten sich nicht beugen. Sie wollten fortwandern und dem Schicksal die Stirn bieten. Wohin, wußte sie nicht. Aber das kam schon. Die Welt war groß. Jenseits der Berge, die die Stadt umgaben, hinter dem Goldenen Tor fanden sie schon, was sie suchten. In einem hatte der Junge unrecht gehabt. Sie war nicht an Oakland gebunden, wenn sie auch verheiratet war. Die Welt stand ihr und Billy offen, wie sie den wandernden Geschlechtern vor ihr offen gestanden hatte. Überall blieben nur die Dummen zurück, wenn das Geschlecht auswanderte. Die Starken zogen weiter. Und sie und Billy gehörten zu den Starken. Sie wollten fortgehen, über die braunen Contra-Costa-Berge oder zum Goldenen Tor hinaus.

An dem Tage, ehe Billy aus dem Gefängnis entlassen werden sollte, traf Saxon ihre letzten bescheidenen Vorbereitungen für seinen Empfang. Sie hatte kein Geld, und wenn sie nicht entschlossen gewesen wäre, Billy nicht mehr auf diese Art zu kränken, so würde sie sich zehn Cent von Maggie Donahue geliehen haben, um mit der Fähre nach San Franzisko zu fahren und einige ihrer feinen Dinge zu verkaufen. Aber sie hatte doch jedenfalls Bratkartoffeln und gesalzenen Fisch im Hause, und nachmittags ging sie bei Ebbe hinaus und sammelte Muscheln zur Suppe. Sie las auch Treibholz auf, und es war neun Uhr abends, als sie mit einer Last Brennholz auf dem Rücken, einem kurzschaftigen Spaten in der einen und einem Eimer mit Muscheln in der andern Hand aus den Sümpfen heimkam. An der Ecke wählte sie die dunklere Straßenseite und eilte über den erleuchteten Kreis, um nicht von der Nachbarschaft gesehen zu werden. Aber eine Frau kam ihr entgegen, sah sie hastig forschend an und blieb dann stehen. Es war Mary.

»Mein Gott, Saxon!« rief sie. »Steht es so schlimm?«

Saxon sah ihre alte Freundin forschend an, und im selben Augenblick sah sie die ganze Tragödie vor sich. Mary war schlanker, wenn ihre Wangen auch mehr Farbe hatten – eine Farbe, über die Saxon ihre Zweifel hatte. Marys kluge Augen waren schöner und größer – zu groß und fieberhaft klar, zu rastlos. Sie war gut gekleidet – zu gut, und sie war offenbar sehr nervös. Sie wandte furchtsam den Kopf, um in das Dunkel hinter sich zu spähen.

»Mein Gott!« sagte Saxon kaum hörbar. »Und du —« Sie preßte die Lippen zusammen und fuhr dann fort: »Willst du nicht mit mir kommen?«

»Wenn du dich schämst, dich mit mir sehen zu lassen —« brach es aus Mary heraus, der der Zorn offenbar ebenso schnell kam wie früher.

»Nein, nein«, protestierte Saxon. »Es sind nur das Treibholz und die Muscheln. Ich will nicht, daß die Nachbarn das sehen. Komm.«

»Nein, ich kann nicht, Saxon. Ich möchte gern, aber ich kann nicht. Ich muß mit dem nächsten Zug nach San Franzisko zurück. Ich habe hier gewartet. Ich klopfte an deine Küchentür, aber es war überall dunkel. Billy sitzt immer noch, nicht wahr?«

»Ja, aber morgen kommt er heraus.«

»Ich las es in den Zeitungen«, sagte Mary und sah sich hastig um. »Ich war in Stockton, als es geschah.« Ein fast drohender Klang kam in ihre Stimme. »Du tadelst mich doch nicht deshalb, nicht wahr? Ich konnte nicht in die Plätterei zurück, nachdem ich verheiratet gewesen war. Ich war der Arbeit so überdrüssig. Ich war ganz herunter und bin ja auch eigentlich nie viel wert gewesen. Und wenn du wüßtest, wie ich die Plätterei haßte, ehe ich heiratete. Es ist eine dreckige Welt. Das glaubst du vielleicht nicht? Saxon, ich schwöre dir, daß du nicht ein Hundertstel von all den dreckigen Dingen ahnst, die es in der Welt gibt. Ach, ich wünschte, ich wäre tot – ich wünschte, ich wäre tot und weg von allem. Sag – nein, ich kann jetzt nicht! Ich höre den Zug bei Adeline pfeifen. Ich muß laufen, um mitzukommen. Aber ich komme —«

»Na wird's bald«, ertönte plötzlich eine Männerstimme hinter ihnen.

Der Redende, der sich bisher im Hintergrund gehalten, tauchte jetzt aus dem Dunkel auf. Er war kein Arbeiter, das sah Saxon gleich. Aber trotz seiner guten Kleidung stand er im Urteil der Welt doch weit tiefer als ein Arbeiter.

»Ich komme, warte nur eine Sekunde«, sagte Mary beruhigend.

Und aus dem Klang ihrer Stimme erkannte Saxon, daß sie den Mann fürchtete, der lichtscheu an der Grenze zwischen Licht und Dunkelheit stand.

Mary wandte sich zu ihr.

»Ich muß gehen, lebe wohl!« sagte sie und tastete nach etwas, das sie in ihrem Handschuh hatte. Dann ergriff sie die Hand, die Saxon frei hatte, und Saxon fühlte, wie eine kleine warme Münze hereingesteckt wurde. Sie versuchte, Widerstand zu leisten, die andere zu zwingen, sie zurückzunehmen.

»Nein, nein«, flehte Mary. »Um unserer alten Freundschaft willen. Du kannst vielleicht auch einmal etwas für mich tun. Ich komme bald wieder. Lebe wohl!«

Plötzlich umschlang sie Saxon und preßte laut schluchzend ihr Gesicht an ihre Brust. Dann riß sie sich los, trat einen Schritt zurück und starrte in heftiger Bewegung Saxon an.

»Na, mach jetzt, mach jetzt«, ertönte die Stimme des Mannes gebieterisch aus dem Dunkel.

»Ach, Saxon«, schluchzte Mary, und im nächsten Augenblick war sie verschwunden.

Als Saxon ins Zimmer trat und die Lampe anzündete, sah sie das Geldstück. Es waren fünf Dollar – für sie ein Vermögen. Da dachte sie an Mary und den Mann, vor dem sie sich fürchtete. Das war wieder ein dunkler Punkt im Strafregister von Oakland. Auch Mary gehörte zu denen, die es vernichtet hatte. Sie lebten durchschnittlich nur fünf Jahre, hatte Saxon irgendwo gehört. Sie sah das Geldstück an und warf es in die Aufwasch. Als sie sich daran machte, die Muscheln zu säubern, hörte sie es in das Ablaufrohr klirren.

Es war der Gedanke an Billy, der Saxon am nächsten Morgen veranlaßte, unter die Aufwasch zu kriechen, den Verschluß abzuschrauben und das Fünfdollarstück herauszufischen. Man bekam nicht gut zu essen in den Gefängnissen, und der Gedanke, Billy nach dreißigtägiger Gefangenenkost Muscheln und trockenes Brot vorzusetzen, war zu schrecklich. Sie wußte, daß er gern Butter auf dem Brot hatte, dicke

Butter, und daß er gute, dicke Scheiben gebratenes Rindfleisch liebte, und daß er Kaffee liebte und ihn in großen Mengen trinken konnte.

Es war nach neun, als Billy kam, und sie hatte sich zu seinem Empfang ihre beste Hausbluse angezogen. Sie hielt nach ihm Ausschau, als er langsam herankam, und sie wäre ihm entgegengelaufen, hätte nicht eine kleine Schar von Nachbarkindern drüben auf der Straße ihm nachgestarrt. Aber die Tür öffnete sich, ehe er die Hand auf den Türgriff legte, und als er drinnen war, schloß er die Tür, indem er seinen Rücken dagegenstemmte, denn seine Arme hatten genug zu tun, um Saxon an sich zu pressen. Nein, er hatte nicht gefrühstückt, und er brauchte auch nichts. Jetzt hatte er ja Saxon. Aber er wollte schrecklich gern ein Bad und reines Zeug haben. Sie durfte ihm nicht in die Nähe kommen, ehe er sauber war.

Als alles das getan war, setzte er sich in die Küche und sah ihr zu, wie sie das Essen zubereitete, und er bemerkte das Treibholz und fragte nach dem Zusammenhang. Immer eifrig beschäftigt, erzählte sie ihm, wie sie das Holz gesammelt hatte, wie sie ausgekommen war, ohne Schulden bei der Gewerkschaft zu machen, und als das Essen endlich auf dem Tisch stand, war sie in ihrer Erzählung bis zu ihrer Begegnung mit Mary am vorigen Abend gelangt. Die fünf Dollar erwähnte sie nicht.

Billy, der gerade den ersten Bissen Fleisch genommen hatte, sah sie mit einem Ausdruck an, daß sie erschrak. Dann spie er das Fleisch auf den Teller.

»Du hast das Geld für das Fleisch von ihr bekommen«, sagte er langsam und vorwurfsvoll. »Du hattest kein Geld und keinen Kredit mehr beim Schlachter, und doch steht Fleisch auf dem Tisch. Hab ich recht?«

Saxon beugte den Kopf.

»Was hast du sonst noch gekauft?« fragte er – nicht brutal, nicht zornig, aber mit furchtbarer Kälte, eine Folge der Wut, welche er nicht in Worten ausdrücken konnte.

Zu ihrer Überraschung blieb sie vollkommen ruhig. Was bedeutete das alles? Nur was man zu erwarten hatte, wenn man in Oakland lebte – etwas, das verschwand, wenn Oakland ein zurückgelegtes Stadium, ein Platz war, von dem aus man gestartet war.

»Den Kaffee«, antwortete sie, »und die Butter.«

Er schüttete den Inhalt seines und ihres Tellers in die Bratpfanne mit der Butter und dem Stück Fleisch, das auf dem Tisch stand, und obendrauf schüttete er den Inhalt der Kaffeedose. Dann trug er alles in den Hof hinaus und warf es in den Mülleimer. Die Kaffeekanne leerte er in die Aufwasch.

»Wieviel hast du noch von dem Geld?« lautete seine nächste Frage.

Saxon hatte schon ihr Portemonnaie geholt und das Geld herausgenommen.

»Drei Dollar achtzig«. Sie reichte ihm das Geld. »Ich habe fünfundvierzig Cent für das Fleisch bezahlt.«

Er ließ den Blick über das Geld schweifen, zählte es und ging zur Haustür. Sie hörte, wie sie geöffnet und wieder geschlossen wurde, und wußte, daß er das Silber auf die Straße geworfen hatte. Als er wiederkam, setzte Saxon Bratkartoffeln auf den Tisch.

»Nichts ist zu gut für uns beide, Saxon«, sagte er, »aber weiß Gott, so etwas kann mein Magen nicht verdauen. Es ist so verdorben, daß es stinkt.«

Er sah auf die Bratkartoffeln, die neue Scheibe trockenes Brot und das Glas Wasser, das sie neben seinen Teller stellte.

»Du kannst ganz ruhig sein«, lächelte sie, als er noch zögerte. »Hiervon ist nichts besudelt.«

Er warf ihr einen hastigen Blick zu, als fürchtete er, daß sie sich über ihn lustig machte, und setzte sich dann mit einem Seufzer. Im nächsten Augenblick war er wieder aufgesprungen und breitete ihr die Arme entgegen.

»Ich werde gleich essen, aber zuerst möchte ich gern mit dir reden«, sagte er, setzte sich und preßte sie an sich. »Also höre! Du bist das einzige, was ich auf der Welt habe. Du hast dich wegen meines Benehmens vorhin nicht vor mir gefürchtet, und darüber freue ich mich. Aber jetzt wollen wir nicht mehr an Mary denken, wenn ich auch voller Mitleid mit ihr bin. Sie tut mir ebenso leid wie dir. Ich würde alles für sie tun. Ich würde ihr die Füße waschen, wie Christus tat. Ich würde sie an meinem Tisch essen und unter meinem Dach schlafen lassen. Aber deshalb brauche ich nichts von dem anzurühren, was sie verdient hat. Aber laß uns nicht mehr an sie denken. Es handelt sich um dich und mich, Saxon, nur um dich und mich, und der Teufel soll alle andern holen. Du brauchst dich nie mehr um mich zu ängstigen. Der Whisky und ich, wir vertragen uns nicht recht miteinander, und deshalb sage ich: keinen Whisky mehr für mich! Ich bin ganz von Sinnen gewesen, und ich war nicht zu dir, wie ich hätte sein sollen. Aber jetzt ist das alles vorbei.

Sieh mal diese Geschichte. Ich hätte nicht so heftig sein sollen. Aber ich war es nun einmal. Die Sache kam zu plötzlich. Das ist etwas, was ich mir nicht gefallen lassen kann, was ich mir nicht gefallen lassen konnte. Und du willst auch nicht, daß ich das tue, ebensowenig wie ich will, daß du dir etwas gefallen lassen sollst, was du dir nicht gefallen lassen kannst.«

Sie richtete sich auf seinen Knien auf und sah ihn an, eifrig beschäftigt mit der neuen Idee, die in ihrem Kopf aufgetaucht war.

»Ist das dein Ernst, Billy?«

»Das ist es.«

»Dann will ich dir sagen, was ich mir nicht mehr gefallen lassen will. Ich sterbe, wenn ich es mir gefallen lassen soll.«

»Und das ist?« fragte er, nachdem er sie eine Weile forschend angesehen hatte.

»Du mußt den Entschluß fassen«, sagte sie.

»Also los.«

»Du weißt nicht, worauf du dich einläßt«, sagte sie warnend. »Zieh dich lieber zurück, ehe es zu spät ist.«

Er schüttelte eigensinnig den Kopf.

»Was du dir nicht gefallen lassen willst, das sollst du dir auch nicht gefallen lassen.«

»Erstens«, sagte sie, »muß es Schluß sein mit dem Verprügeln von Streikbrechern.«

Er öffnete den Mund, drängte aber den Protest zurück, der unwillkürlich über seine Lippen kommen wollte.

»Und zweitens muß es Schluß sein mit Oakland.«

»Ich verstehe nicht recht.«

»Schluß mit Oakland. Wir wollen nicht mehr in Oakland leben. Ich sterbe, wenn ich hierbleiben soll. Wir müssen unsere Zelte abbrechen und sehen, daß wir vor hier fortkommen.«

Er dachte eine Weile über ihre letzte Bemerkung nach. »Wohin?« fragte er schließlich.

»Irgendwohin. Das ist einerlei. Rauch jetzt eine Zigarette und denk darüber nach.«

Er schüttelte den Kopf und sah ihr forschend ins Gesicht. »Ist das dein Ernst?« fragte er schließlich.

»Das ist es. Ich kann Oakland ebensowenig ertragen, wie du das Fleisch, den Kaffee und die Butter ertragen konntest.«

Sie konnte sehen, wie er mit sich rang. Sie konnte sehen, wie er seelisch mit sich rang, ehe er antwortete: »Na ja, wenn du durchaus willst! Dann gehen wir also weg. Wir sagen Oakland Lebewohl. Teufel auch, es hat nie etwas für mich getan, und ich bin doch auch schließlich Manns genug, um unseren Lebensunterhalt überall zu verdienen. Und jetzt, da es abgemacht ist, kannst du mir erzählen, was du gegen Oakland hast.« Und sie erzählte ihm alles, was ihr eingefallen war, zählte alle ihre Klagepunkte gegen Oakland auf, ohne etwas zu vergessen, nicht einmal ihren letzten Besuch bei Doktor Hentley oder Billys Trinken. Aber er zog sie nur fester an sich und versicherte ihr nochmals, daß er seinen Entschluß gefaßt hätte. Die Zeit verging. Die Bratkartoffeln wurden kalt, und das Feuer im Herd ging aus.

Als sie sich ausgesprochen hatten, stand Billy auf. Er sah auf die Bratkartoffeln.

»Eiskalt«, sagte er und wandte sich zu ihr. »Aber, weißt du, jetzt geh hinein und zieh dir dein bestes Zeug an. Wir gehen in die Stadt, um etwas zu essen zu kriegen und uns zur Feier des Tages zu amüsieren. Ich finde, wir haben jetzt einen Grund zu feiern, wenn wir aufbrechen und die alte Stadt mit Sack und Pack verlassen wollen. Und wir brauchen nicht zu Fuß zu gehen, ich kann mir immer zehn Cent vom Barbier leihen, und ich habe altes Zeugs genug zu verkaufen.«

Sein ›altes Zeugs‹ waren ein paar goldene Medaillen, die er bei verschiedenen Amateurboxkämpfen gewonnen hatte. Sie kamen in die Stadt und fanden eine Pfandleihe, und als sie sie verließen, hatte Billy eine Handvoll rasselndes Silbergeld in der Tasche.

Er war ausgelassen wie ein Schuljunge, und sie war ebenso froh und heiter wie er. Vor dem Zigarrengeschäft an der Ecke blieb er stehen, um eine Tüte Bull Durham zu kaufen, änderte aber plötzlich seinen Entschluß und kaufte statt dessen Imperialzigaretten.

»Ach, ich bin heute ganz toll«, lachte er. »Nichts ist zu gut – nicht einmal fertiggekaufte Glimmstengel. Und ich will nichts von billigen Speisehäusern oder japanischen Wirtschaften hören. Wir gehen zu Barnum.«

Sie schlenderten nach dem großen Restaurant, wo sie an ihrem Hochzeitstage gegessen hatten.

»Du kannst bestellen, wozu du Lust hast«, sagte Billy freigebig, als sie sich gesetzt hatten. »Hier gibt es Lendenbraten für einen Dollar fünfzig. Was meinst du dazu?«

»Ja«, sagte sie eifrig, »und nachher Mokka, und vorher Austern – ich möchte sie gern mit den Austern vom Rock Wall vergleichen.«

Billy las die Theateranzeigen. Dann sah er von der Zeitung auf. »Matinée in Beils Theater. Für fünfundzwanzig Cent können wir reservierte Plätze haben – Teufel auch!« Sein Ausruf war so gekränkt und erbittert, daß sie ein ganz erschrockenes Gesicht machte. »Wenn ich doch nur daran gedacht hätte«, sagte er ärgerlich, »dann hätten wir zum Essen ins Forum gehen können. Das ist das feine Restaurant, wo Burschen wie Roy Blanchard verkehren und das Geld vergeuden, für das wir andern uns abrackern müssen.«

Sie kauften sich numerierte Plätze für Beils Theater; aber die Vorstellung begann erst etwas später, und so gingen sie den Broadway hinab und in das Electric-Theater, um sich die Zeit mit einem Film zu vertreiben. Sie sahen zuerst einen Cowboyfilm, dann ein französisches Lustspiel, und dann kam ein ländliches Drama, das im Mittelwesten spielte. Es begann mit einer Szene in einem Bauernhof. Die Sonne schien warm auf die Ecke einer Scheune und einen Zaun, während der Boden von großen Bäumen beschattet wurde. Da waren Hühner und Enten und Truthähne, die auf dem Hofe scharrten und herumwatschelten. Eine große Sau marschierte, von einem prächtigen Wurf sieben kleiner Ferkel gefolgt, majestätisch durch den Kükenschwarm, daß er beiseite stob, während die Hühner sich an den Ferkelchen rächten und nach ihnen hackten, sobald sie sich von ihrer Mutter entfernten. Und hinter dem Zaun stand ein Pferd, das schlaff und schläfrig zusah, und hin und wieder, in gleichmäßigen Zwischenräumen, träge mit dem Schweif schlug.

»Es ist ein warmer Tag, da sind Fliegen – merkst du?« flüsterte Saxon.

»Gewiß. Und der Pferdeschweif! Das ist das lebendigste, was man sich vorstellen kann.«

Jetzt kam ein Hund auf die Szene. Die Muttersau machte kehrt und verschwand mit lächerlichen kurzen Sprüngen in Begleitung ihrer Nachkommenschaft, eifrig verfolgt von dem Hunde. Ein junges Mädchen erschien. Ein breitrandiger Strohhut hing ihr im Nacken, und die Schürze war vorn aufgesteckt und voller Körner für das unruhige Federvieh. Tauben flogen vom Bildrand herab und schlossen sich dem geschäftigen Schwarm an, und alle stritten sich um ihren Anteil am Futter. Der Hund kam wieder und drängte sich durch die gefiederten Geschöpfe hindurch zu dem jungen Mädchen, das er, mit der Rute wedelnd, anstarrte. Und dahinter stand das Pferd, nickte über den Zaun und schlug mit dem Schweif.

Ein junger Mann erschien, und das Publikum wußte gleich, was er wollte. Aber Saxon hatte keinen Sinn für die Liebesszene, für die leidenschaftlichen Bitten des jungen Mannes und die schamhafte Zurückhaltung des jungen Mädchens. Ihr Blick suchte immer wieder die Küken, die Sonne und die Schattenflecken unter den Bäumen, die sonnenbeschienene Scheunenmauer und das schläfrige Pferd, das mit dem Schweif schlug.

Sie schmiegte sich enger an Billy, und ihre Hand, die sie unter seinen Arm gesteckt hatte, suchte die seine.

»Ach, Billy«, seufzte sie. »Ich würde vor Freude sterben, wenn ich an einem solchen Ort wohnen könnte.« Und als der Film zu Ende war, sagte sie: »Wir haben noch sehr viel Zeit, ehe das Theater anfängt. Laß uns bleiben und den Bauernhof noch einmal sehen.«

Sie blieben sitzen und sahen die ganze Vorstellung noch einmal, und als sie zu der Szene im Bauernhof kamen, wurde Saxon immer begeisterter, je länger sie sie sah. Diesmal erfaßte sie noch mehr Einzelheiten. Sie sah die Felder um den Hof, die wellenförmigen Hügel im Hintergrund, den bewölkten Himmel. Sie erkannte einige von den Hühnern wieder, namentlich ein altes, aufsässiges Huhn, das böse war, weil die Sau es mit ihrem Rüssel fortschob. Saxon ließ den Blick wieder über die Felder bis zu den Höhen und zum Himmel schweifen und atmete den großen, freien Raum und die Zufriedenheit ein, die darüber ruhte. Ihre Augen füllten sich mit Tränen, und sie weinte still vor lauter Freude.

»Und jetzt weiß ich auch, wo wir hinwollen, wenn wir Oakland verlassen«, sagte sie.

»Wohin denn?«

»Dorthin.«

Er sah sie an und folgte dann der Richtung ihres Blicks, der sich immer noch auf die Leinwand heftete.

»So«, sagte er und fügte nach kurzem Bedenken hinzu: »Nun ja, warum nicht?«

»Ach, Billy, willst du wirklich?«

Ihre Lippen bebten, so eifrig war sie, und ihre Stimme zitterte so stark, daß er ihr leises Flüstern kaum hören konnte.

»Aber gewiß«, sagte er. Es war ihr großer Tag, und er wollte mit königlicher Freigebigkeit schenken. »Was du dir wünschst, sollst du haben, und wenn ich mir die Nägel von den Fingern arbeiten muß, um es dir zu geben. Und ich habe selbst immer große Lust gehabt, auf dem Lande zu wohnen.«

Es war früh am Abend, als sie an der Ecke der Pine Street auf dem Heimweg vom Bell Theater aus der Straßenbahn stiegen. Zuerst machten sie gemeinsam Einkäufe, und dann trennten sie sich an der Ecke – Saxon sollte heimgehen und das Abendessen bereiten, und Billy wollte nach den Kameraden, den streikenden Fuhrleuten, sehen, die in dem Monat,

den er aus allem herausgewesen war, getreulich weiterge-
kämpft hatten.

»Nimm dich in acht, Billy«, rief sie ihm nach.

»Gewiß«, sagte er und blickte zurück.

Ihr Herz klopfte heftig, als sie sein Lächeln sah. Das war
das alte, unbefleckte, verliebte Lächeln, das sie stets auf seinem Gesicht zu sehen gewünscht, das Lächeln, das sich zu
bewahren, sie – bewaffnet mit ihrem eigenen Wissen – bis
zum äußersten kämpfen wollte. Der Gedanke hieran flog ihr
durch den Kopf, und mit einem stolzen kleinen Lächeln erinnerte sie sich all der hübschen kleinen Dinge, die sie daheim
im Toilettentisch und in der Kommode verwahrte.

Dreiviertel Stunden wartete Saxon, der Abendtisch war
gedeckt, nur die Lammkotelette fehlten noch, die sie erst
aufsetzen wollte, wenn sie Billy kommen hörte. Da wurde die
Gartenpforte zugeschlagen, aber statt seiner hörte sie das
wirre Durcheinander vieler Stimmen. Sie flog zur Tür. Es war
Billy, der vor ihr stand, aber ein Billy weit verschieden von
dem Billy, von dem sie sich erst vor kurzem verabschiedet
hatte. Neben ihm ging ein kleiner Junge, der seinen Hut hielt.
Sein Gesicht war frisch gewaschen oder vielmehr mit Wasser
übergossen, denn sein Hemd und seine Schultern waren naß.
Sein helles Haar war feucht und klebte am Kopf, hie und da
sickerte Blut hindurch und machte es dunkel. Beide Arme
hingen kraftlos herab, aber sein Gesicht war ruhig, und er
lachte.

»Mach dir nichts daraus«, sagte er beruhigend zu Saxon.
»Ich habe mich zum Narren gemacht. Ein bißchen beschä-
digt, aber immer noch bereit, es mit jedem aufzunehmen.« Er
trat vorsichtig in die Stube. »Kommt, Kameraden, wir sind
eine schöne Gesellschaft von Schwachköpfen.«

Hinter ihm her kamen der kleine Junge mit seinem Hut,
Bud Strothers, noch ein Kutscher, den sie kannte, und zwei
Fremde. Die Fremden waren große, barsche, dumm drein-
schauende Männer, und sie starrten Saxon an, als ob sie sich
vor ihr fürchteten.

»Hab keine Angst, Saxon«, sagte Billy wieder. Aber Bud
Strothers unterbrach ihn.

»Zuerst müssen wir ihn ins Bett legen und ihm die Kleider abschneiden. Ihm sind beide Arme gebrochen, und hier sind die Idioten, die es getan haben.«

Er zeigte auf die beiden Fremden, die vor lauter Verlegenheit mit den Füßen scharrten und dümmer als je aussahen.

Billy setzte sich aufs Bett, und während Saxon die Lampe hielt, begannen Bud und die beiden Fremden, ihm Rock, Hemd und Unterjacke abzuschneiden.

»Er wollte nicht ins Krankenhaus«, sagte Bud zu Saxon.

»Nein, ich denke nicht daran«, erklärte Billy. »Ich ließ sie nach Doktor Hentley schicken. Er kann jeden Augenblick kommen. Diese beiden Arme sind alles, was ich auf der Welt habe.«

»Aber wie ist es denn zugegangen?« fragte Saxon und sah von Billy auf die beiden Fremden — offenbar außerstande, das freundschaftliche Verhältnis zwischen ihnen zu verstehen.

»Ach, es ist nicht ihre Schuld«, antwortete Billy schnell. »Sie meinten es gut. Sie sind Fuhrleute aus San Franzisko, die gekommen sind, um uns zu helfen.« Es sah aus, als belebten sich die beiden Kutscher bei dieser Bemerkung Billys ein wenig, und sie nickten.

»Ja«, sagte der eine mit tiefer, heiserer Stimme. »Wir haben uns geirrt — ja, wir haben uns schön blamiert.«

Saxon war nicht aufgeregt. Was geschehen war, hatte sie nur erwarten können. Es entsprach allem, was Oakland ihr und den Ihren schon angetan hatte, und außerdem war Billy nicht gefährlich verletzt. Armbrüche und ein Loch im Kopf waren Dinge, die bald heilten. Sie holte Stühle und bat alle, sich zu setzen.

»Aber jetzt erzählt mir, was geschehen ist«, bat sie. »Ich verstehe nicht ein Wort von der ganzen Geschichte. Wie hängt es zusammen, daß ihr großen Lümmel zuerst meinem Mann die Arme brecht und ihn hinterher in aller Freundschaft nach Hause bringt?«

»Ja, es ist nur Ihr gutes Recht, daß Sie das erfahren«, versicherte Bud Strothers. Es ging so zu —«

»Halt das Maul, Bud«, fiel Billy ihm ins Wort. »Du warst doch nicht dabei.«

Saxon sah die San-Franziskoer Fuhrleute an.

»Wir waren hergekommen, um zu helfen, denn die Fuhrleute in Oakland können ja nicht allein fertig werden«, sagte
der eine, »und wir haben ihnen auch gut geholfen, die Streikbrecher zu lehren, daß es manch besseres Handwerk in der
Welt gibt, als Kutscher zu spielen. Na ja, ich und Jackson hier
– wir schnüffeln herum, um zu sehen, was wir entdecken
können, als Ihr Mann ankommt. Als er sah –«

»Wart mal«, unterbrach Jackson ihn. »Du mußt alles von
Anfang an erklären. Wir meinen doch alle dem Aussehen
nach zu kennen. Aber Ihren Mann haben wir noch nie gesehen, weil er –«

»Weil er, wenn ich so sagen darf, für eine Weile aus dem
Spiel gesetzt war«, fuhr der erste Kutscher fort. »Als wir also
einen Kerl, den wir für einen Streikbrecher halten, durch-
schlüpfen und durch die Gasse abbiegen sehen –«

»Die Gasse hinter Campbells Krämerladen«, erläuterte Billy.

»Ja, hinter dem Krämerladen«, fuhr der erste Kutscher
fort. »Sehen Sie, da waren wir ganz sicher, daß es einer von
den verfluchten Streikbrechern war, die von Murray und
Ready eingestellt sind, und die sich hinten herum in die Ställe
einschleichen wollen.«

»Ja, da haben wir selber mal einen erwischt, Billy und ich«,
warf Bud ein.

»Wir also gleich drauflos«, wandte Jackson sich zu Saxon.
»Wir sind früher schon mit dabei gewesen und wissen Be-
scheid, und zwar gründlich. Und so fangen wir denn Ihren
Mann direkt in der Gasse –«

»Ich guckte mich nach Bud um«, sagte Billy. »Die andern
sagten, ich würde ihn am andern Ende der Gasse finden. Und
da kommt dieser Jackson hier und fragt, ob ich ihm ein
Streichholz geben kann.«

»Und dann verrichtete ich meine hübsche kleine Arbeit.«,
nahm der erste Kutscher seinen Bericht wieder auf.

»Wie denn?« fragte Saxon.

»Das da.« Der Mann zeigte auf die Wunde, die Billy am
Kopfe hatte. »Ich langte nach ihm aus. Er fiel um wie ein

Stier, und dann kam er auf die Knie, taumelte und schwatzte etwas von einem, der wohl nicht richtig im Kopfe sei. Er war nicht recht bei sich. Und da taten wir es.«

Der Mann schwieg – er war jetzt mit seinem Bericht fertig.

»Sie brachen ihm beide Arme mit einem Brecheisen«, warf Bud ein.

»Ja, beide Arme«, bestätigte Billy. »Und da standen nun die beiden und erzählten mir was. ›Davon kannst du lange Nutzen und Freude haben‹, sagt Jackson. Und Anson sagt: ›Mit den Armen möcht ich dich kutschieren sehen.‹ Und dann sagt Jackson: ›Wir wollen ihm noch eine Kleinigkeit mit auf den Weg geben.‹ Und im selben Augenblick haut er mir eine runter.«

»Nein«, berichtigte Anson, »das war ich.«

»Na ja, und die schickte mich wieder ins Traumland«, seufzte Billy. »Und als ich wieder zu mir kam, standen Bud und Anson und Jackson da und begossen mich mit Wasser aus einem Trog. Und dann rissen wir einem Reporter aus und gingen alle zusammen her.«

Bud Strothers hob die Hand und zeigte frische Schrammen auf den Knöcheln.

»Der Idiot von Reporter wollte durchaus Bekanntschaft hiermit machen«, wandte er sich zu Billy, »deshalb holte ich euch erst in der Siebten ein.«

Ein paar Minuten darauf kam Doktor Hentley und warf die Männer hinaus. Sie warteten, bis er mit seiner Untersuchung fertig war, um sich zu vergewissern, daß es nichts Ernstes mit Billy war, und gingen dann. In der Küche wusch Doktor Hentley sich die Hände und gab Saxon die letzten Anweisungen. Während er sich abtrocknete, begann er herumzuschnüffeln und sah nach dem Herd, wo ein Topf kochte.

»Muscheln?« fragte er. »Wo haben Sie die gekauft?«

»Ich habe sie nicht gekauft«, sagte Saxon. »Ich habe sie selbst gesammelt.«

»Doch nicht im Sumpf?« fragte er gespannt.

»Doch.«

»Dann werfen Sie sie weg. Sie sind Tod und Verderben. Typhus – ich habe schon drei Fälle gehabt, und alle sind auf die Muscheln und den Sumpf zurückzuführen.«

Als er gegangen war, tat Saxon, wie er gesagt hatte. Das ist ein neues Übel an Oakland, dachte sie bei sich – Oakland, die Menschenfalle, die vergiftete, wen sie nicht aushungern konnte.

»Ja, ob das nicht genügte, einen zum Säufer zu machen«, stöhnte Billy, als Saxon wieder zu ihm kam. »Hast du je von einem solchen Pech gehört? Bei all meinem Boxen nie einen Knochen zerschlagen. Und jetzt – eins, zwei, drei – sind beide Arme kaputt.«

»Ach, es hätte noch schlimmer gehen können«, lächelte Saxon heiter.

»Da möchte ich schon wissen, wieso.«

»Na, wäre es nicht schlimmer gewesen, wenn du in Oakland hättest bleiben wollen, wo es jeden Augenblick wieder geschehen könnte?«

»Ich kann schon sehen, wie ich Bauer werde und mit einem Paar Pfeifenrohren, wie diesen hier, herumgehe und pflüge«, fuhr er fort.

»Doktor Hentley sagt, daß sie dort, wo sie gebrochen sind, stärker werden als je. Aber jetzt schließ die Augen und schlaf. Du bist schrecklich herunter und brauchst Ruhe. Laß das Denken.«

Er schloß gehorsam die Augen, und sie legte ihm ihre kühle Hand unter den Nacken.

»Das ist ein schönes Gefühl«, murmelte er. »Du bist so kühl, Saxon – deine Hand und deine ganze kleine Person. Bei dir zu sein ist, wie wenn man in die Nachtkühle hinauskommt, nachdem man in einem erhitzten Lokal getanzt hat.«

Als er ein paar Minuten stillgelegen hatte, begann er, leise zu lachen.

»Was gibt es?« fragte sie.

»Ach, nichts – ich dachte nur an die Idioten, die mich verprügelt haben, – mich, der ich mehr Streikbrecher verprügelt habe, als ich zählen kann.«

Am nächsten Morgen erwachte Billy in bedeutend besserer Stimmung. In der Küche konnte Saxon hören, wie er einige merkwürdige gesangliche Akrobatenkunststücke versuchte.

»Ich kann ein neues Lied, das du noch nie gehört hast«, erzählte er, als sie mit einer Tasse Kaffee kam. »Aber ich kann nur den Refrain. Der Alte redet mit einem Landstreicher von Tagelöhner, der seine Tochter heiraten will. Mamie – das war ein Mädel, mit dem Billy Murphy ging, ehe er heiratete – sang es oft. Es ist so schön rührselig. Mamie heulte immer dabei.«

Und mit großer Feierlichkeit und so falsch, daß es eine Qual war, ihm zuzuhören, sang Billy das Lied.

Aber sie fürchtete, daß der Kaffee kalt werden würde, und zwang Billy, ihn zu trinken. Hilflos, wie er mit seinen beiden gebrochenen Armen war, mußte er wie ein kleines Kind gefüttert werden, und während sie ihn fütterte, sprachen sie miteinander.

»Eines will ich dir sagen«, sagte Billy zwischen zwei Schlucken. »Sobald wir auf dem Lande zur Ruhe gekommen sind, sollst du das Pferd haben, das du dir dein ganzes Leben gewünscht hast. Und es soll dein eigenes Pferd sein, das du reiten oder fahren oder verkaufen – kurz, mit dem du machen kannst, was du willst.«

Dann wieder grübelte er: »Eines wird großartig sein, wenn wir auf dem Lande wohnen«, sagte er schließlich, »nämlich, daß ich so gut mit Pferden Bescheid weiß. Damit kann man gut in Gang kommen. Ich kann ja immer mit Pferden zu tun kriegen – wo es keine Gewerkschaftslöhne gibt. Und alles, was man sonst von der Bauernarbeit wissen muß, kann ich doch sicher schnell lernen.«

Saxon mußte sehr mit sich kämpfen, um die Tränen zurückzuhalten. Es war, als wollte ihr Herz vor Glück brechen und sie erinnerte sich vieler Dinge – der Verheißung eines ganzen Lebens mit Billy aus den Tagen, ehe die schwere Zeit begann. Jetzt kam diese Verheißung wieder. Und da das Leben ihnen keine Erfüllung der Verheißung gebracht hatte, so wollten sie jetzt selbst ausziehen und die Erfüllung suchen.

Eine Furcht, die jedoch nicht ganz echt war, ließ sie sich in das Schlafzimmer hinter der Küche schleichen, wo Bert gestorben war, und im Spiegel des Toilettentisches studierte sie ihr Gesicht. Nein, sie war nicht sehr verändert. Schön war sie nicht. Das wußte sie gut. Aber hatte Mercedes nicht gesagt, daß die großen Frauen in der Geschichte, die die Liebe der Männer errungen hatten, nicht schön gewesen waren? Und doch war sie alles eher als häßlich, wie Saxon sich sagte, als sie ihr Spiegelbild betrachtete. Sie sah ihre großen grauen Augen, die so tiefgrau waren und immer so lebendig blickten, und auf deren Oberfläche wie in deren grauer Tiefe immer unausgesprochene Gedanken schwammen, Gedanken, die zu Boden sanken und sich auflösten, um neuen Gedanken Platz zu machen. Die Brauen waren schön, darüber war sie sich ganz klar – fein gezeichnet, etwas dunkler als das hellbraune Haar, und sie paßten ausgezeichnet zu ihrer unregelmäßigen Nase, die ausgeprägt weiblich, aber nicht schwach, eher pikant war und ein bißchen keck wirkte. Sie konnte sehen, daß ihr Gesicht etwas mager war, und ihre Lippen waren nicht ganz so rot wie früher; sie hatten etwas von ihrer frischen Farbe verloren. Aber alles das konnte wiederkommen. Ihr Mund war keine Rosenknospe – wie man es in den Magazinen sah. Sie betrachtete ihn besonders aufmerksam. Es war ein lustiger Mund, ein Mund, geschaffen, froh zu sein, zu lachen und andere zum Lachen zu bringen. Und sie wußte, daß ihr Lächeln auch bei andern Lächeln zu erzeugen pflegte. Sie lachte mit den Augen allein – das war einer ihrer kleinen Tricks. Dann warf sie den Kopf zurück und lachte mit Augen und Mund zugleich, und zwischen den halbgeöffneten Lippen kamen die beiden Reihen starker weißer Zähne zum Vorschein.

Und sie erinnerte sich, wie Billy an dem Abend in der Germania-Halle, als er Charley Long abgefertigt hatte, ihre Zähne gelobt hatte. »Nicht groß und auch nicht dumme kleine Kinderzähne«, hatte Billy gesagt. »Gerade so, wie sie sein sollen, und sie passen zu Ihnen.«

Wieder ließ sie den Blick über ihr Spiegelbild schweifen. Ja, sie konnte es schon mit mancher aufnehmen. War Billy prachtvoll als Mann, so war sie ihm auf ihre Art ebenbürtig. Sie kannte genau ihren Wert und ebenso genau den seinen. Wenn er wie früher war, richtig der alte, nicht von Sorgen gequält, nicht von der Falle gepeinigt, nicht durch Trinken von Sinnen gebracht, wenn er *er* war, ihr junger Liebhaber, dann war er reichlich das wert, was sie ihm geben konnte.

Saxon warf sich einen letzten Blick im Spiegel zu. Nein, sie war nicht tot. So wenig, wie Billys Liebe und ihre Liebe tot war. Alles, was sie brauchten, war der rechte Boden − dann wuchs und blühte ihre Liebe wieder. Und jetzt kehrten sie Oakland den Rücken und wanderten fort, um den rechten Boden zu finden. »Ach, Billy!« rief sie durch die Wand hindurch, während sie immer noch auf dem Stuhl stand und mit der einen Hand den Spiegel hin- und herwippte, so daß sie den Blick von ihren Fußgelenken und Waden bis zu dem Gesicht mit der warmen Farbe und dem schelmischen Ausdruck schweifen lassen konnte.

»Nun, was gibt es?« hörte sie ihn antworten.

»Ich mache mir selbst den Hof«, rief sie zurück.

»Was sind das nun für Dummheiten?« fragte er verblüfft. »Warum bist du so verliebt in dich?«

»Weil du mich liebst«, antwortete sie »Ich liebe jedes bißchen von mir selbst, Billy, weil ... weil ... nun ja, weil du jedes bißchen von mir liebst.«

Die Tage flogen in Glück und Freude für Saxon dahin, die mehr als genug damit zu tun hatte, Billy zu essen zu geben und zu pflegen, ihre Hausarbeit zu verrichten, Pläne zu schmieden und ihren kleinen Vorrat an feinen Handarbeiten zu verkaufen. Es war schwer genug gewesen, Billys Einwilligung zum Verkauf all der hübschen Dinge zu erhalten. Schließlich aber glückte es ihr doch, sie ihm abzulisten.

»Es sind nur die Dinge, die ich selbst nicht brauche«, sagte sie eindringlich. »Und ich kann immer wieder neue machen, wenn wir uns irgendwo niedergelassen haben.«

Was sie nicht verkaufte, gab sie Tom zur Aufbewahrung, dazu die Hauswäsche und ihre und Billys überflüssige Garderobe.

»Mach nur zu«, sagte Billy. »Du verwaltest das Geschäft. Was du sagst, soll gelten. Hast du schon bestimmt, wohin wir reisen?«

Sie schüttelte den Kopf.

»Oder wie?«

Sie hob erst den einen Fuß, dann den andern mit den soliden Straßenschuhen, die sie an diesem Morgen in Gebrauch genommen hatte.

»Auf Schusters Rappen, nicht wahr?«

»So ist unser Geschlecht nach dem Westen gekommen«, sagte sie stolz.

»Ja, dann sind wir aber die reinen Vagabunden«, wandte er ein. »Und ich habe nie von einer wandernden Frau gehört.«

»Nun, dann hörst du jetzt davon. Und, Billy, es ist keine Schande zu wandern. Meine Mutter wanderte fast den ganzen Weg über die Prärie. Und beinahe alle andern Mütter sind in jenen Tagen gewandert. Mir ist es gleichgültig, was die Leute denken.«

Nach ein paar Tagen, als die Kopfwunde geheilt war, stand Billy auf und begann umherzugehen. Natürlich aber war er ganz hilflos, solange er noch beide Arme im Gipsverband trug.

Doktor Hentley ging nicht allein darauf ein, daß sie mit dem Bezahlen seiner Rechnung auf bessere Zeiten warten sollten, sondern schlug es ihnen direkt vor. Von Staatsboden erklärte er, auf Saxons eifrige Frage, nichts zu wissen, nur hätte er eine dunkle Vorstellung, daß die Tage, da man Boden vom Staate bekam, vorbei seien.

Tom hingegen war vollkommen überzeugt, daß der Staat eine Menge Boden hatte. Er sprach vom Honey Lake, von Shasta County und von Humboldt.

»Aber ihr könnt zu dieser Jahreszeit nicht daran denken. Der Winter steht vor der Tür«, sagte er zu Saxon. »Ihr müßt nach Süden wandern, bis ihr dorthin kommt, wo es wärmer ist, zum Beispiel an der Küste. Dort schneit es nicht. Ich will euch sagen, was ihr tun sollt. Ihr geht über San José und Salinas, bis ihr an die Küste bei Monterey kommt. Südlich davon werdet ihr zwischen geschütztem Wald und mexikanischen Bauernhöfen Staatsboden finden. Es ist ziemlich wild dort, und es gibt keine Wege. Sie züchten nur Vieh. Aber es gibt schöne Riesentannencanyons dort und guten Ackerboden, der direkt bis ans Meer reicht. Ich sprach voriges Jahr einen Mann, der das alles gesehen hat. Und ich würde auch hinziehen wie du und Billy, aber Sarah will durchaus nichts davon hören. Es gibt auch Gold dort. Eine ganze Menge Menschen gehen hin, um nach Gold zu suchen; es gibt jedenfalls ein paar gute Minen. Aber das ist weiter weg und ein Stück von der Küste entfernt. Ihr könnt euch ja immerhin danach umsehen.«

Saxon schüttelte den Kopf. »Wir suchen nicht Gold, sondern Hühner und Federvieh und ein Stück Land, wo wir Gemüse bauen können. Unsere Vorfahren konnten ja in der ersten Zeit Gold suchen, und ihr seht, was dabei herausgekommen ist.«

»Ja, da hast du sicher recht«, gab Tom zu. »Sie spielten zu hoch und ergriffen nicht die Tausende kleiner Chancen, die ihnen direkt vor der Nase lagen. Nimm zum Beispiel Onkel Will. Er hatte soviel Bauernhöfe, daß er nicht wußte, was er damit machen sollte. Aber war er zufrieden? Nein, gewiß nicht – er wollte durchaus ein großer Viehkönig sein, und er starb als Nachtwächter in Los Angeles mit vierzig Dollar monatlich. Es gibt etwas, das Verstand heißt, und der Zeitgeist hat sich verändert. Jetzt ist alles Großhandel, und wir sind die kleinen Leute. Früher konnte jedermann einen Hof bekommen. Er brauchte nur seine Ochsen ins Joch zu spannen und ihnen zu folgen, der Stille Ozean lag viele Meilen westlich, und all die Bauernhöfe warteten nur auf sie.

Das war der Geist jener Zeit – Land umsonst und in großen Mengen. Als wir aber zum Stillen Ozean kamen, da war die Zeit auch vorbei. Da begann der Großhandel. Und mit dem Großhandel kamen große Geschäftsleute. Und jeder große Geschäftsmann bedeutet Tausende kleiner Leute, die kein Geschäft haben und nur für die Großen arbeiten. Und wenn es ihnen nicht paßt, dann können sie es lassen, aber davon haben sie auch keine Freude. Sie können ihren Ochsen nicht das Joch auflegen und auswandern, denn sie können nirgends hinwandern.«

»Ja, aber die großen Leute waren tüchtiger«, warf Saxon ein.

»Sie hatten mehr Glück«, behauptete Tom. »Einige gewannen, aber viele verloren, und die Männer, die verloren, waren ebensogut, wie die andern. Nun, es gab auch welche, die weit in die Zukunft schauten. Sieh, wenn dein Vater ein Herz- oder ein Nierenleiden oder die Gicht bekommen hätte, so hätte er nicht Expeditionen und Kriegszüge in der ganzen Welt unternehmen können, ja, dann würde er sich natürlich in San Franzisko niedergelassen haben – dazu wäre er gezwungen gewesen –, Grundstücke gekauft, Dampfschiffsreedereien gegründet, an der Börse gespielt und Eisenbahnen und Tunnels gebaut haben und dergleichen mehr.

Ja, er wäre selbst ein großer Geschäftsmann geworden. Ich kannte ihn. Er war der energischste Mann, den ich je getroffen habe, er dachte so schnell wie der Blitz, so kalt wie ein Eiszapfen und so wild wie ein Tiger. Aber er war so erfüllt vom Zeitgeist, daß er fast platzte, er war lauter Feuer und Flamme und konnte nirgends bleiben. Dein Vater bekam im richtigen Augenblick keine Gicht – das ist alles.«

Saxon seufzte, lächelte dann aber wieder.

»Aber deshalb habe ich doch etwas, das die andern nicht haben«, sagte sie. »Sie können keine Boxer heiraten, und das habe ich getan.«

Tom sah sie an, als wüßte er nicht recht, was er glauben sollte, dann aber begann sein Gesicht vor Bewunderung zu leuchten.

»Ja, ich will dir nur eines sagen«, erklärte er mit großer Feierlichkeit, »nämlich, daß Billy Glück hat, und daß er selber gar nicht weiß, wieviel.«

Erst als Doktor Hentley es erlaubte, wurde der Gipsverband von Billys Armen genommen, und Saxon drang darauf, daß sie noch vierzehn Tage warten sollten, um ganz sicher zu gehen. Mit den vierzehn Tagen wurden es zwei Monate Miete, und der Wirt hatte versprochen, sich zu gedulden, bis Billy wieder zu Geld kam.

Salingers warteten bis zu dem mit Saxon vereinbarten Tag mit dem Abholen der Möbel, und dann zahlten sie Billy noch fünfundsiebzig Dollar zurück. »Den Rest betrachten wir als Miete«, sagte der Einkassierer zu Saxon, »und die Möbel sind jetzt ja auch gebraucht. Es ist ein Verlust für Salingers, und sie brauchten es eigentlich nicht zu tun – das wissen Sie wohl. Aber denken Sie daran, daß wir kulant gegen Sie gewesen sind, und gehen Sie nicht an unserer Tür vorbei, wenn Sie sich wieder einrichten.«

Mit diesem Geld und mit dem, welches Saxon für ihre feinen Dinge erzielte, konnten sie all ihre kleinen Rechnungen bezahlen und hatten sogar noch ein paar Dollar übrig.

»Ich hasse es, Geld zu schulden – ich hasse es wie die Pest«, sagte Billy zu Saxon. »Und jetzt sind wir doch keinem Menschen etwas schuldig – außer dem Wirt und Doktor Hentley.«

»Und keiner von ihnen soll länger warten als durchaus notwendig«, sagte sie.

»Das sollen sie auch nicht«, antwortete Billy ruhig.

Saxon lächelte beifällig, denn sie teilte Billys Schrecken vor Schulden, und in dieser Beziehung hatten sie beide dieselbe strenge Moral wie die ersten Pioniere, die sich im Westen niedergelassen hatten.

Als Billy einmal ausgegangen war, benutzte Saxon die Gelegenheit, die Kommode, die mit dem Segelschiff über den Atlantischen Ozean und mit Ochsenkarren über die Prärie befördert worden war, zu packen. Sie betrachtete noch einmal den Holzschnitt von den Wikingern, die mit dem Schwert in der Hand auf den englischen Strand sprangen. Und wieder glaubte sie, in einem der Wikinger Billy zu sehen, und eine Weile saß sie da und dachte, wie wunderbar weit die Saat verstreut war, von der sie stammte. Sie dachte an die Erzählung ihrer Mutter, wie das verheißene Land vor ihren Augen erschien, als ihre mitgenommenen Karren und müden Ochsen über die Sierra mit dem frühen Winterschnee in das prächtige Sonnenland Kalifornien mit all seinen Blumen kamen. Sie sah in Gedanken von den schneebedeckten Höhen herab, wie ihre Mutter als neunjähriges Mädchen von ihnen hinabgesehen haben mußte.

Dann seufzte sie glücklich und wischte sich die Augen. Vielleicht waren die schweren Zeiten jetzt überstanden. Vielleicht war es ihre »Prärie« gewesen, und vielleicht waren sie und Billy jetzt gut hinübergekommen und kletterten in eben diesem Augenblick über die Sierra, von wo sie in den herrlichen Talstrich gelangten.

Neugierige Nachbarn guckten hinter den Gardinen, als Billy und Saxon die Straße hinabschritten, und die Kinder gafften ihnen überrascht nach. Billy trug ihr Bettzeug in einem bemalten Segeltuchüberzug auf dem Rücken. In diesem Packen hatte er auch ihre reine Wäsche und verschiedene andere notwendige Dinge. Obendrauf waren eine Bratpfanne und eine Kasserolle gebunden. In der Hand trug er die Kaffeekanne. Saxon hatte in der einen Hand einen Rucksack und auf dem Rücken die Ukulélé im Futteral.

»Wir müssen gefährlich aussehen«, brummte Billy, der zusammenfuhr, sooft ihn jemand ansah.

»Wenn wir nur eine große Fußwanderung machten, wäre nicht das geringste Lächerliche dabei«, tröstete Saxon ihn.

»Aber wir machen ja keine.«

»Sie wissen es jedenfalls nicht«, fuhr sie fort. »Nur du weißt es, und was du glaubst, daß sie denken, das denken sie gar nicht. Sie denken vermutlich, daß wir eine Fußwanderung machen. Und das beste ist, daß es ja auch stimmt. Wir tun es! Wir tun es!« Das erheiterte Billy ein Weilchen, wenn er auch etwas murmelte, daß er jedem, der unverschämt gegen sie zu sein wagte, den Kopf zerschlagen würde. Dann warf er einen Blick auf Saxon. Ihre Wangen waren rot, und ihre Augen leuchteten.

»Weißt du«, sagte er plötzlich, »ich habe einmal eine Oper gehört, in der die Burschen mit Gitarren auf dem Rücken durch das ganze Land wanderten – genau so gehst du mit deinem Klimperding. Sie sangen die ganze Zeit im Gehen.«

Dazu hab ich sie auch mitgenommen«, antwortete Saxon. »Und wenn wir auf der Landstraße sind, will ich singen, und auch beim Lagerfeuer wollen wir singen. Wir machen eine Fußwanderung – das ist alles. Wir haben uns Ferien genommen und wollen uns umsehen Warum sollten wir es uns nicht gut sein lassen? Wir wissen ja nicht einmal, wo wir heute nacht und im übrigen auch alle andern Nächte schlafen sollen. Ist das nicht lustig?«

»Ja, es ist wirklich sehr komisch«, sagte Billy nachdenklich. »Aber ich möchte dir doch vorschlagen, daß wir durch die Nebenstraßen gehen. An der nächsten Ecke stehen ein paar Burschen, die ich kenne, und ich möchte ihnen nicht gern die Köpfe zerschlagen.«

Saxon und Billy waren mehrere Wochen auf ihrer Wanderung nach dem Süden unterwegs, und dann kamen sie nach Carmel zurück. Sie hatten bei dem Dichter Hafler im Marmorhaus gewohnt, das er mit eigenen Händen errichtet hatte. Das ganze merkwürdige Gebäude bestand aus einem einzigen Zimmer, das fast ausschließlich aus weißem Marmor gebaut war. Hafler kochte sich sein Essen, wie am Lagerfeuer, auf dem mächtigen Marmorkamin, der ihm überhaupt als Küche diente. Es gab eine Reihe von Bücherregalen, und das massive Mobiliar hatte er aus Rotholz verfertigt, ebenso die Deckenbalken. Durch eine in einer Ecke aufgespannte Decke wurde Saxon ein kleiner Raum abgeteilt. Der Dichter war im Begriff, nach San Franzisko und New York zu reisen, aber er blieb noch einen Tag länger zu Hause, um ihnen das Land ein wenig zu zeigen und mit Billy einen Ausflug rings um die Staatsländereien zu machen. Saxon wäre gern mitgegangen, aber Hafler hatte sie etwas überlegen beiseite gewinkt und gesagt, daß ihre Beine zu kurz seien. Als die Männer abends zurückkamen, war Billy vollkommen erschöpft, er erklärte ehrlich, daß Hafler ihn beinahe totgelaufen hätte, und daß ihm nach der ersten Meile schon die Zunge zum Hals herausgehangen hätte. Hafler veranschlagte ihren Ausflug auf ungefähr fünfundfünfzig Meilen.

»Aber was für Meilen!« hatte Billy gerufen. »Den halben Weg ging es auf und ab, und fast die ganze Zeit war es ungebahnter Weg. Und was für ein Tempo! Er hatte wahrhaftig recht, als er von deinen kurzen Beinen sprach, Saxon. Du hättest es nicht fertigbringen können – nicht einmal die erste Meile. Und welch Land! So etwas haben wir noch nie gesehen.«

Hafler verließ sie am nächsten Tage, um den Zug in Monterey zu erreichen. Er erlaubte ihnen im Marmorhaus zu wohnen und sagte, sie könnten den ganzen Winter bleiben, wenn sie wollten. Billy ruhte sich an diesem Tage aus. Alle Glieder waren steif und schmerzten ihn. Außerdem war er vollkommen gelähmt von der Leistung des Dichters.

»Alle Menschen können irgend etwas – in ganz großem Stil – hier im Lande«, sagte er bewundernd. »Sieh dir Hafler an! Er ist größer als ich und schwerer – und das Gewicht ist etwas Schlimmes für einen Fußgänger. Aber für ihn hat das keine Geltung. Er ist einmal siebzig Meilen in vierundzwanzig Stunden gegangen, erzählte er mir, und einmal hundertundsiebzig Meilen in drei Tagen. Er machte mich direkt lächerlich, und ich war verlegen wie ein kleines Kind.«

»Vergiß nicht, Billy«, sagte Saxon beruhigend, »daß jeder seine Spezialität hat. Und hier bist du der große Stil – auf deinem Gebiet. Nicht einer von ihnen kann mit einem Paar Boxhandschuhen umgehen wie du.«

»Das stimmt vielleicht«, gab er zu. »Aber deshalb ist es doch nicht schön, in Grund und Boden gelaufen zu werden – von einem Dichter, denk dir – von einem Dichter!«

Viele Tage verbrachten sie damit, den Boden zu untersuchen, und zuletzt beschlossen sie widerstrebend, den Plan, ihn zu pachten, aufzugeben. Die Riesentannen-Canyons und die großen Felsen bei den Santa-Lucia-Bergen bezauberten Saxon; aber sie dachte daran, was Hafler ihr von den Sommernebeln erzählt hatte, die zuweilen die Sonne eine oder zwei Wochen hintereinander versteckten und monatelang andauern konnten. Dazu war auch kein Markt in der Nähe. Es waren viele Meilen bis zu dem Ort, wo der nächste Fahrweg begann, und von dort an Sur vorbei bis nach Carmel war der Weg schmal und beschwerlich. Billy, der sich gut auf Fahrwege verstand, gab zu, daß er alles eher als gut war, wenn es auf schwere Fuhren ankam. Auf Haflers Boden befand sich der

Marmorbruch. Er hatte gesagt, er würde ein Vermögen wert sein, wenn er in der Nähe einer Eisenbahn läge, aber wie die Verhältnisse wären, könnten sie ihn umsonst bekommen, wenn sie sich etwas daraus machten.

Billy sah im Geist die mit Gras bewachsenen Hänge als Weiden für seine Pferde und sein Vieh, und es erschien ihm schwer, seinen Plan aufzugeben, aber er hörte Saxons Gründe für einen richtigen Bauernhof, wie der, den sie im Kino in Oakland gesehen hatten. Ja, gab er zu, was sie haben müßten, sei ein richtiger, gewöhnlicher Bauernhof und einen solchen richtigen, gewöhnlichen Bauernhof sollten sie auch schon kriegen, und wenn sie vierzig Jahre herumlaufen müßten, um ihn zu finden.

»Aber es müssen Riesentannen darauf stehen«, bedang Saxon sich schnell aus. »In die Bäume bin ich ganz verliebt. Aber wir können ohne Nebel fertig werden. Und es müssen gute Fahrwege und nicht allzu fern muß eine Eisenbahn sein.«

Zwei Wochen lang waren sie durch schwere Regenschauer an das Marmorhaus gefesselt. Saxon machte Streifzüge durch Haflers Bücher, wenn auch die meisten hoffnungslos über ihrem Horizont lagen, und Billy ging mit Haflers Büchsen auf die Jagd. Aber er war ein schlechter Schütze und ein noch schlechterer Jäger. Das einzige, womit er Glück hatte, waren die Kaninchen, die zu töten ihm hin und wieder glückte, wenn sie still saßen. Mit der Büchse konnte er nichts bekommen, obwohl er auf ein Dutzend verschiedene Tiere schoß und einmal auch auf ein mächtiges Geschöpf aus dem Katzengeschlecht mit einem langen Schwanz, das seiner Ansicht nach ein Berglöwe war. Obwohl er aber beständig über sich murrte, konnte Saxon doch gut sehen, welche Freude ihm dieses ganze Leben machte. Dieses späte Erwachen des Jägerinstinkts machte ihn beinahe zu einem andern Menschen. Er war früh und spät draußen, unternahm mächtige Klettertouren und Spaziergänge, und einmal kam er ganz bis zu den Goldminen, von denen Tom gesprochen hatte, und blieb zwei Tage lang fort. »Rede mir nicht davon, sich in der Stadt abzurackern, ins Kino und Sonntags in den Park zu gehen — wenn man sich richtig freuen will«, konnte er manchmal ausrufen: »Ich begreife nicht, daß ich mir je das Hundeleben habe gefallen lassen. So ein Ort wie hier – hier hätte ich mein ganzes Leben verbringen sollen.« Die neue Lebensweise erfüllte ihn ganz und rief ihm beständig die alten Jagdgeschichten seines Vaters ins Gedächtnis zurück, die er Saxon erzählte.

»Weißt du, jetzt werden mir die Glieder nicht mehr steif, wenn ich einen ganzen Tag lang trabe«, sagte er triumphierend. »Jetzt bin ich es gewohnt. Und eines Tages, wenn ich diesen Hafler treffe, werde ich ihn zu einem Spaziergang herausfordern, daß ihm die Luft ausgeht.«

»Du dummer Junge, immer willst du allen andern die Luft wegnehmen – auf ihrem eigenen Gebiet«, sagte Saxon mit heiterem Lachen.

»Ja, und das ist sehr richtig«, brummte er. »Hafler wird immer ein besserer Fußgänger bleiben als ich. So ist er nun einmal. Wenn ich ihn aber je wiedersehe, werde ich ihn doch zu einem kleinen Boxkampf herausfordern – wenn ich auch nicht so gemein sein werde, ihn so schlimm zu mißhandeln, wie er mich mißhandelt hat.«

Auf dem Rückwege nach Carmel zeigte der Zustand der Wege ihnen hinreichend, daß sie klug getan hatten, den Plan mit dem Staatsboden aufzugeben. Sie kamen an einem Bauernwagen vorbei, der umgestürzt war, an einem andern Wagen, dessen Achse gebrochen war, und an der Post, die hundert Meter weiter abwärts mit Passagieren, Pferden und allem auf dem Hange lag.

»Ich glaube schon, daß sie im Winter den Weg nicht versuchen«, sagte Billy. »Das ist der reine Menschen- und Tiermörder, und ich möchte wissen, wie sie den Marmor hier transportieren wollen.«

Das Bleiben in Carmel wurde ihnen leicht gemacht. Hall ließ Billy auf dem Kartoffelfeld arbeiten – ein Feld von sechzig Morgen, das der Dichter zur großen Freude der ganzen Gesellschaft gelegentlich bebaute. Er legte Kartoffeln, wann es ihm einfiel; unter den andern war allgemein die Meinung verbreitet, daß das, was nicht verfaulte, zu gleichen Teilen zwischen Wühlmäusen und verirrten Kühen geteilt wurde. Sie liehen vom Nachbar einen Pflug und mieteten ein paar Pferde, und dann machte Billy sich an die Arbeit. Er zäunte das Feld auch ein, und nachher mußte er das Schindeldach der Villa anstreichen. Hall kam auf den First geklettert, um Billy daran zu erinnern, daß er sich nicht an seinem Brennholzstapel vergreifen dürfte. Eines Morgens kam er und sah Billy zu, der Brennholz für Saxon hackte. Der Dichter beobachtete ihn mit gierigen Blicken, zuletzt aber konnte er sich nicht länger halten.

»Sie haben offenbar keine Ahnung, wie man eine Axt gebraucht«, spottete er. »Kommen Sie, ich will es Ihnen zeigen.«

Er arbeitete getrost eine ganze Stunde und lieferte während der Arbeit eine lange Erklärung über die Kunst des Holzhackens.

»Sagen Sie«, wandte Billy ein, »darf ich jetzt einen Armvoll von Ihrem Brennholz hacken – damit ich nichts schuldig zu bleiben brauche?«

Hall übergab ihm widerstrebend die Axt.

»Ich rate Ihnen nur, sich von meinem Brennholzstapel wegzuhalten, das ist alles, was ich Ihnen sage«, drohte er. »Mein Brennholzstapel ist mein Schloß, das sage ich Ihnen.«

In materieller Beziehung war alles außerordentlich befriedigend. Saxon und Billy sparten viel Geld. Sie bezahlten keine Miete, ihre einfache Lebensart kostete nicht viel, und Billy hatte soviel Arbeit, wie er wollte. Die verschiedenen Mitglieder der Kolonie schienen sich einfach verschworen zu haben, ihn in Bewegung zu halten. Es war alles Gelegenheitsarbeit, aber ihm gefiel es, denn es setzte ihn instand, seine Zeit nach der Jim Hazards einzurichten. Jeden Tag boxten sie und schwammen lange durch die Brandung. Wenn Hazard mit seiner Morgenarbeit fertig war, stieß er ein Geheul aus, das in den Kiefern widerhallte, und Billy warf die Arbeit weg, die er gerade in den Händen hatte. Nach dem Schwimmen nahmen sie zu Hause bei Hazard ein Sturzbad, rieben sich tüchtig ab und waren zum Mittagessen bereit. Am Nachmittag kehrte Hazard an seinen Schreibtisch und Billy an seine Arbeit im Freien zurück, aber oft trafen sie sich später noch einmal zu einem raschen kleinen Lauf über die Hügel. Für beide war Training eine reine Gewohnheit. Als Hazard sein Fußballspiel aufgab, was er vor sieben Jahren getan, hatte ihn das Bewußtsein des traurigen Todes – der des Athleten mit den schweren Muskeln wartet, wenn er plötzlich aufhört zu trainieren – gezwungen, in Übung zu bleiben. Das war nicht nur eine Notwendigkeit, er hatte Gefallen daran gefunden. Billy gefiel es auch, denn er war stolz auf seinen gesunden, starken Körper.

Oft wanderte er in früher Morgenstunde mit der Büchse in der Hand hinaus, in Gesellschaft Mark Halls, der ihn Schießen und Jagen lehrte. Hall war seit den Tagen, da er noch in kurzen Hosen ging, mit der Büchse umgegangen, und seine scharfe Beobachtungsgabe und Kenntnis von den Gewohnheiten der wilden Tiere war Billy eine Offenbarung. Dieser Teil des Landes war zu bewohnt, als daß sie Großwild hier gefunden hätten, aber Billy versorgte Saxon beständig mit Eichhörnchen und Wachteln, Schnepfen und Wildenten. Und sie lernten auch, Wildenten und Kanevasenten, auf die alte kalifornische Art in 16 Minuten in einem sehr warmen Ofen gebraten, zu essen. Als er allmählich Übung im Gebrauch von Büchse und Flinte bekam, begannen ihn die Hirsche und der Berglöwe, der ihm hinter Sur entgangen war, zu ärgern; und zu den Bedingungen, die er an den Hof knüpfte, den er und Saxon suchten, fügte er jetzt die, daß es dort eine Menge Wild geben müßte.

Aber es war nicht alles Spiel in Carmel. Der Teil der Kolonie, mit dem Saxon und Billy in Berührung kam, arbeitete recht schwer. Einige arbeiteten regelmäßig morgens oder spät abends. Andere arbeiteten stoßweise, wie der verrückte irische Dramatiker, der sich eine ganze Woche hintereinander einschließen konnte, um dann blaß und mitgenommen wieder aufzutauchen und sich ebenso wütend zu amüsieren, bis er sich wieder in seine Einsamkeit zurückzog. Der blasse, jugendliche Familienvater, der ein Gesicht wie Shelley hatte, Lustspiele schrieb, weil er leben mußte, und Versdramen und Sonnettenzyklen zur Verzweiflung von Theaterdirektoren und Verlegern verfaßte, versteckte sich in einer Betonzelle mit

Wänden, die drei Fuß dick waren, und einem Wasserrohrsystem, das so eingerichtet war, daß er durch Dreien eines Hebels jedem Eindringling ein Sturzbad bescheren konnte. Aber im großen ganzen respektierte einer die Arbeitszeit des andern. Sie besuchten einander, wann es sie dazu zog, fanden sie aber einen Mann in seine Arbeit vertieft, so gingen sie wieder. Das galt von allen mit Ausnahme Mark Halls, der nicht zu arbeiten brauchte, um zu leben, und der in die Bäume kletterte, um seinem großen Freundeskreis zu entgehen und in Frieden arbeiten zu dürfen.

Die ganze kleine Gesellschaft war vollkommen einzigartig in bezug auf den gesunden solidarischen Geist, der unter den einzelnen Mitgliedern herrschte, und sie pflogen sehr wenig Verkehr mit dem gesetzteren und korrekteren Teil von den Bewohnern Carmels. Diese Clique bildete eine Künstler- und Schriftstelleraristokratie, und die andern lachten über sie und nannten sie Snobs. Dafür wieder sahen die Snobs Mark Hall und seine Freunde wegen ihrer lärmenden Bohèmemanieren scheel an. Ihre Boykottierung erstreckte sich auch auf Billy und Saxon. Billy machte gemeinsame Sache mit dem Clan, suchte keine Arbeit im andern Lager, und sie wurde ihm auch nicht angeboten.

Hall hielt offenes Haus. Die große Wohnstube mit dem mächtigen Kamin, die Diwane, Regale und die vielen Tische mit Büchern und Zeitschriften waren der Mittelpunkt für das ganze Leben in der Kolonie. Saxon und Billy waren ebenso willkommen wie alle andern, und sie merkten, daß sie sich in Wirklichkeit hier ebenso zu Hause fühlten wie die übrige Gesellschaft. Wenn nicht heftige Diskussionen über alle möglichen Themen unter der Sonne geführt wurden, spielten sie allerhand Spiele, an denen Billy sich beteiligte. Saxon, die unter den jungen Frauen sehr beliebt war, nähte mit ihnen, unterwies sie in der Anfertigung hübscher Dinge und lernte dafür manches andere von ihnen.

Sie waren noch keine Woche in Carmel, als Billy eines Tages fast verschämt zu Saxon sagte:

»Du weißt gar nicht, wie ich all deine hübschen Dinge entbehre. Warum kannst du nicht an Tom schreiben und sie dir schicken lassen? Wenn wir weiterwandern, können wir sie ja immer zurückschicken.«

Saxon schrieb den Brief, und den ganzen Tag klang ein Jubellied in ihrem Herzen. Ihr Mann war immer noch ihr Anbeter, und in seinen Augen war wieder das alte Spiel des Lichts, das in der unheimlichen Zeit des Streikes verlöscht war.

»Sie haben sehr hübsche Wäsche hier, aber du schlägst sie alle – soweit ich mich darauf verstehe«, sagte er zu ihr. Und bei einer andern Gelegenheit rief er: »Ach, ich liebe dich bis in den Tod, wie es auch gehen mag. Wenn aber die Sachen nicht bald geschickt werden, dann gibt es einen toten Mann in der Gegend!«

Hall und seine Frau hatten jeder ein Reitpferd, das bei einem Fuhrmann in Pflege gegeben war, der Wagen vermietete, und dieser Stall übte natürlich eine große Anziehungskraft auf Billy aus. Dem Fuhrmann gehörte auch die Kutsche, die die Post von Carmel nach Monterey beförderte, und ferner vermietete er Wagen und große Fuhrwerke für Gebirgstouren mit Platz für neun Personen. Zu jedem Wagen stellte er einen Kutscher, und da man gewöhnlich vier Kutscher brauchte, wurde oft nach Billy geschickt, der auf diese Weise Ersatzmann im Stall wurde. Bei solchen Gelegenheiten erhielt er drei Dollar den Tag, und er fuhr viele Gesellschaften den siebzehn Meilen langen Weg durch das Carmeltal und die Küste entlang nach den verschiedenen Aussichtspunkten und Strandplätzen.

»Aber es ist fast alles ein großschnauziges Pack«, sagte er zu Saxon über die Leute, die er fuhr. »Es heißt immer Herr Roberts hier und Herr Roberts da – und ich werde nicht vergessen, daß sie sich für besser halten als mich. Ich bin zwar nicht ihr Diener, aber ich bin ihnen doch nicht gut genug. Ich bin ihr Kutscher – ein Mittelding zwischen Tagelöhner und Chauffeur! Wenn sie essen, geben sie mir mein Frühstück für mich – oder hinterher. Keine Freundschaft wie bei Hall und seiner Gesellschaft. Und die Leute heute – die gaben mir überhaupt kein Frühstück. In Zukunft mußt du mir immer mein eigenes Frühstück mitgeben. Ich will ihnen nichts schulden, den verdammten Idioten. Und du wärest vor Lachen gestorben, wenn du gesehen hättest, wie einer von ihnen mir ein Trinkgeld geben wollte. Ich sagte nichts. Ich blickte ihn nur an, als hätte ich ihn noch nie gesehen, und dann wandte ich mich wie zufällig ab, und er war verlegen wie der Teufel.«

Aber das Fahren machte Billy doch Spaß, namentlich wenn er nicht vier schwere Arbeitspferde, sondern vier rassige, feurige Tiere zügelte und, den Fuß auf der kräftig wirkenden Bremse, um Kurven bog oder an steilen Felshängen vorbeifuhr, während die weiblichen Passagiere laut vor Schreck schrien. Und wenn man einen Mann brauchte, der sich auf Pferde verstand und kranke oder zu Schaden gekommene Pferde zu behandeln wußte, dann machte selbst der Besitzer des Stalles Billy Platz.

»Ich könnte jeden Tag eine feste Anstellung bekommen«, prahlte er vor Saxon. »Ich sage dir, das ganze Land wimmelt von Chancen, wenn man nur einigermaßen tüchtig ist. Ich möchte wetten, wenn ich in diesem Augenblick dem Alten sagte, daß ich eine feste Stellung für sechzig Dollar bei ihm annehmen wollte, so würde er mit beiden Händen zugreifen. Er hat es mir auch vorgeschlagen. – Und sag mal, bist du dir eigentlich klar darüber, daß Unterzeichneter jetzt ein neues Handwerk gelernt hat? Nun, er weiß es jedenfalls. Er kann eine Kutsche fahren oben bei den Seen – und mit sechs Pferden. Wenn wir je dort hinkommen, werde ich mich mit einem Kutscher befreunden – nur um einmal versuchen zu dürfen, mit sechs Pferden zu fahren. Und du sollst neben mir auf dem Bock sitzen. Das soll flutschen! Ach, das soll flutschen!«

Billy interessierte sich nur wenig für die vielen Gespräche, die in Halls großer Wohnstube geführt wurden. Für ihn war es nur eine Vergeudung der kostbaren Zeit, die zum Kartenspielen oder zum Schwimmen oder Ringen im Sand gebraucht werden konnte. Saxon dagegen war entzückt von diesen Aussprachen, wenn sie auch nicht viel davon verstand, sondern ihnen mehr gefühlsmäßig folgte und nur hin und wieder blitzhaft erfaßte, um was es sich handelte. Was sie jedoch nie verstand, war der Pessimismus, der so oft auftauchte. Der verrückte irische Dramatiker war zeitweise schrecklich niedergeschlagen. Shelley, der Lustspiele in einer Zementzelle schrieb, war ein chronischer Pessimist. St. John, ein junger Schriftsteller, der für Magazine schrieb, war Anarchist und eifriger Nitzscheaner. Masson, ein Maler, hatte sich die Theorie gebildet, daß es immer wieder dasselbe war, was geschah, und diese Theorie wirkte lähmend. Und Freund Hall, der meistens heiter war, konnte schlimmer als jeder andere sein, wenn er anfing, von dem kosmischen Pathos der Religion und ihrem Anthropomorphismus, der nicht sterben wollte, zu reden. Bei solchen Gelegenheiten wurde Saxon ganz schwermütig, wenn sie den betrübten Kindern der Kunst zuhörte. Es war unfaßbar, daß gerade sie das Leben so hoffnungslos sehen sollten.

Eines Abends wandte Hall sich plötzlich zu Billy, der nur eine unklare Vorstellung von dem, was sie sagten, besaß und nichts anderes verstanden hatte, als daß das ganze Leben ihnen als etwas Verfluchtes und Sinnloses erschien.

»Sagen Sie mal, Sie Heide, Sie unerschütterlicher erdgebundener Ochse, Sie Monstrum von überströmender und ewiger Gesundheit und Lebensfreude, was meinen Sie dazu?« fragte er.

»Ach, ich habe wohl auch meine Sorgen gehabt«, antwortete Billy in seiner gewöhnlichen, bedachten Art. »Ich habe Not gelitten, und ich habe einen Streik mitgemacht, der zu nichts führte, und ich habe meine Uhr versetzt und konnte doch nicht die Miete bezahlen und Essen kaufen, und ich habe Streikbrecher verprügelt und bin selbst verprügelt worden, und ich habe im Gefängnis gesessen, weil ich mich wie ein Idiot benommen habe. Wenn ich Sie recht verstehe, so ist es besser, ein feines Schwein zu sein, das gemästet und auf dem Markt verkauft wird, und sich über nichts zu ärgern hat, als ein Bursche, der Leibschmerzen hat, weil er nicht in seinen Kopf hineinkriegen kann, wie die Welt gemacht ist, und immer darüber nachdenken muß, welchen Zweck alles hat.«

»Das ist gut – Prämienschwein!« lachte der Dichter. »Der geringste Reibungswiderstand, die geringste Anstrengung –

das ist der ideelle Zustand, eine Qualle, die im ruhigen, lauen, halbdunklen Meere treibt.«

»Aber ihr bekommt ja gar nicht all die guten Dinge mit«, wandte Billy ein.

»Nennen Sie sie«, sagte der andere herausfordernd.

Billy saß einen Augenblick schweigend da. Ihm war, als sei das Leben etwas Großes, Freigebiges. Er hatte das Gefühl, daß die Arme förmlich schmerzten, weil er nicht alles fassen konnte, und er begann zögernd und mit vielen Pausen, seine Gefühle in Worten auszudrücken.

»Wenn Sie je einen Boxkampf mitgemacht und mit einem Mann, der ebenso gut war wie Sie selber, gekämpft und zwanzig Runden lang gestanden haben, dann werden Sie verstehen, was ich meine. Jim Hazard und ich kennen das, wenn wir durch die Brandung schwimmen und den größten Wellen, die je gegen den Strand schlugen, ins Gesicht lachen, und wenn wir warm und angekleidet, mit Haut und Muskeln wie Seide und Körpern und Hirnen wie lauter knisternde Seide, aus dem Sturzbad kommen.«

Er hielt inne, weil er vollkommen außerstande war, die Gedanken auszudrücken, die bestenfalls doch nur verschwommen waren und in Wirklichkeit eher wie wieder zurückgerufene Eindrücke waren.

»Seide im Körper – verstehen Sie das?« schloß er still, denn er fühlte, daß er nicht gesagt hatte, was er sagen wollte, und der große Zuhörerkreis machte ihn verlegen.

»Das wissen wir alles«, antwortete Hall. »Lügen des Fleisches. Hinterher kommen Gicht und Zuckerkrankheit. Der Wein des Lebens ist berauschend, aber er verwandelt sich nur zu bald in –«

»Harnsäure!« warf der verrückte irische Dramatiker ein.

»Es gibt massenhaft andere gute Dinge in der Welt«, fiel Billy ihnen mit plötzlichem Eifer und Zungenfertigkeit ins Wort. »Gute Dinge durch und durch, von leckerem, saftigem Ochsenfleisch bis zu solchem Kaffee, wie Frau Hall ihn kocht, bis –«, er zögerte ein wenig, ehe er fortfuhr, dann aber faßte er Mut, »bis zu einer Frau, die man lieben kann, und die einen liebt. Sehen Sie Saxon, die hier mit der Ukulélé auf dem

Schoß dasitzt. Da ist es für mich aus mit der Qualle im Aufwaschwasser und dem Prämienschwein.«

Die jungen Frauen brachen in laute Beifallsrufe aus und
klatschten in die Hände, und man sah Billy an, daß er sich
furchtbar genierte.

»Aber gesetzt, die Seide ginge aus Ihrem Körper heraus,
daß Sie wie ein rostiger Bohrer knirschten?« fuhr Hall fort.
»Gesetzt, ich sage nur gesetzt, Saxon ginge mit einem anderen
Manne durch? Was dann?« Billy bedachte sich einen Augenblick.

»Ja, dann würde es mir sicher ebenso ergehen wie dem
Aufwaschwasser und der Qualle.« Er richtete sich auf und
drückte unbewußt die Schultern zurück, als ließe er die Hand
über die Muskeln des Oberarms gleiten und spürte ihr
Schwellen. Dann sah er wieder auf Saxon. »Aber Gott sei
Dank, daß ich immer noch Kraft genug in meinen Armen zu
einer tüchtigen Ohrfeige und eine liebe kleine Frau habe, um
die sich die Arme schließen können.«

Wieder gaben die jungen Frauen laut ihren Beifall kund,
und Frau Hall rief:

»Seht Saxon! Wie sie errötet, was haben Sie dazu zu sagen?«

»Daß keine Frau glücklicher sein könnte«, stammelte sie,
»und keine Königin stolzer. Und dann —« Sie beendete den
Gedanken, indem sie in die Saiten der Ukulélé griff, und sang:

    »Wenn Gott mal einen Fehler begeht,
    Macht er gute Miene dazu.«

»Ich gebe mich besiegt«, sagte Hall lachend zu Billy.

»Ach, das weiß ich nicht«, sagte Billy bescheiden. »Sie haben so viel gelesen, daß Sie natürlich viel mehr wissen als ich.«

»Nein, nein, Verräter, wollen Sie das zurücknehmen«, riefen die jungen Frauen.

Billy faßte Mut und antwortete langsam und mit einem
beruhigenden Lächeln:

»Aber deshalb bleibe ich doch lieber der alte, als daß ich
mir an all den Büchern den Magen verderbe. Und was Saxon
betrifft, so ist mir ein einziger Kuß von ihren Lippen mehr
wert als alle Bibliotheken der Welt.«

Dort müssen Hügel und Täler sein und reiches Land und Wasserläufe mit klarem Wasser und gute Fahrwege und eine Eisenbahn nicht allzu weit weg, ein Land mit viel Sonnenschein, aber doch kalt genug, daß man nachts Decken braucht, und nicht nur Kiefern, sondern alle möglichen andern Bäume, mit freien Weiden, wo Billys Pferde und Vieh grasen können, und mit Rehen und Hasen, die man schießen kann, und mit vielen Riesentannen – und – nun ja, und kein Nebel«, schloß Saxon ihre Beschreibung des Hofes, den sie und Billy suchten.

Mark Hall lachte heiter.

»Und Nachtigallen in allen Bäumen«, rief er, »und Blumen, die weder welken noch vertrocknen, Bienen ohne Stachel, jeden Morgen Honigtau, Manna, der hin und wieder vom Himmel herab regnet, Jungbrunnen und ganze Steinbrüche vom Stein der Weisen – ja, ich kenne eben eine solche Stelle. Lassen Sie sie mich Ihnen zeigen.«

Sie wartete, während er eine Eisenbahnkarte der Vereinigten Staaten studierte. Als das nicht das geringste Ergebnis brachte, nahm er einen großen Atlas hervor, aber obwohl es eine Karte über alle Länder der Welt war, konnte er doch nicht finden, was er suchte.

»Nun, es ist ja auch einerlei«, sagte er. »Kommen Sie heute abend, dann kann ich es Ihnen vielleicht zeigen.« Abends führte er sie auf die Veranda zum Fernrohr, durch das sie den Vollmond betrachtete.

»Dort oben, in irgendeinem Tal, werden Sie den Hof finden können«, neckte er sie.

Frau Hall sah ihn fragend an, als sie wiederkamen.

»Ich habe ihr ein Tal im Mond gezeigt, wo sie denkt, Landwirtschaft betreiben zu können«, lachte er.

»Als wir aufbrachen, waren wir auf eine lange Wanderung vorbereitet«, sagte Saxon, »und wenn wir ganz bis zum Mond sollen, so können wir das wohl auch.«

»Aber liebe Kinder, Sie können sich doch unmöglich denken, ein solches Paradies auf Erden zu finden«, beharrte Hall. »Zum Beispiel gibt es keine Riesentannen ohne Nebel. Die beiden Dinge sind unzertrennlich. Riesentannen wachsen nur im Nebelgürtel.«

Saxon bedachte sich einen Augenblick.

»Nun ja, ein bißchen Nebel könnten wir uns ja noch gefallen lassen«, gab sie zu, »wir könnten uns alles, gefallen lassen, um nur Riesentannen zu bekommen. Ich weiß nicht, was der Steinbruch vom Stein der Weisen ist, aber wenn es so etwas ist wie der Marmorbruch Haflers, und wenn es eine Eisenbahn in der Nähe gibt, dann würde es schon gehen. Und man braucht nicht nach dem Mond zu reisen, um Honig zu finden. In Nevada streifen sie ihn von den Blättern der Büsche. Das weiß ich ganz bestimmt, denn mein Vater hat es selbst meiner Mutter erzählt, und die hat es mir wieder erzählt.«

Etwas später am Abend, nachdem sie sich fast ausschließlich über Landwirtschaft unterhalten hatten, entwickelte Hall ausführlich seine Ansicht über das »Paradies der Spieler«, wie er die Vereinigten Staaten nannte.

»Wenn man an die wunderbare Chance denkt«, sagte er. »Ein neues, vom Meere begrenztes Land, auf dem richtigen Breitengrad gelegen, mit dem reichsten Boden und den mächtigsten natürlichen Hilfsquellen der Welt, von Auswanderern bewohnt, die sich aus dem Trott der alten Welt herausgerissen und demokratische Prinzipien durchgesetzt haben. Es gibt nur eines in der Welt, das sie hindern könnte, die demokratische Verwaltung durchzuführen, mit der sie begonnen haben, und das ist ihre Gefräßigkeit.

Sie begannen alles zu verschlingen, was sie erblickten, wie eine Schweineherde, und während sie es verschlangen, ging die Demokratie zum Teufel. Ihre Gefräßigkeit wurde zur Spielerleidenschaft. Es ist eine Nation von Berufsspielern. Jedesmal, wenn ein Mann alles verloren hatte, was er besaß, brauchte er nur die Grenze ein paar Meilen westwärts zu stecken und zu versuchen, sich etwas Geld zu verschaffen. Sie bewegten sich über die Erde wie ein Heuschreckenschwarm. Vernichteten alles – Indianer, Boden, Wälder, ganz wie sie den Büffel und die Wandertaube vernichteten. Ihre Moral in Geschäft und Politik war Spielermoral. Ihre Gesetze waren Spielergesetze – es galt nur, richtig zu spielen. Alle Menschen spielten. Deshalb – es lebe das Spiel! Keiner erhob Einwände, weil alle spielen konnten, und wie gesagt, die Verlierenden verrückten nur die Grenze weiter nach Westen, um neues Geld zu gewinnen. Wer heute gewann und morgen verlor, konnte übermorgen vielleicht wieder alle Karten in der Hand haben.

Und so fraßen und spielten sie sich vom Atlantischen Ozean bis zum Stillen Ozean durch, bis sie ein ganzes großes Festland gefressen hatten. Wenn sie mit der Erde und den Wäldern und den Wiesen fertig waren, kehrten sie um, begannen von vorne und spielten um die Kleinigkeiten, die sie möglicherweise übersehen hatten, spielten um Stimmrecht und Monopole und gebrauchten die Politik, um ihre Winkelzüge in Geschäften und anderen Dingen zu decken. Und die Demokratie war zum Teufel gegangen.

Und jetzt kam die allerkomischste Zeit. Die Verlierenden konnten kein Geld mehr zum Spielen bekommen, und die Gewinnenden spielten miteinander weiter. Die Verlierenden standen, die Hände in den Taschen, ringsumher und sahen zu. Wenn sie hungrig wurden, nahmen sie den Hut in die Hand und bettelten die glücklichen Spieler um Arbeit an. Die Verlierenden begannen für die Gewinner zu arbeiten, und seitdem haben sie gearbeitet. Sie, Billy Roberts, haben nie in ihrem Leben mitgespielt, das kommt daher, daß Ihre Familie unter denen war, denen es schlecht ging.«

»Und Sie selber?« fragte Billy. »Ich habe noch nie gesehen, daß Sie gute Karten hatten.«

»Das ist auch nicht nötig. Ich zähle nicht mit. Ich bin ein Parasit.«

»Was ist das?«

»Ein Floh, eine Laus, alles, was etwas bekommt, ohne etwas dafür zu geben. Ich mäste mich an der räudigen Haut der Arbeiter. Ich brauche nicht zu spielen. Ich brauche nicht zu arbeiten. Mein Vater hat genügend gewonnen, daß ich es nicht zu tun brauche. – Ach, brüsten Sie sich deswegen nicht, Kamerad! Ihre Familie war genau so toll wie die meine. Aber Ihre Familie verlor, und deshalb pflügen Sie meinen Kartoffelacker.«

»Ich verstehe das nicht«, erklärte Billy eigensinnig. »Ein Mann, der einen guten Kopf hat, kann es in der Welt zu etwas bringen —«

»Auf Staatsboden?« fragte Hall schnell.

Billy verschluckte die Pille.

»Aber deshalb kann er es doch in der Welt zu etwas bringen«, wiederholte er.

»Selbstverständlich – er kann die Arbeit von andern gewinnen. Ein junger starker Bursche mit gutem Verstand wie Sie kann überall Arbeit gewinnen. Aber denken Sie daran, wie schwer es den Leuten gemacht wird, die verlieren. Wie viele von den Vagabunden, die Sie unterwegs getroffen haben, konnten mit vier Pferden für den Fuhrmann in Carmel fahren? Und einige waren in ihrer Jugend ebenso stark wie Sie. Alles in allem haben sie nichts, womit sie prahlen können. Wenn man um einen Kontinent gespielt hat, ist es ein mächtiger Rückgang, um Arbeit spielen zu müssen.«

»Aber immerhin —« begann Billy wieder.

»Ach, es steckt ihnen im Blut«, fiel Hall ihm überlegen ins Wort »und warum nicht? Alle hierzulande haben gespielt, viele Generationen hindurch. Es lag in der Luft, als sie geboren wurden. Sie haben es ihr ganzes Leben lang eingeatmet. Sie haben selber nie im Spiel gewonnen, aber sie schreien immer danach und ziehen den Hut davor.«

»Aber was sollen alle wir Verlierenden tun?« fragte Saxon.

»Nach der Polizei schicken und die Spielhölle schließen«, empfahl Hall. »Es ist kein ehrliches Spiel.«

Saxon runzelte die Stirn.

»Tut, was eure Vorfahren nicht taten«, fuhr er fort. »Führt die volle Demokratie ein.«

Saxon mußte an eine Bemerkung von Mercedes denken. »Eine meiner Freundinnen sagt, Demokratie sei ein Zauber.«

»Das ist sie – in einer heimlichen Spielhölle. Millionen Jungens in den Gemeindeschulen verschlingen die Geschichte von dem Holzhacker, der Präsident von Amerika wurde, und Millionen von würdigen Bürgern schlafen jede Nacht ruhig in dem Bewußtsein, daß sie bei der Verwaltung des Landes mitzureden haben.«

»Sie sprechen wie mein Bruder Tom«, sagte Saxon, die ihn nicht ganz verstand. »Wenn wir uns alle mit der Politik abgeben und schwer arbeiten, um etwas Besseres zu erreichen, dann können wir es vielleicht erreichen – in tausend Jahren oder so. Aber ich will es jetzt haben.« Sie preßte leidenschaftlich die Hände gegeneinander. »Ich kann nicht warten; ich will es jetzt haben.«

»Aber das ist es ja gerade, was ich Ihnen erzähle, mein Kind. Das ist das Unglück bei allen Verlierenden. Sie können nicht warten. Sie wollen es jetzt haben – ein Haufen Jetons, und dann wollen sie selbst mitspielen. Nun ja, aber dazu kommt es nicht. Und so ist es auch mit Ihnen, die Sie nach einem Tal im Monde jagen. Das ist es mit Billy, der vor Sehnsucht brennt, mir im Pedro zehn Cent abzugewinnen, und mich im stillen verflucht, weil ich Unsinn schwatze.«

»Na ja – Sie hätten eigentlich das Zeug zu einem guten Agitator«, bemerkte Billy.

»Und ich wäre auch ein guter Agitator geworden, wenn ich nicht zu viel damit zu tun gehabt hätte, den ungesetzlich erworbenen Mammon meines Vaters wieder durchzubringen. Es geht mich nichts an. Lassen Sie ihn verfaulen. Sie würden übrigens ebenso verrückt sein, wenn Sie oben auf dem Kuchen säßen. Es kommt alles aus einer Wurzel – blinde Fledermäuse, ausgehungerte Schweine und ekelhafte dreckige Dummköpfe –«

Aber jetzt legte Frau Hall sich ins Mittel:

»Hör jetzt auf, Mark, sonst bist du nachher nur schlechter Laune.«

Er schüttelte seine mächtige Mähne und lachte ein wenig angestrengt.

»Nein, das bin ich nicht«, sagte er. »Ich werde Billy schon zehn Cent im Pedro abgewinnen. Er hat nicht die geringste Aussicht.«

Saxon und Billy gediehen ausgezeichnet in der lustigen, ausgesprochen menschlichen Atmosphäre Carmels, und sie genossen vollauf das Gefühl, daß sie wirklich etwas galten. Saxon fühlte, daß sie mehr war als eine Wäschereiarbeiterin, die mit einem unter den Gesetzen der Gewerkschaft stehenden Kutscher verheiratet war. Sie war nicht mehr von dem engen Arbeiterklassenmilieu der Pine Street und der umliegenden Straßen bedrängt. Ihr Dasein war reicher geworden. Es ging ihnen körperlich, materiell und geistig besser; und all das spiegelte sich in ihren Zügen und in ihrer ganzen Haltung. Sie wußte, daß Billy nie besser ausgesehen und auch nie besser in Form gewesen war.

Er schwor, daß er einen Harem hätte, und daß sie seine zweite Frau wäre – doppelt so schön wie die erste, die er geheiratet hätte. Und sie erzählte ihm mit ehrbar niedergeschlagenen Augen, daß Frau Hall und einige andere von den verheirateten Frauen an dem Tage, als sie im Carmelfluß geschwommen waren, ihre Gestalt bewundert hätten. Sie hatten sich um sie gesammelt und sie eine Venus genannt, und sie hatten sie veranlaßt, sich zu beugen und verschiedene Stellungen einzunehmen.

Billy verstand sehr gut den Hinweis auf Venus, denn in Halls Wohnzimmer stand eine Marmorvenus mit abgebrochenen Armen, und der Dichter hatte ihm erzählt, daß die ganze Welt sie als das Ideal der weiblichen Gestalt anbetete.

»Ich habe immer gesagt, daß du bergehoch über Annette Kellermann ständest«, sagte Billy, und er sah so stolz und siegesbewußt aus, daß Saxon errötete und zitternd ihr brennendes Gesicht an seiner Brust barg.

Die Männer in der kleinen Kolonie äußerten oft ihre Bewunderung für Saxon, und immer auf die gleiche natürliche Art. Aber sie mißverstand es nicht und verlor nicht die Besinnung. Das war nicht zu fürchten, denn ihre Liebe zu Billy war stärker als je. Und sie machte sich auch keiner übertriebenen Bewunderung schuldig. Sie wußte, was er war, und ihre Liebe war nicht blind. Er hatte keine Büchergelehrsamkeit und wußte nichts von Kunst wie die anderen Männer. Seine Sprache war schlecht, das wußte sie gut, und sie wußte auch, daß sich das nie ändern würde. Und doch hätte sie ihn gegen keinen der andern eingetauscht, nicht einmal gegen Mark Hall mit dem großen Herzen, diesen Mann, den sie ungefähr ebenso liebte, wie sie seine Frau liebte.

Sie fand auch, daß Billy eine gewisse Gesundheit und einen Gerechtigkeitssinn, eine Redlichkeit hatte, die in eben seinem Wesen wurzelte, und die sie höher schätzte als Bücherweisheit und alle Bankkonten. Diese Gesundheit, dieser Gerechtigkeitssinn und diese Redlichkeit waren es, durch die er Hall an dem Abend, als der Dichter sich in seinem Pessimismus verlaufen wollte, in der Diskussion besiegt hatte. Billy hatte ihn geschlagen, nicht durch Gelehrsamkeit, sondern nur, indem er ganz er selber war und ehrlich die Wahrheit, die in ihm lebte, aussprach. Und das beste war – er wußte nicht einmal, daß er den andern geschlagen hatte, und hatte den ganzen Beifall als gutmütige Neckerei aufgefaßt. Aber Saxon wußte es, wenn sie auch kaum sagen konnte, woher, und sie vergaß nie, wie Shelleys Frau ihr hinterher mit leuchtenden Augen zugeflüstert hatte: »Ach Saxon, wie glücklich Sie sein müssen!«

Hätte Saxon versuchen sollen auszudrücken, was Billy für sie bedeutete, so würde sie es mit dem einen Wort »der Mann« gesagt haben. Das war er immer für sie. Die Bezeichnung »der Mann« stand immer in flammender Strahlenglorie vor ihr, wenn sie an Billy dachte. Zuweilen, wenn sie allein war, konnte sie die Freudentränen kaum unterdrücken bei der Erinnerung, wie er irgendeinen Burschen darauf aufmerksam machen konnte, daß er ihm zu nahe trat. »Du trittst mir auf den Fuß. Mach, daß du wegkommst!« Das war Billy. Das war ihr prächtiger Billy. Und dieser Billy war es, den sie liebte. Das wußte sie. Er liebte sie allerdings weniger wild, andererseits aber auch mit größerer Innigkeit und Reife. Es war die Liebe, die dauern sollte – wenn sie nur nicht in die Stadt zurückkehrten, wo all die feinen Regungen der Seele zugrunde gingen und das wilde Tier seine Zähne fletschte.

Anfang des Frühlings reisten Mark Hall und seine Frau nach New York. Die beiden japanischen Diener wurden entlassen, und Billy und Saxon zogen in das Haus, um es zu versorgen. Jim Hazard war auch wie alljährlich nach Paris gereist, und wenn Billy ihn auch sehr vermißte, so setzte er doch sein Schwimmen in der Brandung fort. Hall hatte seine beiden Reitpferde in seiner Obhut hinterlassen, und Saxon hatte sich ein sehr hübsches Reitkleid aus gelbbraunem Cord angefertigt, das gut zu ihrem Haar stand. Billy übernahm keine Gelegenheitsarbeit mehr. Als Kutscher verdiente er bei dem Fuhrmann viel mehr, als sie brauchten, und lieber als Geld verdienen wollte er Saxon reiten lehren, und so machte er Tagesausflüge mit ihr durch die Umgegend. Ihr Lieblingsritt ging die Küste entlang nach Monterey, wo er sie in dem großen Del Monte-Bassin schwimmen lehrte, und abends pflegten sie über die Hügel zurückzukehren. Sie begann ihn auch zu begleiten, wenn er frühmorgens auf die Jagd ging, und das Leben war für sie wie eine einzige lange Ferienreise.

»Ich will dir etwas sagen«, meinte er eines Tages, als sie ihre Pferde anhielten und in das Carmeltal hinabblickten. »Ich will nie mehr für einen Menschen ständig arbeiten – so lange ich lebe.«

»Arbeit ist nicht alles«, gab sie zu.

»Nein, das sollte ich meinen. Sag, Saxon, was würde es bedeuten, wenn ich als Kutscher in Oakland für eine Million Dollar täglich eine Million Jahre lang arbeitete und weiter dort wohnen und so leben sollte, wie wir damals lebten? Es war ja nichts als Arbeit von morgens bis abends, drei reguläre Mahlzeiten und Kino, wenn wir uns amüsieren wollten. Kino! Jetzt erleben wir selbst einen Film. Lieber ein Jahr, wie wir es hier in Carmel haben und dann sterben, als tausend Millionen Jahre wie das in der Pine Street.«

Saxon hatte Hall und seiner Frau geschrieben, daß sie und Billy, sobald der Sommer käme, weiterziehen und nach dem Mondtal suchen wollten. Glücklicherweise brachte das den Dichter nicht in Verlegenheit, denn Bideaux, der Eisenmann mit den Basiliskenaugen hatte seinen Traum, Geistlicher zu werden, aufgegeben und sich entschlossen, Schauspieler zu werden. Er verließ das katholische Seminar und kam rechtzeitig in Carmel an, um die Aufsicht über die Villa zu übernehmen. Zu Saxons großer Freude war die Gesellschaft ganz betrübt, als sie fortzogen. Der Fuhrmann in Carmel bot Billy einen besseren Posten zu neunzig Dollar monatlich an, und ein ähnliches Angebot erhielt er von einem andern großen Fuhrmann in der Nähe.

»Wo wollt ihr hin?« rief der verrückte irische Dramatiker ihnen zu, als er sie auf dem Bahnsteig in Monterey traf. Er war gerade von einer Reise nach New York zurückgekommen.

»Nach einem Tal auf dem Monde«, antwortete Saxon heiter.

Er betrachtete ihre wohlgeordneten Bündel.

»Weiß Gott!« rief er. »Ich tue es! Weiß Gott! Laßt mich mitkommen!« Dann aber glitt ein Schatten über sein Gesicht. »Aber ich habe ja den Kontrakt unterschrieben«, stöhnte er. »Drei Akte! – hört, ihr seid wirklich ein Paar glückliche Menschen, und obendrein noch zu dieser Jahreszeit!«

Vorigen Winter kamen wir zu Fuß in Monterey angetrabt, aber jetzt fahren wir«, sagte Billy, als der Zug den Bahnhof verließ und sie sich auf dem Sitz zurücklehnten.

Sie hatten sich entschlossen, nicht die Strecke zu wandern, die sie schon einmal zurückgelegt hatten, sondern fuhren mit der Bahn nach San Franzisko. Mark hatte sie vor dem entnervenden südlichen Klima gewarnt, und sie waren jetzt unterwegs nach kälteren, nördlicheren Gegenden. Ihre Absicht war, über die Bucht nach Sausalito zu fahren und die Küste entlang zu wandern. Hier, hatte Hall ihnen erzählt, würden sie die wahre Heimat der Riesentannen finden. Aber Billy, der in den Raucherwagen gegangen war, um sich eine Zigarette anzustecken, setzte sich zufällig neben einen Mann, der der Anlaß werden sollte, daß sie ihren Kurs änderten. Es war ein dunkeläugiger Mann mit einem scharfgeschnittenen Gesicht, und Billy, der sich der Ermahnung Saxons erinnerte, immer zu fragen, nahm die Gelegenheit wahr und begann ein Gespräch mit dem Manne.

Es dauerte nicht lange, so erfuhr er, daß der Mann Gunston hieß und Kommissionär war, und bald war er sich im reinen darüber, daß das, was der andere sagte, zu wertvoll war, als daß Saxon es nicht hätte hören sollen. Als er sah, daß der andere seine Zigarre aufgeraucht hatte, bat er ihn denn auch gleich, mit in den nächsten Wagen zu gehen und Saxon zu begrüßen. Etwas derartiges hätte Billy vor dem Aufenthalt in Carmel nie tun können, und so viel Beweglichkeit hatte er also jedenfalls erreicht.

»Er hat mir gerade von den Kartoffelkönigen erzählt, und ich wollte gern, daß du es auch hörst«, erklärte er Saxon, als die Vorstellung erfolgt war. »Also los, Herr Gunston, erzählen Sie ihr von dem Chinesen, der im vorigen Jahr neunzehntausend mit Spargel und Sellerie verdiente.«

»Ja, ich habe Ihrem Mann gerade erzählt, wie die Chinesen am San Joaquin es machen. Es würde sich für Sie lohnen, hinzufahren und es sich anzusehen. Es ist jetzt gerade die beste Zeit – zu früh für Moskitos. Sie können bei Black Diamond oder Antioch aussteigen und auf kleinen Dampfern zwischen den großen angebauten Inseln herumreisen. Die Fahrt kostet nicht viel, und mehrere von den Motorbooten, wie die Duchess und die Princess, sind schon fast große Dampfer.«

»Erzählen Sie ihr von Chow Lam«, sagte Billy eindringlich.

Der Kommissionär lehnte sich zurück und lachte.

»Chow Lam war vor ein paar Jahren ein elendes, ruiniertes Gerippe von Spieler. Er besaß nicht einen Groschen, und seine Gesundheit war nicht die beste. Er hatte in den Goldminen gearbeitet, bis ihm der Rücken ganz steif war, und hatte ausgewaschen, was die Minenarbeiter der ersten Jahre übriggelassen hatten. Und alles, was er gewann, verlor er im Spiel. Er schuldete auch den sechs Gesellschaften dreihundert Dollar – Sie wissen, es sind chinesische Unternehmungen. Und vergessen Sie nicht – es war erst vor sieben Jahren – seine Gesundheit war ruiniert, er war dreihundert schuldig und hatte keine Beschäftigung. Nun, so endete Chow Lam in Stockton und fand Arbeit als Tagelöhner in den Torfmooren. Es war eine chinesische Aktiengesellschaft am Middle River, die Sellerie und Spargel baute. Bei der Gelegenheit packte er sich selber am Nacken und begann, über die Geschichte nachzudenken. Ein Vierteljahrhundert in den Vereinigten Staaten – der Rücken nicht so stark, wie er gewesen war, und nicht einen Groschen auf die hohe Kante gelegt, so daß er nach China zurückkehren konnte. Er sah, wie die Chinesen in der Gesellschaft es gemacht – wie sie ihren Lohn gespart und Aktien gekauft hatten.«

»So sparte er denn zwei Jahre lang seinen Lohn und kaufte sich eine Aktie in einer Gesellschaft von dreißig Aktien. Das ist erst fünf Jahre her. Sie pachteten dreihundert Morgen Torfmoor von einem Weißen, der lieber in Europa herumreisen wollte. Für das, was er in dem ersten Jahr an seiner Aktie verdiente, kaufte er sich zwei Aktien in einer andern Gesellschaft. Und im Jahre darauf gründete er mit den Einnahmen aus den Aktien selbst eine Aktiengesellschaft. Dann kamen schlechte Zeiten, und er stand ungefähr so, wie er die ganze Zeit gestanden hatte. Das war vor drei Jahren. Im folgenden Jahr, als es eine riesige Ernte gab, bekam er viertausend für sich. Im nächsten Jahr fünftausend. Und im letzten Jahr hatte er einen Nettoverdienst von neunzehntausend Dollar. Ausgezeichnet, nicht wahr, für einen alten ruinierten Burschen wie Chow Lam.«

»Gott, mein Gott«, war alles, was Saxon sagen konnte. Ihr lebhaftes Interesse spornte indessen den Kommissionär an, fortzufahren.

»Sehen Sie zum Beispiel Sing Kee – den Kartoffelkönig in Stockton. Ich kenne ihn sehr gut. Ich habe mehrere große Geschäfte mit ihm gemacht und an ihm weniger verdient als an irgendeinem andern, den ich kenne. Er war nur Kuli, und vor zwanzig Jahren schmuggelte er sich in die Vereinigten Staaten ein. Begann als Tagelöhner, und ging dann herum und verkaufte Gemüse in einem Paar Körben, die an einer Stange befestigt waren, und dann eröffnete er in der Chinesenstadt in San Franzisko ein Geschäft. Aber er hatte ein gutes Köpfchen und kannte bald die chinesischen Bauern, die in seinem Geschäft handelten, und wußte, was sie sich vornahmen. Er konnte mit dem Laden nicht so viel Geld verdienen, wie er wollte. So zog er denn nach San Joaquin. Ein paar Tage tat er nicht viel anderes als die Augen offen zu halten, dann stürzte er sich hinein und pachtete zwölfhundert Morgen zu sieben Dollar den Morgen.«

»Mein Gott!« sagte Billy verdutzt. »Achttausendvierhundert Dollar nur als Pacht im ersten Jahr. Ich kenne fünfhundert Morgen, die ich für dreihundert Dollar kaufen kann.«

»Können Kartoffeln darauf wachsen?« fragte Gunston.

Billy schüttelte den Kopf. »Und wohl auch nicht viel anderes«, sagte er.

Sie lachten alle drei herzlich, und der Kommissionär nahm seine Erzählung wieder auf.

»Die sieben Dollar waren nur der reine Pachtpreis. Wissen Sie vielleicht, was es kostet, zwölfhundert Morgen zu pflügen?«

Billy nickte feierlich.

»Und er erzielte hundertundsechzig Säcke auf jedem Morgen im ersten Jahr«, fuhr Gunston fort. »Kartoffeln wurden zu fünfzig Cent verkauft. Mein Vater machte damals das Geschäft, ich weiß es also genau. Und Sing Kee hätte für fünfzig Cent verkaufen und viel Geld daran verdienen können. Aber glauben Sie, daß er das tat? Sie können sich drauf verlassen, die Chinesen kennen den Markt. Sie sind viel klüger als die Kommissionäre. Sing Kee hielt sich zurück. Als fast alle Menschen ausverkauft hatten, begannen die Kartoffeln zu steigen. Er verlachte unsere Aufkäufer, als sie sechzig Cent, siebzig Cent, einen Dollar boten. Wissen Sie, wofür er sie schließlich verkaufte? Für einen Dollar fünfundsechzig den Sack. Sagen wir, daß sie ihn vierzig Cent kosteten! Hundertundsechzig mal zwölfhundert – macht – zwölf mal Null ist Null und zwölf mal sechzehn ist hundertundzweiundneunzig – hundertundzweiundneunzigtausend Säcke zu ein und einem viertel Dollar Nettoverdienst – hundertzweiundneunzig durch vier sind achtundvierzig plus hundertzweiundneunzig – ja, da sehen Sie selbst zweihundertundvierzigtausend Dollar Nettoverdienst im ersten Jahr.«

»Und ein Chinese!« klagte Billy. Dann wandte er sich zu Saxon. »Es müßte ein neues Land für uns Weiße geben. Großer Gott – ja, wir sitzen wahrhaftig auf der Treppe, daran ist kein Zweifel.«

»Aber selbstverständlich war das etwas Ungewöhnliches«, beeilte Gunston sich hinzuzufügen. »Die Kartoffeln hatten in andern Gegenden eine Fehlernte ergeben, und es war eine Hausse, aber auf irgendeine mystische Art und Weise machte Sing Kee mit. Er hat nie wieder eine solche Einnahme gehabt. Aber er schlägt sich sehr gut durch. Voriges Jahr hatte er viertausend Morgen mit Kartoffeln, tausend mit Spargel, fünfhundert mit Sellerie und fünfhundert mit Bohnen. Außerdem hat er sechshundert Morgen mit Saatgetreide. Selbst wenn die eine Ernte fehlschlägt, kann er doch nicht an allem zusammen verlieren.«

»Ich habe zwölftausend Morgen mit Apfelbäumen gesehen«, sagte Saxon. »Und ich möchte gern viertausend mit Kartoffeln sehen.«

»Das kannst du haben«, antwortete Billy mit großer Entschlossenheit. »Wir gehen nach San Joaquin. Wir wissen nicht, was wir in unserem eignen Land haben. Da ist es nicht weiter merkwürdig, wenn wir auf der Treppe sitzen.«

»Ja, Sie werden eine Menge Könige dort finden«, erzählte Gunston. »Hon Lee – sie nennen ihn den großen Jim – und Ah Pock und Ah Whang, und dann Shima, den japanischen Kartoffelkönig. Er ist mehrfacher Millionär. Er lebt wie ein Fürst.«

»Aber warum haben die Amerikaner denn nicht ebensoviel Glück?« fragte Saxon.

»Wohl weil sie selbst nicht wollen. Nichts hindert sie, vorwärts zu kommen – außer ihnen selber. Eins will ich Ihnen sagen – ich mache gern Geschäfte mit Chinesen. Der Chinese ist ehrlich. Sein Wort ist ebenso gut wie seine Unterschrift auf einem Kontrakt. Wenn er sagt, daß er irgend etwas tun will, so tut er es. Und unter allen Umständen hat der Weiße keinen Begriff von Landwirtschaft. Selbst der moderne weiße Bauer begnügt sich mit einer Ernte auf einmal und Wechselbau. Aber unser Freund, der Chinese, ist ihm ein gut Teil voraus, bei ihm wachsen zur gleichen Zeit und auf demselben Fleck zwei Ernten. Ich habe es selbst gesehen – Radieschen und Gelbe Wurzeln, zwei Ernten, die auf einmal gesät waren.«

»Aber das kann doch nicht stimmen«, wandte Billy ein. »Dann kann es doch nur die Hälfte von jedem geben.«

»Nichts zu machen, mein Freund«, sagte Gunston lustig. »Gelbe Wurzeln müssen ausgezogen werden, wenn sie groß genug sind. Und Radieschen auch. Aber Gelbe Wurzeln wachsen langsam, Radieschen schnell. Die langsam wachsenden Gelben Wurzeln werden gebraucht, um Platz zwischen den Radieschen zu schaffen. Und wenn die Radieschen herausgezogen werden, und fertig zum Verkauf sind, dann schafft es Platz für die Gelben Wurzeln, die später kommen. Nein, der Chinese ist schon pfiffig.«

»Ich kann nicht begreifen, warum ein Weißer nicht dasselbe tun kann wie ein Chinese«, protestierte Billy. »Das ist natürlich sehr richtig«, antwortete Gunston. »Tatsache ist eben nun, daß der Weiße es nicht tut. Der Chinese gönnt sich nie Ruhe, und er gönnt auch seinem Boden nie Ruhe. Er versteht, System in die Arbeit zu bringen. Wer hat je von weißen Bauern gehört, die Bücher führten? Das tut der Chinese. Für ihn gibt es kein Raten. Er weiß genau, wie er steht, bis auf den letzten Heller, und zwar jederzeit und mit jedem Feld. Und er kennt den Markt. Er fängt am richtigen Ende an. Wie er das macht, geht über meinen Verstand, aber er weiß vom Markt mehr als ein Kommissionär. Und dabei ist er geduldig, aber nicht eigensinnig. Gesetzt, er irrt sich, sät etwas, und entdeckt dann, daß der Markt fehlschlägt. In einer solchen Situation wird der Weiße eigensinnig und verbeißt sich wie eine Bulldogge in seine Ware. Aber so macht der Chinese es nicht. Er begrenzt den Verlust. Die Erde ist da, um zu arbeiten und Geld zu schaffen. Ohne zu blinzeln oder die geringsten Gewissensbisse zu fühlen, führt er augenblicklich seinen Pflug durch das Feld, pflügt die ganze Geschichte um und pflanzt etwas Neues. Er hat ein Köpfchen. Er braucht nur einen Keim, der aus der Erde kommt, anzusehen, um zu wissen, was daraus wird – ob es etwas wird oder nicht, ob es gut wird – mittelmäßig oder schlecht. Das ist die eine Seite. Aber nun die andere. Er beherrscht seine Ernte. Er verkauft sie oder hält sie zurück, je nachdem der Markt ist. Und wenn der Markt ist, wie er sein soll, so ist er mit seiner Ernte auch im rechten Augenblick da.«

Die Unterhaltung mit Gunston dauerte mehrere Stunden, und je mehr er ihnen von den Chinesen und ihren landwirtschaftlichen Methoden erzählte, desto unzufriedener wurde Saxon. Sie bezweifelte die Tatsachen nicht. Das Unglück war nur, daß sie nicht verlockend waren. Es war, als könnte sie keinen Platz dafür in ihrem Mondtal finden. Erst als der freundliche Mann den Zug verließ, gab Billy ihr eine ganz deutliche Vorstellung von dem, was sie gestört hatte, ohne daß sie richtig hätte sagen können, was es war. »Ach, wir sind keine Chinesen. Wir sind Weiße. Hat ein Chinese vielleicht je Lust, auf einem Pferd zu reiten, verteufelt, wenn es sein soll, und sich überhaupt zu amüsieren? Hast du je einen Chinesen in der Brandung bei Carmel schwimmen sehen? – Oder boxen, ringen, laufen und springen, weil es ihm Spaß macht? Hast du je einen Chinesen eine Büchse auf die Schulter nehmen, sechs Meilen weit traben und glücklich mit einem einzigen räudigen Kaninchen wiederkommen sehen? Was tut ein Chinese? Er rackert sich ab, das verfluchte Aas – das ist alles, wozu er taugt. Verteufelt in der Arbeit, das ist das einzige – und ich habe übrigens das meine getan und halte mit den Besten Schritt. Aber wozu taugt das? Saxon, eins habe ich gelernt, und zwar gehörig, seit wir beide zu wandern begannen, nämlich, daß Arbeit am allerwenigsten im Leben gilt. Du großer Gott! – wäre das alles, was das Leben bietet, dann könnte ich mir ebensogut gleich den Hals abschneiden. Ich will Gewehre und Büchsen haben und ein Pferd unter mir. Ich will nicht immer so müde sein, daß ich meine Frau nicht lieben kann. Wer kümmert sich darum, ob ich reich werde und Zweihundertundvierzigtausend an Kartoffeln verdiene. Sieh Rockefeller an! Er muß von Milch leben. Ich will saftiges Rindfleisch haben und einen Magen, der Sohlenleder verdauen kann. Und ich will dich haben und massenhaft Zeit, um mit dir zusammen zu sein und mich mit dir zu freuen. Was ist das Leben wert, wenn man nicht ein bißchen Vergnügen hätte?«

»Ach, Billy!« rief Saxon. »Das habe ich mir die ganze Zeit klarmachen wollen. Es hat mich lange, lange gequält. Ich fürchtete, daß etwas mit mir nicht stimmte, daß ich mich doch nicht recht dazu eignete, auf dem Lande zu leben. Was wir brauchen, ist ein Mondtal, wo es nicht allzuviel Arbeit, wohl aber all das Vergnügen gibt, das wir haben wollen. Und wir wollen weiter suchen, bis wir es finden. Und wenn wir es nicht finden, dann gehen wir weiter und lassen es uns gut sein, wie wir es gehabt haben, seit wir Oakland verließen. Und Billy – wir werden uns nie tot arbeiten, nicht wahr?«

»Nein, darauf kannst du dich verlassen«, brummte er zornig.

Mit ihren Bündeln auf dem Rücken zogen sie in Black Diamond ein. Es war ein Dorf mit weit auseinanderliegenden kleinen, schäbigen Hütten und einer Hauptstraße, die ein bodenloser Morast von schwarzem Schlamm nach dem letzten Frühjahrsregen war. Die Bürgersteige gingen auf und ab in unebenen Treppenstufen und Absätzen. Alles sah unamerikanisch aus. Die Namen an den merkwürdigen, armseligen Läden waren unsagbar fremdartig. Das einzige, sehr wenig saubere Hotel wurde von einem Griechen betrieben. Griechen waren es alle. Dunkelhäutige Männer in Seestiefeln und Seemannsmützen, barköpfige Frauen, in bunte Farben gekleidet, Horden gesunder Kinder, die alle eine fremde Sprache redeten und mit ihren schrillen, lebhaften Stimmen durcheinanderriefen, wie man sie an den Küsten des Mittelmeeres rufen hört. »Huh! Das sind ja gar nicht die Vereinigten Staaten«, murmelte Billy.

Am Hafen fanden sie eine kleine Fischkonservenfabrik und eine kleine Spargelkocherei. Es war gerade mitten in der Saison, und unter den Arbeitenden sahen sie sich vergebens nach Gesichtern von dem wohlbekannten amerikanischen Typ um. Billy erklärte, daß die Buchhalter und Vorarbeiter Amerikaner wären, der ganze Rest aber Griechen, Italiener und Chinesen.

Auf dem Dampferkai sahen sie die griechischen Boote, mit starken Farben bemalt, ankommen, ihre Ladungen von prachtvollen Lachsen löschen und dann wieder verschwinden. Der New Yorker Kanal, wie die Schlammpfütze hieß, machte eine Biegung nach Westen und Norden und mündete in ein mächtiges Gewässer, gebildet aus dem Sacramento und dem San Joaquin, die hier zusammenflossen.

Auf der andern Seite des Dampferkais treppten sich die Fischerkais ab, und hier trocknete man Netze; und hier, fern vom Lärm und Getöse der fremden Stadt, legten Billy und Saxon ihre Bündel nieder und ruhten sich aus. Das hohe, raschelnde Schilf wuchs dicht bei der verfallenen Landungsbrücke, auf der sie saßen, aus dem tiefen Wasser hervor. Der Stadt gegenüber lag eine lange, flache Insel, auf der sich eine ungleiche Reihe von Pappeln gegen den Horizont abhob. »Es ist genau wie das Bild einer holländischen Windmühle, das Mark Hall hat«, sagte Saxon.

Billy wies von der Mündung des Sumpfes über die breite Wasserfläche hinweg auf einen Haufen windiger weißer Gebäude, hinter denen wie eine leuchtende Fata Morgana die niedrigen Montezuma-Berge sich mit ihren langen Wellenlinien erhoben.

»Die Häuser dort sind Collinsville«, erklärte er ihr. »Dort fließt der Sacramento, und man fährt auf ihm hinauf bis nach Rio Vista und Isleton und Walnut Grove und all den Orten, von denen Herr Gunston uns erzählte. Lauter Inseln und Sümpfe, die in einer Reihe bis nach San Joaquin zurückführen.«

»Ist die Sonne nicht herrlich?« sagte Saxon und gähnte. »Und wie still es hier ist – so nahe bei den merkwürdigen Ausländern! Und wenn man bedenkt – in den Städten mißhandeln und prügeln sich in eben diesem Augenblick Männer, um Arbeit zu bekommen.«

Hin und wieder sauste ein Überlandzug in der Ferne vorbei, und das Getöse hallte wider von einem Hintergrund niedriger Ausläufer des Mount Diablo, der sich groß und mächtig mit seinen Zwillingsgipfeln und seinen grünen Hängen vom Himmel abhob. Dann senkte sich die schläfrige Stille wieder über alles, um hin und wieder von einem fernen Ruf in irgendeiner fremden Sprache oder von einem Motorfischerboot unterbrochen zu werden, das fauchend in die Mündung des Sumpfes einfuhr.

Saxon und Billy fuhren in einer altertümlichen Fähre ein kleines Stück oberhalb Rio Vistas über den Sacramento und befanden sich damit im Flußlande. Was Saxon von der Höhe des Deiches aus sah, war wie eine Offenbarung. Unter ihr, niedriger als der Fluß, dehnte sich, soweit das Auge reichte, ein breites, flaches Land aus. Nach allen Richtungen gingen Wege, und sie sah zahllose Bauernhöfe, von denen sie, als sie auf dem einsamen Fluß, wenige Fuß jenseits der Weidenhecke, gefahren war, nichts geahnt hatte.

Sie verbrachten drei Wochen auf den reichen Inseln, wo beständig Deiche aufgeworfen wurden und Tag und Nacht gepumpt wurde. Es war ein einförmiges Land, überall mit demselben reichen Boden, und nur mit einem einzigen Kennzeichen – dem Mount Diablo, der sich im Azur des Mittags schlummernd, groß und mächtig mit seinen krausen Konturen vom Abendhimmel abhob oder wie ein Traum aus der silberschimmernden Morgendämmerung aufstieg. Zuweilen zu Fuß, häufiger aber mit Dampfbooten kamen sie den Fluß bis zu den Torfmooren am Mittelriver hinauf und San Joaquin bis nach Antioch hinab und den Georgina Slough hinauf bis Walnut Grove am Sacramento. Aber es war wie ein fremdes Land. Es wimmelte von Tausenden von Landarbeitern, und doch waren Billy und Saxon tagelang gegangen, ohne einen einzigen Menschen zu treffen, der Englisch sprach. Sie trafen zuweilen ganze Dörfer mit Chinesen, Japanern, Italienern, Portugiesen, Schweizern, Hindus, Koreanern, Norwegern, Dänen, Franzosen, Armeniern, Slaven – fast allen Nationen außer Amerikanern. Am unteren Lauf des Georgiana trafen sie einen Amerikaner, der sich seinen Lebensunterhalt verschaffte, indem er mit Reusen fischte. Ein anderer Amerikaner, der Tod und Verderben auf alles, was mit Politik zu tun hatte, herabschwor, war wandernder Bienenzüchter. In Walnut Grove, wo Leben und Geschäftigkeit herrschten, bestanden die wenigen Amerikaner aus dem Kaufmann, dem Gastwirt, dem Schlachter, dem Speicheraufseher und dem Fährmann. Und doch waren zwei aufblühende Städte in Walnut Grove, eine chinesische und eine japanische. Der größte Teil des Bodens gehörte Amerikanern, die anderswo lebten und ihn beständig an Ausländer verkauften oder verpachteten.

In dem japanischen Stadtteil gab es eine Prügelei oder ein Fest – was von beiden, wußten sie nicht –; als Saxon und Billy auf der »Apache« mit dem Kurs nach Sacramento den Hafen verließen.

»Ja, auf der Treppe sitzen wir schon, das ist sicher«, sagte Billy gereizt. »Und bald werden sie uns auch da herunterschmeißen.«

»Im Mondtal gibt es keine«, sagte Saxon ermutigend. Aber er war untröstlich und bemerkte bitter:

»Und nicht einer von den verfluchten Ausländern kann mit Pferden umgehen wie ich. Aber auf Landwirtschaft verstehen sie sich, darauf kannst du Gift nehmen«, fügte er hinzu.

Und Saxon sah sein verdrießliches Gesicht und mußte plötzlich an eine Lithographie denken, die sie in ihrer Kindheit gesehen hatte. Sie stellte einen Indianer auf der Prärie dar, der in Kriegsbemalung und Federschmuck zu Pferde saß und verwundert einen Eisenbahnzug anstarrte, der auf den kürzlich gelegten Schienen dahinbrauste. Der Indianer war von dem neuen Leben verdrängt worden, das mit der Eisenbahn über das Land gespült war. Und, dachte sie bei sich, waren Billy und seinesgleichen vielleicht verurteilt, von diesem neuen, erstaunlich fleißigen Leben verdrängt zu werden, das von Asien und Europa hereinströmte?

In Sacramento blieben sie zwei Wochen, Billy arbeitete bei einem Fuhrmann, um Geld für die Weiterreise zu bekommen. Das Leben in Oakland und Carmel, beide an der Salzküste gelegen, hatte es ihnen unmöglich gemacht, im Innern des Landes zu wohnen. Zu warm! lautete ihr Urteil über Sacramento, und sie folgten der Eisenbahn nach Westen, durch die sumpfige Gegend bis nach Davisville. Hier wurden sie vom geraden Wege fortgelockt, und sie zogen nach Norden in das schöne Woodland, wo Billy für einen Obstfarmer fuhr und Saxon, sehr gegen seinen Wunsch, die Erlaubnis von ihm erzwang, daß sie ein paar Tage in der Obsternte arbeiten dürfte. Wenn Billy sie fragte, was sie mit dem Geld, das sie verdiente, machen wollte, tat sie sehr geheimnisvoll, und er neckte sie dann solange damit, bis er die ganze Geschichte vergaß. Sie erzählte ihm auch weder von dem Brief, den sie an Bud Strothers schickte, noch daß in dem Brief ein Scheck und ein blauer Schein lag.

Sie begannen unter der Hitze zu leiden. Billy erklärte, daß sie das Klima, wo man Decken brauchte, jetzt hinter sich gelassen hätten.

»Hier gibt es keine Riesentannen«, sagte Saxon. »Wir müssen nach Westen, in der Richtung der Küste gehen. Dort werden wir das Mondtal finden.«

Von Woodland zogen sie nach Westen und Süden auf den Hauptstraßen nach dem Obstparadies von Vacaville. Hier arbeitete Billy zuerst als Obstpflücker und dann als Kutscher, und hier bekam Saxon einen Brief und ein winziges Postpaket von Bud Strothers. Als Billy nach beendetem Tagewerk zu ihr kam, gebot sie ihm, zu schweigen und die Augen zu schließen. Ein paar Minuten nestelte sie an seinem baumwollenen Arbeitshemd herum. Einmal fühlte er einen kleinen Stich, wie von einer Stecknadel, und begann zu grunzen, aber sie lachte und befahl ihm, die Augen weiter geschlossen zu halten.

»Jetzt mach die Augen auf und gib mir einen Kuß«, sang sie. »Dann will ich dir etwas zeigen.«

Sie küßte ihn, und als er nachsah, was sie an seinem Hemd befestigt hatte, erblickte er die goldene Medaille, die er an dem Tage, als sie im Kino gewesen waren und die Idee, aufs Land zurückzukehren, bekommen hatten, versetzt hatte.

»Du dummes Mädel!« rief er und preßte sie heftig an sich. »So, also dazu wolltest du dein Obstgeld gebrauchen? Und davon hab ich nicht das geringste geahnt! – – Aber ich will dich lehren!«

Und sie unterwarf sich wieder dem wonnigen Zwang, der von diesem starken Manne ausging, und er preßte sie an sich und tanzte mit ihr herum, bis die Kaffeekanne überkochte, und sie sich von ihm losriß, um soviel wie möglich zu retten.

»Ich bin immer ein klein wenig stolz darauf gewesen«, gestand er, als er sich nach dem Abendessen seine Zigarette drehte. »Sie erinnert mich an meine Knabentage, als ich Amateur war und mich schlug, daß es krachte. Ich war ein tüchtiger Bengel damals – das will ich dir nur sagen. Und Oakland ist für mich, als trennten tausend Jahre und zehntausend Meilen dich und mich davon.«

»Dann wird dies hier es dir vielleicht wieder mehr vor Augen führen«, sagte Saxon und öffnete Buds Brief und las ihn ihm vor.

Bud hatte es als gegeben angesehen, daß Billy wußte, wie der Streik zu Ende gegangen war, und deshalb beschränkte er sich auf Einzelheiten, wie zum Beispiel die, daß er wieder angestellt und wer ausgeschlossen worden war. Zu seinem eignen Erstaunen war er selbst wieder angenommen und fuhr jetzt Billys Pferde. Noch überraschender war, was er weiter zu berichten hatte. Der alte Vorarbeiter in den Ställen war gestorben, und seitdem hatten zwei andere Vorarbeiter nur Unordnung gemacht. Das Wichtigste war, daß der Chef am selben Tage mit Bud gesprochen und sich über Billys Verschwinden beklagt hatte.

»Versteh mich ja nicht falsch«, schrieb Bud. »Der Alte kennt ausgezeichnet all die Schlachten, die du geschlagen hast. Ich möchte wetten, er weiß den Namen jedes einzigen Streikbrechers, den du verprügelt hast. Und doch sagte er zu mir: ›Strothers, wenn Sie mir seine Adresse nicht geben dürfen, so schreiben sie ihm von mir, daß er wiederkommen und einen Versuch machen soll. Ich will ihm Hundertfünfundzwanzig monatlich und die Oberaufsicht in den Ställen geben.‹«

Saxon wartete mit gut verhehlter Angst, bis er mit dem Brief fertig war. Billy, der der Länge nach auf dem Boden lag und sich auf seinen Ellbogen stützte, blies nachdenklich den Rauch in Ringen von sich. Sein billiges Arbeitshemd – es sah ganz strahlend aus im Goldglanz der Medaille, die im Schein des Feuers funkelte – stand vorne offen, so daß die glatte Haut und die stolze Wölbung der Brust zu sehen war. Er sah sich um – sein Blick schweifte über die Decken, die im Schutz eines Schirmes von Grün und Blättern ausgebreitet lagen, auf das Feuer und die schwarze verbeulte Kaffeekanne auf die abgenutzte Axt, die halb in einem Baumstamm vergraben war, und zuletzt auf Saxon. Sein Blick fiel auf sie mit einem bedächtig forschenden Ausdruck. Aber sie half ihm nicht im geringsten.

»Ja«, sagte er schließlich, »du brauchst nur Bud Strothers zu schreiben, daß ich den Alten nebst seinem verfluchten Angebot gehenkt sehen will! Und da wir gerade mal dabei sind, so glaube ich, ich will ihm das Geld schicken, um meine Uhr einzulösen. Du kannst ausrechnen, wieviel es mit Zinsen wird. Der Überzieher kann meinetwegen verfaulen.«

Aber die Hitze im Innern des Landes war nicht recht gesund für sie. Sie verloren an Gewicht. Sowohl geistig wie körperlich verloren sie ihre Spannkraft. Wie Billy sich ausdrückte – ihre Seide begann an den Rändern auszufasern. So luden sie sich denn ihre Bündel auf den Rücken und lenkten ihre Schritte westwärts über die kahlen Berge. Im Berryessatal bekamen sie sogar Augen- und Kopfschmerzen von den flimmernden Hitzewogen und wanderten deshalb nur in der frühen Morgenstunde und spät am Nachmittag. Sie gingen immer weiter nach Westen, über mehrere Berge, bis zu dem schönen Nappatal. Das nächste Tal von hier war das Sonomatal, wo Hastings seinen Hof hatte, und wo sie ihn besuchen sollten. Und sie würden auch seiner Aufforderung gefolgt sein, hätte Billy nicht zufällig in einer Zeitung eine Notiz gefunden, daß der Schriftsteller verreist war, um irgendeine Revolution zu studieren, die irgendwo in Mexiko ausgebrochen war.

»Wir können ihn ja später besuchen«, sagte Billy, als sie nach Nordwesten durch die Weinberge und Obstgärten des Nappatals abbogen. »Wir sind wie der Millionär, von dem Bert immer sang, nur daß es Zeit ist, wovon wir so viel haben, daß wir nicht wissen, was damit tun. Eine Richtung kann ebensogut wie die andere sein – aber Westen ist nun doch am besten.«

Dreimal wurde Billy im Nappatal Arbeit angeboten, und dreimal lehnte er sie ab. Andererseits sah Saxon mit Freuden, daß in den kleinen Canyons, die die westliche Mauer des Tales durchschnitten, Riesentannen wuchsen. In Calistoga, wo die Eisenbahn endete, sahen sie die Post mit sechs Pferden nach Middletown und dem Lower Lake fahren. Sie berieten, welche

Strecke sie wählen sollten. Der Weg führte nach dem Seedistrikt und nicht an die Küste, so daß Billy und Saxon weiter ostwärts durch die Berge nach dem Tal von Healdsburg wanderten, wo der Russian River entspringt. Sie gingen eine Zeitlang durch die reichen Hopfenfelder, wo Billy sich jedoch weigerte, mit Indianern und Chinesen zusammenzuarbeiten.

»Ich könnte nicht eine Stunde neben einem von ihnen arbeiten – ohne ihnen den Kopf einzuschlagen«, erklärte er. »Außerdem sieht der Fluß sehr hübsch aus. Komm, wir wollen hier haltmachen und schwimmen.«

Und so schlenderten sie denn durch das reiche, fruchtbare Tal nach Norden, und in ihrem Glück vergaßen sie ganz, daß die Arbeit eine Notwendigkeit war, während das Mondtal wie ein goldener, ferner Traum lockte, der eines Tages sicher in Erfüllung gehen mußte. In Cloverdale hatte Billy das Glück, Arbeit zu finden. Teils wegen Krankheit, teils wegen einiger Unfälle wurden Kutscher im Poststall gesucht. Täglich brachte der Zug ganze Wagenladungen von Passagieren zu den warmen Quellen, und Billy lenkte ein Gespann von sechs Pferden über die Berge, als hätte er sein ganzes Leben nichts anderes getan. Auf der zweiten Fahrt saß Saxon neben ihm auf dem hohen Kutschbock. Nach vierzehn Tagen kam der Kutscher, den er vertreten hatte, zurück. Billy wurde feste Arbeit im Stall angeboten, aber er lehnte ab, nahm seinen Lohn und wanderte in nördlicher Richtung weiter.

Saxon hatte einen jungen Foxterrier adoptiert und nannte ihn Possum, nach dem Hund, von dem Frau Hastings ihnen erzählt hatte. Er war so jung, daß er bald wunde Füße bekam, und sie trug ihn selbst, bis Billy ihn oben auf sein Bündel band und darüber murrte, daß Possum an seinem Nackenhaar nagte, bis es ganz zerfasert war.

Dieser Winter wurde weit weniger interessant als der in Carmel verbrachte, und hatte Saxon die Bande in Carmel schon immer gern gehabt, so hatte sie sie jetzt noch lieber. In Ukiah machten sie nur ganz oberflächliche Bekanntschaften. Hier gehörten die Leute mehr der arbeitenden Klasse an wie die, welche sie in Oakland kannten, oder es waren reiche Leute und Automobilbesitzer, die nur miteinander verkehrten. Es gab keine demokratische Künstlerkolonie, die ohne Rücksicht auf Stand und Reichtum gute Kameradschaft abgab.

Und doch war es ein schöner Winter, schöner als je einer, den sie in Oakland verbracht hatten. Billy hatte keine feste Arbeit finden können, so daß er viel zu Hause war, und sie lebten glücklich von der Hand in den Mund in dem winzigen Häuschen, das sie gemietet hatten. Als Aushilfe bei dem größten Fuhrmann hatte Billy so viel freie Zeit, daß er ganz von selber auf den Pferdehandel kam. Das war riskant, und er befand sich nicht selten in Geldverlegenheit, aber deshalb standen auf ihrem Tisch doch immer das beste Ochsenfleisch und der beste Kaffee, und sie sparten nicht übertrieben an ihrer Kleidung.

»Die verfluchten Bauern. – Ich kann nicht mit ihnen fertig werden!« lachte er, als er eines Tages beim Pferdehandel tüchtig übers Ohr gehauen war. »Im Sommer nehmen sie Pensionäre, und im Winter verdienen sie dicke, indem sie sich gegenseitig mit Pferden betrügen. Und ich will dir nur sagen, Saxon, sie haben mich manches hübsche Ding gelehrt. Ich bin ihnen tüchtig nachgekommen, und sie sollen nicht lange mehr Türen mit mir einrennen – darauf kannst du Gift nehmen. Und es ist ein neues Handwerk, das ich gelernt habe. Ich kann mir jetzt überall mein Brot mit Pferdehandel verdienen.«

Billy nahm Saxon oft auf einem überflüssigen Reitpferd aus dem Stall mit, und sein Pferdehandel ließ ihn viel im Land umherschweifen. Sie begleitete ihn auch oft, wenn er mit Pferden fuhr, die ihm zum kommissionsweisen Verkauf übergeben waren. Und beide begannen, unabhängig voneinander, um eine neue Frage bezüglich ihrer Pilgerfahrt zu kreisen. Billy war es, der sie zuerst aufs Tapet brachte.

»Ich bin neulich über einen Wagen gestolpert – er steht irgendwo in der Stadt, und ich habe seither darüber nachgedacht. Es hat keinen Zweck, daß ich dich raten lasse, denn das kannst du nicht. Aber hör zu. Es ist ein richtiger Reisewagen und so fein, wie ich nie einen gesehen habe. Wahrhaftig, er ist so stark wie ein Haus. Er ist am Puget Sound gemacht und ist den ganzen Weg hierher gefahren. Alles kann man ihm zumuten, und er kann alles transportieren. Der arme Kerl, der ihn sich bauen ließ, hatte Schwindsucht. Er hatte einen Arzt und einen Koch mit auf der Reise, aber hier in Ukiah ging er um die Ecke, und das ist zwei Jahre her. Wenn du ihn doch nur sehen könntest! Er hat alle möglichen Bequemlichkeiten – und Platz für alles mögliche – ja, es ist ein ganzes Haus auf Rädern. Wenn wir ihn bekämen und ein paar Mähren dazu, dann könnten wir wie die Könige reisen und auf das Wetter pfeifen.«

»Ach, Billy, davon habe ich den ganzen Winter geträumt. Das wäre herrlich! Und – nun ja, manchmal, wenn wir auf der Wanderung sind, weiß ich nicht recht, ob du nicht vergißt, was für ein nettes Frauchen du hast. Aber wenn wir einen solchen Wagen hätten, dann könnte ich doch alles mögliche Hübsche mitnehmen.«

In Billys Augen trat ein warmer Schimmer, der sich wie eine Wolkendecke über das tiefe Blau zog, und sie waren brennend wie eine Liebkosung, als er ruhig antwortete:

»Daran habe ich auch schon gedacht.«

»Und du könntest deine Büchse und eine Schrotflinte und Angelruten und alles mögliche mitnehmen«, fuhr sie schnell fort. »Und eine richtige Axt statt des kleinen Dinges, über das du immer klagst. Und Possum kann sich immer ausruhen. Und – aber wenn du ihn nun nicht kaufen kannst? Wieviel verlangen sie?«

»Hundertundfünfzig blanke Dollar«, antwortete er, »aber das ist für den Wagen gar nichts. Dafür ist er direkt geschenkt. Ich sage dir, er hat wenigstens vierhundert gekostet, und ich kann schon sehen, ob solch ein Wagen gut gearbeitet ist – ja, im Dunkeln sogar. Ich könnte jetzt das Geschäft mit Caswells sechs Pferden machen – ja, du merkst doch, daß ich gerade heute mit dem Pferdeaufkäufer zusammengekommen bin. Wenn er sie kauft, glaubst du, schickt er sie dann hin? An den Alten in Oakland. Du sollst ihm einen Brief schreiben. Ich kann schon hin und wieder Pferde billig kriegen, und wenn der Alte darauf eingeht, verdiene ich die übliche Händlerprovision. Aber er muß mir natürlich eine ganze Menge

Geld anvertrauen, und das wird er nicht tun, wenn er an all die Streikbrecher denkt, die ich verprügelt habe.«

»Wenn er dir die Aufsicht über seinen Stall geben will, wird er wohl auch keine Angst haben, dir Geld anzuvertrauen«, sagte Saxon.

Billy zuckte die Achseln, als verböte seine Bescheidenheit ihm, ihr zu glauben.

»Nun ja, wenn ich, wie gesagt, Caswells sechs Pferde verkaufen kann, dann können wir alle Rechnungen für diesen Monat hinausschieben und den Wagen kaufen.«

»Aber Pferde?« fragte Saxon besorgt.

»Die kommen – hinterher – und wenn ich für zwei oder drei Monate feste Arbeit übernehmen soll. Das einzige Dumme ist, daß es ziemlich spät im Sommer wird, ehe wir weiterreisen können. Aber komm jetzt mit zur Stadt – dann zeige ich dir den Wagen und die Wagenausrüstung.«

Saxon sah den Wagen und war so begeistert, daß sie in Erwartung und Spannung eine schlaflose Nacht verbrachte. Dann wurden Caswells sechs Pferde verkauft, die Rechnungen einen Monat hinausgeschoben, und der Wagen gehörte ihnen. An einem Regenmorgen, zwei Wochen später, begab Billy sich für den ganzen Tag aufs Land, um sich nach Pferden umzusehen, aber er hatte sich kaum verabschiedet, als er auch schon wiederkam.

»Komm!« rief er Saxon von der Straße aus zu. »Zieh dich an und komm. Ich möchte dir gern etwas zeigen.«

Er fuhr mit ihr zu einem Stall am andern Ende der Stadt und zeigte ihr einen großen eingehegten, überdachten Raum hinter dem Hause. Hier führte er sie zu zwei starken, flammenden, kastanienbraunen Pferden mit weißgelben Mähnen und Schweifen.

»Ach, wie schön die sind! Wie schön die sind!« rief Saxon und drückte ihre Wange an das sammetweiche Maul des einen, während das andere sie schelmisch mit dem Kopf anstieß, um auch sein Teil zu bekommen.

»Ja, nicht wahr?« sagte Billy begeistert und ließ sie vor ihrem bewundernden Blick traben. »Dreizehnhundertundfünfzig jedes – aber sie wirken gar nicht so schwer, so fein sind sie gebaut. Ich wollte es gar nicht glauben, ehe ich sie auf der Waage hatte. Zweitausendsiebenhundertundsieben Pfund alle beide. Ich habe sie vor zwei Tagen auf dem Lande probiert. Gute Pferde, fehlerlos, sie ziehen gut und sind Autos und alles andere gewohnt. Ich möcht wetten, daß sie besser ziehen als irgendein Gespann, das ich je gesehen habe. – Sag, wie, meinst du, würden sie sich vor unserm Wagen ausnehmen?«

Saxon sah es im Geiste und schüttelte langsam bedauernd den Kopf, als ihr aufging, wie unmöglich das war.

»Sie sind für dreihundert bar zu haben«, fuhr Billy fort, »und es ist ein verflucht guter Kauf. Der Besitzer braucht das Geld so notwendig, daß er ganz versessen darauf ist. Er ist gezwungen, sie zu verkaufen – und das sofort, und Saxon, bei Gott, man könnte auf einer Auktion in der Stadt fünfhundert dafür kriegen. Sie sind beide Stuten, Schwestern, fünf und sechs Jahre alt, Abkommen eines registrierten Belgiers und einer schweren Rassestute, die ich gut kenne. Sie sind für dreihundert zu haben, und ich habe sie drei Tage an der Hand.«

Jetzt wurde Saxons Bedauern von ehrlichem Zorn abgelöst.

»Aber warum zeigst du sie mir denn? Wir haben doch keine dreihundert, und das weißt du gut. Alles, was ich im Hause habe, sind sechs Dollar, und du hast nicht einmal so viel.«

»Du meinst vielleicht, daß ich dich nur deshalb hergebracht habe«, antwortete er geheimnisvoll. »Aber so ist es doch nicht.«

Er hielt inne, fuhr sich mit der Zunge über die Lippen und trat verlegen von einem Fuß auf den andern.

»Hör jetzt zu, bis ich dir alles erzählt habe – ehe du etwas sagst. Verstanden?«

Sie nickte.

»Und du öffnest nicht den Mund?«

Diesmal schüttelte sie nur gehorsam den Kopf.

»Es hängt nämlich so zusammen«, begann er zögernd. »Da ist ein junger Bursche, der von San Franzisko hergekommen ist – sie nennen ihn den ›jungen Sandow‹ – und den ›Stolz von Telegraph Hill‹. Er ist ein glänzender Schwergewichtsboxer, und er sollte Sonnabend mit Montana Red kämpfen, aber da hat Montana Red sich gestern beim Training den Arm gebrochen. Die Leute, die den Kampf arrangieren, haben nichts davon gesagt, und sie schlagen jetzt folgendes vor: Es sind viele Billetts verkauft, und das Haus wird Sonnabend ausverkauft sein. Um die Leute nicht anzuführen, wollen sie mich im letzten Augenblick Montanas Platz einnehmen lassen. Ich bin hier ganz unbekannt. Nicht einmal der junge Sandow kennt mich. Er ist erst nach meiner Zeit aufgetaucht. Ich werde als Bauernboxer auftreten und kann mich ja den Pferderoberts nennen.

Nun warte einen Augenblick! Der Gewinner bekommt dreihundert richtige Menschendollar. Ja, warte nur, jetzt kommt es. Es ist die reine Leichenfledderei. Sandow ist ein mutiger Kerl – einer von denen, die auslangen und gut festhalten. Ich habe seine Karriere in den Zeitungen verfolgt. Aber er ist nicht gerissen. Ich bin langsam, das stimmt schon, aber ich bin gerissen, und ich kenne Sandow und weiß, wie ich mit ihm fertig werden soll.

Sieh, jetzt mußt du entscheiden. Wenn du ja sagst, gehören die beiden Pferde uns. Wenn du nein sagst, dann wird nichts aus dem Boxkampf, und dann arbeite ich als Stallknecht, bis ich mir ein Paar Mähren verdient habe. Aber vergiß nicht, es werden nur Mähren! Sieh mich nicht an, während du deinen Entschluß faßt. Guck die Pferde an.«

Saxon sah die schönen Tiere an und wußte weder ein noch aus.

»Sie heißen Hazel und Hattie«, warf Billy pfiffig ein. »Wenn wir sie kriegen, könnten wir sie die beiden H's nennen.«

Aber Saxon vergaß das Gespann und sah nur Billys furchtbar zerschlagenen Körper vor sich, wie er andern Abend nach dem Boxkampf mit dem »Schrecken von Chikago« ausgesehen hatte. Sie wollte gerade etwas sagen, als Billy, dessen Blick nicht von ihren Lippen gewichen war, einfiel:

»Spann sie nur einmal in Gedanken vor unsern Wagen, wie das aussieht. Es gibt nicht viele, die sie ausstechen können.«

»Aber du bist doch gar nicht im Training«, sagte sie plötzlich, ohne daß sie es hatte sagen wollen.

»Hm?« sagte er höhnisch. »Das ganze letzte Jahr bin ich doch wohl halb im Training gewesen. Meine Beine sind wie Eisen. Sie halten mich, solange ich auch nur die geringsten Kräfte in meinen Armen habe, und die habe ich stets. Außerdem lasse ich ihn nicht sehr lange schlagen. Er ist ein Draufgänger, und Draufgänger sind gerade etwas für mich. Die fresse ich lebendig. Gerissene Burschen mit Rückgrat und Ausdauer sind es, mit denen ich nicht fertig werde. Aber dieser junge Sandow ist gerade etwas für mich. Ich werde in der dritten oder vierten Runde mit ihm fertig – verstehst du, ich nehme ihn aufs Korn, fahre auf ihn los und erledige ihn. Das ist so sicher wie etwas, sage ich dir. Weiß Gott, Saxon, es ist beinahe eine Schande, das Geld zu nehmen.«

»Aber ich kann den Gedanken nicht ertragen, daß du so furchtbar mißhandelt werden sollst«, sagte sie, wie um Zeit zu gewinnen. »Wenn ich dich nicht so heiß liebte, wäre es vielleicht etwas anderes. Aber du könntest doch Schaden nehmen.«

Billy lachte, stolz und übermütig im Bewußtsein seiner Jugend und seiner Muskeln.

»Du wirst gar nicht wissen, daß ich überhaupt gekämpft habe, nur dadurch, daß wir dann Hazel und Hattie besitzen. Und im übrigen, Saxon, muß ich einmal irgend jemand meine Faust ins Gesicht stecken. Du weißt, daß ich monatelang fromm und sanft wie ein Lamm sein kann, dann aber beginnen mir plötzlich die Fäuste zu jucken. Und sieh, da ist es doch viel vernünftiger, den jungen Sandow zu verprügeln und Dreihundert dafür zu kriegen, als irgendeinen Bauernlümmel zu vermöbeln, vor Gericht geschleppt und zu einer Strafe verknackt zu werden. Guck dir noch einmal Hazel und Hattie an. Sie sind ein prächtiges Inventar für einen Bauernhof und werden großartig ins Mondtal passen. Sie sind auch schwer genug, daß man sie vor den Pflug spannen kann.«

An dem Abend, als der Kampf stattfinden sollte, trennten Saxon und Billy sich um viertel nach acht. Um viertel nach neun, als sie mit warmem Wasser, Eis und allem andern bereit saß, ihn zu empfangen, hörte sie die Pforte zuschlagen und Billys Schritte auf der Treppe. Sie hatte gegen ihre Überzeugung die Einwilligung zum Kampf gegeben und es jede Minute, die sie hier wartete, bereut, und als sie die Tür öffnete, war sie auf alles mögliche vorbereitet. Aber der Billy, den sie sah, war genau wie der Billy, der sich von ihr verabschiedet hatte.

»Aber gab es denn keinen Kampf?« rief sie, so offensichtlich enttäuscht, daß er laut lachte.

»Sie heulten alle: ›Schiebung! Schiebung!‹, als ich ging und wollten ihr Geld wieder haben.«

»Nun, ich habe doch jedenfalls dich«, lachte sie, ihn in die Stube ziehend, aber im geheimen sagte sie mit einem Seufzer Hazel und Hattie Lebewohl.

»Aber ich habe unterwegs etwas für dich gekauft, was du dir lange gewünscht hast«, sagte Billy gleichgültig. »Mach die Hand auf und die Augen zu, und wenn du sie aufmachst, sollst du etwas Großartiges sehen.«

Etwas sehr Schweres und sehr Kaltes wurde in ihre Hand gelegt, und als sie die Augen öffnete, sah sie, daß es ein Stapel Zwanzig-Dollar-Stücke war.

»Ich sagte dir ja, daß es die reine Leichenfledderei wäre«, sagte er triumphierend, als er lachend aus dem Wirbelwind von Puffen und Stößen und Umarmungen auftauchte, in den sie ihn hineingerissen hatte. »Es gab gar keinen Kampf. Willst du wissen, wie lange es dauerte? Nur siebenundzwanzig Sekunden – weniger als eine halbe Minute. Und wieviel Stöße ausgeteilt wurden? Nur einer! Und ich war es, der die Ohrfeige gab. Komm, jetzt will ich es dir zeigen. Es war nur so – ja, es war einfach zum Lachen!«

Billy stand, etwas vorgebeugt, mitten in der Stube, das Kinn gegen die schützende linke Schulter gedrückt, mit geballten Fäusten, die Ellbogen eingezogen, um die linke Seite des Unterleibs zu schützen, und die Unterarme dicht an den Körper gepreßt.

»Es ist die erste Runde«, erklärte er. »Die Glocke läutet, und wir haben uns die Pfoten gedrückt. Selbstverständlich haben wir keine Eile, da es ein langer Kampf ist und wir einander nie in Tätigkeit gesehen haben. Wir fühlen uns gegenseitig vor, und gehen so um einander herum. Das dauert siebzehn Sekunden, ohne daß ein einziger Schlag fällt – nicht einer. Und da auf einmal ist es aus mit dem großen Schweden. Ich brauche einige Zeit, um es zu erzählen, aber es geschah alles im Handumdrehen, in weniger als einer Zehntelsekunde. Ich hatte es selbst nicht erwartet. Wir waren schrecklich dicht aneinander. Sein linker Handschuh ist nicht einen Fuß von meinem Kinn entfernt, und mein linker Handschuh nicht einen Fuß von seinem. Er tut, als wolle er mit der Rechten auslangen, und ich weiß, daß er nur so tut, mache die linke Schulter ein bißchen krumm und fahre mit meiner rechten Hand vor. Dabei kommt er ungefähr einen Zoll aus der Verteidigungsstellung heraus, und ich nehme die Gelegenheit wahr. Meine Linke ist nicht einen Fuß von ihm entfernt, und ich halte sie nicht zurück. Ich setze sie von dort aus, wo sie sich befindet, in Gang, drehe sie wie einen Korkenzieher um seine rechte Verteidigungsstellung und schwinge mich in die Hütte, um das Schultergewicht in den Schlag zu kriegen. Und es stimmt! Gerade auf die Spitze vom Kinn. Er fällt um wie ein Lamm. Ich gehe wieder in meine Ecke, und weiß Gott, Saxon, ich muß doch bei mir grinsen, es war so einfach. Der Richter bleibt stehen und zählt, er verzieht nicht eine Miene. Die Zuschauer wissen nicht, was sie glauben sollen und sitzen wie gelähmt da. Seine Sekundanten tragen ihn in seine Ecke und setzen ihn auf den Stuhl. Aber sie müssen ihn festhalten, damit er nicht fällt. Fünf Minuten darauf schlägt er die Augen auf – aber er sieht nichts. Sie sind wie gebrochen. Noch fünf Minuten, und er steht aufrecht. Sie müssen ihn halten, und seine Beine knicken wie Würste unter ihm zusammen. Und die Sekundanten müssen ihm aus dem Seil heraushelfen, und sie gehen durch den Mittelgang bis zu seiner Kabine, und immer noch müssen sie ihn stützen. Da beginnt der ganze Chor zu rufen, es sei Schiebung, und sie wollen ihr Geld wiederhaben. Siebenundzwanzig Sekunden – ein Schlag – und ein feines Gespann für die beste Frau, die Billy Roberts je in seinem Leben gehabt hat.«

Die Freude, die Saxon schon immer an dem Körper ihres Mannes empfunden hatte, erwachte in diesem Augenblick zu neuem, vielfältigen Leben. Er war in Wahrheit ein Held, würdig der Schar, die mit ihren Flügelhelmen aus den spitzschnäbligen Booten auf den blutigen englischen Strand sprang.

Am nächsten Morgen wurde er durch einen Kuß geweckt, den sie auf seine linke Hand drückte.

»Ha! Was tust du?« fragte er.

»Ich gebe Hazel und Hattie einen Guten-Morgen-Kuß«, antwortete sie mit ehrbar niedergeschlagenen Augen. »Und jetzt will ich auch dich zum Guten Morgen küssen. – Und wo hat der Schlag getroffen?–Zeig' es mir.«

Billy tat, wie sie wünschte, und berührte die Spitze ihres Kinns mit seinen Knöcheln. Mit beiden Händen schob sie seine Hand zurück und versuchte sie dann vorwärts zu reißen, so daß es ein Stoß wurde. Aber Billy leistete Widerstand.

»Wart einen Augenblick!«' sagte er. »Du willst doch nicht, daß ich dir das Kinn ganz zerschlage. Ich will es dir zeigen. Ich kann es mit einem viertel Zoll tun.«

Und aus einer Entfernung von einem viertel Zoll traf er ihr Kinn mit einem winzigen Stoß.

Im selben Augenblick kam ein weißer Funke; es war, als spränge etwas in ihrem Hirn, während ihr ganzer Körper erschlaffte, gefühllos, schwach und willenlos wurde und ihre Augen sich verschleierten und ihre Sehkraft verloren. Im nächsten Augenblick aber kam sie wieder zu sich, und ein entsetzter, verständnisvoller Ausdruck war in ihren Augen.

»Du trafst ihn aus einer Entfernung von einem Fuß«, murmelte sie mit Andacht in der Stimme.

»Ja, und mit meinem ganzen Schultergewicht obendrein«, lachte Billy. »Ach, das ist gar nichts! – Jetzt will ich dir etwas anderes zeigen.«

Er suchte und fand ihren Solar Plexus, den er leicht mit dem Mittelfinger antippte. Dieses Mal war es, als würde sie am ganzen Körper gelähmt, und ihr Atem stockte, wohingegen ihr Gehirn und ihre Sehkraft vollkommen klar blieben. Und ungefähr im selben Augenblick waren auch diese ungewohnten Gefühle schon verschwunden.

»Ja«, meinte Billy, »jetzt kannst du dir vielleicht denken, wie es ist, wenn der andere von den Knien aus stößt, das war der Stoß, der Bob Fitzsimmons seine Weltmeisterschaft verschaffte.«

Saxon schauderte, ließ es sich aber doch gefallen, daß Billy scherzend alle Schwächen der menschlichen Anatomie an ihr selbst demonstrierte. Er preßte die Spitze eines Fingers an eine Stelle mitten an ihrem Unterarm, und sie fühlte einen wahnsinnigen Schmerz. Zu beiden Seiten des Halses, unterhalb der Stelle, wo er begann, drückte er ganz leicht mit seinem Daumen, und sie fühlte ihr Bewußtsein schwinden.

»Das ist einer von den Todesgriffen der Japaner«, sagte er und fuhr fort, wobei er die verschiedenen Griffe und Stöße andauernd mit Erklärungen begleitete. »Dies ist der Zehenstoß, mit dem Gotch Hackenschmidt erledigte. Den habe ich vom Farmer Burns gelernt. Und dies ist ein halber Nelson, ja, und denk dir jetzt, du machst Skandal in einem Ballsaal, und ich bin Festleiter und soll dich hinauswerfen.« Mit der einen Hand griff er um ihr Handgelenk, und mit der andern um ihren Unterarm, worauf er wieder sein eigenes Handgelenk packte. Bei dem geringsten Druck hatte sie das Gefühl, daß ihr Arm ein Pfeifenrohr war, das zerbrechen wollte.

»Das nennt man: ›Kommt mit!‹ und hier ist der ›starke Arm‹. Ein Junge kann mit diesem Griff einen Mann werfen. – Und wenn jemand sich mit einem andern prügelt, und seine Nase gerät ihm zwischen die Zähne, und man will ja nicht gern seine Nase verlieren, nicht wahr? Ja, dann macht man das hier, so schnell wie der Blitz.«

Sie schloß unwillkürlich die Augen, als Billy die Daumenspitzen darauf drückte. Sie konnten den fliegenden Schmerz fühlen, der einer dumpfen, furchtbaren Qual vorausging.

»Und wenn er dann noch nicht losläßt, dann preßt man hart zu, und seine Augen fallen ihm aus dem Kopf, und er wird stockblind für den ganzen Rest seines Lebens. Ach, er soll schon loslassen.«

Er ließ sie los, und sie lehnte sich lachend zurück.

»Wie fühlst du dich?« fragte er. »Das sind zwar keine richtigen Boxertricks, aber sie kommen einem sehr zu statten, wenn man mal in eine Schlägerei gerät.«

»Ich fühle, daß ich mich rächen muß«, sagte sie und versuchte, den ›Komm-mit‹-Griff an seinem Arm anzuwenden. Als sie aber zudrücken wollte, schrie sie laut vor Schmerz, denn sie tat sich nur selber weh. Billy grinste über ihre fruchtlosen Anstrengungen. Sie grub ihre Daumen in seinen Hals, um einen japanischen Todesgriff auszuführen, und sah mit tiefstem Bedauern ihre gebogenen Nägel. Sie klopfte ihn hart auf die Spitze des Kinns und schrie wieder laut, dieses Mal, weil sie sich ihre Knöchel geschlagen hatte.

»Das kann mir aber jedenfalls nicht weh tun«, sagte sie mit zusammengebissenen Zähnen, und schlug mit der geballten Faust auf seinen Solar Plexus.

Billy brüllte laut vor Lachen. Unter dem Überzug von Muskeln, der wie ein eiserner Panzer wirkte, war das verhängnisvolle Nervenzentrum vollkommen unzugänglich.

»Nur weiter, nur immer weiter!« spornte er sie an, als sie, vor Anstrengung stöhnend, den Kampf aufgab. »Es ist ein so komisches Gefühl, als ob du mich mit einer Feder kitzeltest.«

»Na ja, Verehrtester!« sagte sie drohend. »Du kannst, so viel du willst, von deinen Griffen und Totschlägen reden, aber das tun die Männer alle. Ich weiß etwas, das mehr ist als alles andere, und das einen starken Mann so hilflos wie ein Kind macht. Warte nur einen Augenblick. So! Mach die Augen zu. Fertig? Es dauert nur einen Augenblick.«

Er wartete mit geschlossenen Augen, und so weich wie Rosenblätter, die zu Boden fallen, berührten ihre Lippen seinen Mund.

»Ich gebe mich besiegt«, sagte er ernst und begeistert und schloß sie in seine Arme.

Am Morgen ging Billy zum Pferdehändler und erlegte den Preis für Hazel und Hattie. Saxon war so ungeduldig, sie zu sehen, daß er ihrer Meinung nach für ein so einfaches Geschäft furchtbar lange brauchte. Aber sie verzieh ihm, sobald er sich mit den beiden Pferden vor dem Wagen einstellte.

»Das Geschirr mußte ich mir leihen«, sagte er. »Reich mir Possum herauf, und klettere selbst neben mich, dann will ich dir die beiden H's zeigen – und es ist ein flottes Gespann, darauf kannst du Gift nehmen.«

Saxons Freude war unbegrenzt und machte sie beinahe stumm, als sie hinter den flammenden, kastanienbraunen Pferden mit den weißgelben Schweifen und Mähnen zur Stadt hinausfuhren. Der Kutschbock war gepolstert, hochlehnig und bequem, und Billy war ganz außer sich vor Begeisterung über die prachtvolle, kräftig wirkende Bremse. Er ließ das Gespann auf der harten Landstraße traben, um die Durchschnittsgeschwindigkeit, die sie leisten konnten, zu zeigen, und fuhr sie einen steilen Feldweg hinan, obwohl der Schlamm fast bis zu den Radnaben ging, um zu zeigen, daß sie nicht umsonst von einem leichten Belgier abstammten.

Als Saxon schließlich in völliges Schweigen versank, beobachtete er sie besorgt mit hastigen Seitenblicken. Sie seufzte und fragte:

»Wann, glaubst du, können wir reisen?«

»Vielleicht in zwei Wochen – vielleicht in zwei bis drei Monaten.« Er seufzte, ernst und nachdenklich. »Wir sind wie der Irländer, der einen Koffer hat und nichts hineinzutun. Wir haben Wagen und Pferde, aber nichts zu fahren. Ich kann eine kleine Büchse kriegen – ein Prachtstück, sage ich dir. Aber denk an all das Geld, das wir schuldig sind. Auch eine neue kleine Schrotflinte für dich und eine etwas schwerere, mit der wir Rehe schießen können. Und du brauchst auch eine gute zerlegbare Angelrute, wie meine. Und Angelschnüre kosten ein verfluchtes Geld. Und ein Geschirr wie das, welches ich haben will, macht fünfzig gute Dollar aus der Tasche. Und der Wagen müßte auch gestrichen werden. Dazu kommen Weideleinen, ein Futterbeutel, ein Geschirrputzkasten und vieles andere. Und Hazel und Hattie leiden nur durch das Warten. Ich bin selbst ganz darauf versessen, wegzukommen.«

Er hielt plötzlich verwirrt inne.

»Nun, Billy, was denkst du jetzt? Ich kann es deinen Augen ansehen!« sagte Saxon.

»Ja, siehst du, Saxon, es hängt so zusammen. Er – Sandow ist nicht zufrieden – er ist toll wie ein Stier. Er hatte gar keine Gelegenheit, mich auch nur anzurühren. Er hatte nicht die geringste Chance, und jetzt verlangt er Revanche. Er läuft in der Stadt herum und erzählt, daß er mich besiegen kann, wenn ihm die eine Hand auf dem Rücken gebunden ist und solchen Unsinn mehr. Aber das ist es nicht. Die Sportidioten sind ganz wild nach einem Revanchekampf. Sie bekamen das letztemal nichts für ihr Geld. Es wird pfropfenvoll. Der Direktor hat schon mit mir gesprochen, und deshalb kam ich so spät. Sonnabend in acht Tagen warten Dreihundert auf mich, ich brauche mich nur zu bücken und sie aufzuheben. – Und selbstverständlich mußt du ja sagen. Es ist genau so, wie ich dir früher sagte. Ich werde leicht mit ihm fertig. Er glaubt immer noch, daß ich ein Bauernlümmel bin, und daß mein Stoß der reine Zufallstreffer war.«

»Aber Billy, du hast mir doch immer gesagt, daß Boxen deine Seide verdürbe. Deshalb hast du es doch aufgegeben und angefangen zu fahren.«

»Aber ich habe das Zeug fürs Boxen«, antwortete er. »Mit dem werde ich leicht fertig. Ich lasse ihn ungefähr bis zur siebten Runde stehen. Nicht, daß es notwendig wäre, nur damit die Zuschauer etwas für ihr Geld haben. Natürlich kriege ich ein paar Beulen ab, und etwas Haut wird auch abgeschrammt. Aber wenn der Zeitpunkt gekommen ist, gebe ich ihm eins auf sein Kinn, daß er gleich, umfällt. Was meinst du dazu? Sag, Saxon.«

Am Sonnabendabend, zwei Wochen später, lief Saxon an die Tür, als die Pforte zuschlug. Billy sah müde aus. Sein Haar war naß, seine Nase geschwollen, die eine Backe ebenfalls, die Haut an den Ohren war verschrammt, und beide Augen ein bißchen blutunterlaufen.

»Ich will mich hängen lassen, wenn der Kerl mich nicht anführte!« sagte er, als er ihr die Goldstücke in die Hand legte, sich hinsetzte und sie auf seinen Schoß zog. »Er ist ein tüchtiger Kerl, wenn er erst richtig in Gang kommt. Statt ihn in der siebten Runde zu erledigen, mußte ich bis zur vierzehnten kämpfen. Dann fing ich ihn auf die Art, wie ich es dir erzählt habe. Es ist schade, daß er ein so empfindliches Kinn hat. Er ist schneller, als ich glaubte, und er kann einem tüchtig zusetzen, so daß ich von der zweiten Runde an Respekt vor ihm hatte. – Aber wieder dieses Kinn! Bis zur vierzehnten Runde hatte er es in Watte gepackt, aber dann kriegte ich es.

Und weißt du was. Ich freue mich mächtig, daß es wirklich vierzehn Runden lang dauerte. Meine Seide ist noch in Ordnung – das merkte ich gleich. Ich brauchte nicht nach Luft zu schnappen, und meine Beine waren wie Eisen. Ich hätte vierzig Runden kämpfen können. Und weißt du, ich habe nie etwas gesagt, aber ich war die ganze Zeit mißtrauisch, seit der ›Schrecken von Chicago‹ mich verprügelte.«

»Ach Unsinn, das mußt du doch längst gewußt haben«, rief Saxon. »Denk doch an all deine Box- und Ringkämpfe und deine Läufe in Carmel.«

»Nicht hier.« Billy schüttelte den Kopf, überlegen wie einer, der alles weiß. »Das ist etwas ganz anderes. Das lähmt einen nicht. Es muß das Richtige sein, sich mit einem Kerl, der all seine Seide hat, ums Leben zu schlagen, und dann – wenn man nicht kaputt geht und das Herz einem nicht so klopft, daß es beinahe zerspringt, und einem die Beine nicht schlapp werden, und man keinen wirren Kopf kriegt – ja, dann weiß man, daß man noch all seine Seide hat. Und ich habe sie, ich habe all meine Seide. Und ich werde sie nicht in weiteren Prügeleien riskieren. Das ist sicher. Das leicht verdiente Geld ist in der Regel auch das teuerste. Von jetzt an wird mit Pferden in Kommission gehandelt, und wir wandern weiter, bis wir das Mondtal finden.«

Früh am nächsten Morgen verließen sie Ukiah. Possum saß auf dem Bock zwischen ihnen und sperrte vor lauter Aufregung seinen rosigen kleinen Rachen auf. Sie hatten ursprünglich die Absicht gehabt, von Ukiah aus direkt nach dem Meere zu fahren, aber es war noch zu früh im Jahr, die weichen Sandwege waren nach dem Gewitterregen noch nicht fahrbar, und deshalb bogen sie, in der Richtung des Seedistrikts, nach Osten ab, in der Absicht, durch das obere

Sacramentotal und über die Berge nordwärts nach Oregon zu fahren. Dann wollten sie den Kreis nach der Küste beschreiben, wo zu dieser Zeit die Wege gut instand waren, und so das Goldene Tor erreichen.

Das ganze Land war grün und mit Blumen übersät, und als sie in die Berge kamen, war jedes kleine Tal wie ein Garten.

»Huh!« meinte Billy höhnisch und wandte sich ganz allgemein an die Umgebung. »Es heißt, daß rollende Steine kein Moos ansetzen. Aber wir haben doch eine ganz nette Menge angesetzt. Ich hab' nie in meinem Leben so viel auf einmal besessen – nicht einmal in den Tagen, als ich nicht rollte. Zum Teufel, nicht einmal die Möbel gehörten uns. Nur die Kleider, in denen wir gingen und standen, ein paar alte Socken und dergleichen.«

Saxon streckte die Hand aus und berührte die seine, und er wußte, daß es eine Hand war, die die seine liebte.

»Nur eins tut mir leid«, sagte sie. »Daß du alles allein verdient hast. Ich habe keinen Anteil daran gehabt.«

»Oho! – du hast sehr viel Anteil daran gehabt. Du bist wie ein Trainer beim Boxen. Du sorgst dafür, daß ich froh und vergnügt und in guter Form bin. Man kann nicht richtig kämpfen, wenn man nicht einen guten Trainer hat. – Teufel, glaubst du, ich würde hier sitzen, wenn du nicht gewesen wärest! Du warst es, die mich alles liegen und auf die Wanderung gehen ließ. Wenn du nicht gewesen wärest, so hätte ich mich tot getrunken oder wäre in San Quentin aufgeknüpft worden, weil ich zu hart mit einem Streikbrecher umgegangen war oder dergleichen. Und sieh mich an! Sieh die Geldrolle« – er schlug sich auf die Brust – »damit soll ich Pferde für den Alten kaufen. – Es ist wie Ferien, die nie ein Ende nehmen sollen, und obendrein haben wir unser gutes, reichliches Auskommen. Und ich habe einen neuen Beruf bekommen – Pferde für Oakland zu kaufen. Wenn ich zeige, daß ich Verstand habe, und ich weiß, daß ich das habe, werden alle Firmen in San Franzisko angelaufen kommen und mich bitten, Pferde für sie zu kaufen. Und das ist alles deine Schuld – denn du hast mich dazu gekriegt, und wenn Possum uns jetzt nicht anguckte, dann würde ich – aber was, zum Teufel, kümmere ich mich darum, ob er es sieht.«

Und Billy beugte sich zu ihr und küßte sie.

Der Weg wurde hügelig und beschwerlich, als sie höher hinaufkamen, aber das letzte Stück bis zur Wasserscheide war nicht schwierig, und bald fuhren sie in den Canyon bei den blauen Seen ein, durch fruchtbare Felder mit goldenem Mohn. Auf der Sohle des Canyons schlängelte sich ein breites Band von tiefstem Blau. Weit vor ihnen schlossen die Hügel sich wie Falten am Horizont, und in der Ferne war ein blauer Berg, der eine Art Mittelfigur im Bilde ausmachte.

Sie richteten einige Fragen an einen schönen, schwarzäugigen Mann mit grauem, lockigem Haar, und er antwortete ihnen mit deutschem Akzent, während eine Frau mit vergnügtem Gesicht ihnen aus einem hohen Gitterfenster in einer Schweizer Villa, die oben auf einem Hange lag, zunickte. Billy gab seinen Pferden in einem hübschen Hotel, weiter abwärts im Canyon, Wasser, und der Wirt erzählte ihnen, daß er selbst das Hotel nach einer Zeichnung des Mannes mit dem lockigen grauen Haar gebaut hatte – er war Architekt und wohnte in San Franzisko.

»Wir kommen vorwärts, wir kommen vorwärts!« sagte Billy und lachte bei sich, als sie weiter zwischen den Hügeln hindurch an einem zweiten See vom tiefsten Blau vorbeifuhren. »Kannst du sehen, jetzt, da wir fahren, behandeln sie uns schon anders als zu der Zeit, da wir mit unsern Bündeln auf dem Rücken herumwanderten? Wenn Hazel und Hattie und Saxon und Possum und meine Wenigkeit hier in dem vornehmen Wagen angefahren kommen, glauben die Leute, daß wir Millionäre auf einer Vergnügungsreise sind.«

Der Weg wurde breiter. Große Wiesen, hin und wieder mit Eichengruppen und grasendem Vieh, lagen zu beiden Seiten. Dann tauchte ein neuer See wie ein kleines Meer im Lande auf, weißschäumend von dem Wind, der von den hohen Bergen herabstrich, auf deren nördlichen Hängen der Schnee immer noch in schimmernd weißen Flecken lag.

»Frau Hazard war ganz begeistert vom Genfer See«, sagte Saxon, »aber ich möchte wissen, ob er schöner ist als der hier.«

»Aber der Architekt nannte dies hier auch die kalifornischen Alpen«, bestätigte Billy. »Und wenn ich mich nicht irre, ist das da vorn Lakeport. Das ist alles ganz wild, und es gibt keine Eisenbahn.«

»Und auch kein Mondtal«, sagte Saxon kritisch. »Aber es ist schön, ach, wie schön!«

»Aber hier ist es im Sommer sicher heiß wie die Hölle, das möchte ich wetten«, erklärte Billy. »Nein, das Land das wir suchen, liegt näher an der Küste. Aber deshalb ist es hier doch schön – wie ein Bild an der Wand. Was meinst du dazu, wenn wir hier haltmachen und ein bißchen schwimmen?«

Zehn Tage darauf fuhren sie in Williams in Colusa County ein, und dort stießen sie zum erstenmal auf eine Eisenbahn. Billy sah sich nach ihr um, weil hinter seinem Wagen zwei prachtvolle Arbeitspferde liefen, die er unterwegs gekauft hatte und nach Oakland schicken wollte.

»Hier ist es zu heiß«, erklärte Saxon, und sah über die schwachleuchtende Fläche des mächtigen Sacramentotals hinaus. »Keine Riesentannen. Keine Hügel. Keine Wälder. Keine Manzanitos. Keine Madronjos. Einsam und traurig –«.

»Wie die Flußinseln«, fiel Billy ihr ins Wort. »Verflucht reicher Boden, aber die Arbeit scheint zu schwer zu sein. Das ist gut für Leute, die auf Mühe versessen sind – aber Gott mag wissen, daß es einen hier nicht reizt, immer zu bleiben. Keine Fischerei, keine Jagd – nichts als Arbeit. Wenn ich gezwungen wäre, hier zu leben, würde ich selber anfangen, mich abzurackern.«

Viele Tage fuhren sie in Hitze und Staub über die kalifornische Ebene nach Norden, und überall sahen sie »neue« Landwirtschaft – große Rieselkanäle, die gegraben waren oder gegraben wurden, Boden, der von elektrischen Leitungen von den Bergen durchschnitten war und viele neue Bauernhäuser auf kleinen eingehegten Gütern. Die großen Höfe aus der guten alten Zeit wurden ausgestückt. Und doch gab es immer noch viele große, fünf- bis zehntausend Morgen umfassende Höfe, die sich vom Ufer des Sacramentos bis an den Horizont erstreckten und zitternd, mit großen Taleichen übersät, unter den Hitzewellen lagen

»Solche Bäume brauchen reichen Boden«, sagte ein Bauer auf einer kleinen Zehn-Morgen-Wirtschaft zu ihnen. Sie waren hundert Fuß weit vom Wege bis zu seiner winzigen Scheune gefahren, um Hazel und Hattie Wasser zu geben. Ein schöner junger Obstgarten nahm den größten Teil seiner zehn Morgen ein, aber außerdem gab es noch weißgestrichene Hühnerhäuser und mit Drahtzäunen umgebene Ausläufe, in denen sich Hunderte von Hühnern befanden. Er hatte gerade mit einem kleinen Fachwerkbau begonnen.

»Den Grund und Boden kaufte ich mir in den Ferien«, erzählte er, »und pflanzte die Bäume. Dann kehrte ich wieder zu meiner Arbeit zurück und blieb dabei, bis alles gerodet war. Jetzt bin ich für immer hier, und sobald das Haus fertig ist, lasse ich meine Frau kommen. Sie ist nicht besonders kräftig, und es wird sehr gesund für sie sein. Wir haben viele Jahre gearbeitet und uns abgerackert, um aus der Stadt wegzukommen.« Er hielt inne und seufzte zufrieden. »Und jetzt sind wir frei.«

Das Wasser im Trog war warm von der Sonne.

»Warten Sie«, sagte der Mann. »Das dürfen Sie sie nicht trinken lassen. Ich gebe ihnen etwas kaltes Wasser.«

Er ging zu einem kleinen Schuppen und drehte einen Schalter, worauf ein kleiner Motor von der Größe einer Obstkiste sich summend in Bewegung setzte. Ein fünfzölliger blinkender Wasserstrahl spritzte in den seichten Graben, der die Hauptader seines Berieselungssystems war, und strömte in vielen Seitenkanälen durch den Obstgarten.

»Ist das nicht herrlich – herrlich, herrlich!« rief der Mann begeistert. »Das bedeutet Knospen und Früchte. Blut und Leben. Sehen Sie nur! Das macht eine Goldmine zu einem Witz und ein Schanklokal zu einem bösen Traum. Ich weiß es. Ich – ich bin einmal Kellner gewesen. Ich bin tatsächlich mein ganzes Leben lang Kellner gewesen. Damit habe ich mir das Geld verdient, um diesen Hof zu kaufen. Und ich habe die Arbeit mein ganzes Leben gehaßt. Ich bin auf einem Bauernhof geboren, und immer habe ich mich nach dem Lande gesehnt.«

Er wischte sich die Brille ab, um besser sein heißgeliebtes Wasser sehen zu können, dann ergriff er eine Hacke und wanderte mit ihr den Hauptgraben entlang, um weitere Nebenkanäle anzulegen.

»Das ist der komischste Kellner, den ich je getroffen habe«, meinte Billy. »Ich glaubte, er sei irgendein Geschäftsmann. Es muß irgend so ein stilles Hotel gewesen sein.«

»Du darfst nicht gleich weiter fahren«, erklärte Saxon. »Ich möchte gern noch mit ihm reden.«

Er kam wieder, putzte sich die Brille und strahlte über das ganze Gesicht, als er das Wasser betrachtete, das eine Art Zauber auf ihn ausübte. Um ihn in Gang zu bringen, brauchte Saxon sich nicht mehr anzustrengen, als er es getan, um seinen Motor in Gang zu bringen.

»Anfang der Fünfziger nahmen Pioniere alles dies in Besitz«, sagte er. »Die Mexikaner waren nie so weit gekommen, alles war Staatsboden. Alle Menschen bekamen hundertundsechzig Morgen. Und welch einen Boden! Die Geschichten, die sie von all dem Weizen erzählen, den sie bekamen, sind beinahe unglaublich. Dann erfolgten verschiedene Veränderungen. Die schlauesten und vernünftigsten Pioniere behielten, was sie hatten, und kauften von den andern dazu. Und allmählich wurde alles zu großen Höfen.«

»Das waren die glücklichen Spieler«, warf Saxon ein, die sich erinnerte, was Mark Hall gesagt hatte.

Der Mann nickte beifällig und fuhr fort:

»Die Alten rechneten und sammelten und machten ihre großen Höfe immer größer, und sie bauten die großen Scheunen und Häuser und legten Obst- und Blumengärten an. Die Jungen wurden von all dem vielen Reichtum verdorben, sie gingen in die Stadt, um ihn durchzubringen. Und in einem waren Alte und Junge sich einig: Den Boden auszusaugen. Jahr auf Jahr beuteten sie ihn aus und verschafften sich Riesenernten. Sie gaben ihm nichts dafür, und der Boden, den sie zurückließen, war vollkommen ausgepreßt. Ja, große Stücke waren so ausgenutzt, daß sie fast wie eine Wüste dalagen.

Die großen Bauern aus der wirklich guten Zeit sind jetzt alle tot – ja, Gott sei Dank! – und dadurch haben wir kleinen Bauern unsere Chance bekommen. Es wird nicht viele Jahre dauern, bis das ganze Tal in kleinen Stellen wie die meine bewirtschaftet wird. Sehen Sie, was wir ausrichten! Wir kriegen ausgenutzten Boden, der keinen Weizen mehr erzeugt, übergießen ihn mit einem Strom von Wasser und behandeln die Erde gut, ja, sehen Sie nur unsere Obstgärten!

Wir haben das Wasser – von den Bergen und von den unterirdischen Quellen. Ich las neulich einen Bericht, in dem stand, daß alles Leben von der Nahrung abhängt. Aber alle Nahrung hängt wieder vom Wasser ab. Es gehören tausend Pfund Wasser dazu, um ein Pfund Nahrung, zehntausend Pfund Wasser, um ein Pfund Fleisch zu erzeugen. Wieviel Wasser trinken Sie in einem Jahre? Ungefähr eine Tonne. Aber Sie essen ungefähr zweihundert Pfund Gemüse und zweihundert Pfund Fleisch im Jahre – das heißt, daß Sie hundert Tonnen Wasser in Form von Gemüse und tausend Tonnen in Form von Fleisch in sich aufnehmen – und das heißt wieder, daß elfhundertundeine Tonne Wasser jährlich dazu gehören, um eine kleine Frau wie Sie zu erhalten.«

»Teufel auch!« Das war alles, was Billy sagen konnte.

»Sie sehen also, wie abhängig die ganze Bevölkerung vom Wasser ist«, fuhr der frühere Kellner fort. »Nun ja, wir haben das Wasser, einen unermeßlichen unterirdischen Vorrat, und im Laufe weniger Jahre wird dieses Tal so dicht bevölkert sein wie Belgien.«

Ganz bezaubert von dem fünfzölligen Strom, der von demselben Motor aus dem Boden geholt und ihm wiedergegeben wurde, hielt er in seiner Darlegung inne und starrte ihn an, verzaubert, ohne einen andern Gedanken, während seine Gäste weiterfuhren.

»Und der hat Getränke ausgeschenkt«, sagte Billy bewundernd. »Er würde sich sicher viel besser dazu eignen, in einer Temperenzlerwirtschaft zu bedienen – das kannst du jedem sagen, der dich danach fragt.«

»Es ist ein so schöner Gedanke – all das Wasser – und all die glücklichen Menschen, die hier wohnen –«

»Aber es ist nicht das Mondtal«, lachte Billy.

»Nein«, antwortete sie. »Im Mondtal brauchen sie den Boden nur zu überrieseln, wenn sie Alfalfa und dergleichen pflanzen wollen. Was wir brauchen, ist Wasser, das ganz natürlich aus der Erde quillt und sich in kleinen Bächen über den Hof verbreitet, und an der Grenze einen richtigen kleinen Fluß. –«

»Mit Forellen«, fiel Billy ihr ins Wort. »Und mit Weiden und allen möglichen andern Bäumen an seinen Ufern, und hie und da einer Stromschnelle, wo man Forellen fangen kann und einer tiefen Stelle zum Schwimmen und Tauchen. Und Eisvögel und Kaninchen, die zum Trinken an den Fluß kommen, und vielleicht auch ein Hirsch.«

»Und Lerchen auf den Wiesen«, fügte Saxon hinzu. »Und in allen Bäumen Turteltauben. Wir müssen Turteltauben und große graue Waideichhörnchen haben.«

»Na ja, in dem Mondtal – da gibt es wenigstens etwas«, sagte Billy nachdenklich und wippte mit seiner Peitsche eine Fliege weg, die sich auf Hatties Flanke gesetzt hatte. »Glaubst du, daß wir es finden?«

Saxon nickte mit großer Sicherheit.

Immer nordwärts, durch ein fruchtbares, blühendes, verjüngtes Land, mit Aufenthalt in den Städten Willows, Red Bluff und Redding, durch die Bezirke Colusa, Glenn, Tehama und Shasta fuhr der elegante Reisewagen, gezogen von den flammenden Kastanienbraunen mit den weißgelben Mähnen und Schweifen. Billy fand nur drei Pferde, die er nach Oakland schicken konnte, obgleich er viele Bauernhöfe besuchte. Saxon sprach mit den Frauen, während er mit den Männern den Bestand durchsah, und sie überzeugte sich immer mehr, daß das Tal, welches sie suchten, nicht hier lag.

Bei Redding setzten sie in einer Seilfähre über den Sacramento, und in brennender Hitze reisten sie einen ganzen Tag über niedrige Ausläufer der Berge und flache Ebenen. Die Hitze wurde immer unerträglicher, und Bäume und Sträucher waren versengt und tot. Dann kamen sie endlich nach Sacramento, wo die großen Schmelzhütten in Kennet die Vernichtung, die die Vegetation betroffen hatte, erklärten.

Sie klommen aus der Schmelzstadt heraus, wo hochgelegene Häuser einen unsicheren Halt auf dem steilen Hang gefunden hatten. Es war ein breiter, gut angelegter Weg, der sie den meilenweiten Hang hinauf und von dort steil abwärts in den Sacramento Canyon führte. Der Weg, der in die Felswand des Canyons gehauen war und sich gleichmäßig senkte, wurde so schmal, daß Billy sich fürchtete, einem andern Fuhrwerk zu begegnen. Tief unten lief der Fluß schäumend oder gleichmäßig gleitend über den steinigen Boden oder stürmte vorwärts über große Steine und Wasserfälle in seiner wilden Jagd nach dem großen Tal, das sie soeben verlassen hatten.

Zuweilen wurde der Weg etwas breiter, und dann kutschierte Saxon, während Billy zu Fuß ging, um den Wagen zu erleichtern. Sie bestand darauf, es auch hin und wieder zu tun, und wenn er die stöhnenden Pferde anhielt, damit sie auf dem steilen Hang Luft schöpften, und wenn Saxon dann neben ihren Köpfen stand, sie streichelte und ermunterte, den Weg fortzusetzen, dann war Billys Freude zu innig, als daß er sie in Worten hätte ausdrücken können, und er konnte nur seine schönen Pferde und seine schöne Frau ansehen, die so frisch und zierlich in ihrem goldbraunen Cordkleid, die festen Waden in braunem Cord unter dem kurzen, straffen Rock, dastand. Und wenn sie ihn dann mit einem Blick ansah, in dem er dieselbe Freude las, die sein Gemüt erfüllte, und sich die ehrlichen grauen Augen plötzlich betauten, dann konnte er sich nicht mehr bezwingen, sondern wußte, daß er etwas sagen mußte, um sich Luft zu machen.

»Oh, du Liebes!« rief er.

Und sie antwortete strahlend: »Oh, du Lieber!«

Eine Nacht verbrachten sie in einer tiefen Senkung des Canyons, wo ein kleines Dorf mit einer Kistenfabrik lag, und wo ein zahnloser Greis, der mit seinen blassen Augen ihre Reiseausstattung betrachtete, fragte: »Seid ihr Zirkuskünstler?«

Sie kamen an Castle Crags vorbei, das mit seinen mächtigen Bastionen flammendrot von dem in der Hitze zitternden blauen Himmel abstach. Dann sahen sie den ersten Schimmer des Mount Shasta, einer rosigen Schneezinne, die sich, schön wie ein Traum, im Sonnenuntergang zwischen und über den grünen Wänden eines Canyons erhob – ein Kennzeichen, das sie viele Tage lang vor Augen haben sollten. Wenn sie einen steilen Hang hinaufkamen, konnte der Shasta plötzlich bei einer Wegbiegung, immer noch in der Ferne, erscheinen, jetzt mit zwei Gipfeln und Gletschern von schwachleuchtendem Weiß. Meile auf Meile, Tag für Tag mühten sie sich bergan, während der Shasta in seinem Sommerschnee immer neue Formen annahm.

»Ein Kino am Himmel«, sagte Billy schließlich.

»Ach, das ist alles so schön!« seufzte Saxon. »Aber es ist kein Mondtal.«

Sie begegneten einer wahren Landplage von Schmetterlingen, und viele Tage lang fuhren sie durch zahllose Schwärme der schönen flammenden Geschöpfe, die eine einförmige samtbraune Decke auf dem Wege bildeten. Und die ganze Zeit war es, als höbe sich der Weg unter den Nüstern der schnaubenden Pferde, während die Luft von lautlosen Wesen erfüllt wurde, die in Wolken von Braun und Gelb, weich und leicht wie Schnee, vom Winde dahingetrieben wurden oder sich in ganzen Bergen an den Hecken sammelten und sich hilflos in den Rieselgräben am Wege entlang treiben ließen. Hazel und Hattie gewöhnten sich allmählich daran, aber Possum fürchtete sich wahnsinnig vor ihnen.

»Hu! Wer hat je von Pferden gehört, die sich nicht mehr vor Schmetterlingen fürchteten?« neckte Billy. »Das steigert ihren Wert um fünfzig Dollar.«

»Warten Sie nur, bis Sie über die Grenze von Oregon nach dem Rogue-River-Tal kommen«, sagten die Leute zu ihnen. »Das ist ein wahres Paradies auf Erden – Klima, Landschaft und Obstgärten; Obstfarmen, die nach einer Schätzung von fünfhundert Dollar den Morgen zweihundert Prozent ergeben.«

»Nun ja«, sagte Billy, als sie außer Hörweite waren. »Der Bissen ist zu fett, da kriegt man Leibschmerzen.«

Und Saxon sagte: »Ich weiß nichts von Äpfeln im Mondtal, aber das weiß ich, daß es zehntausend Prozent Glück geben soll nach einer Schätzung von einem Billy, einer Saxon, einer Hazel, einer Hattie und einem Possum.«

Durch Siskiyou und über hohe Berge kamen sie nach Ashland und Medford und rasteten am wilden Rogue.

»Es ist alles herrlich und prachtvoll«, erklärte Saxon, »aber es ist nicht das Mondtal.«

»Nein, es ist nicht das Mondtal«, sagte Billy zustimmend, und das sagte er auch noch am Abend desselben Tages, als er ein Ungeheuer von Forelle gefangen hatte, bis an den Hals in dem eiskalten Rogue stand und ganze vierzig Minuten mit seiner Beute kämpfte, bis es ihm glückte, sie ans Ufer zu ziehen, wo er sie mit einem Geheul wie ein Comanche an den Kiemen packte.

»Wer sucht, findet«, prophezeite Saxon, als sie über den Grant Paß fuhren und nordwärts über die Berge den fruchtbaren Oregontälern zusteuerten.

Als sie eines Tages in der Nähe des Umpqua rasteten, beugte Billy sich über den ersten Hirsch, den er je geschossen hatte, und begann ihn abzuziehen. Dann sah er zu Saxon auf und meinte:

»Wenn ich nicht Kalifornien kennte, so würde ich glauben, daß Oregon etwas für mich sei.«

Als sie sich abends am Hirschfleisch satt gegessen hatten, sagte er, während er, auf die Ellbogen gestützt, dalag und seine Zigarette nach dem Abendessen rauchte:

»Vielleicht gibt es gar kein Mondtal. Und wenn nicht – was dann? Wir könnten ja unser ganzes Leben lang weiter suchen. Ich wünsche mir nichts Besseres.«

»Ja, aber es gibt ein Mondtal«, sagte Saxon, »und wir werden es schon finden. Wir müssen es finden. Es ginge doch nicht, daß wir nicht eine feste Wohnung hätten. Dann würde es ja keine kleinen Hazels und Hatties oder – kleine – Billys geben –«.

»Oder kleine Saxons«, warf Billy ein.

»Oder kleine Possums«, fügte sie schnell hinzu und streichelte gleichzeitig den Foxterrier, der begeistert an einem Hirschknochen nagte. Ein gereiztes Knurren und ein giftiges Schnappen nach ihren Fingern, die sie hastig zurückziehen mußte, war ihr Lohn.

»Possum!« schalt sie und streckte wieder die Hand aus.

»Laß ihn!« warnte Billy sie. »Er kann nichts dafür, und das nächste Mal beißt er dich.«

Noch drohender war das Knurren, das Possum ausstieß, als seine Kinnbacken sich um den Knochen preßten, und seine Augen flammten wie im Wahnsinn, während sich die Haare auf seinem Halse sträubten.

»Es ist ein guter Hund, der für seinen Knochen kämpft«, sagte Billy zu seiner Entschuldigung. »Ich möchte keinen Hund haben, der das nicht täte.«

»Aber er ist mein Possum«, protestierte Saxon. »Und er liebt mich. Er muß mich mehr lieben als einen alten Knochen. Und er muß gehorchen, wenn ich etwas sage. Hörst du, Possum, gib mir jetzt den Knochen. Gib mir den Knochen, mein Herr.«

Sie streckte vorsichtig die Hand aus, und das Knurren wurde immer stärker und schriller, bis es in einem gereizten Schnappen endete.

»Ich sage dir, es ist Instinkt«, wiederholte Billy. »Er liebt dich, aber er kann das einfach nicht lassen.«

»Er hat das Recht, seinen Knochen gegen Fremde zu verteidigen, aber nicht gegen seine eigene Mutter«, ereiferte Saxon sich. »Ich werde ihn schon dazu bringen, daß er mir den Knochen läßt.«

»Ein Foxterrier ist schrecklich empfindlich, Saxon. Du machst ihn nur hysterisch.«

Aber sie war entschlossen, ihren Kampf durchzuführen, und sie hob einen kurzen Zweig vom Boden auf.

»So, mein Freund, gib mir jetzt den Knochen.«

Sie drohte dem Hund mit dem Zweig, und der Hund wurde wütender als je. Wieder schnappte er nach ihr. um sich dann auf seinen Knochen zu stürzen und sich daran festzuklammern. Saxon hob den Stock, wie um zu schlagen, und er ließ plötzlich den Knochen los, rollte sich vor ihren Füßen auf dem Rücken, alle viere in der Luft, die Ohren demütig zurückgelegt und mit tränenerfüllten, flehenden Augen.

»Großer Gott!« sagte Billy ernst und feierlich. »Sieh ihn nur an – wie er daliegt und seinen Solar Plexus, seine Eingeweide und seinen ganzen Leib präsentiert – vollkommen wehrlos, als wollte er sagen: ›Hier liege ich. Prügele los auf mich! Tritt mir das Leben zum Leibe heraus! Ich liebe dich, ich bin dein Sklave, aber ich kann es nicht lassen, meinen Knochen zu verteidigen. Mein Instinkt ist stärker als ich. Töte mich – aber ich kann nicht anders.‹«

Saxons Zorn war verschwunden. Sie hatte Tränen in den Augen, als sie sich niederbeugte und das winzige Geschöpf in ihre Arme nahm. Possum war außer sich vor Erregung, er winselte und zitterte, wand und drehte sich und leckte ihr Gesicht – alles, um ihre Verzeihung zu erlangen.

»Ein Herz von Gold, mit einer Rose im Mund«, summte Saxon, während sie ihr Gesicht in dem weichen, zitternden Bündel von Nerven und Empfindsamkeit vergrub. »Es tut Mutter leid. Sie wird dich nie mehr so quälen. So, so, mein Kleines. Sieh! Hier ist dein Knochen – nimm ihn.«

Sie setzte den Hund auf den Boden, aber er stand unentschlossen da, als wüßte er nicht, was er wählen sollte – sie oder den Knochen, und er sah sie an, um sich zu vergewissern, daß er wirklich ihre Erlaubnis hatte, zitterte aber gleichzeitig immer noch vor Bewegung über den furchtbaren Kampf zwischen Verlangen und Pflicht, der ihn fast zu zerreißen drohte. Erst als sie ihre Erlaubnis wiederholt und mit einem Kopfnicken auf den Knochen gezeigt hatte, nahm der Hund ihn wieder auf. Und einmal, als eine Minute vergangen war, hob er in plötzlichem Schreck den Kopf und sah sie fragend an. Sie nickte lächelnd, und Possum seufzte tief und zufrieden und machte sich dann wieder an seinen teuren Knochen.

»Mercedes hatte recht, als sie sagte, daß die Menschen um Arbeit kämpfen wie Hunde um einen Knochen«, sagte Billy langsam. »Es ist Instinkt. Ich konnte es ebensowenig lassen, einen Streikbrecher zu verprügeln, wie Possum es lassen konnte, nach dir zu schnappen. Man kann es nicht erklären. Was man tun muß, das muß man tun. Wenn man etwas tut, so zeigt das, daß man es tun muß, ob man es nun erklären kann oder nicht. Was man tun muß, muß man tun. Mehr ist darüber nicht zu sagen. Ich hatte nicht den geringsten Grund, unsern Zimmerherrn Jimmy Harmon zu verprügeln. Er war ein braver Bursche, in jeder Beziehung anständig. Aber ich mußte es einfach tun, als der Streik in die Brüche ging und alles in mir so bitter war, daß ich es direkt schmecken konnte. Ich habe es dir nie erzählt, aber ich habe einmal nach meiner Entlassung mit ihm darüber gesprochen, als meine Arme heilten. Ich ging in den Lokomotivschuppen, lauerte ihn auf und bat ihn dann um Entschuldigung. Warum ich ihn um Entschuldigung bat? Das weiß ich nicht – wohl aus demselben Grunde, aus dem ich ihn verprügelte – ich konnte es nicht lassen.«

Und so erklärte Billy auf seine eigene, realistische Art das Gesetz von Ursache und Wirkung am Ufer des Umpquas, während Possum es auf ähnliche Art mit gierigen Zähnen an seinem Knochen darlegte.

Südwärts fuhren sie, die Küste entlang, jagten, fischten, schwammen und kauften Pferde, und Billy verschickte seine Einkäufe mit den Küstendampfern. Sie zogen durch Del Norte und Humboldt County und durch Mendocino nach Sonoma – Kreise, größer als die östlichen Staaten, bahnten sich ihren Weg durch riesige Wälder, fischten in unzähligen Forellenflüssen und fuhren durch zahllose reiche Täler. Und immer noch suchte Saxon nach dem Mondtal. Zuweilen, wenn alles andere ausgezeichnet schien, fehlte eine Eisenbahn, zuweilen fehlten Madronjos oder Manzanitas, und meistens gab es zuviel Nebel.

»Wir müssen hin und wieder einen Sonnencocktail haben«, sagte sie zu Billy.

»Ja«, antwortete er, »zuviel Nebel könnte uns leicht schlaff machen. Das, was wir suchen, liegt so in der Mitte, und wir müssen etwas von der Küste abhalten, um es zu finden.«

Es war Herbst, und sie verließen den Stillen Ozean bei dem alten Fort Ross und fuhren in das Russian-River-Tal, weit unterhalb Ukiahs, über Cazadero und Guerneville. Bei Santa Rosa wurde Billy durch das Verschicken einiger Pferde etwas aufgehalten, und erst am Nachmittag fuhr er in südöstlicher Richtung nach dem Sonomatal.

»Ich glaube nicht, daß wir das Sonomatal vor Schlafenszeit erreichen«, sagte er und maß mit den Augen den Abstand der Sonne vom Horizont. »Dies ist das Bennettal. Hier setzt man über eine Wasserscheide und kommt dann bei Glen Ellen heraus. Sieh, das ist nun ein mächtig schönes Tal, wenn jemand dich danach fragen sollte. Und ein prachtvoller Berg dort drüben.«

»Der Berg ist wirklich schön«, erklärte Saxon. »Aber die andern Höhen sind zu kahl. Und ich sehe keine großen Bäume. Es gehört reicher Boden dazu, daß die Bäume so groß werden.«

»Ich will ja nicht behaupten, daß es das Mondtal ist – das würde mir nicht einfallen. Aber doch, Saxon, der Berg dort ist keine Kleinigkeit. Sieh nur all das Holz darauf. Ich möchte wetten, daß es dort Hirsche gibt!«

»Ich möchte wissen, wo wir dieses Jahr den Winter verbringen werden«, meinte Saxon.

»Weißt du – ich habe auch gerade darüber nachgedacht. Laß uns im Winter nach Carmel gehen. Mark Hall ist wiedergekommen und Jim Hazard auch. Was meinst du dazu?«

Saxon nickte.

»Aber diesmal brauchst du doch nicht alle mögliche Gelegenheitsarbeit zu verrichten?«

»Nein, wir können uns damit begnügen, Pferde aufzukaufen, wenn das Wetter gut genug zum Ausfahren ist«, bestätigte Billy, und sein Gesicht strahlte vor Zufriedenheit. »Und wenn dieser herumspazierende Dichter aus dem Marmorhaus in der Nähe ist, dann werde ich schon die Boxhandschuhe an ihm versuchen, nur um ihn daran zu erinnern, daß er mir einmal beinahe die Beine in den Leib getrabt hat.«

»Oh, Oh!« rief Saxon. »Sieh nur, Billy! Sieh!«

Bei einer Wegbiegung kam ein Mann in einem mit einem schweren Pferd bespannten Wagen gefahren. Das Tier war von schimmernder kastanienbrauner Farbe, mit weißgelber Mähne und Schweif. Der Schweif fegte fast den Boden, und die Mähne war so schwer, daß sie sich wie ein Kamm am Halse hob und über die Seiten wogte. Das Tier witterte die Stuten und blieb stehen, warf den Kopf zurück, das große Büschel der gelbweißen Mähne wogte im Winde. Es beugte den Kopf, bis die weitgeöffneten Nüstern die zitternden Knie berührten, und zwischen den stark gespitzten Ohren kam ein mächtiger, fast unglaublich gebogener Hals zum Vorschein. Dann warf es wieder den Kopf zurück und zerrte zornig am Gebiß, während der Kutscher weit ausbog, um keine Gefahr zu laufen. Sie konnten den blauen Glanz in den wildschimmernden Augen des Pferdes sehen, und Billy griff vorsichtig nach den Zügeln und hielt selbst weit ab. Er hob die Hand, um dem Mann mit dem Hengst ein Zeichen zu machen, und als sie aneinander vorbei waren, hielt er an, und sie plauderten über Arbeitspferde.

Unter anderm erfuhr Billy, daß der Hengst Barbarossa hieß, daß es sein Besitzer war, der ihn fuhr, und daß er in Santa Rosa zu Hause war. »Es gibt von hier zwei Wege nach dem Sonomatal«, sagte der Mann. »Wenn Sie an den Kreuzweg kommen, müssen Sie links über Bennet Peak nach Glen Ellen abbiegen – es ist dort drüben.«

Hoch über weitgedehnte Stoppelfelder erhob sich der Bennet Peak in der warmen Sonne, zwischen einer Reihe von Höhen, die sich an seinen Fuß lehnten. Aber Höhen und Berge an dieser Seite waren kahl und verbrannt, wenn auch von der schönen, sonnenverbrannten, gelbbraunen Farbe, die für Kalifornien eigentümlich ist.

»Der Weg rechts führt auch nach Glen Ellen, aber er ist weiter und steiler. Nun, Ihre Pferde sehen nicht aus, als ob sie das stören würde.«

»Welcher von den Wegen ist der schönere?« fragte Saxon.

»Oh, der rechts – das ist kein Zweifel«, sagte der Mann. »Das ist der Sonomaberg, und der Weg geht ein gutes Stück hinauf und dann durch Coopers Grove.«

Als sie sich verabschiedet hatten, fuhr Billy nicht gleich weiter. Er und Saxon sahen über die Schulter nach dem erregten Barbarossa zurück, der steigend und in sehr aufrührerischer Stimmung nach Santa Rosa davonsetzte.

»Nun«, meinte Billy, »hier möchte ich schon nächstes Frühjahr sein.«

Beim Kreuzweg machte Billy halt und sah Saxon an. »Was tut es, wenn der Weg auch etwas länger ist?« sagte sie. »Sieh, wie schön es ist – alles mit grünen Bäumen bedeckt, und ich bin sicher, daß es Riesentannen in den Canyons gibt. Man kann es nie wissen. Das Mondtal könnte doch irgendwo dort oben liegen. Und wir dürfen es uns doch nicht entgehen lassen, nur um eine halbe Stunde zu sparen.«

Sie bogen nach rechts ab und fuhren über eine Reihe steiler Anhöhen. Als sie sich näherten, sahen sie, daß das Wasser immer reichlicher floß. Sie fuhren an einem Bach vorbei, und obwohl die Weinberge trocken von der Sommerhitze waren, standen doch große, prachtvolle Baumgruppen auf den Bauernhöfen und rings auf der Ebene.

»Es mag merkwürdig klingen«, sagte Saxon, »aber ich habe den Berg schon richtig liebgewonnen. Es ist fast, als hätte ich ihn früher schon irgendwo gesehen, und – nun ja, er ist ganz herrlich.«

Sie fuhren über eine Brücke, bogen plötzlich um eine Ecke und standen inmitten einer geheimnisvollen kühlen Dunkelheit. Auf allen Seiten erhoben sich stattliche Riesentannen. Der Wald war ein rosiger Teppich von Herbstfarnen. Hin und wieder durchbrach ein Sonnenstrahl den tiefen Schatten und erwärmte das düstere Dunkel des Hains. Verlockende Pfade wanden sich zwischen den Bäumen hindurch und verschwanden in den anheimelnden Winkeln, gebildet von roten Säulen, die im Kreise um den Staub verschwundener Vorfahren wuchsen – ein Zeugnis von den titanenhaften Ausmaßen ihrer Vorfahren.

Aus dem kleinen Walde kamen sie heraus, gelangten zur Wasserscheide, und von hier ging der Weg über wogende Ebenen und durch kleine Einschnitte und Canyons, die alle bewaldet waren und von Wasser troffen. Stellenweise war der Weg von Quellen am Wegrande benetzt.

»Dieser Berg ist ja der reine Schwamm«, sagte Billy. »Da steht er nun hier nach einem langen, trockenen Sommer, und der Boden ist so undicht wie ein Sieb.«

»Ich weiß, daß ich noch nie hier gewesen bin«, sagte Saxon laut vor sich hin. »Aber es ist mir alles so wohlbekannt. Ich muß es geträumt haben. – Und da sind Madronjos! – Ein ganzer Wald! Und Manzanitas! Mir ist, als sei ich heimgekommen. – Ach, Billy, wenn es sich nun zeigt, daß dies unser Tal ist!«

»An einen Berg angeklebt?« lachte er skeptisch.

»Nein, das meine ich nicht. Ich meine, daß wir unterwegs zu unserm Tal sind. Weil der Weg – alle Wege – nach unserm Tal schön sein müssen. Und dies – ich habe alles schon einmal gesehen, davon geträumt.«

»Das ist großartig«, sagte er begeistert. »Ich möchte nicht eine Quadratmeile wie diese gegen das ganze Sacramentotal mit allen Flußinseln und dem Middle River dazu vertauschen. Wenn es dort oben keine Hirsche gibt, müßte ich mich sehr irren. Und wo Quellen sind, sind auch Bäche, und Bäche bedeuten wieder Forellen.«

Sie kamen an einem großen, gut eingerichteten, von Scheuern und Kuhställen umgebenen Bauernhof vorbei, zogen weiter unter den Bogengängen des Waldes und kamen neben einem Felde heraus, das Saxon gleich sehr gefiel. Es ging in einem ebenmäßigen Bogen vom Wege den Berg hinan, wo es von einer Reihe von Bäumen begrenzt wurde. Das Feld flammte wie mattes Gold im Schimmer der Sonne, die gerade untergehen wollte, und in der Mitte stand eine einsame große Riesentanne mit verbranntem Wipfel, der aussah, als hätte er Adlern als Wohnung gedient. Die Bäume dahinter kleideten den Berg in einförmiges Grün bis dort hinauf, wo der Gipfel begann. Als sie aber weiter fuhren und Saxon sich nach dem umsah, was sie ihr Feld nannte, sah sie den wirklichen Gipfel des Sonomas hoch darüber hinausragen, während der Berg bei ihrem Feld nur ein Ausläufer des größeren Kolosses war.

Vor ihnen, nach rechts, über scharfen Bergkämmen, durch tiefe grüne Canyons getrennt und weiter abwärts sich zu wogenden Obstgärten und Weinbergen erweiternd, sahen sie zum erstenmal einen Schimmer des Sonomatals und der wilden Berge, die die Ostseite einrahmten. Zur Linken schauten sie ein goldenes Land mit kleinen Hügeln und Tälern. Weiter fort, nach Norden sahen sie einen andern Teil des Tales und im Hintergrund, als entgegengesetzte Wand des Tales, eine Gebirgskette, deren höchster Gipfel seinen roten, mitgenommenen alten Krater von einem rosigen Himmel in gedämpften Farben abhob. Von Norden nach Südosten schlängelte sich der Bergrand, beleuchtet von den klaren Strahlen der Sonne, während die Abendschatten schon über Saxon und Billy lagen. Er sah Saxon an, bemerkte den begeisterten Ausdruck in ihrem Gesicht und hielt die Pferde an. Der ganze östliche Himmel war von einem tiefen roten Schimmer gefärbt, der sich über die Berge legte und ihnen eine Farbe wie Wein und Rubine verlieh. Im Sonomatal begannen die dunklen, tiefvioletten Nebel aufzusteigen, sie umspülten den Fuß der Felsen und hoben sich darüber, sie überschwemmend und in einem Strom von Tiefviolett ertränkend. Saxon wies, ohne etwas zu sagen, in das Tal und zeigte ihm, daß die tiefviolette Flut der Schatten des Sonomaberges im Sonnenuntergang war.

Billy nickte, trieb dann aber die Pferde an, und sie fuhren weiter in der warmen, von Farben gesättigten Dämmerung.

Jedesmal, wenn sie etwas höher hinaufkamen, fühlten sie gleich die kühle, herrliche Brise vom Stillen Ozean, der vierzig Meilen entfernt lag, während aus jeder kleinen Senkung und Höhlung der warme Hauch der Herbsterde mit würzigem Geruch von sonnentrockenem Gras, gefallenen Blättern und welkenden Blüten kam.

Dann erreichten sie den Rand eines tiefen Canyons, der aussah, als reichte er bis ins Herz des Sonoma-Berges hinein. Wieder hielt Billy den Wagen an, mit einem Blick auf Saxons Gesicht, und ohne daß ein Blick gewechselt wurde. Der Canyon war sehr schön, von einer seltsamen, wilden Schönheit. In seiner ganzen Länge standen hohe Riesentannen in ihm. Am entferntesten Rande befanden sich drei mit dichten Tannen und Eichenwäldern bedeckte unebene Höhen. Zwischen den Höhen kam ein kleiner Canyon zum Vorschein, der in den Hauptcanyon mündete und ebenfalls von Riesentannen eingerahmt war. Billy zeigte auf ein Stoppelfeld am Fuße der Höhen.

»Auf solchen Weiden sehe ich meine Stuten grasen«, sagte er.

Sie kamen jetzt in den Canyon, wo der Weg einem Bache folgte, der unter Ahorn und Erlen dahinrieselte. Der Feuerschein des Sonnenunterganges, der sich in den treibenden Wolken des Herbsthimmels spiegelte, badete den Canyon in rotes Licht, und darin flammten und schwelten Madronjos mit roten Stämmen und Manzanitas mit Weinranken. Die Luft war von Lorbeer gewürzt. Die wilden Traubenranken bildeten eine Brücke von Baum zu Baum über den Bach, Eichen vielerlei Art waren mit Spitzen aus leichtem spanischen Moos verschleiert. Allerlei fruchtbare Farne wuchsen am Bache. Von irgendwoher hörten sie das Gurren der Turteltauben. Fünfzig Fuß über dem Boden, gerade zu ihren Häupten, sprang ein Eichhörnchen über den Weg – ein graubrauner Schimmer zwischen zwei Bäumen, und sie konnten seinen Weg durch die Luft daran verfolgen, daß die Zweige sich beugten.

»Ich habe das Gefühl –«, sagte Billy.

»Laß mich erst mal sehen«, bat Saxon.

Er wartete, den Blick auf ihr Gesicht geheftet, während sie sich begeistert umsah.

»Wir haben unser Tal gefunden«, flüsterte sie. »Ist es nicht das?«

Er nickte, schwieg aber beim Anblick eines kleinen Knaben, der eine Kuh vor sich her auf dem Wege trieb. In der einen Hand trug er ein lächerlich großes Gewehr, in der andern ein ebenso lächerlich großes Kaninchen.

»Wie weit ist es noch bis Glen Ellen?« fragte Billy.

»Anderthalb Meilen«, lautete die Antwort.

»Was ist das für ein Bach?« fragte Saxon.

»Wildwasser. Eine halbe Meile weiter abwärts mündet er in den Sonoma.«

»Forellen?« fragte Billy.

»Wenn Sie die zu fangen verstehen«, lachte der Junge.

»Gibt es Hirsche auf dem Berg?«

»Es ist noch nicht die Jahreszeit«, sagte der Junge ausweichend.

»Du hast wohl noch nie einen Hirsch geschossen?« meinte Billy schlau und wurde belohnt durch ein:

»Ich kann Ihnen das Geweih zeigen.«

»Hirsche stoßen das Geweih ab«, setzte Billy seine Neckerei fort. »Die kann jeder finden.«

»An meinem ist Fleisch. Es ist noch nicht trocken —« Der Knabe hielt inne und sah erschrocken die Grube die Billy ihm gegraben hatte.

»Mach dir nichts daraus, mein Junge«, lachte Billy und fuhr weiter. »Ich bin kein Wildwächter. Ich kaufe nur Pferde.«

Wieder drei springende Eichhörnchen, mehrere rotstämmige Madronjos und majestätische Eichen, mehrere Elfenringe von Riesentannen und dann, immer noch an dem plaudernden Bach, eine Gartenpforte. Davor stand ein primitiver Briefkasten mit der Aufschrift »Edmund Hale«. Und in der aus Zweigen verfertigten Pforte standen ein Mann und eine Frau, die ein so schönes Bild boten, daß es Saxon den Atem benahm. Sie standen nebeneinander. Die Frau hatte ihre feine kleine Hand in die des Mannes gelegt, die aussah, als sei sie dazu geschaffen, sich segnend auf die Köpfe der Menschen zu legen. Und dieser Eindruck wurde durch sein Gesicht verstärkt – ein Gesicht mit einer schönen Stirn, großen, wohlwollenden grauen Augen und einem Reichtum von weißem Haar, das wie gesponnenes Glas leuchtete. Er war groß und schwer, und die Frau neben ihm war fein und leicht gebaut. Sie war safranbraun, wie Frauen der weißen Rasse zuweilen sein können, und ihre lächelnden Augen waren vom tiefsten Blau. In ihrer phantastischen seegrünen Draperien und mit ihrem lebhaften Gesichtchen erinnerte sie Saxon an eine Frühlingsblume.

Vielleicht war das Bild, das Saxon und Billy boten, wie sie durch das goldene Licht des Sonnenunterganges gefahren kamen, ebenso schön. Die zwei Paare hatten nur Augen für einander. Die kleine Frau sah strahlend froh aus, und der Segen, der die ganze Zeit im Antlitz des Mannes zu lesen gewesen war, brach nun durch und machte es so unsagbar warm und milde. Saxon hatte dasselbe Gefühl wie bei dem Feld am Berge und beim Berge selbst – ihr schien, als hätte sie dieses liebe Paar stets gekannt. Sie wußte, daß sie sie liebte.

»Guten Abend«, sagte Billy.

»Gott segne euch, Kinder«, sagte der Mann. »Ich möchte wissen, ob ihr wißt, wie lieb ihr ausseht.«

Das war alles. Der Wagen hielt nicht an, sondern fuhr weiter den Weg entlang, der von einem knisternden Teppich herabgefallener Ahorn-, Eichen- und Erlenblätter bedeckt war. Dann kamen sie zu der Stelle, wo die beiden Bäche sich trafen.

»Ach, welch eine Stelle für ein Heim«, rief Saxon und zeigte über den Bach. »Sieh, Billy, die Ebene über der Wiese.«

»Es ist reicher Flußboden, Saxon, die Ebene ist auch sehr reich. Sieh die großen Bäume, die dort wachsen. Und es gibt sicher Quellen.«

»Laß uns hinfahren«, sagte sie.

Sie verließen den Hauptweg und fuhren auf einer schmalen Brücke über den Wildwasserbach, und dann gelangten sie auf einen alten Weg mit vielen Radspuren, die an einem ebenso alten, aus Riesentannenzweigen geflochtenen Zaun entlang liefen. Sie kamen zu einer Pforte, die offenstand und aus den Angeln gerissen war, und durch die führte der Weg auf die Ebene.

»Hier ist es – ich weiß es!« sagte Saxon mit tiefster Überzeugung. »Fahr hinein, Billy!«

Ein kleines, weißgestrichenes Bauernhaus mit zerschlagenen Scheiben kam zwischen den Bäumen zum Vorschein.

»Du mit deinen Madronjos –«

Billy zeigte auf den Vater aller Madronjos, der groß und stark, am Boden sechs Fuß im Durchmesser, vor dem Hause stand.

Sie dämpften ihre Stimmen, während sie unter großen Eichen um das Haus gingen und vor einer kleinen Scheune stehenblieben. Sie warteten nicht, bis sie die Pferde abgeschirrt hatten, sondern banden sie an den Zaun an und begaben sich dann auf ihre Entdeckungsreise. Der Hang von der Ebene zur Wiese hinab war steil, aber dicht mit Eichen und Manzanitas bewachsen. Als sie sich durch das Gebüsch drängten, scheuchten sie ein Dutzend Wachteln aus ihren Nestern auf und verjagten sie.

»Wie steht es mit Wild?« fragte Saxon.

Billy lachte und betrachtete eine Quelle, die einen klaren, quellenden Strom in die Tiefe entsandte. Hier war der Boden von der Sonne ausgetrocknet und an vielen Stellen gespalten.

Ein enttäuschter Ausdruck trat in Saxons Gesicht aber Billy, der einen Klumpen Erde zwischen den Fingern zerkrümelte, war noch nicht zu einem festen Ergebnis gelangt.

»Es ist reicher Boden«, erklärte er. »Der beste und feinste Boden, der seit zehntausend Jahren von den Bergen herabgespült ist. Aber —«

Er unterbrach sich, sah sich nach allen Seiten um studierte die Konturen der Wiese, ging zu den Riesentannen hinüber und kam dann wieder.

»Wie er jetzt ist, hat er keinen Wert«, sagte er. »Aber wenn er richtig behandelt wird, wird er so gut, wie nur etwas sein kann. Alles, was dazu gehört, ist ein bißchen gesunder Menschenverstand und tüchtige Dränage. Die Wiese bildet einen Steilhang auf der andern Seite, mit Riesentannen bis zum Bache hinab. Komm, ich will es dir zeigen.«

Sie gingen zwischen den Riesentannen hindurch und kamen an den Sonomabach. Hier gab es kein Plätschern, der Strom lief geradeswegs in einen stillen Binnensee. Die Weiden an dieser Seite berührten das Wasser. Der Seite gegenüber war eine steile Böschung, und Billy maß die Höhe mit den Augen und die Tiefe des Wassers mit einem Stück Treibholz.

»Fünfzehn Fuß«, erklärte er, »da kann man vom Ufer aus tauchen, so tief man will. Und zum Schwimmen sind es hundert Meter hin und zurück.«

Sie gingen am See entlang. Er verengte sich zu einer Stromschnelle, die über nackten Felsboden in einen neuen See führte.

Während sie noch schauten, sprang eine Forelle mit blinkenden Schuppen in die Luft, und ihre Blicke folgten ihr, und sie sahen die Ringe auf der ruhigen Oberfläche immer größer und größer werden.

»Ich glaube doch nicht, daß wir den Winter in Carmel verbringen werden«, sagte Billy. »Der Ort hier, Saxon, ist für uns beide bestimmt. Morgen früh müssen wir sehen herauszubringen, wem das hier gehört.«

Eine halbe Stunde später, als er für die Pferde sorgte, lenkte er Saxons Aufmerksamkeit auf das Pfeifen einer Lokomotive.

»Da hast du deine Eisenbahn«, sagte er. »Das ist ein Zug, der nach Glen Ellen fährt, und nur eine Meile von hier.«

Als sie abends unter den Decken lagen, und Saxon einschlafen wollte, weckte Billy sie.

»Wenn nun der Schwachkopf, dem es gehört, nicht verkaufen will?«

»Er verkauft, daran ist kein Zweifel«, antwortete Saxon mit ruhiger Zuversicht. »Hier gehören wir her. Ich weiß es.«

Sie wurden von Possum geweckt, der ärgerlich ein Eichhörnchen ausschalt, weil es nicht herunterkommen und sich töten lassen wollte. Das Eichhörnchen plauderte und war so geschwätzig, daß Possum in seiner Wut einen wahnsinnigen Versuch machte, den Baum zu erklettern, und Billy und Saxon lachten und amüsierten sich köstlich über den Ärger des Terriers.

»Wenn wir uns hier niederlassen, dann werden keine Eichhörnchen geschossen«, sagte Billy.

Saxon drückte ihm die Hand und stand auf. Vom Hang ertönte das Singen einer Lerche.

»Jetzt haben wir alles, was wir uns wünschen können«, sagte sie mit einem glücklichen Seufzer.

»Ja, außer den Papieren für den Hof«, berichtete Billy.

Nach einem hastigen Frühstück begannen sie Untersuchungen anzustellen, folgten der unregelmäßigen Grenze und gingen mehrmals vom Zaun zum Bach und wieder zurück. Sieben Quellen fanden sie am Fuße des Hanges bei der Wiese.

»Hier haben wir Wasser«, sagte Billy. »Wenn die Wiese dräniert und die Erde ordentlich durchgearbeitet wird, so kann man sich mit Dünger und all dem Wasser eine Ernte nach der andern das ganze Jahr hindurch verschaffen. Es müssen fünf Morgen von diesem Boden sein.«

Sie standen in einem alten Obstgarten auf dem Hange, wo sie siebenundzwanzig sehr vernachlässigte, aber im übrigen gute und große Bäume gezählt hatten.

»Und oben auf dem Hang, hinter dem Hause, können wir Obststräucher ziehen.«

Der Sonomabach bildete die Grenze des kleinen Gehöfts auf der einen langen Seite, zwei Seiten wurden von dem Zaun und die vierte vom Wildwasser begrenzt.

»Denk dir – daß wir die zwei schönen Menschen zu Nachbarn bekommen«, sagte Saxon nachdenklich. »Der Bach bildet die Grenze zwischen ihrem und unserm Hof.«

»Es ist noch nicht unser Hof«, meinte Billy. »Laß uns hingehen und sie besuchen. Sie können uns vielleicht über alles Bescheid sagen.«

»Es ist schon so gut wie unser«, antwortete sie. »Die Hauptsache war, es zu finden. Und wem das Haus auch gehört, so hat er sich jedenfalls nichts daraus gemacht. Seit langer, langer Zeit hat niemand hier gewohnt. Und – ach, Billy, bist du denn zufrieden?«

»Ich bin mit jeder Kleinigkeit zufrieden«, gab er ehrlich zu, »jedenfalls, soweit es reicht. Aber das Unglück ist, daß es nicht weit genug reicht.«

Ihr enttäuschter Ausdruck ließ ihn indessen seinen Lieblingstraum aufgeben.

»Wir kaufen es – darüber reden wir nicht mehr«, sagte er. »Aber hinter der Wiese ist so viel Wald, daß es nicht viel Weide gibt, nur gerade genug für ein paar Pferde und eine Kuh. Aber das muß alles warten. Wir können nicht alles auf einmal haben, und was da ist, ist richtig.«

»Dann nennen wir es eben einen Anfang«, tröstete sie ihn.
»Später können wir ja mehr dazu kaufen – vielleicht das Stück
am Wildwasser bis zu den drei Hügeln, die wir gestern sahen
—«

»Wo ich sagte, daß meine Pferde weiden könnten«, sagte
er, und seine Augen leuchteten bei dem Gedanken. »Ja, warum nicht? Es ist so viel in Erfüllung gegangen, seit wir unsere Wanderung begannen, so wird auch das in Erfüllung gehen.«

»Wir können ja arbeiten, um es zu erreichen, Billy.«

»Ja, wir wollen arbeiten wie der Teufel«, erklärte er.

Sie gingen durch die einfache Gartenpforte und einen
Weg entlang, der sich durch ein Stück gepflegten Waldes
schlängelte. Es war nicht das geringste vom Hause zu sehen,
bis sie ganz plötzlich zwischen den Bäumen standen, die es
umgaben. Es war ein achteckiges Haus und so gut in seinen
Verhältnissen, daß seine zwei Stockwerke nicht hoch wirkten.
Das Haus gehörte auf den Platz. Es war mit dem Boden
verwachsen wie die Bäume. Es war kein Garten im üblichen
Sinne, der Wald reichte bis zur Tür. Die Haustür mit dem
niedrigen Vorbau lag nur eine Stufe über dem Boden. »Trillium Zuflucht« stand mit seltsam geschnitzten Buchstaben
über der Tür.

»Kommt nur herauf, Kinderchen«, ertönte eine Stimme
aus dem oberen Stock, als Saxon anklopfte.

Sie traten zurück und sahen einen Balkon, von wo die
kleine Frau zu ihnen herablächelte. Sie trug ein loses Haus-
kleid aus weichem rosa Stoff und erinnerte Saxon wieder an
eine Blume.

»Macht nur die Tür auf und kommt – den Weg findet ihr
schon selber«, lautete ihre Anweisung.

Saxon ging voran, und Billy folgte ihr auf den Fersen. Sie
kamen in eine helle Stube mit vielen Fenstern und einem
großen Granitkamin, in dem große Scheite schwelten. Auf
dem steinernen Bord über dem Kamin stand eine mächtige,
mit Herbstlaub und feinen leichten Weinranken gefüllte me-
xikanische Vase. Die Wände waren mit Holz in einer warmen

natürlichen Farbe bekleidet, das schwach gebeizt, aber nicht poliert war. Die Luft war rein und angenehm, mit einem starken Duft von Holz. In einer Ecke der Stube stand ein Nußbaumharmonium, in einer andern Ecke befanden sich Regale mit vielen Büchern. Durch die Fenster über einer niedrigen Ruhebank, die offenbar gebraucht wurde, konnte man die friedliche Herbstlandschaft mit gelben Bäumen und verblichenem Gras sehen; viel betretene Gänge führten nach allen Richtungen über den kleinen Hof. Eine schöne kleine Treppe ging an mehreren Fenstern vorbei nach dem oberen Stock. Dort stand die kleine Frau, empfing sie und führte sie in eine Stube, die, wie Saxon sofort sah, ihre eigene war. Auch hier gab es viele Fenster und Bücherregale, von dem langen Fensterbrett bis zum Fußboden. Überall standen und lagen Bücher, auf dem Arbeitstisch, auf dem Ruhebett und im Schreibpult. In dem offenen Fenster stand wieder eine Vase mit Herbstlaub, und der ganze Raum war von derselben Anmut und Feinheit geprägt wie die kleine braune Frau selbst, die sich auf einen winzigen Kinderschaukelstuhl aus spanischem Rohr setzte, der leuchtend rot gestrichen war.

»Ja, es ist ein komisches Haus«, sagte Frau Hale mit frohem, jungmädchenhaftem Lachen. »Aber wir lieben es. Edmund hat es mit eigenen Händen gemacht, selbst die Klempnerarbeit – obgleich es ihm sehr schwer wurde, bis es klappte.«

»Auch den Fußboden unten und den Herd?« fragte Billy.

»Alles, alles!« antwortete sie stolz. »Und die Hälfte von den Möbeln. Das Zedernholzpult dort und den Tisch – alles mit eigenen Händen.«

»Und dabei sind es so zarte Hände«, rief Saxon unwillkürlich.

Frau Hale warf ihr einen schnellen Blick zu, und ein dankbarer Ausdruck trat in ihr lebhaftes Gesicht.

»Sie sind zart«, sagte sie mit weicher Stimme, »die zartesten Hände, die ich je gekannt habe. Und es ist lieb von Ihnen, daß Sie das bemerkt haben, denn Sie sahen ihn ja nur gestern im Vorbeifahren.«

»Ich konnte es einfach nicht lassen«, sagte Saxon.

Ihr Blick glitt von Frau Hale auf die Wand hinter ihr, die mit einem reizenden Muster von Bienenwaben, hie und da mit goldenen Bienen, geschmückt war. An der Wand hingen einige wenige eingerahmte Bilder.

»Sie stellen nur Menschen vor«, sagte Saxon, die sich der schönen Gemälde in Mark Halls Villa erinnerte.

»Meine Landschaftsbilder habe ich dort«, antwortete Frau Hale und wies zum Fenster hinaus. »Drinnen will ich nur Bilder von meinen Lieben haben, die nicht immer bei mir sein können. Einige davon sind schreckliche Landstreicher.«

Sie gingen durch das helle Vorzimmer und trafen den großen, schönen Mann in seinem Zimmer, wo er in seinem bequemen Schaukelstuhl saß und las. Neben dem Schaukelstuhl stand wieder ein kleiner rotlackierter Kinderschaukelstuhl aus spanischem Rohr. Auf den Knien des Mannes lag eine ungewöhnlich große gestreifte Katze, die den Blick auf ein Stück Brennholz im Kamin richtete. Wie ihr Herr, wandte sie den Eintretenden den Kopf zu, um sie willkommen zu heißen. Saxon fühlte wieder die Liebe und den Segen, die ihr entgegenströmten aus dem Gesicht dieses Mannes, seinen Augen und von seinen Händen, die ihr Blick ganz unwillkürlich suchte. Die Zartheit dieser Hände bezauberte sie einfach. Es waren zärtliche Hände. Es waren Hände, die von einem Männertyp erzählten, von dem sie sich nie etwas hatte träumen lassen. Niemand in der heiteren Schar in Carmel hatte sie ahnen lassen, daß ein solcher Mann existierte. Das dort waren Künstler gewesen. Hier war der Wissenschaftler, der Philosoph. Statt dem leidenschaftlichen Aufruhrdrang der Jugend stand sie hier dem in Weisheit begründeten Wohlwollen gegenüber. Diese zarten Hände hatten alle Bitternis des Lebens von sich gestoßen und nur seine Süße behalten. So gern sie auch die heitere Schar in Carmel hatte, schauderte ihr doch bei dem Gedanken, wie einige von ihnen wohl im Alter sein würden.

»Hier hast du die beiden lieben Kinder, Edmund«, sagte Frau Hale. »Und kannst du dir denken – sie wollen die Madronjoranch kaufen. Sie haben drei Jahre lang danach gesucht – aber ich habe übrigens vergessen zu erzählen, daß wir zehn

Jahre lang nach ›Trillium Zuflucht‹ gesucht haben. Erzähl ihnen jetzt alles, was du weißt. Herr Naismith will wohl immer noch verkaufen?«

Sie setzten sich auf die großen einfachen Stühle; Frau Hale in den winzigen Schaukelstuhl neben dem großen, und ihre feine Hand lag wie eine Ranke in der Edmunds. Und während Saxon zuhörte, erfaßte ihr Blick alle Einzelheiten des strengen Raumes mit den hohen Bücherregalen. Ihr begann aufzugehen, daß ein Gebäude aus Holz und Stein sehr wohl dem Geist des Mannes, der es sich erdacht und erschaffen hat, Ausdruck verleihen kann. Die zarten Hände hatten alles dies geschaffen – selbst die Möbel – wie sie sich sagte, während ihr Blick vom Pult zum Stuhl, vom Arbeitstisch zum Lesetisch neben dem Bett in dem anderen Zimmer schweifte, wo eine Lampe mit grünem Schirm stand und große geordnete Stapel von Zeitschriften und Büchern lagen.

Mit der Madronjoranch, sagte er, sei es sehr einfach. Naismith wolle verkaufen. Er wolle schon seit fünf Jahren verkaufen, seit er angefangen habe, die Mineralquellen weiter abwärts im Tal zu erschließen. Es sei ein Glück, daß er der Besitzer sei, denn fast der ganze Boden in der Gegend gehöre einem Franzosen – einem Ansiedler aus der frühesten Zeit – der auch nicht einen Fußbreit verkaufen wolle. Er sei Bauer mit der ganzen Liebe des Bauers zu seiner Erde, und diese Liebe sei bei ihm zu einer Art Besessenheit, einer Krankheit geworden. Er sei ein Geizhals mit seinem Bodengeiz. Da er aber gleichzeitig ein schlechter Geschäftsmann, alt und eigenwillig wäre, sei er doch ein armer Mann, und es sei eine offene Frage, was zuerst kommen würde – sein Tod oder sein Konkurs.

Die Madronjoranch gehörte Naismith, der den Boden auf fünfzig Dollar den Morgen taxierte. Das machte tausend Dollar, denn es waren zwanzig Morgen. Als landwirtschaftliche Spekulation und nach alten Methoden bewirtschaftet, war es das nicht wert. Als Geschäftsspekulation, ja, denn die Außenwelt hatte gerade jetzt das Tal und seine Möglichkeiten entdeckt, es gab keine bessere Lage für ein Sommerheim. Und als Spekulation in Freude an einer schönen Umgebung und einem herrlichen Klima war es tausendmal den Preis wert, der verlangt wurde. Und er wußte, daß Naismith den Hauptbetrag lange stunden würde. Edmunds Vorschlag ging darauf hinaus, daß sie das Haus auf zwei Jahre mit Vorkaufsrecht pachten sollten, so daß die Pacht von der Kaufsumme abgezogen würde, wenn sie sich dazu entschlössen. Naismith hatte einmal ein gleiches Arrangement mit einem Schweizer gehabt, der eine monatliche Abgabe von zehn Dollar bezahlte. Dann aber war seine Frau gestorben, und er hatte alles aufgegeben.

Edmund erriet bald, daß Billy hier zu einer Entsagung gezwungen war, wenn ihm auch nicht ganz klar wurde, worauf diese Entsagung hinausging, und durch ein paar Fragen erfuhr er, was es war – der alte Ansiedlertraum von mächtigen Landstrecken, von Vieh, das auf hundert Hügeln weidete, und von hundertundsechzig Morgen Land als Minimum für ein Gütchen.

»Aber Sie brauchen all das Land gar nicht, mein lieber junger Freund«, sagte Edmund milde, »ich sehe, Sie verstehen wirklich etwas von intensiver Landwirtschaft. Haben Sie je an Pferdezucht gedacht?«

Billy blieb der Mund offenstehen, so lähmend neu erschien ihm der Gedanke. Er versuchte, ihn durchzudenken, konnte aber die beiden Dinge nicht miteinander vereinigen. Ein ungläubiger Ausdruck trat in seine Augen.

»Das müssen Sie mir zuerst erklären«, rief er.

Der Ältere lächelte freundlich.

»Lassen Sie uns sehen! Erstens brauchen Sie die zwanzig Morgen nur zum Ansehen. Die Wiese ist fünf Morgen groß. Sie brauchen nicht mehr als zwei, um vom Verkauf des Gemüses leben zu können. In Wirklichkeit können Sie und Ihre Frau, selbst wenn Sie von Tagesanbruch bis zum Dunkelwerden arbeiten, nicht einmal die beiden Morgen ordentlich bewirtschaften. Bleiben drei Morgen übrig. Sie haben reichlich Wasser von den Quellen. Sie dürfen sich nicht mit einer Ernte im Jahr begnügen wie die andern unmodernen Landwirte hier im Tal. Betreiben Sie alles, wie Sie das Stückchen mit Gemüse betreiben, bis zur äußersten Tragfähigkeit des Bodens und das ganze Jahr hindurch, in Ernten, die zum

Futter für Pferde benutzt werden können, und indem Sie beständig berieseln, düngen und Wechselwirtschaft betreiben. Auf den drei Morgen können Sie so viele Pferde halten wie auf einem, Gott mag wissen, wie großen Areal vernachlässigter, unbesäter Weide. Denken Sie über die Sache nach. Ich will Ihnen Bücher über den Gegenstand leihen. Ich weiß nicht, wie groß Ihre Ernten werden, und weiß auch nicht, wieviel ein Pferd frißt – das müssen Sie selber herauszufinden suchen. Aber ich bin ganz sicher, daß Sie sich, wenn Sie sich einen Mann mieten, der Ihrer Frau bei dem Gemüse helfen kann, allmählich so viele Pferde anschaffen können, wie Sie auf Ihren drei Morgen ernähren können. Und dann wird es Zeit sein, mehr Boden, mehr Pferde, mehr Reichtum zu erwerben, wenn das Sie glücklich macht.«

Billy verstand ihn und brach begeistert aus:

»Sie verstehen etwas von Landwirtschaft, das muß ich sagen!«

Edmund sah seine Frau lächelnd an.

»Sag du ihm, was du dazu meinst, Annette.«

Ihre blauen Augen funkelten, als sie der Aufforderung nachkam.

»Der liebe Mensch, er betreibt nie die geringste Landwirtschaft und hat es nie getan. Aber er versteht sich darauf.« Sie machte eine Handbewegung über die gefüllten Bücherregale an den Wänden. »Er studiert das Gute. Er studiert alles Gute, das alle guten Männer unter der Sonne verrichtet haben. Sein Vergnügen ist es, zu lesen und Tischlerarbeiten zu verfertigen.«

»Vergiß nicht Dulcie«, protestierte Edmund sanft.

»Ja, und Dulcie!« Annette lachte. »Dulcie ist unsere Kuh. Jack Hostings kann sich nie darüber klar werden, ob Edmund Dulcie mehr liebt oder Dulcie Edmund. Wenn er nach San Franzisko reist, ist Dulcie ganz verzweifelt. Und das ist Edmund auch, und es endet damit, daß er Hals über Kopf heimkommt. Ja, ich bin oft ganz eifersüchtig auf Dulcie gewesen. Aber ich muß gestehen, daß er sie wie kein anderer zu nehmen weiß.«

»Ja, das ist der einzige praktische Gegenstand, den ich aus Erfahrung kenne«, bestätigte Edmund. »Ich bin eine Autorität in bezug auf Jersey-Kühe. Wenn Sie einen guten Rat brauchen, so wenden Sie sich nur an mich.«

Er stand auf und trat an die Bücherregale, und sie sahen, wie groß und gut gewachsen er war. Er blieb mit einem Buch in der Hand stehen, um eine Frage zu beantworten, die Saxon an ihn richtete. Nein, es gäbe keine Moskitos, wenn auch in einem Sommer, als der Südwind volle drei Tage wehte – etwas ganz Unerhörtes –, ein paar Moskitos von der San Pablo-Bucht hergekommen wären. Und was den Nebel beträfe, so sei er es, der das Tal zu dem machte, was es wäre. Und da es im Schutz des Sonomaberges läge, gehörten die Nebel fast immer den höheren Luftschichten an. Sie kämen vom vierzig Meilen entfernten Ozean, stießen dann gegen den Sonomaberg und würden hoch in die Luft getrieben. Und noch eines – ›Trillium Zuflucht‹ und die Madronjoranch lägen sehr geschützt in einem schmalen Wärmegürtel, so daß die Temperatur an den kalten Wintermorgen mehrere Grad höher als im übrigen Tal sei. In Wirklichkeit sei Frost etwas sehr Seltenes im Wärmegürtel, was deutlich daraus hervorginge, daß man mit Erfolg gewisse Apfelsinen- und Zitronenarten gezüchtet hätte.

Edmund las ihnen weiter Titel vor und nahm Bücher heraus, bis er einen ganzen Stapel zusammen hatte. Er schlug das oberste, Bolton Halls »Drei Morgen und Freiheit« auf und las ihnen von einem Manne vor, der sechshundertundfünfzig Meilen jährlich ging, um auf veraltete Weise zwanzig Morgen zu bebauen, von denen er dreitausend Scheffel schlechter Kartoffeln erntete, und von einem andern Mann, einem »modernen« Landwirt, der nur fünf Morgen bebaute, zweihundert Meilen ging und dreitausend Scheffel Frühkartoffeln erntete, die er zu einem weit höheren Preise verkaufte als der erste Mann.

Saxon nahm die Bücher und belud, nachdem sie die Titel gelesen hatte, Billy damit.

»Ihr könnt mehr holen, wenn ihr sie braucht«, sagte Edmund freundlich. »Ich habe Hunderte von Büchern über

Landwirtschaft und alle landwirtschaftlichen Berichte –, und sobald ihr einen Tag Zeit habt, müßt ihr kommen und Dulcie kennenlernen«, rief er ihnen nach, als sie durch die Tür schritten.

Als ihre Freundin Frau Mortimer mit Sämereikatalogen und Büchern über Landwirtschaft kam, fand sie Saxon in den Büchern vergraben, die sie sich von Edmund Hale geliehen hatte. Saxon zeigte ihr alles, und sie war sehr begeistert, auch über den Mietskontrakt und das Vorkaufsrecht.

»Und jetzt«, sagte sie, »wollen wir sehen, wie wir es anpacken. Setzt euch, alle beide! Jetzt haltet ihr Kriegsrat, und ich bin der einzige Mensch in der Welt, der euch erzählen kann, was ihr zu tun habt. Und das sollte ich wohl noch fertigbringen! Ein Mensch, der eine große Bibliothek umgeordnet und katalogisiert hat, sollte wohl noch zwei junge Menschen in Gang bringen können. So, wo wollen wir anfangen?«

Sie bedachte sich einen Augenblick.

»Zunächst ist die Madronjoranch ein ausgezeichneter Kauf. Ich verstehe mich auf Boden, ich verstehe mich auf Klima, ich verstehe mich darauf, was schön ist. Die Madronjoranch ist eine wahre Goldgrube. Es steckt ein Vermögen in ihr. Wie ihr sie bewirtschaften sollt – aber das will ich euch später erzählen. Erstens habt ihr den Boden. Zweitens – was wollt ihr damit machen? Ihr wollt euer Brot damit verdienen? Ja, Gemüse? Selbstverständlich. Was wollt ihr damit machen, wenn ihr es geerntet habt? Verkaufen? Aber wo? – Nun hört mal zu! Ihr müßt es machen wie ich. Ihr müßt den Zwischenhändler ausschalten. Verkauft direkt an den Verbraucher. Trommelt euch euern eigenen Markt zusammen. Wißt ihr, was ich vom Zug aus sah, als ich nur ein paar Meilen von hier durch das Tal fuhr? Hotels, Quellen, Sommerhäuser – Bevölkerung, Menschen, die gefüttert werden wollen: den Markt. Wie wird der Markt versorgt? Ich sah mich vergebens nach Handelsgärtnereien um! Billy, spannen Sie die Pferde vor den Wagen und machen Sie mit Saxon und mir eine Spazierfahrt. Um das übrige braucht ihr euch vorläufig nicht zu kümmern. Laßt es nur gehen, wie es will. Hat es einen Zweck zu fahren, wenn man nicht einmal die Adresse weiß? Wir wollen uns heute nachmittag nach der Adresse erkundigen. Dann werden wir wissen, wie es steht.«

Aber Saxon fuhr nicht mit. Es war zu viel zu tun; in dem vernachlässigten Hause aufzuräumen und dafür zu sorgen, daß Frau Mortimer eine Stelle hatte, wo sie schlafen konnte. Und Billy und Frau Mortimer kehrten erst spät nach der üblichen Abendbrotzeit zurück.

»Ihr beiden glücklichen Kinder!« begann sie, sobald sie zur Tür hereingetreten war. »Das Tal hat eben angefangen sich zu regen. Hier habt ihr euern Markt. – Nicht eine Konkurrenz in dem ganzen Tal. Mir schien ja schon, daß die Hotels so neu aussahen – Caliente, die Thermalquellen von Boyes, El Verano und die ganze Reihe durch. Und auch in Glen Ellen gibt es drei kleine Hotels, direkt nebeneinander. Oh, ich habe mit allen Besitzern und Verwaltern gesprochen.«

»Sie ist prachtvoll«, sagte Billy bewundernd. »Sie würde direkt zum lieben Gott fahren und mit ihm über Geschäfte reden. Du hättest sie nur sehen sollen.« Frau Mortimer dankte für das Kompliment und fuhr fort:

»Und wo kommt all das Gemüse her? Mit dem Wagen zwölf und fünfzehn Meilen weit, von Santa Rosa und oben von Sonoma. Das sind die nächsten Höfe, die sich mit Gemüse abgeben, und wenn sie nicht die steigende Nachfrage befriedigen können, was oft geschieht, dann müssen die Verwalter sich das Gemüse aus San Franzisko schicken lassen. Ich habe ihnen Billy vorgestellt, und sie haben sich bereit erklärt, ihn zu unterstützen. Das ist auch besser für sie. Ihr könnt ihnen ebenso gutes Gemüse zum selben Preis liefern. Ihr müßt sehen, daß ihr etwas Besseres liefert, frischeres Gemüse; ihr dürft ja nicht vergessen, daß ihr billiger liefern könnt, weil ihr ein kürzeres Stück zu fahren habt.

Hier gibt es keine ganz frischen Eier, kein Eingemachtes, kein Gelee; aber ihr habt massenhaft Platz auf dem Hang, wo ihr kein Gemüse anbauen könnt. Morgen will ich euch zeigen, wie ihr Hühnerställe und einen Hühnerhof anlegen könnt. Und auch Kapaunen für den Markt in San Franzisko müßt ihr haben. Ihr fangt selbstverständlich klein an damit, nur als

Nebengeschäft. Ich werde euch schon Bescheid sagen und euch Bücher schicken. Ihr müßt eure Köpfe anstrengen. Laßt die andern die Arbeit tun. Das müßt ihr euch ein für allemal richtig klarmachen. Es ist immer teurer, jemand zur Beaufsichtigung zu haben als für die Arbeit selbst. Ihr müßt buchführen. Ihr müßt wissen, wie ihr steht. Ihr müßt wissen, was sich lohnt, was sich nicht lohnt, und was sich am besten lohnt. Das werden die Bücher euch sagen. Ich will euch alles zeigen – wenn es so weit ist.«

»Und alles das auf zwei Morgen!« murmelte Billy.

Frau Mortimer warf ihm einen strengen Blick zu.

»Was ist das für ein Unsinn mit zwei Morgen?« sagte sie strenge. »Fünf Morgen! Und dabei könnt ihr nicht einmal die Nachfrage befriedigen. Und Sie, mein junger Freund, werden schon nebst Ihren Pferden genug zu tun bekommen, um die Wiese zu dränieren, wenn der erste Regen kommt. Das werden wir alles morgen besprechen. Auch die Frage bezüglich des Beerenobstes auf dem Hang – und feiner Spaliertrauben – zum Rohessen. Dafür erzielen Sie ganz phantastische Preise. Und Brombeeren – Burbanks, er lebt in Santa Rosa – Loganbeeren, Mammutbeeren. Aber verschwendet keine Zeit auf Erdbeeren. Das ist eine ganze Arbeit für sich. Die sind nicht wie Weinstöcke, versteht ihr? Ich habe den Obstgarten untersucht. Es ist gutes Material, das nur bearbeitet werden muß. Später können wir über Okulieren und dergleichen reden.«

»Aber Billy will doch drei Morgen von der Wiese haben«, erklärte Saxon, sobald sie ein Wort einwerfen konnte.

»Wozu?«

»Für Heu und sonstiges Futter für die Pferde, die er züchten will.«

»Kaufen Sie das für einen Teil des Verdienstes, den Sie mit den drei Morgen erzielen«, erklärte Frau Mortimer rasch.

Billy mußte wieder entsagen.

»Na ja«, sagte er mit einem ehrlichen Versuch, froh und vergnügt auszusehen. »Dann lassen wir den Vogel fliegen – und halten uns ans Gemüse.«

In den Tagen, die der Besuch Frau Mortimers dauerte, überließ Billy es den Frauen, alles zu ordnen, wie es ihnen gefiel. Für Oakland hatte eine Periode des Aufstiegs begonnen, und vom Fuhrmann dort war eine dringende Nachfrage nach weiteren Pferden gekommen. Folglich war Billy früh und spät unterwegs und durchstöberte die ganze Gegend, um junge Arbeitspferde zu finden. Auf die Weise lernte er das Tal gleich gründlich kennen. Der Stall wollte auch eine Anzahl Pferde verkaufen, denen die Füße auf dem harten Steinpflaster in den Städten verdorben waren, und ihm wurde, was er brauchte, zu sehr billigen Preisen angeboten. Es waren gute Tiere. Das wußte er, denn er kannte sie von früher her. Der weiche Boden mußte den Schaden bald kurieren, namentlich wenn er ihnen anfangs eine Weile ohne Eisen Ruhe auf der Weide gönnte. Selbstverständlich konnten sie nie wieder fürs Pflaster gebraucht werden, aber für Landarbeit waren sie noch viele Jahre lang zu verwenden. Und dann mußte er ja auch an das Gestüt denken. Aber er wagte es nicht, sich auf den Kauf einzulassen. Er kämpfte heimlich mit sich und sagte Saxon nichts davon.

Abends saß er in der Küche und rauchte, während er zuhörte, was die beiden Frauen im Laufe des Tages verrichtet und geplant hatten. Es war schwer, die richtigen Pferde zu finden und, wie er sich ausdrückte, es wurde den Bauern so schwer, als sollten sie sich einen Zahn ziehen lassen, wenn sie sich auch nur von einem einzigen trennen sollten, und das, obgleich er ermächtigt war, die Kaufsumme um fünfzig Dollar zu erhöhen. Trotz den Automobilen stieg der Preis für schwere Arbeitspferde beständig. Solange Billy denken konnte, war der Preis für große Arbeitspferde immer gestiegen. Nach dem großen Erdbeben war eine plötzliche Steigerung gekommen, aber die Preise waren nie wieder gefallen.

»Billy, Sie verdienen als Pferdehändler wohl mehr, als Sie als gewöhnlicher Arbeiter hatten?« fragte Frau Mortimer. »Nun ja! Aber Sie sollten sich lieber daran machen, die Wiese zu dränieren, zu pflügen oder dergleichen. Sie kaufen weiter Pferde. Sie müssen mit dem Kopf arbeiten. Aber von dem, was Sie verdienen, werden Sie gefälligst einen Mann entlohnen, der mit Saxon im Gemüse arbeiten kann. Das ist eine gute Geldanlage, und so etwas bringt hohe Prozente – ja, und das schnell.«

»Gewiß«, antwortete er. »Deshalb bezahlt man wohl einen Mann – um an ihm zu verdienen. Aber wie Saxon und ein Mann mit den fünf Morgen fertig werden sollen, wenn Herr Hale sagt, daß wir zwei nicht alle Arbeit auf zwei Morgen verrichten können – das geht über meinen Verstand.«

»Saxon soll auch nicht selber arbeiten«, antwortete Frau Mortimer. »Habt ihr vielleicht gesehen, daß ich in San José etwas arbeitete? Saxon soll ihren Kopf gebrauchen – es wird bald Zeit, daß ihr das merkt! Anderthalb Dollar täglich. Das verdienen Leute, die nicht mit dem Kopfe arbeiten. Und sie soll sich nicht mit anderthalb Dollar den Tag begnügen. Hört mal! Ich hatte heute Nachmittag eine lange Unterhaltung mit Herrn Hale. Er sagt, daß man tatsächlich keine ordentlichen Leute zur Arbeit hier im Tal bekommen kann.«

»Das weiß ich gut«, warf Billy ein. »Alle tüchtigen Leute gehen in die Städte. Nur der Bodensatz bleibt. Und die guten, die bleiben, arbeiten nicht für andere.«

»Ja, das ist Wort für Wort wahr. Aber hört einmal, Kinder. Ich weiß das sehr gut, und ich habe mit Herrn Hale darüber gesprochen. Er ist bereit, alles für euch zu ordnen. Er versteht sich darauf, und er kennt den Inspektor. Kurz, ihr könnt zwei bedingt begnadigte Gefangene aus San Quentin für die Gartenarbeit bekommen. Es gibt dort eine Menge Chinesen und Italiener, und die sind bei weitem die besten Handelsgärtner. Auf die Weise schlagt ihr zwei Fliegen mit einer Klappe. Ihr helft den armen Gefangenen, und ihr helft euch selber.«

Saxon war erschrocken und wußte nicht, was sie sagen sollte, während Billy den Vorschlag mit tiefem Ernst überlegte.

»Ihr kennt doch John?« fuhr Frau Mortimer fort. »Ich meine, Herrn Hales Gärtner. Wie gefällt er euch?«

»Ach, ich habe erst heute morgen gedacht, wie nett es wäre, einen Mann wie John zu bekommen«, sagte Saxon eifrig. »Er ist eine freundliche, treue Seele. Frau Hale hat mir viel Gutes von ihm erzählt.«

»Aber eines hat sie nicht erzählt«, sagte Frau Mortimer lächelnd, »nämlich, daß John ein bedingt begnadigter Strafgefangener ist. Vor achtundzwanzig Jahren geriet er mit einem Mann um fünfundsechzig Cent in Streit, und in der Heftigkeit erschlug er ihn. Er ist jetzt seit drei Jahren bei der Familie Hale. Erinnert ihr euch an den alten Franzosen, den ich hatte? Mit dem war es genau ebenso. Darüber sind wir uns also einig. Wenn eure zwei kommen, natürlich müßt ihr ihnen einen guten Lohn zahlen – und wir wollen schon dafür sorgen, daß sie von der selben Nationalität sind, Chinesen oder Italiener – nun ja, wenn sie kommen, dann wird John mit ihnen zusammen und unter Aufsicht von Herrn Hale eine kleine Hütte für sie bauen, wo sie wohnen können. Wir können selbst die Stelle dafür aussuchen. Wenn aber der Betrieb erst in vollem Gange ist, müssen wir sehen, euch mehr Hilfe zu verschaffen. Sie müssen eben die Augen ein wenig offen halten, Billy, wenn Sie durch das Tal wandern.«

Am nächsten Abend war Billy zur gewöhnlichen Zeit nicht heimgekommen, und um neun Uhr erschien ein reitender Bote von Glen Ellen mit einem Telegramm. Billy hatte es von Lake County geschickt. Er war auf der Suche nach Pferden für Oakland.

Erst am dritten Tage kam er heim, todmüde, aber sehr stolz, was er nicht zu verhelen suchte.

»Nun, was haben Sie in den drei Tagen gemacht?« fragte Frau Mortimer.

»Ich habe meinen Kopf gebraucht«, antwortete er mit großem Selbstbewußtsein. »Ich habe zwei Fliegen mit einer Klappe geschlagen, und ich habe eine ganze Schar geschlagen. Hm! Ich hörte etwas davon in Lawndale, und ich will Ihnen nur sagen, daß Hazel und Hattie fast zuschanden gefahren waren, als ich sie in einen Stall in Calistoga stellte und mit der Post weiter nach St. Helena fuhr. Ich kam gerade zurecht und kriegte sie zu fassen – acht starke Tiere – sie gehörten alle einem Fuhrmann in den Bergen. Es waren junge Tiere, so gesund und frisch, wie man sie sich nur wünschen kann, und das leichteste von ihnen wog über fünfzehnhundert. Ich habe sie heute abend in Calistoga verladen. Und – das ist noch nicht alles. Zuerst habe ich in Lawndale mit dem Mann gesprochen, der für den Steinbruch fährt, Pferde verkaufen? Er war ganz versessen darauf, welche zu kaufen. Ja, er wollte sie sogar mieten, sagte er.«

»Und da schicktest du ihm die acht, die du gekauft hattest«, fiel Saxon ihm ins Wort.

»Du mußt noch einmal raten. Ich kaufte die acht mit dem Geld des Alten in Oakland, und sie wurden nach Oakland geschickt. Aber ich redete mit dem Fuhrmann, und er ging darauf ein, mir bis zu sechs Pferden für je fünfzig Cent täglich abzumieten. Dann telegraphierte ich dem Alten, daß er mir sechs von den Pferden mit wundgelaufenen Füßen schicken sollte. Bud Strothers sollte sie auswählen, und das Geld könnte er von meiner Provision nehmen. Bud weiß schon, was ich haben will. Sobald sie kommen, dann ab mit den Eisen, und dann kommen sie zwei Wochen auf die Weide. Danach gehen sie direkt nach Lawndale. Mit der Arbeit werden sie leicht fertig. Es geht auf einem weichen Sandweg den Hügel hinab zur Eisenbahn. Fünfzig Cent das Stück – das macht drei Dollar den Tag, die ich in den sechs Tagen der Woche an ihnen verdiene. Ich brauche weder für Futter noch Eisen oder sonst etwas zu sorgen und kann mich noch davon überzeugen, daß sie gut behandelt werden. Drei Dollar täglich – nun ja. Das deckt schon die Kosten für die beiden Leute zu anderthalb Dollar täglich für Saxons Gemüse, wenn sie sie nicht Sonntags arbeiten läßt. Hm, das Mondtal! Es dauert nicht lange, und wir können uns Diamanten kaufen. Nun ja. Man könnte tausend Jahre lang in einer Stadt herumlaufen, ohne eine solche Chance zu finden. Das ist besser als eine chinesische Lotterie.«

Er stand auf.

»Jetzt gehe ich, gebe Hazel und Hattie Wasser und Futter, ja, und dann sollen sie Ruhe haben. Sobald ich wiederkomme, möchte ich gern mein Abendbrot haben.«

Die zwei Frauen sahen sich mit leuchtenden Augen an und wollten gerade etwas sagen, als Billy noch einmal den Kopf zur Tür hereinsteckte.

»Etwas habt ihr vielleicht noch nicht richtig begriffen. Ich nehme jeden Tag die drei Dollar ein, aber dabei gehören die sechs Pferde doch mir. Sie gehören mir. Sie sind mein. Versteht ihr?«

Es war in der ersten Zeit auf der Madronjoranch, und Frau Mortimer war gerade zu ihrem zweiten Besuch gekommen, als Billy eines Tages mit einer ganzen Wagenladung Wasserröhren kam und Haus, Hühnerhof und Scheune mit Wasser aus den Reservoirs, die er unterhalb der Quelle anlegte, versorgte.

»Huh! Ich weiß meinen Kopf doch zu gebrauchen«, sagte er. »Ich sah, wie eine Frau auf der anderen Seite des Tales Wasser von der Quelle ins Haus schleppte, und es waren gut zweihundert Fuß. Da begann ich zu rechnen. Ich sagte mir, daß sie an einem Waschtag mindestens dreimal täglich Wasser schleppen müßte, und ihr könnt nicht erraten, wie viele Meilen ich herausbekam, die sie jährlich Wasser schleppen müßte. Hundertundzweiundzwanzig Meilen! Versteht ihr? Hundertundzweiundzwanzig Meilen! Ich fragte sie, wie lange sie da war. Einunddreißig Jahre. Ihr könnt selber multiplizieren. Dreitausendsiebenhundertundzweiundachtzig Meilen — nur um zweihundert Fuß Röhren zu sparen. Ist das nicht zum Verrücktwerden?

Nun aber, ich bin noch nicht fertig. Sobald ich eine Gelegenheit dazu habe, will ich mir eine Badewanne und einen festen Waschzuber anschaffen. — Und weißt du, Saxon, erinnerst du dich an den kleinen gerodeten Fleck, dort, wo der Wildwasserbach in den Sonoma mündet? Da ist ein Morgen Erde, und die Erde gehört mir. Verstehst du? Und andere Leute haben nichts auf dem Gras zu suchen, denn das Gras gehört mir. Etwas weiter aufwärts will ich ein hydraulisches Hebewerk anlegen. Ich kann ein gutes gebrauchtes Hebewerk für zehn Dollar kriegen, und das pumpt mehr Wasser, als ich brauche. Und dann will ich dort Alfalfa bauen, daß dir das Wasser im Munde zusammenläuft. Ich muß noch ein Pferd haben, mit dem ich herumreisen kann. Du brauchst Hazel und Hattie zu viel, als daß ich sie noch benutzen könnte, und wenn du erst Gemüse lieferst, kriege ich sie überhaupt nicht mehr zu sehen. Ich denke, ein weiteres Pferd wird eine gute Hilfe sein, wenn ich das Alfalfa baue.«

Aber in den nächsten Wochen geschah so vieles andere und Aufregenderes, daß Billy für eine Weile sein Alfalfa ganz vergaß. Erstens kamen geldliche Schwierigkeiten. Die paar hundert Dollar, die er gehabt hatte, als er in das Sonomatal kam, und alle Provisionen, die er seitdem verdient hatte, waren auf Verbesserungen und den täglichen Unterhalt draufgegangen, die achtzehn Dollar wöchentlich, die er als Miete für seine sechs Pferde in Lawndale bekam, reichten gerade für den Lohn der Leute, und er konnte sich das Reitpferd nicht kaufen, so sehr er es bei seinem Pferdehandel brauchte. Aber die Schwierigkeit überwand er, indem er seinen Kopf gebrauchte und zwei Fliegen mit einer Klappe schlug. Er begann, Kutschpferde einzufahren und fuhr mit ihnen dorthin, wo er andere Pferde besichtigen wollte.

Soweit war alles schön und gut. Da aber kamen neue Männer in San Franzisko ans Ruder, und auf der ganzen Linie wurde größere Sparsamkeit eingeführt und alle Arbeit auf den Straßen eingestellt. Das bedeutete, daß der Steinbruch in Lawndale, der einen Teil der Pflastersteine lieferte, schließen mußte. Er bekam nicht nur seine sechs Pferde zurück, sondern mußte sie auch noch füttern. Wo er das Geld hernehmen sollte, um Frau Paul, Gow Yum und Chan Chin zu bezahlen, das ging über seinen Verstand.

»Wir haben wohl mehr verschluckt, als wir verdauen können«, räumte er Saxon gegenüber ein.

»Es ist alles in Ordnung«, sagte sie, als sie zur Scheune kam, wo er ein müdes, aber immer noch widerspenstiges Pferd ausspannte. »Ich habe mit allen dreien geredet. Sie sind sich über die Situation ganz klar und sind vollkommen bereit, ihren Lohn eine Zeitlang stehenzulassen. Nächste Woche fangen Hazel und Hattie an, Gemüse zu fahren, und dann kommt das Geld von den Hotels hereingeströmt, und meine Bücher werden nicht mehr so leer aussehen. Und dann – ach Billy, du rätst es nie! Der alte Gow Yum hat ein Bankkonto. Er kam nachher zu mir – er hatte wohl darüber nachgedacht

– und erbot sich, mir vierhundert Dollar zu leihen. Was sagst du dazu?«

»Daß ich nicht zu stolz bin, es von ihm zu leihen, wenn er auch ein Chinese ist. Er ist ein weißer Chinese, es kann schon sein, daß ich es jetzt brauche. Weil ich – nein, du kannst unmöglich raten, was ich gemacht habe, seit ich mich heute morgen von dir verabschiedete. Ich habe so viel zu tun gehabt, daß ich nicht einen Bissen zu essen bekommen habe.«

»Hast du deinen Kopf gebraucht?« lachte sie.

»Du kannst es gern so nennen«, sagte er und lachte auch. »Ich habe Geld hinausgeschmissen.«

»Aber du hast doch keins«, wandte sie ein.

»Ich habe Kredit hier im Tal, will ich dir nur sagen«, antwortete er. »Und ich muß gestehen, daß ich den heute nachmittag ziemlich hart auspreßte. Kannst du jetzt raten?«

»Ein Reitpferd?«

Er brüllte vor Lachen, was das Pferd so erschreckte, daß es durchgehen wollte und ihn halb vom Boden hob, als er es bei Maul und Hals packte.

»Ach, ich meine: richtig raten«, sagte er eindringlich, als das erschrockene Tier wieder auf dem Boden stand und ihn zitternd und mißtrauisch betrachtete.

»Zwei Reitpferde?«

»Ach, du hast auch gar keine Phantasie. Aber ich will es dir erzählen. Du kennst doch Thiercoft. – Ich habe seinen großen Wagen für sechzig Dollar gekauft. Dann kaufte ich dem Schmied in Kenwood einen Wagen ab, nicht gerade besonders, aber er ist noch zu gebrauchen, für fünfundzwanzig Dollar. Und Pings Wagen kaufte ich – das ist etwas, das will ich dir nur sagen – für fünfundsechzig Dollar. Ich hätte ihn für fünfzig bekommen können, wenn er nicht gesehen hätte, daß ich ihn so gern haben wollte.«

»Aber das Geld?« fragte Saxon mit schwacher Stimme. »Du hast doch keine hundert Dollar übrig.«

»Habe ich dir nicht gesagt, daß ich Kredit hätte? Nun ja, den habe ich jetzt jedenfalls. Die drei Wagen bekam ich auf Kredit, und ich habe den ganzen Tag keinen Pfennig bar ausgegeben, außer für ein paar lange Peitschen. Dann kaufte ich drei gebrauchte Arbeitsgeschirre – doppelte Geschirre – für zwanzig Dollar das Stück. Ich kaufte sie von dem Mann, der für den Steinbruch fuhr. Er braucht sie jetzt nicht mehr. Und ich mietete ihm vier Wagen und vier Gespanne für einen halben Dollar täglich für jedes Pferd und einen halben Dollar täglich für den Wagen ab – das macht sechs Dollar täglich, die ich ihm an Miete bezahlen muß. Das Geschirr ist für meine eigenen sechs Pferde. – Laß mich sehen – ja – dann mietete ich zwei Scheunen in Glen Ellen und bestellte fünfzig Tonnen Heu und eine ganze Wagenladung Kleie und Gerste beim Kaufmann in Kenwood – denn ich muß doch die vierzehn Pferde füttern, weißt du, sie beschlagen und so weiter.

Ja, ich habe schon etwas verrichtet. Ich mietete sieben Mann, um für zwei Dollar täglich für mich zu fahren, und – oha, lieber Gott, was machst du denn?«

»Nein«, sagte sie mit tiefem Ernst, nachdem sie ihn in den Arm gekniffen hatte, »du träumst nicht«. Sie fühlte ihm den Puls und die Stirn. »Kein Zeichen von Fieber.« Sie roch seinen Atem. »Und getrunken hast du auch nichts. Also weiter, erzähl mir alles – was sonst!«

»Bist du noch nicht zufrieden?«

»Nein, ich will noch mehr hören. Ich will alles wissen.«

»Na ja, aber ich will dir nur erzählen, daß der Alte, für den ich in Oakland arbeitete, nicht so sehr viel klüger ist als ich. Ich bin ein glänzender Geschäftsmann, das kannst du sagen, wenn jemand mit einem Gemüsewagen kommt und dich fragt. Also du sollst hören – obwohl es mir unbegreiflich ist, daß die Leute in Glen Ellen mir nicht zuvorgekommen sind. Aber die schlafen wohl – denn in der Stadt wäre es ganz unmöglich, daß man so etwas übersehen könnte. Siehst du, es hängt so zusammen: du kennst doch die feine Ziegelei, die jetzt in Betrieb gesetzt werden soll, um die feuerfesten Klinkersteine zu machen? Und ich dachte über die sechs Pferde nach, die ich füttern muß, und die mich ins Armenhaus fressen würden, wenn sie hier herumliefen und nichts verdienten. Ich mußte sehen, ihnen Arbeit zu verschaffen, und da fiel mir die Ziegelei ein. Ich fuhr hin und redete mit dem japanischen Chemiker, der das Laboratorium unter sich hat. Nun ja! Die

Geschichte sollte gerade in Gang gesetzt werden. Ich sah, wie es lag und dachte über die Sache nach. Dann fuhr ich zur Lehmgrube, wo sie gerade zu arbeiten angefangen hatten – du weißt, das feine, weiße, kalkartige Zeugs, worin wir sie bohren sahen, gerade vor den hundertvierzig Morgen mit den drei Hügeln. Es geht eine Meile bergab, und die Pferde können es bequem leisten. Die schwerste Arbeit wird es tatsächlich sein, die leeren Wagen nach der Lehmgrube zu fahren. Dann band ich das Pferd an, und begann die Geschichte zu berechnen. Der japanische Professor erzählte mir, daß der Direktor mit allen andern großen Herren mit dem Morgenzuge käme. Ich zerbrach mir nicht weiter den Kopf, sondern machte mich nur zu einer Art Deputation, die die Herren willkommen heißen sollte, und als der Zug einlief, stand ich da und begrüßte sie freundlich im Namen der ganzen Stadt, ja, und da war auch dieser Idiot, den du einmal in Oakland kennenlerntest, ein Boxer dritten Ranges namens – laß mich sehen, ja, jetzt hab' ich es – der große Bill Roberts, so hieß er, aber jetzt heißt er wohl Herr William Roberts.

Nun ja, wie gesagt, ich begrüßte sie recht hübsch und begleitete sie nach der Ziegelei. Dann nahm ich die Gelegenheit wahr und machte ihnen meinen Vorschlag. Ich hatte die ganze Zeit eine mörderische Angst, daß sie schon mit einem Fuhrmann abgeschlossen hätten, aber als sie mich fragten, wie ich es berechnete, wußte ich schon, daß sie es nicht hatten. Ich hatte die Zahlen im Kopf und redete drauflos, und der Vornehmste von der ganzen Gesellschaft schrieb alles in sein Notizbuch.

›Aber wir fangen in großem Stil an, und das gleich‹, sagte er, und sah mich scharf an. ›Was für Pferde und Wagen haben Sie, Herr Roberts?‹

Ich – ja, ich hatte ja nur Hazel und Hattie, und die sind dabei noch zu klein für schwere Fuhren. – ›Ich kann vierzehn Pferde und sieben Wagen stellen, wenn es sein soll‹, sage ich. ›Und wenn Sie mehr haben wollen, kann ich auch die verschaffen – mehr kann ich Ihnen nicht sagen.‹

›Lassen Sie uns eine Viertelstunde Zeit, um über die Sache nachzudenken, Herr Roberts‹, sagte er.

›Natürlich‹, sage ich von oben herab, wie der Teufel. ›Aber ich möchte zunächst ein paar Dinge sagen. Ich will einen zweijährigen Kontrakt haben, und meine Zahlen stehen und fallen alle mit einer einzigen Sache.‹

›Und was ist das?‹ fragte er.

›Mit dem Abladeplatz‹, sage ich. Jetzt will ich ihn Ihnen zeigen, da wir gerade an Ort und Stelle sind.‹

Und das tat ich. Ich zeigte ihm, daß ich Schaden dabei hätte, wenn sie an ihrem Plan festhielten, weil eine Senkung und dann wieder eine schwere Fahrt nach dem Abladeplatz kam. ›Alles, was Sie zu tun haben‹, sage ich, ›ist, einen Weg um den Hügel herum anzulegen und eine Art Brücke von siebzig oder achtzig Fuß Länge zu bauen.‹

Ja, Saxon – da hatte ich sie in der Tasche. Es war furchtbar einfach. Die Geschichte war eben nur, daß sie an nichts anderes als an Mauersteine gedacht hatten, während ich an das Fahren dachte.

Nun ja, sie überlegten ungefähr eine halbe Stunde, und das Warten machte mich fast ebenso elend wie damals, als ich darauf wartete, daß du ja sagen solltest, als ich um dich angehalten hatte. Ich ging die Zahlen noch einmal durch und berechnete, wieviel ich nachlassen könnte, wenn ich dazu gezwungen würde. Denn, siehst du; ich hatte den Mund ein bißchen voll genommen – mit richtigen Stadtpreisen und so weiter, und ich war bereit, ein bißchen nachzulassen. Aber dann kamen sie wieder.

›Die Preise sollten hier auf dem Lande niedriger sein‹, sagte der Vornehmste von der Gesellschaft.

›Nein‹, sage ich, ›hier ist ja ein Weintal. Hier gibt es nicht Heu genug für all die Pferde, das muß erst aus dem San Joaquintal geschickt werden. Ich kann wahrhaftig Heu und Häcksel billiger in San Franzisko kaufen, ja, und dazu frei ins Haus geliefert, als hier, wo ich es mir selber holen muß.‹

Und das überzeugte sie. Es stimmte, und sie wußten das. Aber – hör jetzt! Wenn sie nach dem Kutscher und den Preisen für das Beschlagen der Pferde gefragt hätten, so hätte ich heruntergehen müssen, denn siehst du, auf dem Lande gibt es keine Gewerkschaften für Kutscher und keine Gewerkschaften für Hufschmiede, und die Miete ist niedrig, und die beiden Posten werden ein ganz Teil billiger. Hm! Heute nachmittag habe ich eine mündliche Vereinbarung mit dem Schmied gegenüber der Post getroffen, er übernimmt die ganze Geschichte und läßt fünfundzwanzig Cent auf jeden Beschlag nach, aber darüber darf selbstverständlich nicht geredet werden. Aber danach zu fragen, daran dachten sie natürlich nicht – dazu waren sie zu sehr von ihren Ziegelsteinen in Anspruch genommen.«

Billy griff in die Brusttasche, zog ein juristisch aussehendes Dokument hervor und reichte es Saxon.

»Hier ist er«, sagte er. »Ja, ich meine, der Kontrakt, mit Vereinbarungen, Preisen, Strafen und allem. Ich traf Herrn Hale in der Stadt und zeigte ihn ihm. Er sagt, er sei großartig. Und da schloß ich ab. Ich war in der ganzen Stadt herum, in Kenwood, Lawndale, überall. Das Fahren für den Steinbruch endet Freitag dieser Woche. Und ich übernehme die ganze Geschichte und fange nächsten Mittwoch an, schaffe Holz für die Bauten und Ziegelsteine für die Öfen und alles andere hin. Und wenn sie dann so weit sind, daß sie mit dem Lehm anfangen können, dann bin ich es, der ihn ihnen hinschafft.

Aber das Beste habe ich dir noch nicht erzählt. Ich konnte nicht gleich Verbindung von Kenwood nach Lawndale bekommen, und während ich wartete, ging ich alle meine Zahlen noch einmal durch. Du rätst es nicht – nein, und wenn du tausend Jahre dazu brauchtest. Beim Zusammenzählen hatte ich irgendwo einen Fehler gemacht, ich hatte zehn Prozent mehr gesetzt, als ich selbst glaubte. Wenn das kein gefundenes Geld ist, dann weiß ich es nicht. Wenn du die beiden Extraleute brauchst, dann sag es mir nur. Aber natürlich werden wir die ersten Monate knapp sein, also leih nur ruhig die vierhundert von Gow Yum. Und sag ihm, daß du ihm acht Prozent Zinsen zahlst, und daß wir es nicht länger als drei bis vier Monate brauchen.«

Als Billy sich aus Saxons Armen gelöst hatte, begann er das Pferd auf und ab zu führen, damit es sich abkühlen konnte. Er blieb so plötzlich stehen, daß sein Rücken mit dem Maul des Pferdes zusammenstieß, und in der nächsten Minute hielt das Pferd sie beide in Atem, da es stieg und sich auf die Hinterbeine stellte. Saxon wartete, denn sie wußte, daß Billy eine neue Idee hatte.

»Verstehst du etwas von Bankkontos«, sagte er, »und von Schecks?«

Saxon stand unter dem Vater aller Madronjos und blickte Hazel und Hattie nach, wie sie vor dem schwer beladenen Gemüsewagen hinter der Pforte verschwanden. Dann sah sie Billy, der auf den Hof geritten kam. Am Zügel führte er eine rotbraune Stute, auf deren seidenweicher Haut die Sonne spielte.

»Vier Jahre alt, feurig und wild, aber nicht boshaft«, jubelte Billy, als er neben Saxon anhielt. »Eine Haut wie Seidenpapier, eine Haut wie Seide und doch stark genug, um den Kampf mit der stärksten Stute aufzunehmen, die je ein Füllen geworfen hat. Sie heißt Ramona – das ist ein spanischer Name – und sie hat auch einen mächtig feinen spanisch-amerikanischen Stammbaum.«

»Wollen sie sie denn verkaufen?« fragte Saxon und preßte die Hände in wortloser Begeisterung zusammen.

»Das ist wohl der Grund, daß ich sie mitgebracht habe, damit du sie sehen könntest.«

»Aber wieviel fordern sie denn?« lautete Saxons nächste Frage, so unmöglich kam es ihr vor, daß sie je ein so wunderbares Pferd besitzen sollten.

»Das geht dich nichts an«, antwortete Billy kurz. »Die Ziegelei bezahlt dafür, nicht mehr der Gemüsegarten. Wenn du dir etwas aus ihr machst, gehört sie dir. Was meinst du?«

»Das sollst du gleich erfahren.«

Saxon wollte sich in den Sattel schwingen, aber das Pferd wurde nervös und machte einen Seitensprung.

»Halt dich fest, bis ich sie angebunden habe«, sagte Billy. »Sie ist keine Röcke gewöhnt – das ist das ganze Unglück.«

Saxon packte Zügel und Mähne, setzte ihren Fuß mit dem Sporn in Billys Hand und schwang sich leicht in den Sattel.

»Sporen ist sie gewohnt«, rief Billy ihr nach. »Aber sie ist auf spanische Art eingeritten, du darfst sie nicht zu schnell bremsen. Bleib ganz ruhig und rede am liebsten ein bißchen mit ihr. Sie ist ein vornehmes Tier.

Saxon nickte, sauste durch die Pforte und den Weg hinab, winkte Klara Hastings zu, als sie an der Pforte von ›Trillium Zuflucht‹ vorbeiritt, und sprengte weiter durch den Canyon am Wildwasser.

Als sie wiederkam, war Ramona schweißbedeckt von dem schnellen Ritt, und Saxon ritt um das Haus herum, an den Hühnerhäusern und den blühenden Obststräuchern vorbei zu Billy, der mit seinem Pferde im Schatten oben auf dem Hange hielt und eine Zigarette rauchte. Zusammen blickten sie durch eine Öffnung in den Bäumen auf die Wiese hinab, die keine Wiese mehr war. Sie war mit mathematischer Genauigkeit in Quadrate, Rechtecke und schmale Streifen eingeteilt, die deutlich verschiedene Nuancen von Grün aufwiesen, wie es für einen Gemüsegarten bezeichnend ist. Gow Yum und Chan Chi gingen mit mächtigen Strohhüten herum und pflanzten grüne Zwiebeln. Der alte Hughie trabte, die Hacke in der Hand, an der Hauptader des Rieselsystems entlang, eifrig beschäftigt, einige Seitenkanäle zu öffnen und andere zu schließen. Aus dem Werkzeugraum auf der andern Seite der Scheune ertönten Hammerschläge, die Saxon meldeten, daß Carlsen die Gemüsekisten mit Draht zuband. Die heitere, hohe Stimme Frau Pauls erhob sich in einem Kirchenlied, das durch die Bäume zu ihnen klang, begleitet vom Schnurren eines Schaumpeitschers. Ein hysterisches Bellen verriet Possum, der irgendwo seinen immer gleich hoffnungslosen Kampf mit dem Eichhörnchen ausfocht. Billy nahm einen tiefen Zug aus seiner Zigarette, blies den Rauch aus und sah weiter auf die Wiese hinab. Etwas in seiner Haltung sagte, daß er nicht recht froh war, und Saxons freie Hand suchte sanft seine Rechte, die auf dem schweißigen Pferd ruhte, aber wie wenn sein Blick nicht auf dem Tiere haften wollte, glitt er zu Saxons Gesicht empor.

»Hm!« sagte er ausweichend, als sei er eben erst aus einer Träumerei erwacht. »Die Portugiesen in San Leandro können uns bald nicht mehr viel lehren, was intensiven Ackerbau betrifft. Sieh das Wasser, das dort unten fließt! Weißt du –

manchmal finde ich, es sieht so herrlich aus, daß ich Lust bekomme, mich auf die Knie zu legen und es einzuschlürfen!«

»Ja, daß man in einem solchen Klima so viel Wasser hat, wie man haben will!« rief Saxon.

»Und du brauchst keine Angst zu haben, daß es versiegt. Wenn der Regen uns narrt, dann haben wir ja immer noch den Sonomabach. Wir brauchen nichts zu tun, als eine Gasolinpumpe aufzustellen.«

»Aber dazu wird es nie kommen, Billy. Ich habe neulich mit Redwood Thompson gesprochen. Er wohnt seit Dreiundfünfzig im Tal und sagt, daß es nicht eine einzige Mißernte wegen Trockenheit gegeben hat. Wir kriegen immer Regen genug.«

»Komm, laß uns ein bißchen ausreiten«, sagte er plötzlich. »Du hast doch Zeit?«

»Ja, gewiß, wenn du mir erzählen willst, was dich bedrückt.«

Er sah sie hastig an.

»Nichts«, grunzte er. »Doch übrigens – doch etwas. Und es ist auch einerlei – früher oder später erfährst du es ja doch. Du solltest nur den alten Chavon sehen. Sein Gesicht ist so lang, daß er beim Gehen bald mit dem Kinn an die Knie stößt. Seine Goldmine geht auf die Neige.«

»Seine Goldmine!?«

»Ja, seine Lehmgrube, aber das kommt auf eines hinaus. Er kriegt zwanzig Cent für den Meter von der Ziegelei.«

»Das heißt also, daß dein Kontrakt mit der Ziegelei in die Brüche geht!« sagte Saxon, die gleich das Unglück in seiner ganzen Ausdehnung sah. »Was sagen die Leute von der Ziegelei?«

»Sie wissen weder ein noch aus, wenn sie auch hübsch den Mund halten. Sie haben rings auf den Hügeln eine ganze Woche lang Löcher gegraben, und der japanische Chemiker hat die ganze Nacht aufgesessen und das Zeug, das sie ihm bringen, analysiert. Es ist eine besondere Art Lehm, die sie brauchen, und den gibt es nicht überall. Die Sachverständigen, die über Chavons Lehmgrube berichteten, haben einen mächtigen Fehler gemacht. Vielleicht sind sie auch in ihren

Bohrungen nachlässig gewesen, jedenfalls haben sie sich in bezug auf den Wert des Lehms verrechnet. Aber mach dir nichts daraus. Es wird schon alles werden. Du kannst nichts dabei machen.«

»Aber das kann ich doch«, sagte Saxon eifrig. »Wir brauchen Ramona ja nicht zu kaufen.«

»Damit hast du nichts zu tun«, antwortete er. »Ich bin es, der sie kauft, und der Preis bedeutet nichts im Vergleich mit dem großen Spiel, das ich vorhabe. Selbstverständlich kann ich all meine Pferde verkaufen. Aber dann verdiene ich kein Geld mehr mit ihnen, und es war ein guter Vertrag mit der Ziegelei.«

»Aber wenn du nun etwas von der kommunalen Wegearbeit bekommen könntest?« schlug sie vor.

»Ja, daran habe ich auch schon gedacht. Es besteht auch eine Möglichkeit, daß der Steinbruch wieder in Angriff genommen wird, und der Mann, der dort fuhr, ist nach Puget Sound gezogen. Und was tut es schließlich, wenn ich auch die meisten von den Pferden verkaufen muß? Ich habe ja dich, und du hast dein Gemüse. Das ist eine sichere Sache. Wir können nur in der ersten Zeit nicht so schnell vorwärts kommen, das ist alles. Das Land macht mir keine Sorgen. Ich habe alles geprüft, während wir dahinrasselten. Wir haben nicht einen Stein unterwegs getroffen, den wir uns nicht zunutze machen konnten. Und nun sag, wo du nun hinreiten willst.«

Sie ritten im Galopp durch die Pforte, lärmten über die Brücke und passierten »Trillium Zuflucht«, ehe sie beim Hange nach dem Wildwasser-Canyon abbogen. Saxon hatte sich ihr Feld auf dem großen Ausläufer der Sonomaberge als Ziel für ihren Ritt gewählt.

»Hör mal, mir fiel übrigens heute morgen, als ich Ramona holte, eine große Sache ein«, sagte Billy, der für den Augenblick alle Sorgen mit der Lehmgrube vergessen hatte. »Du weißt doch, die hundertundvierzig Morgen! Ich kam ein Stück weiterhin an dem jungen Chavon vorbei, und ich weiß selber nicht, warum – wohl nur zum Spaß – fragte ich ihn, ob er glaubte, daß der Alte mir die hundertundvierzig verpachten würde. Und was, glaubst du, antwortete er? Er sagte, daß sie dem Alten gar nicht gehörten. Er hätte sie selbst nur gepachtet. Deshalb ließe er immer sein Vieh dort weiden. Es ist ein Loch in seiner eigenen Wirtschaft, denn alles Land auf drei Seiten gehört ihm.

Gleich darauf traf ich Ping. Er sagte, daß sie Hilyard gehörten, und daß er bereit sei zu verkaufen – nur, daß Chavon nicht das Geld dazu hätte. Dann bin ich auf dem Rückweg bei Payne vorgefahren. Er hat seine Schmiede aufgegeben – ein Pferd hat ihm einen Tritt in den Rücken versetzt, und er kann sich nicht wieder erholen – und jetzt hat er gerade angefangen, mit Grundstücken zu handeln. Ja, es habe seine Richtigkeit, sagte er. Hilyard wolle gern verkaufen und habe ihn schon gebeten zu tun, was er könne. Chavon habe es nur als Weide benutzt, und Hilyard wolle die Pacht nicht erneuern.«

Als sie den Wildwasser-Canyon verlassen hatten, wandten sie die Pferde und machten an einer Stelle, wo sie die drei bewaldeten Hügel sehen konnten, mitten auf den erwähnten hundertundvierzig Morgen, halt.

»Es wird schon einmal uns gehören«, sagte Saxon.

»Das soll es«, sagte Billy in einem Ton, als hege er keinen Zweifel. »Ich habe mir wieder die Ziegelsteinscheune angesehen. Sie ist wie geschaffen für eine ganze Schar von Pferden, und ein Dach wird billiger sein, als ich gedacht hatte. Aber jetzt, da es mit dem Lehm schief geht, können weder Chavon noch ich an einen Kauf denken.«

Als sie zu Saxons Feld kamen, das, wie sie jetzt wußten, Redwood Thompson gehörte, banden sie ihre Pferde an und gingen zu Fuß hinauf. Das Gras wurde gerade gemäht, und Thompson, der es zusammenharkte, rief ihnen einen Gruß zu. Es war ein stiller, klarer Tag ohne einen Windhauch, und sie suchten im Walde hinter dem Feld Schutz vor der Sonne. Hier kamen sie auf einen halbverwischten Pfad.

»Es ist ein Viehsteig«, erklärte Billy. »Ich möchte wetten, daß irgendwo zwischen den Bäumen eine winzige Weide versteckt liegt. Laß uns hier gehen.«

Eine Viertelstunde später kamen sie, einige hundert Fuß weiter den Hang hinan, auf eine offene Wiese. Tief unter ihnen lagen die hundertundvierzig Morgen, und sie befanden sich in gleicher Höhe mit den drei Hügeln. Billy blieb stehen, um das so ersehnte Land zu betrachten, und Saxon trat zu ihm.

»Was ist das?« fragte sie und zeigte auf die Hügel. »Dort oben, links von dem kleinen Canyon, auf dem Hügel gleich unter der Tanne, die sich ein wenig vornüberneigt?«

Was Billy sah, war ein weißer Einschnitt an der Seite des Canyons.

»Das verstehe ich nicht«, sagte er und sah forschend nach dem Einschnitt. »Ich hatte gedacht, jeden Zoll von dem Boden hier zu kennen, aber den Einschnitt habe ich noch nie gesehen. Erst Anfang des Winters war ich am Ende des Canyons. Dort ist es schrecklich wild. Die Seiten des Canyons sind so steil wie ein Kirchturm und dicht bewaldet.«

»Was ist das?« fragte sie. »Ein Erdrutsch?«

»Das muß es sein – von dem heftigen Regen. Wenn ich mich nicht sehr irre« – Billy vergaß die Fortsetzung, so eifrig beschäftigte ihn der Anblick des Einschnitts.

»Hilyard will für dreißig den Morgen verkaufen«, begann er wieder, scheinbar ohne Zusammenhang mit dem Vorhergegangenen. »Gutes Land, schlechtes Land, wie es sich trifft, dreißig für den Morgen. Das macht zweitausendzweihundert. Payne ist neu in dem Geschäft, ich werde ihn dazu bringen, auf die Hälfte seiner Provision zu verzichten, und ich werde schon günstige Bedingungen erzielen. Wir können immer die vierhundert von Gow Yum noch einmal leihen, und ich kann Geld auf meine Pferde und Wagen aufnehmen –«

»Willst du heute kaufen?« neckte Saxon ihn.

Ihre Worte drangen gar nicht bis zu seinem Bewußtsein. Er sah sie an, als hätte er gehört, was sie sagte, vergaß es aber im nächsten Augenblick wieder.

»Kopfarbeit«, murmelte er. »Kopfarbeit – wenn ich nicht ein gutes Geschäft mache –«

Er eilte auf dem Viehsteig zurück, dann aber fiel ihm Saxon ein, und er rief ihr über die Schulter zu:

»Komm. Mach schnell! Ich muß hinüber und es mir ansehen.«

Er lief so schnell den Weg entlang und über das Feld, daß Saxon keine Zeit zu fragen hatte. Sie war ganz atemlos, so hatte sie sich anstrengen müssen, mitzukommen.

»Was ist es?« fragte sie eifrig, als er sie aus dem Sattel hob.

»Vielleicht nur Unsinn – ich erzähle es dir später«, antwortete er ausweichend.

Sie galoppierten über die Ebene, trabten die Hänge hinab, und erst, als sie die steile Böschung am Wildwasser erreichten, hielten sie die Pferde wieder an und ließen sie im Schritt gehen. Billys Zerstreutheit war jetzt verschwunden, und Saxon benutzte die Gelegenheit, um ein Thema anzuschneiden, das sie seit einiger Zeit bedrückte.

»Klara Hastings erzählte mir heute, daß sie Besuch bekämen. Jim Hazard und Mark Hall kommen mit ihren Frauen und Roy Blanchard –«

Sie sah Billy besorgt an. Als sie Blanchard nannte, hatte er den Kopf wie beim Klang einer Trompete gehoben, dann aber zuckte das Lachen in seinen blauen Augen, wo die Wetterwolken wie gewöhnlich kamen und schwanden.

»Es ist lange her, daß du einem Manne gesagt hast, er solle sich verziehen«, sagte sie vorsichtig.

Billy grinste dumm.

»Ach, mach dir nichts draus«, sagte er halb scherzend und halb überlegt. »Roy Blanchard darf gerne kommen. Ich erlaube es. Das ist alles schon so lange her. Übrigens habe ich auch zu viel zu tun, um mich mit solchen Dingen abzugeben.«

Dann spornte er sein Pferd zu schnellerer Gangart an, und als der Hang weniger steil wurde, ließ er es traben. Als sie »Trillium Zuflucht« erreichten, ritten sie in vollem Galopp.

»Du willst doch zuerst zu Mittag essen?« fragte Saxon, als sie sich dem Gatter der Madronjoranch näherten.

»Iß du nur«, antwortete er. »Ich brauche nichts.«

»Aber du mußt mich mitnehmen«, bat sie. »Was ist es?«

»Das darf ich dir nicht erzählen«, sagte er. »Aber geh hinein und iß.«

»Jetzt nicht mehr«, sagte sie. »Jetzt will ich mitkommen – daß du es weißt!«

Eine halbe Meile weiterhin verließen sie die Landstraße, ritten durch eine offenstehende Pforte, die Billy angefertigt hatte, und weiter über die Felder auf einem von einer dicken Schicht Kalkstaub bedeckten Wege. Es war der Weg, der nach Chavons Lehmgrube führte. Die hundertundvierzig Morgen lagen im Westen. Zwei in eine Staubwolke gehüllte Wagen tauchten in der Ferne auf.

»Das sind deine Pferde«, rief Saxon. »Ja, denk nur! Allein, weil du deinen Kopf gebraucht hast, verdienst du Geld, während du mit mir herumreitest.«

»Es macht mich ganz verlegen, wenn ich daran denke, wieviel Bargeld diese Gespanne mir täglich einbringen«, gab er zu.

Sie wollten gerade vom Wege auf die hundertundvierzig Morgen abbiegen, als der Kutscher, der den ersten Wagen fuhr, winkte. Sie hielten ihre Pferde an und warteten.

»Der große Rote hat sich losgerissen«, sagte der Kutscher, als er bei ihnen hielt. »Ganz durchgedreht – beißt und wiehert, schlägt aus und tritt. Er zerriß sein Geschirr, als wäre es Papier. Dann biß er Baldy ein Stück Fleisch, so groß wie eine Untertasse, heraus und brach sich schließlich ein Hinterbein. Es war die schlimmste Viertelstunde, die ich je erlebt habe.«

»Ist es sicher, daß das Bein gebrochen ist?« fragte Billy scharf.

»Ganz sicher.«

»Nun ja, sobald Sie den Wagen abgeladen haben, müssen Sie nach der andern Scheune fahren und Ben holen. Er ist auf dem Hofe. Sagen Sie Matthews, daß er vorsichtig sein soll. Und bringen Sie eine Büchse mit – Sammy hat eine. Ich habe jetzt keine Zeit. Warum konnte Matthews nicht mit Ihnen fahren, dann hätte er jetzt Ben holen können? Damit würden Sie Zeit gespart haben.«

»Ach, der wartet nur auf mich«, antwortete der Kutscher. »Er meinte wohl, daß ich Ben schon finden würde.«

»Und Zeit vergeuden – nicht wahr? Nun, machen Sie ein bißchen schnell!«

»So geht es immer!« sagte Billy brummend zu Saxon, als sie weiter ritten. »Keine Grütze im Kopf. Ein Mann setzt sich hin und hält sich selbst an der Hand, und der andere fährt los, um die Arbeit zu verrichten, die er hätte tun sollen. Das sind die Männer, die für zwei Dollar den Tag arbeiten.«

»Aber Köpfe zu zwei Dollar den Tag«, warf Saxon hastig ein. »Was für Köpfe kann man für zwei Dollar verlangen?«

»Das ist schon richtig«, gab Billy zu. »Wenn sie bessere Köpfe hätten, wären sie wohl wie alle anderen tüchtigen Leute in der Stadt, und die tüchtigen Leute sind auch Idioten. Sie wissen nichts von den großen Möglichkeiten auf dem Lande – sonst könnte man sie gar nicht weghalten.«

Billy stieg ab, entfernte die drei Balken, die das Gatter zu den hundertundvierzig Morgen bildeten, führte sein Pferd hindurch und legte die Balken wieder zurecht.

»Wenn mir die Geschichte erst gehört, dann kommt eine Pforte her«, erklärte er. »Das haben wir in wenigen Wochen dabei heraus. Das sind die tausendundein Kleinigkeiten, die zu einer ganzen Menge werden, wenn man sie zusammenlegt.« Er seufzte zufrieden. »Ich habe noch nie über solche Dinge nachgedacht, aber als wir Oakland verließen, begann ich zusammenzulegen. Es waren die Portugiesen in San Leandro, die mir zuerst die Augen öffneten. Bis zu dem Augenblick hatte ich geschlafen.«

Sie ritten am untersten der drei Felder entlang, wo das reife Korn noch nicht gemäht war. Billy zeigte mit einem Ausdruck von Abscheu auf ein schlecht ausgebessertes Loch in der Hecke und auf das Korn, das vom Vieh arg zertreten war.

»So etwas meine ich«, kritisierte er. »Veraltete Methoden. Und sieh, wie dünn die Saat steht und wie schlecht die Erde gepflügt ist. Elendes Vieh, elende Saat, elende Wirtschaft. Chavon hat den Boden acht Jahre lang ausgesogen und ihm nie einen Augenblick Ruhe gegönnt und nie das geringste hineingesteckt, außer daß er das Vieh auf die Stoppeln jagte, sobald das Stroh weg war.«

Etwas weiterhin kamen sie zu einer kleinen Viehherde.

»Sieh den Stier, Saxon! Räude, sag ich dir. Es müßte ein Gesetz geben, das verböte, solche Tiere am Leben zu lassen. Kein Wunder, daß Chavon so verarmt ist, und daß er jeden Groschen, den er an seiner Lehmgrube verdient, für Abzahlungen und Zinsen braucht. Grundbesitz allein tut es nicht. Sieh diese hundertundvierzig! Jeder Mensch mit ein bißchen Grütze im Kopf kann blanke Taler herausharken. Das werde ich ihm schon zeigen.«

Dann tauchte die große Ziegelscheune in der Ferne auf.

»Ein paar Dollar zur rechten Zeit hätten Hunderte für das Dach gespart«, meinte Billy. »Na, wenn ich kaufe, brauche ich jedenfalls nichts für Verbesserungen auszugeben. Und eines will ich dir sagen. Hier ist Wasser im Überfluß, und wenn Glen Ellen jemals trockengelegt wird, dann kommen Sie zu mir, um Wasser zu kriegen.«

Billy kannte den Grund und Boden aus und ein, und er ritt auf halbverwischten Viehsteigen durch den Wald. Einmal griff er hastig in die Zügel, und beide hielten an. Gerade gegenüber, ein Dutzend Schritt von ihnen, stand ein halbausgewachsener roter Fuchs. Das wilde Geschöpf beobachtete sie etwa eine halbe Minute mit seinen kleinen schimmernden Augen, und es zuckte in den empfindlichen Nüstern, als sie die Botschaft auffingen, welche die Luft ihnen brachte. Dann sprang es auf sammetweichen Pfoten beiseite und war im nächsten Augenblick zwischen den Bäumen verschwunden.

»Das verfluchte Biest!« rief Billy.

Als sie sich dem Wildwasser näherten, kamen sie auf eine lange, schmale Wiese. In der Mitte war ein Teich. »Natürliche Wasserreserve, wenn Glen Ellen einmal Wasser kaufen muß«, sagte Billy. »Sieh dort am unteren Ende – es würde fast nichts kosten, einen Deich quer hindurch zu ziehen. Und ich kann auch eine Leitung anlegen und alles, was von den Hügeln herabrieselt, auffangen. Und Wasser wird Geld hier im Tal und das, ehe tausend Jahre vergangen sind. Und all die Schwachköpfe, die nicht sehen, was kommen wird, na ja, und die Inspektoren, die das Tal mit einer elektrischen Bahn von Sausalito mit einer Seitenbahn durch das Napatal beglücken wollen!«

Sie erreichten den Rand des Wildwasser-Canyons, und, sich im Sattel zurücklehnend, ließen sie die Pferde eine steile Böschung hinabgleiten und gelangten durch große Kiefernwälder auf einen alten, ganz verwischten Pfad.

»Dieser Weg ist in den Fünfzigern angelegt«, erklärte Billy. Es war der reine Zufall, daß ich ihn fand. Ich fragte gestern Poppe danach – er ist hier im Tal geboren. Er sagte, das war damals, als die Goldgräber von Petaluma herüberkamen. – Aber das waren die reinen Wilden. Es waren Spieler, die ihn anlegten, und sie müssen eine Menge Idioten mitgebracht haben. Kannst du die Ebene dort und die alten Baumstümpfe sehen? Dort hatten sie ihr Lager, und unter den Bäumen errichteten sie ihre Spielbuden. Damals war die Ebene größer, aber der Bach hat ein gut Teil davon weggefressen. Poppe sagte, ein paar Mann wären totgeschlagen und einer gelyncht worden.«

Über den Hals der Pferde gebeugt, arbeiteten sie sich einen schmalen Viehsteig zum Canyon hinan und ritten dann über unebenes Gelände auf die Hügel zu.

»Weißt du, Saxon, du hast dich immer nach allem Schönen umgeschaut. Aber jetzt will ich dir etwas zeigen, das dich sprachlos machen wird – warte nur, bis wir durch diese Manzanitas hindurch sind.«

Nie auf ihrer langen Reise hatte Saxon eine so herrliche Aussicht gesehen wie die, welche sich ihrem Blicke zeigte, als sie aus dem Gebüsch herauskamen. Der halbverwischte Pfad glich einem unregelmäßigen roten Schatten, den die großen Riesentannen und breitästigen Eichen auf den weichen Waldboden geworfen hatten. Es war, als hätten all die verschiedenen Baumarten und Weinranken, die die Vegetation ausmachten, sich verschworen, das laubreiche Dach zu flechten. Ahorn, große Madronjos und Lorbeerbäume, hohe Eichen mit braungelber Rinde, abgeschält und verflochten mit wildem Wein und flammenden Gifteichen. Saxon lenkte Billys Aufmerksamkeit auf eine mit Farnen bedeckte Moosbank. Es war, als ob alle Hänge sich trafen, um diese mächtige Höhle und Laubhütte in der Tiefe des Waldes zu bilden. Der Boden zu ihren Füßen war feucht wie ein Schwamm. Ein unsichtbarer Wasserlauf rieselte unter breitblättrigen Farnen. Zu allen Seiten waren bezaubernde Durchblicke, wo junge Riesentannen schweigend und stattlich um gefallene Hünen standen, die den Pferden bis zur Schulter reichten und mit Moos bedeckt waren, während ihre Stämme und Wurzeln sich langsam mit der weichen Erde mischten.

Schließlich, nach noch einer Viertelstunde, banden sie die Pferde am Rande des schmalen Canyons an, der sich durch die Wildnis bis zu den Hügeln wand. Durch eine Öffnung zwischen den Bäumen wies Billy auf die Wipfel der sich neigenden Kiefern.

»Gerade darunter ist es«, sagte er. »Wir müssen dem Bachbett folgen. Ein Weg existiert nicht, aber du kannst sehen, daß es viele Stellen gibt, wo die Tiere über den Bach setzen. Du mußt dich auf nasse Füße gefaßt machen.«

Saxon lachte vergnügt und hielt sich dicht hinter ihm, während sie durch kleine Wasserpfützen plätscherten und auf Händen und Füßen die glatten Seiten des Felsens erklommen, wo das Wasser sein verheerendes Werk verrichtet hatte. Vorsichtig gingen sie unter den Stämmen alter, gestürzter Bäume hindurch.

»Der Berg hat keinen richtigen Felskern«, sagte Billy belehrend. »Das Wasser schneidet immer tiefer ein, und deshalb stürzen die Seiten zusammen. Sie sind so steil, daß sie gerade noch stehen können, ohne ganz einzustürzen. Etwas höher hinauf ist der Canyon kaum etwas anderes als ein Spalt im Boden, aber ein mächtig tiefer Spalt, das kannst du sagen, wenn dich einer fragen sollte. Man kann hinüber spucken, man kann sich aber auch den Hals darin brechen.«

Dir Vorwärtskommen wurde immer schwieriger und schließlich wurden sie von einer engen Schlucht aufgehalten, wo eine Menge Treibholz sich auf ihrem Wege aufgehäuft hatte.

»Bleib du hier«, sagte Billy. Dann legte er sich flach auf den Boden und kroch durch das Gebüsch, das unter ihm krachte und knisterte.

Saxon wartete, bis das letzte Geräusch verschwunden war. Sie wartete noch zehn Minuten, und dann folgte sie Billy auf dem Wege, den er gebahnt hatte. An der Stelle, wo das Flußbett ganz unwegbar wurde, gelangten sie zu einem Hirschwechsel. Er lief den steilen Fels hinauf und bildete einen Tunnel in dem dichten Grün. Dann sahen sie einen Schimmer der sich neigenden Kiefer, gerade über ihren Köpfen, und kamen zu einem kleinen klaren Waldsee, der sich auf dem Grunde einer aus Lehmboden bestehenden Senkung befand. Diese Senkung war in jüngerer Zeit entstanden, offenbar dadurch, daß der Boden und die Bäume abgerutscht waren. Auf der andern Seite des Waldsees erhob sich eine fast senkrechte Wand. Sie wußte gleich, was es war, und sah sich nach Billy um. Da hörte sie ihn pfeifen und sah auf. Zweihundert Fuß über ihr an der weißen Wand, dicht unter dem Gipfel stand er und hielt sich an einem Baum fest. Der Abgrund war nur wenige Schritt von ihm entfernt.

»Ich kann die kleine Wiese hinter deinem Feld sehen«, rief er ihr zu. »Kein Wunder, daß dies nie jemand aufgestöbert hat. Die einzige Stelle, von wo man es sehen kann, ist das bißchen Wiese. Und du warst es, die es zuerst sah. Warte, bis ich herunterkomme – dann will ich dir alles erzählen. Ich habe es nicht früher gewagt.«

Man brauchte nicht besonders klug zu sein, um die Wahrheit zu erraten, und Saxon war sich denn auch gleich klar darüber, daß es der kostbare Lehm war, den die Ziegelei brauchte. Billy ging in einem großen Bogen um den Erdrutsch herum und arbeitete sich langsam an der Seite des Canyons von Baum zu Baum, als kletterte er eine Leiter herab.

»Ist das nicht großartig?« sagte er triumphierend, als er sich neben ihr herabgleiten ließ. »Sieh nur – so hat es dagelegen, unter vier Fuß Erde verborgen, wo niemand es sehen konnte, ja, da hat es gelegen und gewartet, bis wir ins Mondtal kämen. Und da – bitte, da wird ein großes Stück hübsch abgeschält, so daß wir es sehen können.«

»Ist es denn der richtige Lehm?«

»Ja, darauf kannst du deinen Kopf wetten! Ich habe zu viel davon in den Händen gehabt, daß ich es nicht im Dunkeln erkennen sollte! Du brauchst nur ein kleines Stück zwischen den Fingern zu zerreiben – so! Ja, ich könnte es schon am Geschmack merken. Ich habe genug von dem Staub geschluckt, wenn ich mit den Arbeitern im Wagen fuhr. Aber jetzt sollst du nur sehen! Weißt du, daß wir, seitdem wir in dieses Tal kamen, nichts getan haben, als uns die Köpfe zu zerbrechen. Aber jetzt haben wir ausgesorgt.«

»Aber es gehört dir ja nicht«, wandte Saxon ein.

»Nun ja, aber dir wird kein graues Haar wachsen, bis es das tut. Von hier geht es direkt zu Payne, und dann schließe ich mit ihm ab. Vorkaufsrecht, verstehst du. Und unterdessen beschaffe ich das Geld. Wir müssen die vierhundert von Gow Yum leihen, und ich nehme, soviel ich kriegen kann, auf meine Pferde und Wagen und auf Hazel und Hattie und alles, was sonst ein bißchen Wert hat, auf. Und dann gebe ich Hilyard auf den Rest eine Hypothek, und es gehört mir. Ja, und übrigens – es ist, als nähme man einem kleinen Kind seinen Schnuller! Ich schließe mit der Ziegelei um zwanzig Cent das Meter ab – vielleicht mehr. Sie werden ganz toll vor Freude, wenn sie es sehen. Sie brauchen gar nicht zu bohren. Zu beiden Seiten liegen fast zweihundert Fuß, die freigelegt sind. Der ganze Hügel besteht aus Lehm, mit einer dünnen Erdschicht darüber.«

»Aber verdirbst du denn nicht den herrlichen Canyon, wenn du allen Lehm hin und her fährst?« rief Saxon erschrocken.

»Nein, nichts als den Hügel. Der Weg kommt von der andern Seite herab. Es sind nur zehn Minuten bis zu Chavons Lehmgrube. Ich will entweder den Weg selbst anlegen und mehr für die Fuhrmannsarbeit verlangen, oder die Ziegelei, kann ihn anlegen, und dann besorge ich die Fuhrmannsarbeit zum selben Preise wie bisher. Ich muß sicher mehr Pferde kaufen, um die Arbeit leisten zu können.«

Sie saßen Hand in Hand an dem kleinen Waldweg, um alle Einzelheiten zu bereden.

»Und weißt du, Saxon«, sagte Billy, als eine Pause eintrat, »jetzt mußt du singen: › Wenn die Tage des Herbstes vorbei!‹ Du willst doch?«

Und als sie getan, um was er gebeten, sagte er: »Als du mir das Lied zum erstenmal vorsangst, saßen wir in der Eisenbahn – «

»Es war das allererste Mal, daß wir uns getroffen hatten«, fiel sie ihm ins Wort. »Was dachtest du damals von mir?«

»Dasselbe, was ich seither immer gedacht habe – daß du wie für mich geschaffen warst. Das dachte ich sofort, als wir den ersten Walzer tanzten. Und was dachtest du von mir?«

»Ach, ich mußte darüber nachdenken – und zwar gleich, als wir uns vorgestellt waren und uns die Hand gegeben hatten – ich mußte darüber nachdenken, ob du vielleicht der Rechte wärst. Ja, der Gedanke erstand im selben Augenblick in mir: Ist das der Mann?«

»Da fandest du also, daß ich nett aussah?« fragte er.

»Das fand ich, und meine Augen sind immer gut gewesen.«

»Weißt du«, sagte Billy, plötzlich zu einem andern Gegenstand übergehend, »nächsten Winter, wenn alles erst richtig im Gang ist – was meinst du dann dazu, eine Fahrt nach Carmel zu machen! Dann ist stille Zeit für dich und dein Gemüse, und ich kann es mir wohl auch leisten, mir einen Vorarbeiter zu nehmen.«

Zu seinem großen Erstaunen war Saxon nicht begeistert.

»Was ist los?« fragte er eifrig.

Langsam und zögernd, mit ehrbar niedergeschlagenen Augen, sagte Saxon:

»Ich habe gestern etwas getan, ohne mich mit dir zu beraten, Billy.«

Er wartete.

»Ich schrieb an Tom«, sagte sie mit furchtsamer Miene, als legte sie ein Bekenntnis ab.

Er wartete immer noch – er wußte selber nicht, worauf.

»Ich bat ihn, mir die alte Kommode zu schicken – du weißt, die von meiner Mutter – die er für uns aufbewahren sollte.«

»Hm! Dabei ist doch nichts Merkwürdiges!« sagte Billy erleichtert. »Wir können die Kommode ja gebrauchen – nicht wahr? Wir können uns auch die Fracht leisten, nicht wahr?«

»Du bist lieb, Billy, aber du bist doch ein bißchen dumm. Weißt du denn nicht, was in der Kommode ist?«

Er schüttelte den Kopf, und sie sagte so leise, daß es fast wie ein Flüstern klang:

»Das Kinderzeug.«

»Aber nein!« rief er.

»Ja, es ist wahr.«

»Ganz sicher?«

Sie nickte, und eine warme Röte stieg ihr hastig in die Wangen.

»Das habe ich mir gewünscht, Saxon, mehr als alles andere auf der Welt. Ich habe, seit wir ins Tal kamen, immer wieder daran gedacht«, fuhr er mit halberstickter Stimme fort, und zum erstenmal sah sie, daß er Tränen in den Augen hatte. »Aber nach allem, was ich getan hatte, nach all dem Krach, den ich gemacht hatte – da – wollte ich dich nicht quälen, ich habe auch nie ein Wort davon gesagt. Aber ich sehnte mich danach – ich sehnte mich danach, wie ich mich jetzt nach dir sehne.«

Er breitete die Arme aus, und sie schmiegte sich an seine Brust, und eine selige Stille senkte sich auf den kleinen Wildsee im Herzen des Canyons.

Saxon fühlte, wie Billy ihr warnend den Finger auf die Lippen legte. Sie bog den Kopf zurück, und zusammen sahen sie zu dem kleinen Hügel auf, wo ein Reh mit seinen gesprenkelten Kitzlein stand und sie durch eine winzige Lichtung zwischen den Bäumen betrachtete.